美是一种伤

[印尼] 埃卡·古尼阿万 著

周沛郁 译

BEAUTY IS A WOUND

EKA KURNIAWAN

文汇出版社

新经典文化股份有限公司
www.readinglife.com
出　品

他清理了盔甲，用简单的盔帽做出全罩式头盔，为他的马取了名字，自己也选了一个名字，这时他发觉他只缺找位淑女来爱；少了淑女爱人，流浪骑士就像没叶没果的树木、没有灵魂的身体。

——《堂吉诃德》，米格尔·塞万提斯

1

三月一个周末的午后，黛维·艾玉从她的坟里爬出来，这时她已经死了二十一年。在鸡蛋花树下打盹的一个牧童醒过来，尖叫着尿湿了短裤，他的四只羊在石头和木质墓碑之间逃窜，仿佛有只老虎扑到了它们中间。一开始，从一片老墓地传来一阵声响。老墓地上有块没刻字的墓碑，周围草长及膝，不过谁都知道那是黛维·艾玉的墓。她享年五十二岁，死了二十一年又活了过来，从此以后，谁也不知道她的年纪究竟该怎么算。

牧童把发生的事告诉了附近的人，他们赶到墓地。有的卷起布裙的裙脚，有的抱着小孩，有的抓着扫帚，有的身上还沾着田里的泥巴，他们聚在樱花树丛和桐油树后，以及附近的香蕉园里。没人敢靠近，他们就像聚在那个每星期一早上在市场叫卖的卖药郎周围一样，只远远听着从旧坟墓里传来的骚动。那景象令人不安，但众人乐在其中；要是独自一人，肯定会被那样的恐怖景象吓得半死，但他们不以为意。他们甚至期待出现某种奇迹，而不只是一座吵闹的旧坟墓，因为埋在那块地里的女人战时曾是日本人的妓女，而奇阿依①总是说，沾染罪孽的人在墓里必受惩罚。那声音想必是天使折磨人的鞭子声，而他们听腻了，渴望其他小小的奇迹。

奇迹出现时，场面实在不可思议。坟墓震动、裂开，地面爆裂，好像底下发生了爆炸，引起了小型地震和风暴，杂草和墓碑飞散起来，飘落的尘土宛如雨幕，其后是一个老女人站立的身影，她看起来恼怒又僵硬，身上还裹着尸布，仿佛前一晚才被埋下似的。人们歇斯底里地跑开，场面比羊群逃窜还要混乱，齐声的尖叫在远方丘陵的山壁上回响着。一个女人把她的宝宝丢进了灌木丛，孩子的父亲错把一截香蕉茎当成孩子来安抚。两个男人纵身跳进一条水沟，有些人在路边昏了过去，有些人拔腿就跑，一连跑了十五公里才停下来。

黛维·艾玉将一切看在眼里，她轻咳一下，清了清喉咙。她发觉自己置身一片墓地中，很是惊奇。她已经解开裹尸布最上面的两个结，正要解开最下面两个，好让双脚自由活动，方便行走。她的头发神奇地长长了，所以当她甩动头发，它们从包裹的棉布里松脱，在午后的微风中飘动，扫过地面，像河床上的黑色地衣一样闪亮。她的皮肤布满皱纹，脸庞却白皙发亮，眼窝里的双眼恢复了生气，盯着旁观者——他们正要离开灌木丛后的藏身处，一半人跑开了，另一半人昏倒了。她自顾自地抱怨人们将她活埋，这实在可恶。

她最先想到的是她的宝宝，不过宝宝当然已不再是宝宝了。

① kyai，源于爪哇语。奇阿依是穆斯林学者和领袖，是伊斯兰习经院里的重要人物，除了对伊斯兰教的经文有深入的认识，他们一般还具备灵性。

二十一年前，她在生下一个极丑的女婴十二天后过世。那个女婴丑陋至极，连她的接生婆都不确定那是否真的是个婴儿，而怀疑可能是坨屎，毕竟婴儿出生的洞口和屎出来的洞口仅相隔两厘米。不过这个婴儿会扭动、微笑，最后接生婆判断她确实不是屎，而是一个婴儿，于是对婴儿的母亲说孩子生下来了，很健康，看起来很亲人。黛维·艾玉正虚弱地躺在她的床上，显然没兴趣看她的小孩。

"是个女孩，对吧？"黛维·艾玉问道。

"对，"接生婆说，"就像之前那三个宝宝一样。"

"四个女儿，个个美丽。"黛维·艾玉的语气厌烦至极，"我该开个妓院才对。告诉我，这一个有多漂亮？"

接生婆怀里的婴儿被紧紧包在襁褓中，此时开始扭动哭泣。房里有个女人忙进忙出，拿走沾满血的脏布，丢掉胎盘。接生婆一时没有回答，因为那个宝宝看起来像一坨黑屎，她怎样也不能说宝宝漂亮。她尽量忽略这个问题，说道："你已经年纪不小了，我想你应该没法喂奶了。"

"的确。我已经被前三个孩子榨干了。"

"还有上百个男人。"

"一百七十二个男人。最老的九十岁，最小的十二岁，那是他割完包皮一星期后的事。他们我全记得。"

婴儿又哭了。接生婆说，她得替小家伙找母乳喝。如果找不到，就不得不去找牛奶，或是狗奶，甚至老鼠奶。黛维·艾玉说，好，去吧。接生婆瞥向婴儿难看的脸庞，说道："可怜的不幸的小女孩。"她甚至无法形容婴儿的长相，只觉得她看起来像一头受到诅咒的地狱怪物。婴儿全身乌黑，好像被烧过，外貌古怪难辨。比方说，她不确定婴儿的鼻子是鼻子，因为跟她这辈子见过的任何鼻子比起来，那东西更像是插座。而婴儿的嘴让她想起存钱罐的投币孔，耳朵看起来像锅把手。她确信世上没有任何生物比这个悲惨的小东西更丑陋，如果她是神明，恐怕会立刻杀了这个婴儿，而不是让她活下来；这世界会无情地欺侮她。

"可怜的宝宝。"接生婆又说了一遍，然后才去找人给她喂奶。

"是啊，可怜的宝宝。"黛维·艾玉说着，在她的床上翻来覆去，"我为了杀你，能做的事都做了，却没成功。我应该吞下手榴弹，让手榴弹在我肚子里爆炸才对。唉，不幸的小东西——就像恶人一样，讨厌的家伙不会轻易死去。"

起先接生婆试图遮住婴儿的脸，不让过来的邻家妇女看到。但她说她需要奶来喂婴儿时，她们争相推搡着想看婴儿；认识黛维·艾玉的人觉得来看看她迷人的小女婴一直都很有趣。她们拼命想要拨开婴儿脸上的布，接生婆挡也挡不住，但她们一见到婴儿就惊恐地尖叫；她们这辈子从没经历过这样恐怖的事。接生婆微笑着提醒她们，她已尽可能不让她们看见那令人毛骨悚然的面容。

这场骚动之后，接生婆匆匆离开，而她们在原地站了一会儿，表情宛如记忆被突然抹去的白痴。

最先从突发失忆状态恢复过来的女人说："就该杀了她。"

"我试过了。"黛维·艾玉出现在她们眼前，只穿了一件皱巴巴的家居服，腰间系了一条布。她的头发乱成一团，好像斗牛之后蹒跚着离开现场的人。

人们同情地看着她。

"她很美，对吧？"黛维·艾玉问道。

"呃，对。"

"这世上的男人都像炎热天气里的狗一样肮脏，没有比生个漂亮女孩更可怕的诅咒了。"

没有人回答，他们很清楚自己在骗她，只好一直以同情的眼光看着她。罗西娜是多年来一直服侍黛维·艾玉的哑巴女孩，她在浴缸里放好热水，带黛维·艾玉去浴室。黛维·艾玉泡在浴缸里，用了芬芳的硫黄皂，哑巴女孩用芦荟油替她洗头发。发生这些事之后，似乎只有哑巴不觉得困扰，尽管她一定已经知道了那个极丑的小女孩；毕竟接生婆工作的时候，只有罗西娜在旁边。罗西娜用一块浮石揉搓黛维·艾玉的背，用毛巾包住她，等她一走出浴室，就着手清理。

有人想让阴郁的气氛轻松起来，于是对黛维·艾玉说："你得替她取个好名字。"

"是啊，"黛维·艾玉说，"她的名字叫'美丽'。"

"噢！"人们惊呼道，尴尬地劝她打消念头。

"叫'受伤'如何？"

"或是'伤口'？"

"拜托别给她起这个名字。"

"好啊，那么她就叫'美丽'。"

她们束手无策地看着黛维·艾玉走回房间穿衣服。她们只能面面相觑，难过地想象一个黑如煤灰、脸中央有个插座似的鼻子的小女孩，却叫"美丽"这种名字。真是丢脸的丑事。

然而，当黛维·艾玉发觉不管她是否已活了整整半个世纪，总之她又怀孕了的时候，她确实曾设法杀死胎儿。她不知道她其他孩子的父亲是谁，这次也不例外，不过和其他孩子不同的是，她完全不想让这个宝宝存活。于是她就着半公升苏打水，吞下她向村里医生讨来的五颗强力解热镇痛药，那几乎要了她自己的命，但结果还不足以杀死胎儿。她想到另一个办法，叫来一个愿意帮忙的接生婆，将一根小木棍插进她的肚子里，想杀掉胎儿，之后再把胎儿从她子宫里弄出去。她大出血长达两天两夜，小木棍变成碎片排了出来，但胎儿还是继续长大。她试过另外六种办法，想战胜这个胎儿，全都徒劳无功。她最终放弃了，抱怨道：

"这家伙真厉害，显然会在这场战斗里打败妈妈。"

于是她任由自己的肚子愈来愈大，七个月时举办了共食^①仪式，最后让宝宝生下来，不过她没看孩子一眼。在这之前，她已经生了三个女孩，全都貌美如花，简直像分三次陆续生下的三胞胎。她对那样的宝宝已经厌倦了，按她的说法，她们就像商店橱窗里的模特，因此她不想看她的小女儿，确信她与三个姐姐没什么不同。黛维·艾玉当然错了，但她还不晓得她的小女儿实际上多么令人反感。就算邻家妇女偷偷地小声说那个宝宝活像猴子、青蛙和巨蜥胡乱交配生下的后代，她也不觉得她们是在谈论她的宝宝。当她们说到前一晚森林里曾有野狗号叫、猫头鹰飞进鸡舍，她也完全没把这些事当成噩兆。

她穿好衣服就再度躺下，她生了四个宝宝，活了半个多世纪，突然对这一切感到疲惫不堪。然后她难过地领悟到，如果那个宝宝不想死，或许该死的是母亲，那样一来，她就用不着看宝宝长成年轻的女子了。她爬起身，踉跄地走到门口，看着屋外的邻家妇女；她

---

① selamatan，印度尼西亚爪哇岛的社区盛宴。主人在新生儿出生前，以及婚礼、葬礼、乔迁新居或宗教节日时邀请附近的邻居来家里分享食物，食物通常具有特定的象征意义。

们还聚在一起讲那个婴儿的八卦。罗西娜感觉女主人有事要吩咐，于是从浴室出来，站到黛维·艾玉身边。

"帮我买条裹尸布。"黛维·艾玉说，"我已经让四个女孩诞生在这个该死的世界。是时候迎接我自己的送葬队伍了。"

妇女们听了尖叫起来，瞠目结舌地看着黛维·艾玉，一脸痴呆样。生下极丑的婴儿固然是一件骇人听闻的事，但就这么抛下她更加令人发指。可是她们没直截了当地说出来，只是劝她别傻傻地死去，说有人活了一百多年，黛维·艾玉还年轻。

"如果我活到一百岁，"她平静自持地说，"就会生下八个孩子。那太多了。"

罗西娜拿来一条干净的白棉布，黛维·艾玉随即披上——不过这并不足以让她立即死掉。于是，正当接生婆在邻里间走动，寻找处于哺乳期的女人（尽管这白费功夫，最后只好给婴儿喝淘米水），黛维·艾玉却平静地包着一条裹尸布，怀着异常的耐性躺在床上，等待死亡天使降临，将她带走。

等到喝淘米水的时候过了，罗西娜喂宝宝喝牛奶（在商店售卖时被称为"熊奶"），而此时黛维·艾玉还躺在床上，不让任何人把那个叫"美丽"的宝宝带进她的房间。不过宝宝模样骇人、妈妈裹着尸布的消息像瘟疫一样迅速地传开，不只是引来邻近地区的人，还有人从最偏远的村落前来，想目睹这件被传为如先知诞生般的事件。他们将野狗的号叫与耶稣诞生时东方三博士看到星辰相比，将裹着尸布的母亲与筋疲力尽的马利亚相比——这样的类比颇为牵强。

访客脸上的表情就像一个小女孩在动物园里抚摸老虎宝宝那样，他们摆着姿势，让流动摄影师替他们和极丑的婴儿合照。之前他们已对黛维·艾玉做过同样的事。她还神秘安详地躺着，完全没有被无情的喧闹所扰。一些患了重病或不治之症的人跑来，期望碰碰婴儿，罗西娜急忙阻止，以免这种行为让婴儿感染到病菌，不过她提供了几桶美丽的洗澡水作为替代。其他一些访客或是希望讨点赌桌上的运气，或是想要顿悟生财之道。对这一切，哑巴罗西娜作为宝宝的守护者立刻挺身而出。她为这些需求准备了捐款箱，箱里迅速装满访客的卢比钞票。这个女孩明智地预料到黛维·艾玉最后可能真的会死，于是利用这极为罕见的机会赚了些钱。她根本不指望美丽的三个姐姐会出现，有了这些钱，她就不用担心熊奶，也不用担心未来她不得不与宝宝在屋内相依为命。

然而有位奇阿依将这整件事视为异端，带来了警察，因此这场骚动不久就平息了。那位奇阿依大发雷霆，命令黛维·艾玉停止无耻的行为，甚至要求她脱下裹尸布。

"你这是在要求妓女脱衣服，"黛维·艾玉轻蔑地说，"所以你最好有钱付给我。"

奇阿依急忙祈求上天宽恕，然后便走了，一去不回。

现场又只剩下年轻的罗西娜，无论黛维·艾玉以什么形式展现自己的疯狂，她从来不以为意，由此可见，只有这个女孩真正了解这个女人。早在黛维·艾玉试图杀死她子宫里的胎儿之前，她就说过她生孩子已经生腻了，所以罗西娜明白她在期待什么。邻家妇女对八卦的热情更胜于狗对吠叫的热情，如果黛维·艾玉对邻居妇女说那样的话，她们一定会露出轻蔑的微笑，说那只是空话——她们会说，不再卖身，就永远用不着担心被搞大肚子。不过，偷偷告诉你：那种话大可对其他妓女说，但别对黛维·艾玉说。她从不觉得她有三个孩子（现在是四个了）是一种身为妓女的诅咒，她说，如果女孩们没有父亲，那是因为她们确实没有父亲，而不是因为她们不晓得自己的父亲是谁，更不是因为她自己从没和某个家伙站在村长面前。她觉得她们是恶魔的孩子。

"因为撒旦和上帝或其他神明一样，都喜欢找乐子。"她说，"就像马利亚诞下上帝之子，般度的两个妻子诞下她们的神之子^①，我的子宫则是恶魔散布种子的地方，于是我诞下恶魔之子。罗西娜，对此我已经厌倦了。"

一如往常，罗西娜只是微笑。她不会说话，顶多吐出破碎的呢喃，但她可以微笑，她也喜欢微笑。黛维·艾玉非常喜欢她，尤其是她的微笑。黛维·艾玉曾说她是象女，因为大象总是在微笑，即使再如何生气也是一样，几乎每年年底都会进城的马戏团里的大象就是这样。罗西娜有一套自己的手语，哑巴学校里学不到，必须由她亲自教授。女孩用手语告诉黛维·艾玉，她不该觉得受够了——甘陀利为持国诞下百子^②，而她的孩子连二十个都还不到呢。黛维·艾玉听了哈哈大笑。她喜欢罗西娜孩子气的幽默，她在反驳时还笑个不停；她说甘陀利不是分好几次生下一百个孩子，而是生下一坨大肉块，那坨肉块变成了一百个孩子。

---

① 印度史诗《摩诃婆罗多》中，般度年少打猎时杀死了交配中的一对羚羊，没想到羚羊是仙人所变。仙人诅咒般度不得与女性行房，否则会惨死。后来般度娶了贡蒂及玛德利为妻，学有仙术的贡蒂协助般度生下五子，但般度还是忍不住与玛德利性交，结果惨死。
② 《摩诃婆罗多》中，甘陀利是甘陀罗国的公主，婚前知道未婚夫持国是先天盲人后，便用布带蒙上自己的眼睛，终生如此。由于她殷勤地招待了广博仙人，仙人赐福于她，让她诞下一百个儿子。持国为般度同父异母的哥哥，因盲眼，在般度死后才继承王位。二人的儿子后为争夺王位，引发了俱卢大战。

罗西娜就这样愉快地继续工作，完全不觉得困扰。她照顾宝宝，一天进厨房两次，每天早上洗衣服。而黛维·艾玉几乎一动不动，活像一具等人替她挖好坟墓的尸体。她饿的时候当然会爬起来吃东西，每天早晨和下午会上厕所。但她总会回来裹上尸布，僵直地躺下，双手盖在肚子上，闭着眼，嘴唇弯出一抹淡淡的微笑。有几个邻居从敞开的窗户偷看她。罗西娜一次次地发出嘘声，想赶走他们，但都徒劳无功，而人们会问黛维·艾玉为什么不干脆自杀算了。黛维·艾玉忍住她惯常的挖苦，默不作声，动也不动。

生下丑陋的美丽后第十二天的下午，等待已久的死亡终于降临，至少大家是这么认为的。那天早上出现了死亡将近的迹象。黛维·艾玉吩咐罗西娜，说她不想要自己的名字写在墓碑上，她只想要一句墓志铭："我生下四个孩子，然后死去。"罗西娜的听力好得很，而且能读会写，于是原原本本记下那句话，然而黛维·艾玉的吩咐随即被主持葬礼的清真寺的伊玛目拒绝了，他觉得如此疯狂的要求会让整个情况变得更加罪恶，于是他擅自决定在这女人的墓碑上不刻一字。

下午，有个在窗外偷看的邻居发现黛维·艾玉陷入了安详的沉睡，只有时日不多的人才会这样。不过不只如此——空气中有股硼砂的味道。硼砂是罗西娜从面包店买来的，人们有时会把它和牛肉丸混在一起，而黛维·艾玉将它与尸体防腐剂一起撒在身上。罗西娜放任这个一心求死的女人为所欲为，即使要她挖座坟将黛维·艾玉活埋，她也会照做，她把这些事视为女主人独特的幽默感，然而无知的偷窥者不这么认为。一个女人从窗口跳进来，她深信黛维·艾玉已经做过头了。

"睡遍我们男人的婊子，听着！"她愤恨地说，"你要死就死，可是别做尸体防腐，因为唯一没人羡慕的就是你腐坏的尸体了。"她推了黛维·艾玉一把，黛维·艾玉的身体翻了过来，人却没醒。

罗西娜走进来比了一个手势，表示她应该已经死了。

"那个婊子死了？"

罗西娜点点头。

"死了？"爱发牢骚的女人这时才露出真面目，哭得像母亲去世一样，一边沙哑地抽噎一边说："去年的一月八号，是我们家最美好的一天。那天我的男人在桥下捡到些钱，去卡隆妈妈的妓院睡了一个妓女，就是这个在我面前死去的妓女。之后他回了家，那天，就那一天，他对全家人都很好。他甚至没打我们。"

罗西娜鄙夷地看着她，像是要说这么爱发牢骚的人怪不得挨揍。然后罗西娜让她把黛维·艾玉死去的消息传出去，趁机摆脱这个牢骚鬼。用不着裹尸布，因为黛维·艾玉十二天前已经买了一条；用不着替她洗身子，因为她自己已经洗过了；她甚至替自己的身体做好了防腐。罗西娜对邻近的清真寺的伊玛目比手势："如果可以的话，她会为自己吟诵祷词。"伊玛目愤愤地看着哑女，说他并不想替那具妓女的尸体吟诵祷词，甚至不愿埋葬她。罗西娜（还是用手语）说："既然她已经过世，就不再是个妓女了。"

那位清真寺的伊玛目是奇阿依亚罗，他终于让步，主持了黛维·艾玉的葬礼。

没人相信她会那么快死掉；她死去之前没有真正看过那个宝宝。人们说她实在幸运，要是看到自己的宝宝生下来居然如此奇丑，任何做母亲的都会难过至极。那样的话，她就无法平静地死去，永远无法安息。唯独罗西娜觉得黛维·艾玉看到宝宝未必会难过，因为她知道那个女人在这世上最痛恨的就是漂亮的女娃娃。要是她知道她的小女儿和姐姐们截然不同，应该会欣喜若狂，但她并不知情。因为这个哑女对女主人百依百顺，在黛维·艾玉死前的日子里，罗西娜并没有硬把婴儿交给母亲，尽管如果黛维·艾玉知道宝宝的长相，或许会延迟自己的死亡，至少晚个几年。

"太荒谬了，死期是真主决定的。"奇阿依亚罗说。

"十二天来她一心想死，然后她就死了。"罗西娜用手势比画道，她继承了女主人固执的性格。

根据死者的遗嘱，罗西娜如今成了可怜宝宝的监护人。正是她多此一举地发电报给黛维·艾玉的三个孩子，说她们的母亲死了，将被埋葬在布迪达玛公墓。她们都没有来，不过葬礼在隔天举行，可谓城里多年来空前绝后的盛大庆典。因为几乎所有和这个妓女睡过的男人都来送别了，当她的棺木经过时，他们沿途温柔地亲吻茉莉花束，然后抛出。他们的妻子与爱人聚在路旁，挤在她们的男人背后观望，难掩嫉妒；她们确信这些好色的男人还是会为了争夺再次和黛维·艾玉上床的机会而打斗，根本不在乎她现在只是一具尸体。

四个男性邻居抬着棺木，罗西娜走在后面。宝宝在她怀里沉睡，被她佩戴的黑纱下摆遮掩。一个女人（就是那个牢骚鬼）走在她身边，手里提了一篮花瓣。罗西娜抓起花，和钱币一起抛向空中，它们立刻就被小孩们抢夺一空。他们冒险跑到棺材下捡钱币，也不怕摔进灌溉渠道，也不怕被吟唱先知祷词的送葬者踩到。

黛维·艾玉被埋在墓地偏僻的一角，周围尽是其他命运悲惨的人，这是奇阿依亚罗和挖墓人的协议。这里埋葬了一个殖民时代的恶毒小偷，一个疯狂的杀手，还有一些共产党人，现在要埋葬一个妓女。人们相信，这些不幸的人在墓中会不断受到试炼和审判的折磨，所以最好将他们与虔诚信徒的坟墓隔开。虔诚的人想要安息，被虫蛀蚀，在宁静中腐朽，与世无争地与天仙交欢。

庆典一结束，人们立刻遗忘了关于黛维·艾玉的一切。那天之后，没人来探视过，就连罗西娜和美丽也没来。她们任由残存的墓碑被海上的暴风侵袭，被一堆堆鸡蛋花的枯叶埋住，长满野象草。不过罗西娜没为黛维·艾玉扫墓有个令人信服的理由。她对丑陋至极的小宝宝说："那是因为我们只打理死者的坟。"（她用的是她的手语，宝宝当然不懂。）

或许罗西娜确实能预知未来，那是她从睿智的老祖先那里继承的谦逊能力。罗西娜是在五年前随她的父亲一起来到这座城市的，那时她才十四岁。她的父亲是山里的采砂工，年纪大了，患了严重的风湿。他们出现在卡隆妈妈的妓院里属于黛维·艾玉的房间。起先妓女对这个小女孩或她的父亲丝毫不感兴趣。她的父亲是位老人，鼻子形似鹦鹉的喙，银发卷曲，皮肤黝黑如铜，皱纹满布，特别是他走路的样子极为谨慎，好像只要她轻到不能再轻地推他一下，他全身所有的骨头便会垮成一堆。黛维·艾玉立刻认出他，说道：

"老头子，你上瘾了。我们两晚前上过床。"

老人像见到心上人的小伙子一样害羞地微笑，点了点头。"我想死在你怀里。"他说，"我没办法付钱给你，但我会给你这个哑巴孩子。她是我的女儿。"

黛维·艾玉困惑地看着小女孩。罗西娜平静地站在离黛维·艾玉不远的地方，朝她露出友善的微笑。当时罗西娜瘦极了，穿着一件过于宽松的绣花连衣裙，赤脚，波浪般的头发只用一条橡皮筋往后绑着。她和大部分的山里女孩一样肌肤平滑，有张单纯的圆脸，双眼机灵，塌鼻宽嘴，那张嘴可以对任何人露出讨喜的微笑。黛维·艾玉完全不晓得她能拿那样的女孩做什么，便又望向老人。

"我已经有三个女儿了，我要这个孩子做什么？"她问道。

"她虽然不能说话，但她能读会写。"她的父亲说。"我所有的孩子都能读会写，而且能说话。"黛维·艾玉说着，揶揄地笑了一声。但老人铁了心想和她上床，在她怀里死去，并用哑巴女孩当报酬。女孩随便她处置。"你可以让她当妓女，她这辈子赚的钱都归你。"老人说，"或者，如果没有男人想睡她，你也可以把她剁碎，拿她的肉去市场卖。"

"未必有人想吃她的肉。"黛维·艾玉说。

老人不肯放弃，过了一阵子，他开始表现得像再也忍不住尿意的小孩。黛维·艾玉并不是没有善心让老人在她的床垫上度过美好的几个小时，但这笔古怪的交易着实令她困扰，她一遍又一遍地看看老人又看看哑巴孩子，直到那个女孩要了一张纸和一支铅笔写道：

"快跟他睡吧，现在他随时会死掉。"

黛维·艾玉之所以跟老人睡，不是因为她同意这场交易，而是因为那个孩子说他快没命了。他们在床上缠斗时，哑巴女孩坐在卧室门外的一张椅子上等待，手里抓着装满她衣物的袋子，片刻之前那个袋子还由她的父亲提着。男人几乎没闲聊，直接对黛维·艾玉猛攻，好像一个荷兰军团的士兵接到要将敌人赶尽杀绝的任务，恣意动作，连风湿都忘了。结果黛维·艾玉没花费多少时间，老实说她其实没什么感觉，只觉得胯下的中央有一点点瘙痒。"就像有只蜻蜓在搔我的肚脐。"这个妓女说道。男人匆忙的行动很快就有了结果，他短短地呻吟了一声，身体抽搐着；起初黛维·艾玉以为男人是因泄出睾丸里的东西而抽搐，结果不只如此——这个老人也泄出了他的灵魂。他瘫在她的怀中死去了，他的长矛仍然湿润而伸长。

她们低调地把他埋在墓地的一角，就是后来黛维·艾玉下葬的地方。虽然罗西娜从来没替她的女主人扫墓，但每个斋月的末尾她仍会找机会探视她父亲的墓，浇湿草地，照本宣科地祈祷。黛维·艾玉把哑巴女孩带回家，并没有把她当作那个悲惨夜晚的报酬，而是因为哑巴已经没有父亲、母亲或任何可以视为亲人的人了。黛维·艾玉当时觉得，哑女至少可以在家里陪她，每天下午替她抓头发里的虱子，她去妓院的时候也有人可以看家。

罗西娜本以为她会看到一栋充满生气的房子，结果却来到一个简单的家，那里安静而沉寂。墙壁是乳白色的，好像多年没漆过，镜子上覆满尘埃，窗帘有股霉味。就连厨房看起来也像是从来没用过，除了偶尔泡壶咖啡。唯一看起来有好好打理过的是女主人的卧室和浴室，浴室里有个日式的大浴缸。罗西娜来到这间屋子的头几天，就证明了自己是个值得被留下来的女孩。黛维·艾玉睡午觉的时候，罗西娜漆了墙壁、打扫了地板，用她从一个伐木工那里弄来的木屑刷了窗玻璃，又换了窗帘，着手规划院子，院里不久就种满了各式各样的花朵。黛维·艾玉在下午醒来，闻到厨房里传来久违的香草和香料的气味，她们一起吃了晚餐，黛维·艾玉才不得不出门。那栋房子摇摇欲坠，需要好好整顿，但罗西娜完全不觉得困扰，她只是好奇为什么只有她们俩住在那栋房子里。那时黛维·艾玉还没学会哑巴女孩的手语，于是罗西娜又写了下来。

"你说你有三个孩子？"

"对。"黛维·艾玉说，"她们一学会怎么解开男人的裤裆就离家了。"

几年后，当黛维·艾玉说她不想再怀孕，生孩子已经生腻了的时候，罗西娜马上想起了那句话（但那时黛维·艾玉其实已经怀孕了）。她们常在午后聊天，两人坐在厨房的门口，罗西娜开始养鸡，她们就看着鸡在地上刨土，黛维·艾玉像《一千零一夜》里的山鲁佐德[①]一样讲了许多天马行空的故事，大部分与她美貌的女儿有关。她们就这样建立起互相理解的友谊，所以当黛维·艾玉用各式各样的方法试图杀死她腹中的女儿时，罗西娜并没有试图阻止她。黛维·艾玉开始流露出绝望的迹象时，罗西娜再一次证明自己是个聪慧的少女，她向妓女打了个手势。

"祈祷那个宝宝长得丑陋吧。"

黛维·艾玉转向她，答道："我已经有很多年不相信祈祷了。"

"噢，那要看你是向谁祈祷。"罗西娜比画着，然后微笑，"其实有些神还蛮小气的。"

黛维·艾玉迟疑地开始祈祷。她想到便会祈祷：浴室里，厨房中，街上，甚至胖男人在她身上摇晃的时候，她突然想起来，就会立刻说，神也好，恶魔也好，天使或蛇灵也好，不论谁听到我的祈祷，请把我的孩子变丑吧。她甚至开始想象各种丑陋的东西。她想着长了角的魔鬼像野猪一样露出獠牙，她心想要是有那样的宝宝就

[①] 阿拉伯民间故事集《一千零一夜》中，国王每日娶一女子过夜，次日杀掉再娶，为此宰相的女儿山鲁佐德主动嫁给国王，彻夜为国王讲故事。由于她的故事十分精彩、无穷无尽，国王不断延迟她的死期，在一千零一夜之后，国王终于被感动，山鲁佐德因此活了下来，也拯救了天下的女子。

好了。一天，她看到一个插座，就想象那是宝宝的鼻子。她也想象宝宝的耳朵像锅把手，嘴巴像存钱罐的投币孔，头发像扫帚上的稻草。她发现厕所里有坨非常难看的屎时，甚至开心地跳起来，说拜托能不能让她生个那样的宝宝；皮肤要像科莫多巨蜥，腿如同象腿。黛维·艾玉的想象力愈来愈天马行空，而她子宫里的胎儿也在继续成长。

　　一切的高潮发生于她怀孕后的第七个满月之夜，那时她在花瓣水里沐浴，罗西娜随侍在侧。这一晚是母亲许愿的日子，说出希望自己的宝宝是什么样子，然后将宝宝的脸画在椰子壳上。大部分的母亲会画黑公主、悉多或贡蒂①，或是偶戏里任一最美丽的角色的面庞，如果希望生男孩，就会画坚战、胜财、怖军。但黛维·艾玉用一块黑木炭画了一个极丑的婴儿。她或许是世上第一个这么做的人，因此直到她死去的那天，她都不确定结果如何。她希望她的宝宝不会像她看过的任何人或任何东西，除了野猪或猴子。于是她画了那个吓人的怪物，直到人们埋葬她之前，她都没见过也永远不会见到那样的东西。

　　不过二十一年后，黛维·艾玉在活过来的那天，终于见到了她。

　　那时白昼正转为黑夜，气旋风暴带来倾盆大雨，暗示着季节即将转换。豺狗在山丘间号叫，声音高亢，盖过宣礼师召唤信徒去清真寺做日落祈祷的呼声，他显然没有成功，因为日暮时分天降暴雨，

①　均为印度史诗《摩诃婆罗多》和《罗摩衍那》中的角色。黑公主是般度五子之妻。悉多是阿逾陀国王子罗摩之妻。贡蒂是般度之妻。下文的坚战、胜财（又译阿周那）、怖军（又译毗摩）都是般度之子。

还听得到豺狗的号叫，人们不想出门，尤其此时有个披着裹尸布的鬼魂，邋里邋遢，正啜泣着走在路上。

公墓到黛维·艾玉房子的路程不短，然而摩托车骑手宁可把车子坠入水沟，拼命逃走，也不肯载她一程。小型公交车都不肯停车。甚至路旁的食物摊和商店也决定打烊，紧紧锁上门窗。街上无人，就连无家可归的流浪汉或疯子也没了踪影，只剩下这个起死回生的老女人。只有蝙蝠在空中飞动狂舞，奋力在暴风雨中扑打；窗帘偶尔被掀开，帘后露出吓得发白的脸庞。

她冷得发抖，也感到饥饿。她觉得有些人可能还记得她，几次试着去敲了敲那些人家的门，但房子里的人不是已吓得昏死过去，就是宁可默不作声。因此当她远远认出自己的房子时，喜不自胜；她的房子看上去和人们把她埋进坟墓前一模一样。篱笆旁围着九重葛，周围种了菊花，在雨幕中备显静谧，阳台的灯散发着温暖的光线。她非常想念罗西娜，热切地希望有顿晚餐在等着她。这景象让她稍稍加快了脚步，就像在火车站和公交车总站的人那样；她的裹尸布因此松开，在风中翻腾，露出她赤裸的身躯，但她像洗完澡裹着浴巾的少女，迅速用手抓住棉布，裹在身上。她想念她的孩子，第四个孩子，想看看她是什么模样。人们说得对，深沉地好好睡上一觉会让人改变心境，何况她已沉睡了二十一年。

阳台朦胧的光晕下，一位少女独自坐在一把椅子上；黛维·艾玉和罗西娜从前就在那里互相为对方的头发挑虱子，度过午后的时光。少女坐着的样子像在等人。黛维·艾玉起先以为她是罗西娜，等她站到女孩面前，才发现不认识这个女孩。黛维·艾玉看到她吓人的面孔，差点尖叫起来；女孩看起来好像经历过严重的烧伤，黛维·艾玉脑中有个恶毒的声音说，她还没回到人间，而是在地狱里游荡。但她足够理智，一下子就明白了这个极丑的怪物不过是个悲惨的少女；她甚至庆幸终于遇见了看到裹着尸布在倾盆大雨里行走的老女人而没有逃走的人。当然她还没意识到此时已过去了二十一年，所以还不明白这就是她的女儿。为了厘清疑惑，黛维·艾玉试着和女孩打招呼。

"这是我的房子。"她解释说，"你叫什么名字？"

"美丽。"

黛维·艾玉十分无礼地笑了出来，不过她立刻忍住并明白了一切。她坐进另一把椅子，和女孩隔着一张桌子。桌上铺着黄色的桌布，放着女孩的一杯咖啡。

"感觉就像一头母牛看到她茫然的小牛犊已经知道怎么跑了。"她困惑地说，礼貌地讨了桌上的咖啡，然后喝下。"我是你妈妈。"她补充道。女儿和她期望的一模一样，她满心得意。要不是此时下着倾盆大雨而非月光皎洁，要不是她饿得发慌，她好想狂奔并爬上屋顶，跳舞欢庆。

女孩没有看她，而且一声不吭。

"大半夜的，你在外面阳台上做什么？"黛维·艾玉问她。

"我在等待我的王子出现。"女孩终于开口了，但还是没有转头，"将我从这丑恶脸孔的诅咒中解放。"

女孩意识到其他人不像她这么丑陋，就对那个英俊的王子着了迷。当她尚是襁褓中的婴儿时，罗西娜试过将她带去邻居家，但谁也不肯见她们，不然他们的孩子会尖叫哭泣一下午，老人会立刻发烧病倒，两天后死掉。无论到哪儿，人们都拒绝她，她到了上学的年龄也是一样；所有学校都拒收美丽。罗西娜甚至试着哀求校长，但是比起丑陋的小女孩，校长对年轻的哑女似乎更有兴趣，办公室的门一关上，他就粗鲁地抚摸她。聪慧的罗西娜心想，有志者事竟成，如果她必须失去童贞才能让美丽进学校，要她怎么做都行。于是那个早晨，她在校长的旋转办公椅上光着身子，在电扇的嗡嗡声下做爱长达二十三分钟，即便如此，结果美丽还是没能获准入学，因为如果她去了学校，其他学生会拒绝入学。

罗西娜没有放弃，最后计划自己在家里教她，至少教她算数和识字。但罗西娜还没来得及教美丽任何事，就错愕地发现女孩已经能正确地数出蜥蜴的叫声了。没人教过美丽认字母，一天下午她却拿出她母亲留下的一堆书，放声朗诵，这令罗西娜更为惊讶了。这些惊人的事件有些不对劲，而且实际上自从几年前就已开始了——罗西娜惊奇地发觉女孩会说话，却不晓得是谁教给她的。罗西娜试图监视小家伙，但这个孩子从来没去过篱笆以外的地方，也没有任何人出现，所以她除了使用手语的哑巴女佣谁都没见过。不过她却知道所有有形或无形事物的名称，知道她们房子周围出没的猫、蜥蜴、鸡和鸭。

撇除种种奇妙之事不谈，她仍然是一个可悲而不幸的丑陋小女孩。罗西娜常常碰见女孩站在窗帘后偷看街上的行人，或在罗西娜得出门买东西时望着罗西娜，好像希望罗西娜能邀她同去。罗西娜当然很乐意带她去，但小女孩会抗议，用可怜的声音说："不要，我最好别去，不然大家一辈子都会没胃口。"

她会在清晨出门，那时人们还没醒来，只有菜贩匆匆赶往市场，农民匆匆赶去田里，或渔民匆匆回家，那些人走路或骑自行车，但在黎明的朦胧中不会看见她。那便是她得以认识这个世界的时候。蝙蝠飞回它们的巢穴，麻雀从杏树的嫩芽上飞落，鸡高声喔喔啼鸣，毛虫孵化成蝶，飞到木槿花瓣上栖息，小猫在它们的席子上伸懒腰，邻居的厨房飘来香气，远方传来嘈杂的引擎加速声，不知来自哪里的收音机发出布道声，最重要的是，象征爱与美的金星在东方闪烁。一棵杨桃树的树枝上挂着她的秋千，她就坐在秋千上欣赏这一切。罗西娜甚至不知道那个灿烂的小光点叫金星，但美丽清楚得很，她也已经知道了天上所有星座的占星预兆。

　　太阳一出来，她就像乌龟受打扰时缩起头那样消失在屋里，因为上学的孩子总是跑到篱笆门前，他们好奇地瞪着门窗，期待看到她。老人们跟他们讲过吓人的故事，主角是恐怖的美丽——她住在那栋房子里，任凭谁，哪怕最轻微的抵抗，都会被她割去脑袋，哪怕任何抱怨，都会被她活活吞掉——这些故事在他们脑中挥之不去，反而让他们更想见到她，确认那么骇人的鬼怪是否真的存在。不过他们从来没见过她，因为罗西娜会马上扬着扫帚出现，他们跑开时对着年轻的哑巴女人尖声辱骂。其实跑到篱笆前想看美丽的不只是小孩，坐在人力三轮车里路过的女人们也会转头看一眼，还有那些去上工的人和领着羊群的牧羊人。

　　然而美丽晚上还是会出去，那时候孩子们不被允许走出家门，家长忙着照顾子女，外面只有背着桨和渔网的渔夫，赶着出海。她会坐在阳台的椅子上，以一杯咖啡为伴。罗西娜问美丽深夜在阳台上做什么，美丽的回答和她跟母亲说的一样："我在等待我的王子出现，将我从这丑恶脸孔的诅咒中解放。"

　　"你这可怜的女孩，"她们相见的第一晚，她母亲说，"你真该为这天大的恩赐欢喜起舞。我们进去吧。"

黛维·艾玉再一次体验到了典型的罗西娜的体贴。哑女几乎立刻就在她的旧浴缸里准备好了温水，添上硫黄、浮石和一块块檀香木与蒌叶，让她能神清气爽地出现在晚餐的桌旁。罗西娜和美丽目瞪口呆地看着她饥不择食的样子，她仿佛是在弥补那年复一年没吃东西的岁月。她解决了整整两条金枪鱼，鱼刺和鱼骨都吃得精光，还喝了一碗汤，吃了两盘饭。她喝的饮料是清汤，上面漂浮着小块的鸟巢。她吃得比身边的两个女人都要快。吃完之后，她的胃咕噜咕噜响个不停，肛门发出一种无法控制的隆隆声，她边用餐巾擦嘴边问：

"那么，我死了多久？"

"二十一年。"美丽说。

"很抱歉，实在太久了，"她懊悔地说，"可是坟墓里没有闹钟。"

"下次别忘了带个闹钟。"美丽认真地说，接着又补充道，"还有别忘了蚊帐。"

美丽说话的声音细小而尖锐，是轻快的女高音，黛维·艾玉没理会美丽的话，继续说："我过了二十一年又复活，一定令人困惑，因为就连死在十字架上的那个长发的家伙也不过死了三天就复活了。"

"的确很令人困惑。"美丽说，"下次你来之前，务必发个电报。"

不知为何，黛维·艾玉无法忽略那个声音。她思索了一会儿，察觉到少女说话的语气里怀有敌意。她直视女孩，但可怕的女孩只朝她笑了笑，像是在说她不过是提醒黛维·艾玉别那么粗心。黛维·艾玉看看罗西娜，好像希望理出点头绪，但哑女也一个劲儿地微笑，似乎完全没有别的意思。

"罗西娜，一转眼你已经四十了。过不了多久，你就会变得又老又皱。"黛维·艾玉说着，轻声笑起来，试图让餐桌的气氛轻松一点。

"像只青蛙一样。"罗西娜用手语说。

"像条科莫多巨蜥。"黛维·艾玉开玩笑说。

两人都看向美丽，等待着她说些什么，而她们并没等多久。

"就像我。"她说，这句话简短而可怖。

黛维·艾玉一连几天都忙着接待来访的老朋友，因此可以无视她屋内烦人的怪物。那些人想听阴间的故事；甚至奇阿依也来了，多年前他曾经不甘愿地主持了她的葬礼，像小女孩厌恶蚯蚓一样厌恶地看着她。如今上门拜访时，他彬彬有礼的态度就像圣人面前的虔诚信徒，真诚地说她的复活简直是奇迹，不纯洁的人绝对不会经历这样的奇迹。

"我当然贞洁。"黛维·艾玉泰然地说，"二十一年来都没半个人碰过我。"

"死亡是什么感觉？"奇阿依亚罗问道。

"其实蛮好玩的。所有死去的人里，没有一个想再活过来，主要就是这个原因。"

"可是你活过来了。"奇阿依说。

"我回来，才能告诉你们死后有多好玩。"

这话很适合用在星期五中午的布道中，奇阿依一脸欢喜地离开了。他用不着为造访黛维·艾玉感到不好意思（只不过多年前他曾经吼道，去这个妓女的家就是一种罪过，光是打开她家的大门就会在地狱里遭受火刑），因为那个女人说得对，她二十一年来没被任何人碰过，已经不再是妓女了，而且你最好相信从今往后也不会有人再想碰她。

这个老女人的起死回生引起了种种纷扰，最深受其害的就是美丽，她不得不把自己反锁在自己的房间里。幸好访客顶多只待几分钟，因为他们不久就察觉美丽关闭的房门里透出一种骇人的恐怖。一股黑暗凶恶的邪风挟带着令人作呕的气味从门下和钥匙孔里溜出来，扫过他们，刺骨的寒意直透骨髓。大部分人从来没见过美丽，顶多在美丽还是个小婴儿、接生婆带着她在村里绕圈找奶妈的时候看过她。然而当他们注视着怪物的门，风把难闻的气味带向他们的鼻子，寂静之声在他们的耳中大作的时候，光是想到她就令他们的颈背汗毛直竖，浑身颤抖。这时他们会从口中吐出一些无意义的寒暄，忘了原本想听黛维·艾玉说一些神奇之事，灌下半玻璃杯的苦茶就赶忙站起来，借故回家，跟别人说他们的故事去了。

有人问起他们毛骨悚然的拜访经历时，他们会说："建议你，不论你对起死回生的黛维·艾玉有多好奇，都别进她的屋子。"

"为什么？"

"你会被吓个半死。"

人们不再来访之后，黛维·艾玉开始注意到美丽不大寻常，她的习惯不只是坐在阳台等待英俊的王子，通过星星预言自己的命运。三更半夜，她听见美丽的卧房里传来扭打声，惹得她爬下自己的床，在黑暗中走过去，忧心地站在女孩的房门前，那个可怕的少女发出的声音令她愈来愈困惑。罗西娜拿着手电筒出现时，她还站在那里。手电筒的灯光扫过女主人的脸。

"我知道这种声音，"黛维·艾玉压低声音对罗西娜说，"我在妓院的房间外听过。"

罗西娜点头同意。

"这是人们做爱的声音。"黛维·艾玉继续说。

罗西娜又点点头。

"问题是，她在跟谁做爱，或者应该说，谁会想跟她做爱？"

罗西娜摇摇头。她不是在跟某个人做爱。应该说，她的确是在做爱，但是除了她之外你看不到任何人，所以你永远不晓得对方是谁。

黛维·艾玉站在那儿，对哑巴女孩沉着的态度感到敬畏，这让她想起自己疯狂的时候，只有这个女孩了解自己。那天晚上，她们一同坐在厨房里，仍坐在那台老旧的炉子前烧水，等着冲泡咖啡。她们像从前那样闲聊，唯一的光源是闪烁的火焰，火焰舔舐着断裂的可可树枝、棕榈树枝和椰壳纤维做的干柴。

"你教过她吗？"黛维·艾玉问道。

"教过她什么？"罗西娜用唇语问道。

"自慰。"

罗西娜摇摇头。美丽不是在自慰，她是在和某个人做爱，只是你不晓得她在跟谁做爱。

"为什么没有？"

罗西娜摇摇头。因为我自己也不会。

罗西娜把那些神奇的事都跟黛维·艾玉说了，美丽小时候是如何没人教就学会了说话，六岁的时候甚至开始读写，最后罗西娜什么也没教她，因为这个女孩已经学会了罗西娜自己都不会的事。她九岁会刺绣，十一岁能缝纫，更不用说，她能做出任何你想吃的食物。

"一定有人教她。"黛维·艾玉不解地说。

"可是没人来这栋房子啊。"罗西娜比画道。

"我不管他是怎么来的，或者他是怎么瞒着你我过来的。但他一定来过，教会了她所有的事，甚至教她做爱。"

"是啊，没错，他来了，然后他们做爱。"

"这栋房子闹鬼了。"

罗西娜从不相信这栋房子闹鬼，但黛维·艾玉这么想，自有她的理由。不过那是另一回事了，而黛维·艾玉并不想跟罗西娜吐露任何相关的事，至少那晚不想。她站起来，匆匆回到床上，把沸腾的水和那杯咖啡都忘了。

之后的日子里，老女人企图监视丑女孩，想查出这一切奇迹最合理的真相，因为即使房子里确实有鬼，她也不愿相信那是一个鬼魂干的。

一天早上，她和罗西娜发现一个老男人坐在熊熊的炉火前，在清晨寒冷的空气中发抖。他看起来像游击队员，头发乱七八糟，纠结成团，用一片枯黄的叶子往后绑起。他的脸和衣着强化了这种印象：他脸颊深陷，仿佛饿了好几年，黑色衣物上沾满泥巴和干掉的血迹。他的腰间甚至有把小匕首，在皮腰带上晃着。他的鞋太过宽松，很像廓尔喀部队 ① 在战时穿的那种。

"你是谁？"黛维·艾玉问。

"叫我排长。"老人说，"我快冻死了。让我在你们的炉前待一

---

① 雇佣兵团，来自尼泊尔加德满都以西的廓尔喀村，纪律严明、英勇善战，对雇主非常忠诚。

会儿。"

罗西娜尽可能理智地估量他。或许他从前领导过一个排，或许他曾经属于哈里蒙达的军团，抵抗过日本人，之后逃进了森林。或许他年复一年被困在森林里，不知道荷兰和日本早已成往事，现在我们有个共和国，有自己的国旗和国歌了。罗西娜给了他一些早餐，对他投以温柔的凝视和一丝敬意，只不过做得有一点点过头了。

然而黛维·艾玉略带怀疑地看着他，在想他是否就是女儿每晚等待的王子，他是否就是教女儿做爱的那个人。可是这个男人看起来七十多岁了，应该已经多年不举，想到这里，黛维·艾玉那不愉快的念头逐渐散去。她甚至邀请他住进屋子，因为还有一间空房，而这男人看起来已失去了和外部世界的所有联系。

排长的处境确实混乱而悲惨，他接受了她的邀请。那是星期二，离黛维·艾玉起死回生已经三个月了，那一天她们发现美丽凄惨地大字瘫在她卧室的地板上。她母亲试着扶她站起来，跟罗西娜合力让她躺上床。排长突然出现在她们背后，说道：

"你们看她的肚子，她怀孕了，已经快三个月了。"

黛维·艾玉难以置信地看着美丽，她的目光不再困惑，只剩怒气，而不知情丝毫没有冲淡她的愤怒，她质问道："你是怎么怀孕的？"

"跟你四次怀孕一样。"美丽说，"我脱掉衣服，和一个男人做爱。"

2

　想必是发生了什么怪事，所以在某一个晚上，老人被迫迎娶少女黛维·艾玉为妻。他正在熟睡中打呼，一辆科乐比汽车停在屋前，在漆黑的夜里，汽车引擎的噗噗声惊醒了他。老人马·格迪克还没从惊吓中回过神来，下一个惊吓就像飓风一样降临：车里出来一个打手，腰间挂了把大砍刀，老人养的杂种狗睡在门前，被他一脚踢开。狗尖声吠叫，跳起来准备打斗，却徒劳无功；科乐比司机利落地用步枪射杀了它。狗在死前号叫了一声，这时打手踹开老人小屋的夹板门，门坏了，挂在一边的铰链上。

　小屋里非常黑，不像人住的地方，倒像蝙蝠和蜥蜴的家。两个小房间在月光下依稀可见：一间是卧室，老人困惑地坐在窄床边；一间是厨房，炉子上积满了灰尘。蜘蛛网纵横交错，只有老人从卧室走到炉前和门口的那条过道例外。屋里的尿臊味比任何猪圈的气味还要浓得多，恶臭熏得打手作呕，炉子旁有一堆干燥的棕榈叶，他抓了一把折起来，点燃前端，当作火把。室内立刻亮了起来，各种形状和大小的影子摇曳颤动着。蝙蝠飞散。老人仍坐在他的床边，看着不速之客，大惑不解。

接着是下一个意外：打手给他看一块黑板，黑板上是年轻女孩的整洁笔迹。他不识字，打手也是，不过打手知道上面写的是什么。

"黛维·艾玉要嫁给你。"他说。

这一定是开玩笑吧。他明白自己的身份——他是一个老人，已经活了半个多世纪，就算那些丈夫被丢进博芬－迪古尔集中营或死在日里①的尘土中的寡妇，也宁可为了来世继续虔诚守寡，而不要嫁给像他这样的拉车夫。他根本已经忘了怎么和女人睡觉，要是还记得怎么养女人，算他走运。他上次去妓院已经是许多年前的事，而上一次他用双手自己解决，也是许多年前的事了。因此他像村里的男孩那样天真地问打手：

"我根本不确定我能不能娶她。"

"夺走她贞操的是你的屌还是狗的屌都不重要，反正她想嫁给你。"打手咆哮道，"不肯的话，斯塔姆勒大人会把你变成豺狗的早餐。"

他听了发抖。许多荷兰人养豺狗，用来猎野猪，如果他们不喜欢某个本地人，那个人会被抓去跟那些豺狗搏斗，拼你死我活，没骗你。但即使那个威胁是真的，娶黛维·艾玉也不是小事，而他就是不懂他为什么得娶她。何况他永远爱着马·伊杨，那个女人已经飞向空中，消失无踪，他已发誓不再娶任何人。

---

① 棉兰的旧称，苏门答腊岛北部的大城，现为北苏门答腊省首府。

那个女人是另一个故事了，那样的爱太美好，无法长久。马·格迪克和马·伊杨在渔民聚落里一起长大，他们天天见面，在同样的海湾里游泳，分食一条鱼，唯一阻碍他们结婚的只有年纪，因为那时他们还没成年。马·格迪克和大部分同龄的孩子不同，他在学会了走路、可以离开母亲身边之后的很长一段时间里，不论去哪儿，都随身带着一个装了母乳的竹筒。一天，马·伊杨感到好奇，问他为什么十九岁了还喝奶，也不在乎奶早就发酸了。

"因为我父亲也一直喝我母亲的奶，一直到老。"

马·伊杨这下懂了。她在一丛斑兰后脱下短衫，叫那家伙吮吸她小巧可爱的乳头。她的乳头没流出奶，但马·格迪克终于不再喝母乳，从此一辈子爱上了这个少女。事情就这样发展下去，直到一天晚上，马·伊杨打扮得像个欣传舞[①]者，被一辆马车载走，这一幕虽然迷人，却也令人心痛。无论是什么事，马·格迪克总是最后一个才知道，这次也不例外。他追着马车横越海滩，追上马车夫后就跟在马车旁奔跑，朝美丽的女孩喊道：

"你要去哪里？"

"去一个荷兰领主的房子。"

"为什么？你用不着去当荷兰人的女佣啊。"

"我不是要当女佣。"女孩说，"我将成为他的姨太太。你可以叫我伊杨姨太。"

"妈的！"马·格迪克尖叫道，"为什么你想当别人的姨太太？"

---

① 印尼爪哇北岸的传统舞蹈。

"不然的话，我爸妈会成为豺狗的早餐。"

"可是你不知道我爱你吗？"

"嗯，我知道。"

他还在马车旁奔跑，这对年轻男女为了痛苦的别离而哭泣，只有马车夫见证了他们的眼泪，他想安抚他们一下，想了想说道："你们用不着属于彼此，还是可以彼此相爱。"

这话一点都不安慰人，马·格迪克听了跌倒在路旁的沙地里，为他的不幸而恸哭悲叹。女孩命令车夫停车，她爬下车站到年轻人的面前。接着女孩在老车夫、马匹、呱呱叫的青蛙、猫头鹰、蚊子和飞蛾的见证下发誓：

"十六年后，那个荷兰领主会厌倦我。如果你还爱我，对荷兰人用剩的女人还有兴趣，就到那座岩石丘上等我。"

从那之后他们再也没见过对方，也没听过对方的消息。马·格迪克一直不晓得那个荷兰领主是谁，这个领主如此色欲熏心，居然夺走他年方十五、正值青春年华的恋人。马·格迪克那时十九岁，他发誓即使她被剁成肉块送回家，他还是会爱她。

不过失去恋人仍然非同小可。他为了度过等待的岁月，变得比疯子还疯狂，比白痴还痴傻，比陷入阵阵哀恸的哀悼者还要凄惨。他拉车的朋友和港口的苦力设法安慰他，要他娶别的女人，但他宁可把薪水和时间拿来赌博，喝茴香酒喝到烂醉，跌跌撞撞地走回家。后来他的朋友开始游说、劝说他去妓院，希望其他女人的肉体至少可以平息他欲求不满的悲伤。当时那里只有一间妓院，就在码头底。其实妓院当初是为住在军营的荷兰士兵建造的，不过梅毒暴发之后，大部分的荷兰士兵都宁可自己讨个姨太太，不再去那里，后来港口工人就开始去妓院了。

"去妓院和娶另一个女人一样是背叛。"马·格迪克顽固地说。但一星期后，他喝醉酒，意识模糊，他的朋友拉着这个家伙来到那家妓院，他花了一天的工资在一张床和一个胖女人身上，结果性爱的魔力立刻令他惊叹，他改口说："和妓女做爱，其实不算背叛，因为我付给她们的是钱，不是爱。"

从此他成了码头底那家妓院的常客，他和那里的女人上床时都低语着马·伊杨的名字。他几乎每周末都去，和一群对他一如既往的好友同行。他们手上现金充裕的时候，每个家伙都有自己的妓女可睡，不过有时得节省一点，就五个人共享一个女人。这样过了好几年后，男人们一个个结了婚。马·格迪克的朋友不再有时间去妓院（何况他们有可以不为钱、只为爱而跟他们上床的老婆），他很难熬，而独自去妓院是世上最闷的事。马·格迪克寂寞的时候开始用手解决，但这样很快就让他沮丧不堪，他不得不在漆黑的夜里再度一个人溜去妓院，在渔夫从海上归来之前回家。

一段时间之后，他变成了怪人，甚至成了公敌，因为邻居的畜栏屡次发生骚动，然后邻居就会抓到他在强暴一头母牛，甚至强暴一只鸡，鸡肠子流了一地。有时他会殴打牧童，然后抓一只羊在田地中央干它，有一次一个扛着满满一篮木薯叶的中年妇女看到这样性欲完全失控的景象，歇斯底里地发出惊慌的尖叫，跑过一整片稻田。大家开始疏远他。他不再洗澡了。他不再吃米饭，也不吃其他食物，只吃自己的屎和他从香蕉园里捡来的大便。他的亲友担心极了，从远方找来一个巫医，这个神秘的治疗师以治疗各种疾病而闻名。治疗师身着白袍，留着茂密的长胡子，看起来像睿智的传教士。

他在羊栏里替马·格迪克做检查，因为过去的九个月，马·格迪克被绑在羊栏里，靠吃栏里的排泄物为生。巫医冷静地告诉担心的旁观者：

"只有爱能治好这样的疯子。"

但这可难办了，他们没办法让马·伊杨回到他的身边，最后只好放弃，让马·格迪克在束缚中漫长地等待。

"他们承诺要等十六年，"他的母亲气恼地说，"可是他一定撑不到那天就腐朽了。"决定把他绑起来的就是她，就在她发现第六只鸡的肠子流出肛门，痛苦地打滚，不得不杀了它之后。

但他没有腐朽。他看起来其实蛮健康的，随着日子逐渐流逝，他一直等待的时刻渐渐来临，他的脸颊变得红润了。下午，打赤脚的学童回家放牛之前会聚在他的羊栏外开开玩笑，而他会教他们怎么爱抚自己的生殖器，于是学校的老师禁止任何人靠近他。但孩子们想必尝试了他教的事；一些孩子半夜偷偷跑去羊栏找他，轻声细语地告诉他，他们发现了尿尿的新方法，感觉比平时舒服多了。

一天下午，一个农夫发现两个九岁的小孩在班兰丛里做爱，之后村民就狠心地将那个羊栏用木板钉了起来。马·格迪克被困在羊栏里，没有人可以说话，当然也没有任何光线。

然而这样的惩罚并没有摧毁他的意志。他的身体被束缚在用木板封住的笼子里，嘴巴却唱起猥亵的歌曲，奇阿依听了脸红，人们在半夜辗转反侧，悲惨地颤抖。这种报复持续了几个星期，但就在村民决定用小椰子塞住他嘴巴的时候，奇迹及时地出现了。那天早上，他不再唱猥亵的歌；恰恰相反，他唱起美丽的情歌，许多人感动落泪。从那片地区的一头到另一头，人们放下手中的工作，听得出神，好像空中会降下天仙，直到终于有人明白了：这是马·格迪克漫长等待的最后一天。这一天，他将和他的恋人在岩石丘顶相见。

认识他的人们蜂拥而去，拆掉关住他的木板。羊栏臭得像难闻的老鼠窝，光线照亮羊栏时，他们发现那个人仍然被绑着，而且还在唱歌。他们给他松绑，把他带到沟渠里，一起替他洗澡，仿佛他是新生的婴儿或刚过世的老人。他们在他身上喷上从玫瑰到薰衣草的各种香水，给他上好的暖和的衣服，包括外套和一条荷兰人丢弃的裤子；他们替他打扮，好像他是要被放进棺木里的基督教徒的尸体。大功告成之后，他的一个老朋友惊奇地说："你真帅，我都担心我老婆会爱上你了！"

"她当然会爱上我。"马·格迪克得意地说，"就连羊和鳄鱼都会爱上我。"

巫医说得没错，爱可以治好他的病，爱能治好一切疾病。没人再担心他，大家都忘了他从前的不良行径。就连少女也站在离他很近的地方，不用怕他的手会粗鲁地乱摸；虔诚的信徒亲切地和他打招呼，不用担心他们的耳中会充斥着亵渎的话。他的母亲举办了一场小型派对，庆祝他突然康复，派对上有黄色圆锥状的姜黄饭塔、一只按正常方式宰杀而且肠子没从肛门跑出来的鸡，还邀请了一个奇阿依来吟诵祝福和感恩的祷词。那是渔民聚落里的一个美好的早晨，聚落位于哈里蒙达一角，仍然笼罩在雾气中，多年之后，人们跟他们的子孙说起这对恋人的恋情，都会记起这个早晨，而他们的恋情直到几代之后仍以忠贞不渝的真爱故事流传下去。

然而，十六年的漫长等待终究以悲剧收场。阳光开始变得灼人，不久有人开着车、骑着马急驰而过，他们在追一个逃跑的姨太太。

那个女人跑向岩石丘，显然是马·伊杨。马·格迪克借了头驴子追赶荷兰人和他的恋人，附近的人们跟在他后面，拖了一长串，活像巨蛇的尾巴。到达山谷时，荷兰人终于停了下来，马·格迪克放声大喊，一次次呼唤他的爱人的名字。

在车子、马匹和驴子都到达不了的岩石丘顶，马·伊杨看起来好小。那群荷兰人愤怒地发誓，要是他们抓到她，就把她拖进豺狗的笼子。马·格迪克努力往岩石丘上爬，但要上去难如登天，人们纳闷那个女人究竟是怎么爬到丘顶的。马·格迪克奋力挣扎了一番之后，站到他的爱人身边，他的心因渴望而沸腾。

"你还要我吗？"马·伊杨问，"我全身都被舔过，洒满荷兰人的精液，他曾插入我的私处一千一百九十二次。"

"我曾进入二十八个女人的私处高达四百六十二次，进入我自己的手无数次，还没算上动物的私处呢，所以我们真的有那么不同吗？"

他们像被爱神附身般紧紧拥抱，在炙热的热带阳光下亲吻。为了宣泄积郁已久的热情，他们把身上黏糊糊的衣物全脱了，丢到一旁；衣物飘下山谷，不断飞旋打转，宛如被风吹动的桃花心木的花朵。人们几乎不敢相信他们的眼睛，有些人尖叫起来，荷兰人全都红了脸。接着两人毫不迟疑地在一块平坦的岩石上做爱，满山谷的人看得一清二楚，好像在电影院里看戏。贞洁的女人用面纱的边缘遮住脸，所有男人都硬了，不敢看别人，而荷兰人说：

"我们不是总说吗，本地人就像猴子。"

真正的悲剧发生在做爱之后，马·格迪克邀请他的爱人爬下岩石丘，和他回家，这样两人就能结婚，住在一起，永远相爱。马·伊杨说，不可能。他们还没踏进山谷，荷兰人就会把他们丢进豺狗笼中。

"所以我宁可飞翔。"

"怎么可能。"马·格迪克说，"你又没有翅膀。"

"只要相信自己能飞，你就能飞。"

马·伊杨赤裸的身上覆满汗珠，汗珠映着阳光，宛如珍珠，她为了证明自己的话，就这么跳了下去，飞向山谷，消失在逐渐降临的雾气中。人们只听见马·格迪克跑下坡寻找爱人时发出的可怜尖叫。所有人都去找她，连荷兰人和豺狗也去了。他们搜遍山谷的每个角落，却怎么也找不到马·伊杨，生不见人、死不见尸，最后大家都相信那个女人真的只是飞走了。荷兰人这么认为，马·格迪克也这么认为。那里只剩下岩石丘，于是人们以在丘上飞天的女人将它命名为"马·伊杨丘"。

那天之后，马·格迪克去了沼泽，建了栋小屋，荷兰人无法忍受雨季时那里的疟疾。白天，他拉着满载咖啡、可可豆，有时是椰干和木薯的车子来到港口，除了和其他拉车夫简短的对话，他只会自言自语，或是和周围的神灵说话。尽管他不再强暴牛、鸡或吃屎，人们仍然开始觉得他的疯病复发了。

小屋几乎刚一建好，便有更多人来到沼泽，不断冒出的小屋让那里变成了新的聚落。唯一去过沼泽的荷兰人是一名负责进行普查的监察人，一星期后，人们在他的租屋处发现了他的尸体，死因是疟疾。此后的许多年里不再有人拜访马·格迪克，直到那一晚，科乐比的司机射杀了他的杂种狗，打手踹开他的屋门，带来黛维·艾玉想嫁给他的惊人消息。他不晓得她为什么想嫁给他，所以他脑海深处开始冒出一个邪恶的故事。他依旧颤抖不停，询问打手：

"她怀孕了吗？"她很可能是为了隐藏荷兰家族的耻辱，才不得不嫁给他。

"谁怀孕了？"

"黛维·艾玉。"

"如果她想嫁给你，"打手说，"那一定是因为她不想怀孕。"

黛维·艾玉欢喜地迎接她的未婚夫。她要他去洗澡，给他好衣服穿，告诉他村长快要到了。但他听了并没有满心欢喜；恰恰相反，他觉得这根本就是一场大灾难，愈是接近他们结婚的时刻，他愈是沮丧。

"亲爱的，笑笑。"黛维·艾玉说，"不笑的话，豺狗会吃了你。"

"说实话，你为什么想嫁给我？"

"整个早上你都不停地问我同样的问题，"黛维·艾玉有点恼怒了，"你觉得其他人结婚就有个好理由吗？"

"通常是因为他们彼此相爱。"

"我们正好相反，我们一点也不相爱，"黛维·艾玉说，"所以这个理由不错，不是吗？"

女孩年方十六，和许多混血女孩一样美。她的头发乌黑亮丽，双眼带着蓝色。她穿着薄纱的结婚礼服，戴一顶小王冠，看起来就像故事书里的仙女。现在她成了斯塔姆勒家里唯一管事的人，因为她的家人全都打包好行李，与其他荷兰家庭涌向机场了，想趁他们还有机会时逃到澳洲。日军已经占领了新加坡，虽然他们还没到哈里蒙达，但很可能已经到巴达维亚①了。

---

① 即今日的雅加达，印尼最大的城市和首都。

其实几个月前，他们在收音机上听到欧洲爆发战事，就开始谈论战争了。当时，黛维·艾玉已经进入方济各会学校就读，多年后那所学校将成为中学，她的外孙女美人伦嘉妮斯将在厕所隔间里被一条狗强暴。黛维·艾玉想当老师，理由很简单，因为她不想当护士。她的姑妈汉尼卡在教幼儿园的孩子，她会和姑妈一起去学校，她们乘坐的那辆科乐比汽车很快就会去接马·格迪克，开车的司机将射杀老人的狗。

她拥有哈里蒙达最好的老师——负责教她音乐、历史、语言和哲学的修女。有时神学院的耶稣会教士会来访，教她们宗教教育、教会历史和神学。她的天资令他们刮目相看，她的美貌却令他们忧心，一些修女试图说服她立誓保持清贫、纯洁和贞洁。她说："才不要。如果每个女人都发那样的誓，人类就会像恐龙一样绝种。"她说起话来语不惊人死不休，比她的美貌更令人困扰。无论如何，宗教唯一吸引她的是神奇的故事，教会唯一吸引她的是教堂钟声的悦耳音色。

她在方济各会学校的第一年，欧洲爆发了战争。马利亚修女放在教室前的收音机惊恐地报道了德军入侵荷兰的消息，他们只花了四天就占领了那里。孩子们惊奇地发觉战争不只是他们历史课本里记载的胡言乱语，而是真实的，他们为此深深着迷。更重要的是，他们祖先的故土爆发了战争，而荷兰打输了。

"起先是法国，这回又是德国占领了那里？"黛维·艾玉说，"这个国家真可悲。"

"为什么，黛维·艾玉，这话怎么说？"马利亚修女问。

"我的意思是，我们的商人太多了，士兵却不够。"

她因为说了不得体的话而受到惩罚，被迫朗读《圣经·诗篇》。然而在黛维·艾玉的班级里，只有她喜欢听到战争的消息，她甚至做出了令人心寒的预言：战火会蔓延到东印度，甚至波及哈里蒙达。修女带她们为她们欧洲家人的安危而祈祷，尽管黛维·艾玉仍为家人参加祷告，但她其实没那么在乎。

　　然而战争的焦虑包围了她的家庭，尤其是她的祖父母特德和玛丽琪·斯塔姆勒，他们在荷兰有许多家人。他们持续询问从荷兰送来的信，但一直没收到。最重要的是，他们担心黛维·艾玉的父母，亨利和阿涅·斯塔姆勒。他们私奔了，两人在十六年前的一个早晨突然离开，没说一声再见，只留下黛维·艾玉，她当时只是个婴儿。虽然家人因此勃然大怒，但他们其实还是很担心。

　　"无论他们在哪儿，我都希望他们幸福。"特德·斯塔姆勒说。

　　"如果德国人杀了他们，愿他们在天堂仍然幸福。"黛维·艾玉说，然后她自己接下去，"阿门。"

　　"过了十六年，我已经不生气了。"玛丽琪说，"其实你应该祈祷能见到他们。"

　　"祖母，我当然希望能见到他们。他们欠我十六个圣诞礼物和十六个生日礼物，还没算十六个复活节蛋呢。"

　　她已经知道她父母亨利和阿涅·斯塔姆勒的事了。一些厨房里的仆役悄悄把他们的事告诉了她；要是特德·斯塔姆勒或玛丽琪知道他们泄露了秘密，他们很可能会挨一顿鞭子。但过一阵子之后，特德和玛丽琪发觉黛维·艾玉已经听说了所有的事，包括一天早上他们发现她躺在门前台阶上的一个篮子里。当时她被裹在襁褓里，沉沉地睡着，身边放了一张写着她名字的便笺，解释说她父母已经乘坐

"曙光号"出海前往欧洲了。

她一直为自己没有父母、只有祖父母和一个姨妈而感到惊奇。但当她得知她父母是在某天早上不见的，她并不生气；相反，她为之惊叹。

"他们是真正的冒险家。"她对特德·斯塔姆勒说。

"孩子，你读太多故事书了。"她祖父答道。

"他们一定很虔诚。《圣经》里说，有个母亲把她的孩子留在尼罗河河畔。"

"情况不一样。"

"是啊，当然不一样。我是被留在了门前的台阶上。"

亨利和阿涅都是特德·斯塔姆勒的孩子。他们从尚在襁褓中时便同住一个屋檐下，但从来没人发觉他们爱上了彼此——真是一个可耻的丑闻。亨利是玛丽琪生的，比阿涅大两岁；阿涅则是特德和一个姨太太的孩子。那个姨太太是本地人，叫马·伊杨。虽然马·伊杨住在另一栋房子里，由两名打手看守，但阿涅出生之后，特德却决定把阿涅带来和他们同住。玛丽琪起初拼命反对，但她有什么办法，毕竟大部分的男人都有姨太太和私生子。最后她终于答应让那个孩子住在他们的屋子里，继承家族的姓，以免俱乐部里有人闲言闲语。

他们一同长大，有足够的时间爱上彼此。亨利是个讨喜的年轻人，很擅长带着他的俄国狼犬（直接从俄国送来的）猎猪，也是踢足球、游泳和跳舞的好手。而阿涅出落成美丽的年轻女子，她会弹钢琴，以悦耳的女高音唱歌。特德和玛丽琪允许他们去夜间的园游会和舞厅，因为是时候让他们找点乐子了，或许他们甚至能找到匹配的对象呢。但灾难就是这么开始的——他们跳舞跳到午夜，喝了杯节日餐厅的柠檬水之后，并没有回家。特德很担心，他带了两个打手去园游会找他们。三个人只看到一个漆黑寂静的旋转木马，一间紧紧锁上的鬼屋，一间空无一人的舞厅，打烊的美食摊，还有大字睡在摊位前的疲惫店员。完全没有那对少年少女的踪影。特德只好质问他们的年轻朋友，两人究竟到哪儿去了。有人说：

"亨利和阿涅去了海湾。"

除了几间旅馆，夜里的海湾上什么都没有。特德一间间搜查，最后在一间房里找到两人，他们一丝不挂，被抓了个措手不及。特德什么也没说，而他们再也没回家。谁也不知道在那之后他们去哪儿了。或许他们住在一间旅馆里，要么跟朋友借钱、接受朋友的施舍，要么靠打零工为生。也可能他们跑进森林，靠水果和野猪肉过日子。还有人说他们去了巴达维亚，替火车公司工作。特德和玛丽琪一直不晓得他们的下落和境况，然后一天早晨，特德在他家门前的一只篮子里发现了一个婴儿。

"那个婴儿就是你，"特德说，"他们替你取名为黛维·艾玉。"

"然后他们在'曙光号'上生了更多的宝宝……或许欧洲所有的房子前面都有一只篮子。"女孩说。

"你祖母发现时，变得歇斯底里。她发疯似的从屋里跑了出去，谁也追不上她，骑马开车都追不上。我们发现她爬上了岩石丘的丘顶，可是她再也没下来。她飞走了。"

"玛丽琪祖母会飞？"黛维·艾玉问。

"不，是马·伊杨。"

是那个姨太太，也就是她的另一个祖母。按她祖父的说法，如果她坐在阳台上往北看，就会看到两座小岩石丘。马·伊杨从西边的山丘飞走了，消失在天空里，当地人以她的名字命名了那座山丘：马·伊杨。这虽然动人，却也有点哀伤。黛维·艾玉下午常常独自坐着眺望那座山丘，期待看到她的祖母还像蜻蜓一样飘在那里。不过战争吸引了她的注意力，之后黛维·艾玉更常坐在收音机前，听前线的报道。

虽然战争依然遥远，但哈里蒙达已经能感觉到战争的影响了。特德·斯塔姆勒和其他几个荷兰人共同拥有的一座可可豆与椰子种植园，是那片地区里最大的一座。而战争导致全球贸易停摆。他们的收入减少，生意似乎注定要完蛋。家里变节俭了。玛丽琪只跟挨家挨户叫卖的小贩买食物。汉尼卡克制了她看电影和买唱片的习惯。甚至给他们当守卫和技工的印度人威利先生，也不得不缩减子弹和科乐比汽车汽油的开支。黛维·艾玉则被疏散到学校的宿舍。

方济各会的修女在战时就是这样伸出援手的，她们免费打开了宿舍的大门。这时，学校所有课堂上谈论的都是令人焦虑的传闻，关于这场终于来到他们前院的战争。黛维·艾玉没有耐性听没完没了的讲演，她站起来大声问道：

"我们别坐着空谈，何不学习怎么使用步枪和大炮呢？"

修女将她逐出去长达一星期，要不是当时在打仗，她祖父还得再缴一笔罚款。她回到学校时，珍珠港刚被轰炸，马利亚修女通常都是一脸愉快地教授历史，这次她严肃地断定："美国该干预了。"

他们明白此时战争离他们非常近，像草丛里的蜥蜴一样潜伏着，进展缓慢，但终将让大地遍染鲜血，布满弹壳。黛维·艾玉之前的想法在这时看起来像是预言，只是最后到来的是日军而非德军。如同老虎在扩展的领土上撒尿，旭日旗开始在菲律宾飘扬，接着也突然在新加坡飘扬起来。

在家里，这带来了更大的问题。特德·斯塔姆勒的年纪还不大，他和所有成年男性一样收到了征兵令，被强制服役。和只用省钱比起来，这种状况要棘手得多。汉尼卡泪眼汪汪地给了他一些护身符，黛维·艾玉则给了他一些好建议："被你的敌人俘虏，好过被射杀身亡。"

特德离开时，谁也不知道他会被派驻到哪里，但日军迅速逼近爪哇，他应该会被送去苏门答腊迎战。特德和其他男人（大多是庄园家庭的男人）一同把哈里蒙达和家人抛在了身后。玛丽琪在村里的广场上与他道别时，噙着泪说："我以性命发誓，他连一头猪都没打中过，准头差远了。"之后，她取代丈夫成为一家之主，可怜兮兮的，女儿和孙女都努力安慰她。威利先生几乎每天都来——他没被征兵，因为他是印度人，从来没被登记为荷兰公民，何况他被一头野猪撞过之后，一条腿瘸了。

"祖母，冷静点，日本人的眼睛太小，在地图上看不到哈里蒙达。"黛维·艾玉说。当然她只是想让玛丽琪好过一点，但玛丽琪脸上没有丝毫笑意。

全城士气低落。夜市关了，没有人去俱乐部。没有人跳舞，庄园的办公室由几个弱不禁风的老家伙看守。人们在游泳池相聚，默默泡在水里。大约在那个时候，所有住在哈里蒙达的日本人都不见了。有些是农夫，有些是商人，有一个是摄影师，另外两个甚至是马戏团里的杂技演员，他们突然消失后，大家才意识到敌人的间谍一直在他们的身边。

只有本地人完全不以为意——他们还是照常过日子。拉车夫仍然络绎不绝地前往港口，因为贸易仍在进行，货船仍在航行。农人继续耕田，渔夫夜夜出海。

正规军来到了哈里蒙达的港口，这里现在成了爪哇南岸最大的港口，也是大规模撤退到澳洲的可行途径。起先这里只是位于伦嘉妮斯河开阔河口的一个普通渔港，没有航海的传统。海边和内陆的人们聚在这里交易货品。渔民用鱼、盐和虾酱换取米、蔬菜和香料。

很早之前，哈里蒙达不过是一大片多雾的沼泽森林，根本不属于任何人。一位巴查查兰[①]的末代公主逃到这个地区，为这里起了名字。之后，她的后代在这里发展出村落和城镇。马打兰王国[②]曾把意见不合的王子放逐到这里。荷兰人最初对这个地区毫无兴趣——沼泽有疟疾的威胁，泛滥时无法控制，道路状况惨不忍睹。最早有大船在此停泊是十八世纪中叶的事，那艘英国船叫"皇家乔治号"，只是为了取水才到达这里，不是为了贸易。然而，这件事有点惹恼了荷兰当局，他们怀疑英国人其实购买了咖啡和靛蓝，甚至珍珠，也许还从哈里蒙达走私武器，存放在迪波内戈罗。于是第一支荷兰探险队终于来了，在这里到处视察，绘制地图。

第一批住在这里的荷兰人是一名中尉、两名中士、两名下士，以及大约六十名武装士兵，他们的小要塞让哈里蒙达从此有了正式的基地。那是迪波内戈罗的战争结束之后，强迫种植制度开始时的事。在这座要塞建立之前，在荷兰人开始种植他们自己的可可树之前，哈里蒙达内陆大量种植的咖啡与靛蓝经由内陆路径运送，横越

---

① 12 至 16 世纪存在于印尼西爪哇的最后一个印度教王国。

② 8 至 10 世纪存在于印尼中爪哇的印度教及佛教王国，后迁至东爪哇。

爪哇前往巴达维亚。这条路线存在不少风险——货物可能在途中坏掉，路上也可能遭遇盗贼。哈里蒙达有了要塞和海港之后，农作物就能直接装船，运往欧洲贩卖。于是人们拓宽了街道，让货车和马车可以通行。他们还挖了沟渠防止淹水，在港口周围兴建仓库。尽管和北方的任何港口相比，哈里蒙达一直不算重要，但殖民地政府注意到了哈里蒙达，这座港口最后也终于对私人企业开放了。

最早在城市中运营的企业当然是荷兰印度轮船公司，他们拥有一些大型帆船。这里也建立了仓储业，尤其在由东至西贯穿全岛的铁路开通之后。然而这里的贸易一直没进入黄金时期——建立最初的要塞之后，殖民政府就把哈里蒙达变成了一个军事据点。他们看到了战略上的机会：这座城市是南岸唯一的大港，一旦战争爆发，这里可作为荷兰人撤退到澳洲的后路，不用再经过巽他或巴厘海峡。

他们开始建造碉堡，在海滩上设置大炮，防卫港口和城市。海岬沿岸丛林里的山丘上建起了瞭望塔，多年前，巴查查兰王国公主的后裔就住在这里。有一百支炮兵部队进驻此地。二十年后，二十五座庞大的阿姆斯特朗大炮被安置于此，二十世纪初他们又建造了更多的军营，防御计划发展到巅峰。在哈里蒙达，这是许多事情的开端——妓院、私人俱乐部、医院，还有根除疟疾的措施，荷兰商人也开始涌入这座城市，有些人建立了可可庄园，在这里待上许多年。

战争爆发后，德国占领了荷兰，所有军事设施都升了级，更多士兵进入城中。收音机里传来"威尔士亲王号"和"却敌号"这两艘英国船被日方击沉的消息，而马来半岛已落入敌方手中。日本的胜利并非到此为止。马来半岛被占领后不久，英国守军司令白思华中将便签署了新加坡投降书，而新加坡一直是传说中最牢不可破的英国要塞。一切每况愈下，最后在一天早上，监察人查访了哈里蒙达的民宅，说了些让他们不寒而栗的话："日本轰炸了泗水。"本地工人都停下了工作，所有的交易都中止了。他们对玛丽琪·斯塔姆勒说："女士，你得撤离。"玛丽琪、汉尼卡和黛维·艾玉都没回答。

城市中立刻挤满了难民，他们坐火车或私家车前来，车辆蔓延到城外，填满了沟渠，车主排着队，一夜又一夜等待着上船的机会。大约有五十艘军舰进港协助撤离。一切混乱不堪，东印度似乎难逃战败。承诺让他们撤离的时间公布之后，斯塔姆勒家仅存的成员急忙开始打包，没想到黛维·艾玉突然声明："我不走。"

"别傻了，孩子。"汉尼卡说，"日本人不会对你视而不见的。"

"无论如何，斯塔姆勒家都要有人留守，"她顽固地说，"你也很清楚我们必须等谁。"

玛丽琪被她的固执惹得流泪，她哭号着说："他们会把你变成战俘！"

"祖母，我叫黛维·艾玉，谁都知道这是本地人的名字。"

日本人轰炸了泗水之后，继续朝他们的目标丹戎不碌①前进。最先撤离的是一些殖民政府的高官。最后玛丽琪和汉尼卡·斯塔姆勒终于登上了庞大无比的蒸汽船"赞丹号"，她们仍不知道特德在战场上的命运如何，并且在黛维·艾玉的坚持下留下了她。那艘船来回载了许多趟乘客，但这是它的最后一趟了。"赞丹号"和另一艘船遇上了一艘日本巡洋舰，两艘船还未与之交战就直接被击沉。黛维·艾玉、

---

① 位于雅加达北端，是印度尼西亚最大的港口。

威利先生、用人和打手们开始守丧。

日军四十八师的一个步兵联队在菲律宾的巴丹打了一仗，之后在爪哇岛北岸的克拉甘登陆了。他们一半经由泗水往玛琅前进，另一半来到哈里蒙达，自称坂口支队。日本战机飞过空中，投下炸弹，轰炸了巴达维亚石油公司旗下的石油工厂开发公司、东根石油工厂的炼油厂、工人宿舍和可可与椰子种植园的办公室。坂口支队一直和荷兰皇家东印度军团交战，军团在城外死守不过两天，P.梅哲将军就收到消息，说荷兰已在卡利亚蒂投降。整个东印度都已沦陷并被占领了。P.梅哲将军在市政厅将哈里蒙达的统治权移交给日本。

黛维·艾玉亲眼看见、亲耳听闻了这一切事件，然而她在守丧，没跟任何人说话，只是坐在屋后的阳台上，眺望特德说的那座以马·伊杨命名的山丘。一天下午，她看到威利先生出现在后院，他身边的那条俄国狼犬以前应该是她父亲亨利的吧。守丧之后，她首次开口说话了：

"一个飞走了，另一个淹死了。"

"小姐，怎么了？"威利先生问。

"噢，我只是想起了我的两个祖母。"她说。

"小姐，你得做点什么，用人们不知所措。你现在不是一家之主了吗？"

她点点头。那天傍晚太阳落下时，她要威利先生召集全家的仆役：厨师、女佣、园丁和守卫。她告诉他们，现在她是这个家里唯一的女主人。他们必须对她唯命是从，谁也不准违抗她。她不会鞭打任何人，但如果特德回家了，任何有异议的人都要吃他一顿鞭子，然后被丢进豺狗的狗笼里。她的第一个命令似乎没给任何人带来麻烦，不过确实令大家讶异不解：

"今晚你们得去沼泽的村落，绑架一个叫马·格迪克的老人。因为明天早上我要嫁给他。"

"小姐，别开玩笑了。"威利先生说。

"如果你觉得我在开玩笑，尽管笑吧。"

"可是已经找不到神父了，教堂也被炸得粉碎了！"

"还有村长。"

"小姐，你不是穆斯林，对吧？"

"对，但我也不是天主教徒，很久以前就不是了。"

黛维·艾玉和马·格迪克的婚姻就这么开始了。悲惨的老人娶了一个美丽的少女——消息立刻传遍全城，就连刚刚到达的日本人也听到了流言。同时，无法逃离的荷兰人透过他们的用人送信来，询问那消息是不是真的，有些人开始挖出她父母的可耻丑闻。

村长到达后不久，马·格迪克终于发问："如果我不娶你，会怎样？"

"你会成为豺狗的晚餐。"

"就让它们吃了我吧。"

"还有马·伊杨丘会被铲平。"

他听到这个骇人的威胁，束手无策地在当天早晨九点左右迎娶了黛维·艾玉，就在日本士兵刚刚开始庆祝他们占领了这座城市之时。除了用人和守卫，没人受邀参加他们的婚礼。威利先生担任证人，马·格迪克从头到尾都在发抖，没办法好好发誓。最后他终于倒下来失去意识，村长宣布他们正式结为夫妻。

"可怜的家伙。"黛维·艾玉说，"要不是特德强迫马·伊杨成为他的姨太太，他可能会是我外公。"

那天下午，马·格迪克恢复知觉，发现自己不知怎么已经成了黛维·艾玉的丈夫，他目瞪口呆地看着她，好像她是魔女似的。他不肯碰她，每次她硬要靠近，他就尖叫，手边有什么就拿起来丢向她。黛维·艾玉减缓攻势，他就在房间的一角蜷着身子颤抖，像摇篮里的婴儿一样哭泣。黛维·艾玉的身上还穿着结婚礼服，坐在离他不远的地方耐心等待。她偶尔会哄他靠近，要他爱抚她，甚至和她做爱；毕竟她现在是他的妻子了。但只要马·格迪克又开始尖叫，她就会停止诱惑，再次耐着性子默默坐着，偶尔朝他嫣然一笑。

　　"你为什么怕我？我只是要你碰我，当然还要和我睡，因为你是我丈夫啊。"

　　马·格迪克没有回答。

　　她继续说："你想想，假如我们结婚了，你不和我睡，我就不可能怀孕，那大家都会说你的那根东西已经不管用了。"

　　"你是勾引人的魔女。"马·格迪克终于结结巴巴地说。

　　"我是诱人的美女。"黛维·艾玉附和道。

　　"你不是处女。"

　　"才怪，我当然是！"黛维·艾玉有点伤心，"和我同房，你就会明白你错了。"

　　"你不是处女，你怀孕了，然后要我当替罪羊。"

　　"才没有。"

　　他们的争论持续到半夜，然后又到清晨，两人都没改变主意。新的一天来临，阳光洒在他们的新房里，那男人的厉声尖叫终于让黛维·艾玉精疲力竭，不再靠近他。她脱下所有的衣物，把结婚礼服脱了，小王冠摘下，把它们全丢到床上。她全身一丝不挂，站到依然歇斯底里的老人面前，大声在他耳边说：

"快做，做了你就会知道我还是处女了！"

"我向撒旦发誓，我绝不会做，因为我知道你不是处女！"

这时，就在马·格迪克面前，黛维·艾玉将她的中指插进阴道，深深没入。女孩痛得哀鸣了一声，每次手指在两腿间插入，她就颤抖，最后她抽出手指让马·格迪克看。她指尖沾了一滴血；接着她将血从马·格迪克的额头顶抹向他颤抖的下巴尖。

"看来你说对了，"黛维·艾玉说，"现在我不再是处女了。"

她去洗了澡，之后躺在她的礼服上睡了，好像毫不在意那个老人；而老人还在房间的一角发抖。她已经一天一夜没休息，因此睡得很沉，用人想叫醒她吃午餐，她也没有反应。下午她才醒来，完全没理马·格迪克，直接上桌大快朵颐，用人在一旁等她吩咐，她完全没有说话。回到房间她才发觉老人不见了。她去浴室找他，去院子、厨房里找他，却没找到。最后黛维·艾玉询问了屋前的一个守卫。

"小姐，他尖叫着跑开了，好像见到了魔鬼。"

"你们没抓住他？"

"他跑得好快，像十六年前的马·伊杨那么快。"守卫答道，"不过威利先生开车追他去了。"

"那抓到他了吗？"

"没有。"

她跑去马厩，骑马加入追逐。黛维·艾玉猜想，那个男人应该去了马·伊杨飞下来、消失在雾中的那座岩石丘顶；不过她猜得不大对。原来马·格迪克没有跑向那座山丘，而是跑向了东边的另一座山丘。问了路边的一些人之后，他们找到一些科乐比汽车的轮胎印，车轮印带着他们来到那座山的山脚下。黛维·艾玉发现威利先生坐在车子的后保险杠上，看来无法再往上开了。

"他在山顶唱歌。"威利先生说。

黛维·艾玉抬起头，看见马·格迪克站在一块大石头上，像台上的歌剧明星一样歌唱着。她隐约听见他的声音，但她不知道那是多年前他在等待马·伊杨的十六年中的最后一天所唱的歌。

"他一定会跳下来，就像他的爱人一样。"威利先生又说，"然后他会飞上天，消失在雾里。"

"不会，"黛维·艾玉说，"他会在石头上摔个稀烂，像一堆碎牛肉。"

结果正是如此：马·格迪克唱完歌之后，便跃向空中。他似乎在飞翔，许多年来没人见过他如此欣喜若狂。他的手臂像鸟翅一样拍打着，但他没能飞得更高，他坠落的速度愈来愈快。他知道最后结局如何，但他仍然兴奋不已，微笑着高喊。他摔到了岩石上，身体撞得支离破碎，一如黛维·艾玉预料的那样。

他们将他的尸体带回家，妥善安葬；他的尸体不像人类的尸体，倒像肉汤或面糊。那座山丘就立在马·伊杨丘旁，黛维·艾玉把那座山丘命名为马·格迪克丘，决定守丧一周。守丧结束时她接到消息，特德·斯塔姆勒在荷兰投降前守卫巴达维亚的最后一战中丧命了。他的尸体一直没被送回来，黛维·艾玉决定再守丧一周。第二次守丧结束时，她脱掉所有的丧服，很庆幸没再接到任何悲伤的消息。她穿上喜庆的衣服，精心打扮，去了市场，好像不曾发生任何事。但她回家时，听到了比死讯更惊人的事。

威利穿着西装，系着领带，脚踏闪亮的皮鞋来找她，说他有重要的事想和她讨论。黛维·艾玉以为这男人要辞职，去巴达维亚找工作，或是加入日军。但她的猜测差远了。威利害臊得红了脸，在他开口之前，他脸上的表情没有泄露任何事情。他只说了几个字，但这几个字令她喘不过气。他说：

"小姐，嫁给我吧。"

3

黛维·艾玉忽略了一件事，日军如果没有情报，是不可能赢得战争的，例如他们很清楚她是荷兰家族的孩子。泄露她身份的不只是她的面孔或肤色，还有城里的官方记录，日本人现在掌控了所有的档案库，所以无论她是否叫黛维·艾玉，他们都不会相信她是本地人。

"看来事情就是这样了，"她说，"就像大家都知道穆尔塔图里①是个酒鬼，不是真正的爪哇人。"

她孤立无援，怀念旧日时光，一边听留声机播放她祖父最爱的曲子——舒伯特的《未完成交响曲》和里姆斯基－科萨科夫的《天方夜潭》，一边思考她该怎么回应威利先生的求婚。她知道威利先生人非常好——她甚至一度希望他娶她的姨妈汉尼卡。让那样的好人

---

① Multatuli（1820—1887），荷兰作家，长期在荷属东印度群岛担任殖民地官员，其小说和散文作品揭露了殖民政府的作为，代表作有《马格斯·哈弗拉尔》。

失望，就像轻率地嫁给他一样并不容易，但无论如何，在她和马·格迪克混乱的婚礼之后，她不再考虑嫁给其他任何人了。

威利先生来到哈里蒙达的时候，她的祖父正从巴达维亚的赛车场商店订购了科乐比汽车，换掉他们的古董菲亚特。那家公司属于一个叫布雷斯特·冯·肯彭的商人，他很好心，允许人们分期付款。她的祖父不需要分期付款，不过他的朋友告诉他赛车场商店会提供实惠的促销方案——车子附有免费的意外险，有一家很好的维修厂会负责维修，而且他们会额外赠送一个在处理引擎方面经验老到的司机。他带着威利先生回家，威利先生就这么成了他们的司机和技工，他们需要有人来维护庄园的设备，所以他格外有用。他体格中等，年纪约三十五六岁。他的马甲总是不系扣子，衣物永远沾满油渍，随身带了把用来打老鼠和野猪的手枪。那是黛维·艾玉十一岁的事了，五年后，威利先生向她求婚。

"先生，你要想想，我可是个疯女人。"她说。

"我看着你的时候，没有看到任何疯狂的迹象。"威利先生说。

"马·格迪克死的时候，我意识到我嫁给他只是因为太气愤特德毁了他的恋情。所以我显然是疯了。"

"你只是有点不理智。"

"先生，这是发疯的另一个说法。"

不过这时她的救赎来了：她可以逃走，不用答复他的求婚。早晨，唱片的最后一首歌还没播完，她就看到军用卡车在海滩上排成一列，准备带走所有剩下的荷兰居民，将他们带去一座战俘营。前一天，士兵来到荷兰人的屋子，命令他们打包东西。当晚黛维·艾玉收拾了她的东西；她没跟任何人说起，尤其没告诉威利先生。她带的东西不多，只有一个箱子，里面装满衣物、一条毯子、一张薄席子，还有证明她家族所有权的文件。她没带钱或珠宝，因为她知道那些东西都会被人偷走。她只收拾了祖母的一些项链和手镯，把这些珠宝从马桶冲进等着为它们作掩护的粪便里。她把剩下的珠宝分装进小信封，交给家中的用人，让他们在别的地方找到工作之前可以过日子。她自己则吞了六枚镶着玉、绿松石和钻石的戒指。这些戒指在她体内很安全，之后会随着她的粪便排出，然后她可以再吞进去，如此反复直到她重获自由。但这时她该离开了——一辆卡车停在屋外，两名士兵下了车，他们手持刺刀，爬上通往阳台的阶梯；她就坐在阳台上等他们。

"我认识你们，"黛维·艾玉说，"你们是在路弯处工作的摄影师！"

"是啊，很有趣。我们有在哈里蒙达的所有荷兰人的照片。"一名士兵回答道。

"小姐，准备一下。"另一名士兵说。

"叫我夫人。"黛维·艾玉说，"我现在是寡妇了。"

她要他们稍等，让她和家中的仆役道别。他们似乎知道女主人要离开了。她看见厨师依娜在哭。厨房其实由依娜掌管，黛维·艾玉的祖母把客人的所有餐点都交由依娜打理。黛维·艾玉再也无法享用她做的美味饭菜，或许永远都没机会了——好厨子是一个家族的重要资产，但现在家族不复存在，最后一个成员也将离开，成为战俘了。黛维·艾玉把一条项链交给那个女人的时候，记忆涌现。她小的时候，依娜教她烹饪，让她研磨香料，扇动炉里的余焰。她感到一股强烈的悲伤，比听到祖父母过世的消息时更难受。

厨子身边站着一个男仆，他是依娜的儿子，名叫穆因。他总是打扮得比谁都时髦，戴着当地传统的帽子，就连荷兰人也对他另眼相看。他的职务是在屋子四处巡视，但他最忙碌的时刻是用餐时间，那时他得摆设餐桌，负责张罗。特德·斯塔姆勒教会他操作留声机，时常要他换唱片或找某一首歌，他总是乐于处理。他替唱片翻面，移动唱针，好像他是做这种事的不二人选。他学了许多经典曲目，似乎真的乐在其中。

"那些全都归你。"黛维·艾玉指着留声机和一架子的唱片说。

"不行啊！"穆因说，"那是我们主人的。"黛维·艾玉指着留声机和一架子的唱片说。

"相信我，死人不会听音乐。"

多年后，战争结束，共和国建立，她又见到了穆因。那时当地几乎没有荷兰家庭了，没人养得起大量的用人。她知道穆因除了摆桌子和操作留声机之外什么也不会；结果他居然在市场前摆放他从她祖父那里继承来的唱片，而一只受过训练的聪明的小猴子拉着一辆小马车或撑着伞来来去去，随着《D小调第九号交响曲》起舞，然后穆因把帽子翻过来搁在前面，人们把零钱丢进去。黛维·艾玉只是远远地看着他，为他的好运而微笑。

除此之外，穆因唯一的工作是当跑腿的信差——当时还没有家用电话，所谓的"信"其实是双面的黑板。她常常和学校的朋友在黑板的一面写字，交换八卦，然后穆因就带着黑板跑去她朋友家，等对方把回应写在黑板的另一面。他等待的时候，对方会用冷饮和一些小糕点招待他，他吃得津津有味，然后他带回黑板，还有那家用人的各种八卦。他很享受这项任务，黛维·艾玉几乎每天都派他出去。

她唯一没派穆因跑腿的一次是她送出黑板的最后一次，黑板上写的是她给马·格迪克的讯息，最终由威利先生和一个打手送到马·格迪克的破屋子。

"那块黑板也归你。"她说。

接着黛维·艾玉转身面对洗衣女苏琵，她是抽水机和肥皂女王。黛维·艾玉小的时候，这个老女人常在她睡觉时陪伴她，给她唱《尼娜宝宝》那首摇篮曲，跟她讲《迷失的黑猴》那个童话故事。苏琵的丈夫是一个园丁。他的腰间总是有一把大砍刀，手上拿把镰刀，时常带着意想不到的东西回家——小黑猫、蛇蛋、巨蜥——或是令人开心的礼物，例如一串帝王香蕉、半熟的刺果番荔枝，或满满一袋芒果。

家里还有些打手——屋子、花园和羊栏的守卫，她一一拥抱他们。多年来第一次，黛维·艾玉哭了。留下他们，就像她身上少了块肉似的。最后，她站着注视威利先生，对他说："我疯了，只有疯子才愿意和疯子结婚。而我不想嫁给疯子。"她吻了他，然后就跟那两个快失去耐心的日本兵离开了。

"照顾好我的房子，"她最后一次对他们说，"除非这些人把它强占了。"

卡车暂停在屋前，她爬上车。卡车后塞满了女人和她们哭闹的孩子，她几乎挤不进去。用人还站在屋子的阳台上，她朝他们挥手。她住在那里的十六年之中，除了几次到巴达维亚或西部的万隆短暂度假之外，从来没出过城。她看着俄国狼犬从屋后跑出来，在院里吠叫，它们喜欢在种满了日本草的院子里打滚，屋旁有匍匐生长的茉莉花，篱笆旁种了向日葵。这是它们的地盘，黛维·艾玉希望威利先生能好好照顾它们。卡车开动了，黛维·艾玉和其他女人挤在一起，挣扎着呼吸。她还在朝吠叫的俄国狼犬挥手。

"真不敢相信，我们居然要抛下自己的屋子！"她身边的女人说，"希望不要太久。"

"我希望我们的军队可以击退日本人。"黛维·艾玉说，"否则我们会被当作糖和大米来交易。"

本地人蹲在路旁，眼神冷漠地看着人们在卡车后彼此推挤。不过有人瞥见了他们认识的几个荷兰女人，于是哭了出来，开始有人边啜泣边挥起手帕。黛维·艾玉揩去自己的泪水，这奇妙的景象令她莞尔。本地人亲切而天真，听话但有点懒散。黛维·艾玉认出了一些人；他们曾在她祖父的可可园工作，她时常溜去他们的小屋。她喜欢他们，因为他们会跟她讲许多偶戏和巨人的奇妙故事，而且他们爱笑，会让她穿上他们的合身纱笼和薄纱的可巴雅短衫，把她的头发往后梳成髻。他们很穷，只能从银幕后面看电影，所以看到的影像都是反的，而除非是去俱乐部或舞厅打扫卫生，否则他们绝对不会出现在那些地方。她对身边的另一个女人说："看啊，两个别的国家在他们的土地上打仗，他们一定搞不懂是怎么回事。"

卡车的目的地是伦嘉妮斯河西岸一个小三角洲上的一座监狱，旅程似乎没完没了。在这之前，这座监狱只关重刑犯——杀人犯、强奸犯和殖民政府的政治犯，其中大多是共产党员，他们暂时被关在那里，之后会被丢进博芬－迪古尔集中营。女人在热带的艳阳下曝晒，没有阳伞，也没有东西喝。走到一半的时候，卡车停了下来；他们给卡车的散热器加了一点水，但没有任何东西给车里的人。

黛维·艾玉一直蹲着看马路，已经累坏了，她转身靠着卡车围栏，这才发觉有一些女人她很熟——她们是她的邻居和学校的朋友。荷兰人的社交生活其实紧密联结。小孩几乎每天下午都会在海湾见面，在那里游泳。青少年会一起去舞厅、电影院或去看喜剧表演。成人则在俱乐部见面。黛维·艾玉认出了一些朋友。她们凄惨地朝对方笑了笑，其中一人开玩笑地问她："你还好吗？"

黛维·艾玉一本正经地答道："我很惨。我们正在前往战俘营。"

这话足以逗得她们一笑。

起头开玩笑的女孩叫珍妮。她们以前常一起去游泳，用黛维·艾玉收在车上的一个旧内胎漂浮在水上。那是战争的雷声响起之前的快乐时光。年轻人站在水边，老人坐在阳伞下的沙子里，嘴里叼着烟斗，他们都是去那里和穿泳衣的年轻女子眉目传情的。她也知道他们在更衣室里搞什么鬼。所谓的更衣室，其实只是沙滩边的一处天然泉水，四周围着编织的竹子。虽然男女更衣室之间有区隔，但她常常抓到竹编的裂缝后有眼睛在偷看。她会看回去，然后喊道："天啊，你的好小！"对方通常会羞耻地逃走。

偶尔出现鲨鱼鳍，吓得游泳客陷入骚乱，但从来没人受到攻击。哈里蒙达的海滩太浅，它们通常只会游回大海。有时候小鲨鱼会被渔网缠住，不过渔民总是放走它们，他们说捉了它们会带来噩运。他们害怕的动物不只是鲨鱼；鳄鱼就住在河口，它们也喜欢人肉。

微波荡漾的海湾现在想必只有本地的小孩了，他们总是赤脚跑来跑去，满身是泥，有年轻女士和男士去游泳时，他们就会让开。黛维·艾玉想知道她们在牢里能不能游泳。

"祈祷我们不会遇见鳄鱼吧。"说话的是一个中年女人，她的腿上搁着一个婴儿。

她这么说是有原因的。要到达三角洲中央的监狱，他们得先过河。经历了卡车上不舒服的旅程之后，车停在了河边。日本兵在河的两岸梭巡，用他们的语言朝这些女人尖声喊叫，谁也听不懂。

女人们挤进一艘渡船，这比卡车可怕多了，她们有可能会淹死，而且那个女人说得没错，鳄鱼随时可能出现，而且谁都无法游得比那样的畜牲还快。船不时回转，以免正面受到水流冲击，前进的速度慢得要命。烟囱吐出的一团团煤黑的烟雾飘入天空，嘈杂声惊动了一群苍鹭，它们飞起之后，停到浅水处；不过这一幕并不迷人，此时她来到一栋矗立在灌木丛后的老建筑旁，看来为了囚禁战俘，他们特地清空了那栋建筑。这里就是"血监狱"布鲁登康普，一座有着一段血腥历史的监狱，就连罪犯也畏惧它。进去之后，除非你能用比鳄鱼还快的速度游过一英里宽的河面，否则你不大可能逃脱。

船一靠上码头，日本兵又开始尖声喊叫，女人们尽快跳下了船。小孩哭了，人群中发生了一些骚动：一只皮箱被丢进河里，皮箱的主人为了捡皮箱弄得湿淋淋，一张席子掉进泥巴里，一个母亲和她的孩子分开了，孩子在混乱中遭到踩踏。这群人走向监狱，穿过由士兵守卫的三道铁门。进门之前，她们在一张桌前排队，桌旁坐了两个日本人，手里拿着一张清单，旁边有只放钱和贵重物品的篮子。一些女人已经动手取下珠宝丢进去了。

"自己交出来，别等我们搜身。"一名士兵用标准的马来语说。

黛维·艾玉心想，你们尽管来搜我的大便啊。

监狱远比猪圈恶心。屋顶漏水，墙面有溅上的旧血渍，裂缝里长了苔藓和杂草，地板肮脏，满是虱子、蟑螂和水蛭。新来的人惊动了大如孩童大腿的沟鼠，它们疯狂乱窜，在女人们的腿间左闪右躲，女人们尖叫着跳上跳下。她们争相用行李箱匆忙标示自己的地盘，一边整理一边啜泣。黛维·艾玉在一段走廊的中央占了一小块地方，摊开她的席子，以行李箱为枕，精疲力竭地躺下来。她很幸运，她不用照顾母亲或孩子，也没忘了带奎宁药丸和其他药物：马桶不通，因此监狱里有感染疟疾和痢疾的风险。

那天傍晚没东西吃。女人们各自带来的一丁点食物在午餐时就吃完了。有人向日本人问起食物的事，他们答道，也许明天或后天会有。当晚，她们得饿肚子了。黛维·艾玉从走廊走向田野。监狱的三道门开着，人们可以从要塞出去，四处走动。先前黛维·艾玉到达时，注意到了一些牛。也许是本地狱卒或住在三角洲的农民养的。她在监狱走廊里打扫她的地盘时收集了一堆水蛭，将它们塞进一个蓝牌人造奶油的锡罐里。她发现一头牛在吃草，恰好是最肥的一头，于是她把水蛭贴到牛皮上。牛只是抬头看了一会儿，没受惊扰，黛维·艾玉坐到一块石头上等待。她知道水蛭在吸牛血，吸饱之后就会像熟透的苹果那样掉下来。她从地上捡起水蛭，放回锡罐。这时，水蛭胀得肥肥的。

她生起一小堆营火，用锡罐装了河水，把所有的水蛭都煮了。她没加任何调味品，匆匆将水蛭带回走廊，也就是她的新家。她对住在她附近的一些女人和孩子说："晚餐上桌。"她们现在是她的新邻居了。谁也没兴趣吃水蛭，一个女人想到这样的一餐，甚至干呕了起来。黛维·艾玉解释道："我们吃的不是水蛭，是牛血。"她用一把小刀切开水蛭，抽出水蛭体内的牛血块，用刀尖戳起来吞下。没人上前加入她这顿野蛮的晚餐，直到夜幕落下，她们再也耐不住饥饿，这才尝了尝。味道平淡，不过还不错。

"我们饿不死，"黛维·艾玉说，"除了水蛭，还有壁虎、蜥蜴和老鼠。"

"好吧，"女人们连忙说，"太好了，多谢。"

第一晚令人毛骨悚然。日光迅速消逝，赤道地区总是这样。虽然没有电，但几乎所有人都带了蜡烛，小小的烛焰让墙上布满颤动的阴影，吓坏了小孩。大家惨兮兮地躺在席上，谁也睡不着。老鼠在黑暗中从她们身上飞快地爬过，蚊子轮流在两耳边嗡嗡作响，狐蝠在她们头上交叉飞舞。更糟的是，日本兵会突袭搜查，想找出谁还藏着钱或珠宝。早晨降临，但毫无希望。

布鲁登康普塞进了大约五千妇孺，天晓得是从哪里抓来的。只有一个算命师给了她们一丝希望，她用她的牌算过，告诉她们美国飞行员正在轰炸日本兵营。黛维·艾玉匆匆赶去厕所，但已经有一长串人等在那里，于是她用她的蓝牌人造奶油罐装了些水，跑到外面的田野。她在田野里的一些木薯树之间挖了一个小洞，像猫一样排便。她清洗自己之后，留下一点水，在自己的排泄物里翻找六枚戒指。一些女人在安全距离外模仿她这套肮脏的动作，不过她们不晓得黛维·艾玉正在守护她的宝藏。接着她用剩下的水洗了戒指，再把戒指吞下。她不晓得战后会发生什么事。或许她会失去房子和庄园，但她发誓她绝不会失去她的戒指。她回到走廊时，还不晓得那天能不能洗澡。

那天早上，新来的人要光着身子站在太阳曝晒的田野间，等待战俘营司令和他的手下，孩子哭哭啼啼，女人都快昏倒了。之后司令官出现了，他留着厚厚的胡髭，腰间的武士刀晃来晃去，靴子映着刺眼的阳光。他告诉战俘，一旦下令"Keirei"（敬礼）她们就要朝日本兵深深鞠躬，弯到九十度以下，听到"Naore"（礼毕）的命令之后，才能站直。他透过翻译解释道："这是向大日本帝国致敬的方式。"不听话的人会得到相应的惩罚——更多的劳役和鞭子，甚至被处死。

回到室内后，一些女人担心不小心出错，急忙把口令教给她们的孩子。她们喊"Keirei""Naore"让黛维·艾玉笑得直不起腰。

"你们比日本人荒唐多了！"她叫道。

那些母亲无奈地跟着笑。

这里没什么娱乐。黛维·艾玉展现了身为一个前见习老师的本能，她找来几个小孩子，在走廊闲置的一角设了间小学校，教孩子们读、写、算数、历史和地理。晚上她讲述民间故事和圣经故事，表演她从本地人那里听来的《罗摩衍那》和《摩诃婆罗多》里的偶戏段落，以及她读过的许多书里的情节。孩子们喜欢她，因为她的故事从来不会枯燥无聊。她让他们听个过瘾，直到他们该回到母亲身边睡觉为止。

日本人要求牢房里保持干净，所以女人们自己组成工作小组，每组推举一个组长，排出作业的轮班表。她们轮流在公共厨房里煮菜，灌满水槽，清洗工具和设备，整理院子，从卡车上把一袋袋的大米、马铃薯、木柴和其他东西背到仓库。黛维·艾玉很年轻，却被选为她那组的组长。她已经足够成熟，可以领导其他人，而且不用分神照顾其他人。除了她的小学校，她还找到一个医生，建立了一个既没病床也没药物的医院。几个女人要求有牧师，但男人被关在不同的监狱里，所以黛维·艾玉替她找了一个牧师，对她来说那样就不错了。黛维·艾玉信心满满地说："只要没人想结婚，我们就不需要牧师。我们只需要有人讲道、带领大家祈祷。"

然而不是一切都这么顺利。小男孩们变野了，和他们同一区的朋友结伙，互相辱骂。儿童之间的打斗比愤怒的日本兵更常见。他们的母亲觉得必须采取同样强硬的手段，因此即使看起来没什么用，她们还是会打孩子。日本人完全无意调停或阻止这些混战；恰恰相反，他们煽动小孩打架，好像把那当作一种新游戏。

食物又是另一个问题。她们得到的配给完全不够数千个战俘吃。她们的食物根本填不饱肚子，早餐只有加盐的粥。午餐是她们能找到的任何食物，或是后来她们自己种在牢房后面的菜。晚上，她们有片白面包。从来没有肉可吃，她们已经把布鲁登康普大部分的动物都捉光了。最先被消灭的是老鼠——一开始谁也不想吃，但不久之后三角洲几乎没有老鼠了——接着蜥蜴和壁虎都没了踪影。然后青蛙也消失了。有时候孩子们去钓鱼，但他们不能走得太远，只能满足于像婴儿的粉红手指那么小的鱼，或是蝌蚪。最奢侈的东西是某次他们找到了一些香蕉，但香蕉要给婴儿吃，女人只能争夺香蕉皮。

婴儿一个接一个死去，然后是老人。疾病也害死了年轻的母亲、孩子、少女——任何人都可能随时死去。牢房后的田野变成了一座墓园。

黛维·艾玉和一个名叫欧拉·冯·瑞克的年轻女子很要好。她们俩认识很久了。欧拉的父亲也有一座可可园，她们常去对方家里玩。欧拉比黛维·艾玉小两岁，她和她的母亲及妹妹被关在这里。一天下午，黛维·艾玉发现她泪如雨下。

"妈妈快死了。"她说。

黛维·艾玉去看她。看来是真的。冯·瑞克夫人发着高烧，脸色苍白，浑身颤抖。看来她们束手无策，但黛维·艾玉要欧拉去找司令官，跟他讨配给士兵的药物和食物。欧拉想到要找日本人，就因恐惧而战栗。

"去啊，不然你妈妈会死掉。"黛维·艾玉说。

她终于去了。她不在时，黛维·艾玉把凉凉的敷布搁到病人的额头上，又逗逗欧拉的妹妹。过了大概十分钟，欧拉回来了，她没拿到任何药物，却哭得更惨。"让她死掉好了。"她抽噎着说。"你说什么?!"黛维·艾玉问，欧拉一边用袖子揩去眼泪，一边无力地摇头。她简短地说："没办法。司令官要我答应和他睡，才肯给我药。"

黛维·艾玉怒了，说："我去跟他说吧。"司令官在办公室里，他坐在他的椅子上，心不在焉地看着桌上的冰咖啡，听着收音机的噪声。她没敲门就闯了进去。男人转过身，很讶异她这么有胆识。他脸上露出不苟言笑的人的那种怒意，但他还来不及爆发，黛维·艾玉就走上前，她和他之间只隔着宽大的桌子。"司令官，我来代替之前的那个女孩。你可以和我睡，可是要给她妈妈药，还要一个医生。一个医生!"

"药和医生?"他已经学会几个马来语的词组。这个少女非常美，不过十七八岁，可能还是处女，而她要献身于他，只想换取一些退烧药和一个医生。在无聊至极的午后得到如此非凡的恩赐，他的怒火全消。他露出掠食者的狡猾微笑，觉得自己真是个幸运的老人。他绕过桌子走去，黛维·艾玉以一贯的沉着态度等待他。司令官用手撩过她整张脸，手指像蜥蜴一样爬过她的鼻子和双唇，停在她的下巴上，把她的脸往上扳。他的手指继续移动，惯于握武士刀的粗糙双手滑过她的颈子，拂过她锁骨的曲线，探索她洋装的领口。

他的手钻进了衣物，黛维·艾玉有点被吓到，但男人已经握住她的左乳，接着加快动作。司令官像检阅军队一样有效率地解开黛维·艾玉的洋装，捏着她的胸部，贪婪地亲吻她的颈子，双手东摸西摸，好像后悔他只有两只手似的。

"司令官，快点，不然那女人会死掉。"

司令官似乎同意她的分析，他没再说什么，就这么把黛维·艾玉一拉，抱起她，把他那杯咖啡和电晶体收音机放到一旁之后，就让她躺到桌上。他迅速剥光了女孩，自己也脱了衣服，然后像猫扑向鱼一样扑到她身上。保险起见，她又说："司令官，别忘了，药和医生。"司令官答道："好，好，药和医生。"接着日本男人不再兜圈子，开始对她猛攻。黛维·艾玉闭上眼，无论如何，这仍然是她第一次被男人占有。她微微颤抖，但她撑过了恐怖的过程。话说回来，司令官猛力摇晃她的身体，不停冲撞她，前后摇动她，所以她也没办法真的闭上眼。她只在他想吻她的嘴唇时勉强避开了。一阵爆发结束了这场游戏，司令官翻过身，大字躺到黛维·艾玉身边，断断续续地深沉喘息。

"司令官，如何呢？"黛维·艾玉问。

"太美妙了，像地震一样。"他答道。

"我是指药和医生。"

五分钟后，黛维·艾玉欣然得到一个本地医生，很庆幸不用再和日本人打交道。医生戴着圆眼镜，态度和蔼可亲，她带他到冯·瑞克家的牢房，在门口遇见欧拉，欧拉急忙问她："你做了？"

"对。"

"天啊！"女孩惊呼道，然后抑制不住地哭了。医生匆忙去看生病的女人，而黛维·艾玉努力安慰她："没什么。只要想成我用前面的洞拉了一次屎就好了。"

这时医生抬头宣布："这个女人已经死了。"

那之后，黛维·艾玉、欧拉和小葛姐三人就住在一起了，好像一个小家庭。小葛姐刚满九岁。欧拉和葛姐的父亲跟特德一样被征召去了战场，但她们没听到他是否还活着、被俘或战死的消息。她们在战俘营的第一个复活节和圣诞节过去了，没有复活节蛋或圣诞树，没有任何蜡烛；她们的蜡烛都已经用完了。她们一同努力求生，彼此安慰，面对疾病和死亡。黛维·艾玉禁止小葛姐偷任何人的东西，但其他小孩会偷。她每天绞尽脑汁思考她们要吃什么。三角洲不再有牛吃草，也没有水蛭了。

一天，黛维·艾玉看到三角洲的岸边有只鳄鱼宝宝，她知道鳄鱼在岸上时你唯一需要躲开的东西就是它的尾巴，所以她用一块大石头砸向它的头。不幸的畜牲受了伤，但没死。它来回甩动尾巴，往河里跑。黛维·艾玉拿通常用来系渡船绳索的锐利竹椿奋力一刺，刺进了鳄鱼宝宝的眼睛，接着又刺进它的腹部，她自己都没想到这一刺如此有力。那生物痛苦地死去。黛维·艾玉赶在鳄鱼宝宝的妈妈和朋友赶来之前，拉着它的尾巴把它拖进了战俘营。有鳄鱼汤可喝，这下她们真的可以庆祝了！许多人赞扬她的勇气，向她道谢。

她不以为意地说："你们想要的话，河里还有很多。"

大人从小就教她要无所畏惧。她的祖父带她跟打手去猎了几次野猪。甚至威利先生被野猪撞到而瘸了一辈子的那次，她就在他身边。她知道怎么对付野猪：野猪不会转弯，所以要跑之字形，不能跑直线。那是打手教她的，他们也教她如何对付鳄鱼，被蟒蛇突然卷住或被毒蛇咬了之后怎么办，如何制服豺狗，还有如果水蛭在吸她的血要怎么办。在她来到布鲁登康普之前，她从来没真的被这些动物威胁过，但她从打手那里学到的本事一直存在于她的脑海深处。

他们也教她驱赶恶灵和自卫的梵咒。这些知识从来不曾派上用场，不过光是知道自己会这些事就让她感到开心。黛维·艾玉认识一个爪哇商人，那个女人从一百公里外的山上走过来，只为将她果园里的水果卖给荷兰人。她要走四天才能到。她通常会在仓库待一晚，黛维·艾玉的祖母会给她晚餐和一杯热咖啡，隔天她就出发，踏上为期四天的归途。除了钱，有时她也会带些旧衣物回去。黛维·艾玉知道为什么她从来不怕丛林里的野兽，因为她会吟诵梵咒。

黛维·艾玉其实不相信梵咒，也一向怀疑祈祷的目的。她虽然不相信祈祷，自己也从来不祈祷，但她仍然告诉葛姐："祈祷美国赢了这场战争吧。"

美国战胜、德国战败的传言在战俘营里口耳相传。无论希望多渺茫，她们仍得到了一点安慰，但日子仍然一天天过去，一周周过去，一月月过去。最后，第二个圣诞节到了，黛维·艾玉为了逗葛姐开心，在这一年庆祝了圣诞节。战俘营的大门前种了一棵榕树，她砍下一根树枝，用纸做的饰品装饰它，还唱了《铃儿响叮当》，她觉得有欧拉和葛姐在身边真是幸运，暂时忘却了一直待在战俘营里有多么悲惨。

战争不知何时结束，但无论它如何结束，她们已经开始讨论重获自由之后的计划。黛维·艾玉说她会回到家里，让一切回归原状，和从前一样过日子。或许不是完全和以前一样，因为本地人或许会建立自己的共和国，排斥从前的方式，但她会回到她的家，住在那里。如果欧拉和葛姐同她一起回去，她会很高兴。而欧拉理智地想，或许日本人已经抢走房子并卖给别人了。本地人也可能这么做，那么现在那栋房子就属于他们了。

"我们可以把它买回来。"黛维·艾玉说。她跟她们说了她留下的宝藏的秘密，只是没说确切藏在什么地方。"即使日本人已经炸了那里，只剩一堆砖瓦，我们也可以把那里买回来。"葛姐听到那样的故事，开心极了。她现在十一岁，却日益消瘦，在过去的两年里她的身体完全没长大。不过大家的状况都差不多，消瘦得只剩皮包骨。黛维·艾玉确信她的体重掉了十到十五公斤。

"够做五十碗汤了。"她说着轻笑一声。

真正的疯狂发生于她们在战俘营快待满两年之际。日本兵开始给所有年龄介于十七至二十八岁之间的女人列清单。黛维·艾玉已经十八岁，快十九岁了。欧拉十七岁。她们起初以为列清单是为了指派她们做更辛苦的强迫劳役，直到有天早上，几辆军用卡车来到河对岸，几个军官搭上渡船，朝布鲁登康普而来。他们已经来过几次了，之前都是来视察或颁布新的规定、命令，这次的命令是召集所有年龄介于十七到二十八岁的女性。女人发觉她们即将与朋友和家人分离，现场立刻一片混乱。

包括欧拉在内的一些少女想乔装打扮成老女人，但是当然行不通。有一些人逃跑了，她们躲到厕所或爬上屋顶窝在那里，不过都被日本兵找了出来。一个老女人担心失去女儿，向他们抗议，说如果要带走年轻女人，就应该带走所有人。结果两名士兵把她打得青一块紫一块。

最后所有的年轻女子都在院子中央排排站好，害怕得发抖，她们的母亲则在远处依偎在一起。黛维·艾玉看到葛姐独自抱着一根杆子，强忍泪水。欧拉站在黛维·艾玉的身边，她哪儿都不敢看，只低头看着自己破烂难看的鞋子。她听见一些女孩在哭泣和祈祷。然后军官来了，依序检视她们。他们站在一个个女人面前，一边从头到脚仔细检查她们的身体，一边轻笑。有时为了看清楚女人的脸，他们会用指尖抬起她们的下巴。

接着是筛选。一些女人被分到一旁，每次有少女被放走，她就像一支箭似的飞快从一群女孩中冲向一群母亲。这下只有一半的女孩站在院子中央，黛维·艾玉和欧拉也还在；第二次筛选过后，她们俩仍然站在院子中央，成为日本兵荒谬游戏中的无助人质。她们被轮流叫到一个官员的面前，他眯着小眼睛，更详细地检视她们。最后的筛选过后，院子中央只留下二十个女孩，她们抱住彼此，但谁也不敢看其他人。被选中的这些女孩年轻、美丽、健康而强壮，她们奉命立刻打包所有家当，在战俘营办公室里集合。卡车已经在等着带走她们了。

"我得带葛姐走。"欧拉说。

"不，"黛维·艾玉说，"如果我们死了，至少她会活下来。"

"或是她死了，至少我们会活下来。"

"也可能。"

她们把葛姐托付给黛维·艾玉认识了很久的一个家庭。即使这样，欧拉仍然无法接受现实，姐妹俩坐在角落拥抱了许久。黛维·艾玉打包了她们的东西，帮忙挑出可以留给葛姐的物品。

然后黛维·艾玉对葛姐说："好了，够了，这种无聊的日子我们已经过了两年，现在要离开去旅行一阵子。我会带些纪念品给你。"

"别忘了旅游指南。"葛姐说。

"很好笑，孩子。"黛维·艾玉说。

二十个女人涌到大门旁，从她们的举止来看，只有黛维·艾玉觉得那是愉快的郊游。其他的少女慌张又恐惧，不住回头望向留下的人。军官已经先走了，女人被一些士兵赶向渡船，他们狠狠地推她们、拉扯她们。上船之后，她们还看得见监狱的大门，人们聚在门内深处目送她们离开。有些人挥舞手帕，令人想起日本人最初从她们家里带走她们时的情景。现在她们的眼前是另一段旅程。不过渡船一开动，大门和门内的景象就不复见了。这时女孩们开始哭号，哭声压过了渡船的引擎声和听腻了她们悲鸣的士兵的吼声。

之后她们被抱上在河对岸等待的一辆卡车。除了黛维·艾玉，大家都蹲在车子边，她则靠着围栏、站在两名武装士兵的身边，在前往哈里蒙达的熟悉旅途中欣赏风景。在战俘营里待了两年，几乎所有的年轻女人都彼此熟稔了，但似乎没人想说话，黛维·艾玉沉着的举止令她们惊奇。就连欧拉也不晓得她在想什么，因此妄自猜想这是因为黛维·艾玉没人可牵挂——这次她没抛下任何人。

"长官，要把我们送去哪里？"黛维·艾玉询问一名士兵，不过她其实知道卡车正开往城市的西陲，甚至更远的地方。守卫显然奉命不能跟这些女人说话，所以没有理会黛维·艾玉的问题，继续和其他人用日语交谈。

女人们被带到一栋大房子里，房子有宽阔的院子，院里都是树和灌木，中央有棵大榕树，沿着篱笆交错种着棕榈树和中国椰子树。卡车开进院子时，黛维·艾玉猜测那栋两层楼高的房子应该有超过二十间房间。女孩们目瞪口呆地爬下卡车：她们突然从一个肮脏阴暗的监狱来到一个舒适（甚至奢华）的宅邸。真奇怪——一定是搞混了命令之类的。

除了两名守卫，还有更多士兵在巡视这片广大的土地，或是坐着玩牌。一名中年本地妇人从屋里现身，她的头发挽成一个髻，宽松的长袍上系着腰带。女人们站在院子里，好像紧张得不敢接近王宫的平民。她朝她们微笑。

"女士，这是您的房子吗？"黛维·艾玉礼貌地问。

"叫我卡隆妈妈，"她说，"卡隆是一种果蝠，我和卡隆一样，晚上比白天活跃。"她走下阳台朝女人而去，试图用玩笑和笑容化解她们脸上绝望的表情。"这里以前是巴达维亚的一个生产荷兰柠檬水的工厂老板的别墅。我忘了他叫什么名字，不过其实不重要，这栋房子现在属于你们了。"

黛维·艾玉问："为什么？"

"我想你们很清楚。你们是来照顾生病士兵的志愿者。"

"像红十字会的义工吗？"

"孩子，你很聪明。你叫什么名字？"

"欧拉。"

"好啦，欧拉，请你的朋友们进屋去吧。"

屋子的内部更是惊人。墙上挂了许多画，大多是美哉印地 ① 风

---

① 以描绘印度尼西亚的美景与美好的风土民情为主题的艺术风格，满足西方人对东方的想象。

格。整个建筑由精细的木雕组合而成，依然完好无缺。黛维·艾玉看到墙上还挂着一张家族合照，看起来超过三代同堂的一群人全挤在一张沙发上。或许他们侥幸逃脱了，或许有些被关在布鲁登康普，或者很可能已经死了。威廉明娜女王的大幅画像靠在一个角落里，可能是日本人拆下的。这一切令黛维·艾玉明白，她自己的家想必已经没了——也许被日本人占据，也许已经被偏离目标的炮弹炸成了碎片。但所有的细节都被精心打理过（也许是卡隆妈妈负责的），黛维·艾玉走进一间卧房时，觉得自己像走进了一间新房。大床上的床垫又厚又软，蚊帐是苹果红色，空气中带着玫瑰香。大衣柜里装满了衣物，有些是给年轻小姐的，卡隆妈妈说她们可以穿。欧拉说，在战俘营待了两年之后，这一切感觉像一场梦。

"我不是说了吗？"黛维·艾玉说，"我们是来远足的。"

每个女孩都有自己的房间；她们享受的奢侈不止于此。卡隆妈妈由两名用人帮忙，供应她们全套的印尼晚餐盛宴，在饿了两年肚子之后，她们觉得从来没尝过那么美味的食物。然而，大部分女孩还是忘不了留在战俘营的那些人，因此无法享受这些美好的事物。

"葛姐应该跟我们一起来。"欧拉说。

黛维·艾玉努力安慰她："如果我们最后没被送去武器工厂强迫劳动，就可以去接她。"

"那个女人说，我们要当红十字会的义工。"

"那又怎样？有什么不同？你连怎么包扎伤口都不会，葛姐又能做什么？"

这是实话。然而成为红十字会义工的念头已经迷住了她们，尽管这么一来，她们就得替敌人工作。但至少好过在战俘营里活活饿死。她们七嘴八舌地讨论着急救的事。一个少女说她当过女童军，知道怎么止血，不仅如此，她还知道怎么用植物治疗比较轻微的疾病，例如腹泻、发烧和食物中毒。

"问题是，日本兵不需要腹泻药。"黛维·艾玉说，"他们需要有人替他们按摩脖子。"

黛维·艾玉离开那群女孩，进了她的房间。她虽然不是最年长的，却是她们之中最镇定的，因此她们已经视她为领袖。于是十九个女孩跟着她，聚在她的房间里，有些坐在她的床上。她们继续聊着如果日本兵头部受伤不管用了，要怎么按摩他们的脖子。黛维·艾玉没听她们愚蠢的闲聊，却像小孩子拿到新玩具一样享受着她的新床。她压压床垫，抚摸毯子，来回滚动，甚至上下跳动，震得床垫轻摇，把她的朋友弹了起来。

"你在做什么？"一人问道。

"只是想看看如果使劲摇，这张床会不会垮。"她边跳边回答。

"又不可能有地震。"另一个女孩说。

"谁知道呢，"黛维·艾玉回道，"如果我在睡觉的时候会滚到地上，那我宁可一开始就躺在地上。"

"真是个怪女生。"她们说完就渐渐散去，一个个回自己的卧室去了。

她们离开之后，黛维·艾玉走到窗边，打开窗户。窗外有结实的铁栏杆，她自言自语道："无路可逃了。"她关上窗户，爬上床，没换衣服就盖上被单。闭上眼之前她祈祷道："妈的，你很清楚战争就是这样。"

早晨来临时，早餐已经备好：炒饭和单面煎的荷包蛋。女孩子们都洗过澡，却还穿着旧衣服，她们的旧衣服就像难闻的抹布，已经被使用、清洗、晾干太多次。她们的眼睛布满血丝，像是哭了一整晚。只有黛维·艾玉厚脸皮地从她的衣柜里拿了衣服，穿了件奶油色带白圆点的短袖连衣裙，腰间系着有圆扣环的腰带。她脸上搽了粉，抹了薄薄的口红，身上飘来淡淡的薰衣草香水味。她在化妆台的抽屉里找到了所有的东西。她优雅快活，像是那一天的寿星，在阴郁的女孩中显得格格不入。她们责难地望着她，好像当场逮到了叛徒，不过吃完早餐她们全跑回房间，迅速换好衣服，彼此欣赏。

快要中午时，日本人来了，他们的靴子声响彻屋子。女孩们随即想起无论如何她们还是战俘，而前一刻她们还那么开心，感觉真奇怪。她们往后退，背贴到墙壁，再次被阴霾笼罩。黛维·艾玉是唯一的例外，她忙不迭地和一位客人打招呼。

"你好吗？"

他注视她片刻，也懒得说话，就去找卡隆妈妈了。他们交谈了一下，他回来清点了女孩，然后又出去了。屋里安静下来，只剩下女孩们、卡隆妈妈和屋外巡逻的两个士兵。

"他把我们当一群士兵来清点。"一个女孩抱怨道。

"那是司令官的工作。"卡隆妈妈说。

那一整天里她们都无所事事，只好在客厅或其中一人的卧房里闲晃，无聊至极。怀念完战前的快乐童年后，她们已经没事情好聊了。她们不再说红十字会的事，因为看不出她们真的要当义工。日本人没提，话说回来，他们什么都没说。女人们心想，如果要当义工，应该接受某种训练，然而看起来她们只会在这栋房子的荒谬奢华中凋零。一个人说，何况你们想想，前线离这里很远，天晓得在什么地方，也许在太平洋，也许在印度，但绝对不在哈里蒙达。这座城市里没有受伤的士兵，没人需要红十字会。

"不过他们还是需要按摩脖子。"黛维·艾玉说。

这玩笑话不再好笑了，尤其是说这话的人看起来在这世上无牵无挂。她好像很享受这一切，正在吃摆在那里的苹果，而且同样贪婪地吃着香蕉和木瓜。

"你是快饿死了，还是只是贪心？"欧拉说。

"都是啊。"

隔天还是没发生任何事，她们愈来愈困惑了。欧拉试图安慰自己，她觉得或许他们要拿她们来交换其他战俘，所以才给她们好东西吃，还有屋子和衣物，让她们看起来没受过折磨。没有一个女孩相信这个说法。一些日本男人和一个摄影师出现在屋里时，发问的机会来了。但那些人都不会说英文、荷兰文或马来文。他们只对女孩们比手势，要她们打扮得时髦点，因为要替她们拍照了。女孩们不甘愿地在相机前列队，挤出微笑，希望欧拉说得对，她们的照片会用来宣传战俘的境况，她们会被用来与其他战俘交换。

"何不问问卡隆妈妈这是怎么回事呢？"黛维·艾玉提议道。

她们找到那个女人，上前问她。

"你说我们会当红十字会的义工！"

"的的确确是义工，"卡隆妈妈说，"不过恐怕不是红十字会。"

"所以呢？"

她看着女孩，她们期待地回望她。她们等待着，天真的面孔几乎清白无辜，最后卡隆妈妈无力地摇摇头。她正要走开，她们急忙跟上，问道："说点什么啊！"

"我只知道，你们是战俘。"

"为什么要给我们这些食物？"

"免得你们饿死。"说完她走进后院，没了踪影。女孩不知道她去哪儿了，也没办法追着她；日本兵放那个女人过去，但拦下了她们。

她们回去时，发现她们的朋友黛维·艾玉在摇椅上轻声哼唱，还吃着苹果。这下她们更恼了。她望向她们，发现她们忍着怒意的表情，不禁莞尔。"你们好好笑，"她说，"好像一堆布娃娃。"她们围着她站成一圈，但黛维·艾玉沉默不语，直到终于有人开口：

"你不觉得事情不对劲吗？你什么都不担心吗？"

"无知才会担心。"黛维·艾玉说。

"所以你觉得你知道我们会怎么样吗？"欧拉问。

"对，"黛维·艾玉答道，"我们会被迫成为妓女。"

这一点她们都很清楚，但只有黛维·艾玉有胆说出口。

4

早在荷兰人的大型殖民地军营设立之时，卡隆妈妈的妓院就出现了。在那之前，她只是一个在她邪恶的姨妈的酒馆里帮忙的女孩。她们卖米酒和蔗糖椰花酒，士兵成了她们的常客。军队涌入城里，酒馆比往常还热闹，但少女赚的钱仍然无法维持生活。姨妈命令她从早上五点工作到晚上十一点，只换来一日两餐。但不久她就发现，她可以利用有限的自由时间自己赚钱。

酒馆关门之后，她就去军营。她知道他们需要什么，他们也知道她需要什么。士兵付钱给她，让她光着身子骑在他们的腿上。三四个士兵轮流上她，而她会带着他们的钱回家。一段时间之后，她赚的钱已经比她姨妈赚的多得多。她在做生意上有很敏锐的直觉。一天，她因为工作时睡着而被骂了一顿，便就此离开姨妈，在码头的尽头处开了家自己的酒馆。她卖米酒和蔗糖椰花酒，也出卖自己的身体。从此她不再去军营，而士兵反过来去她的酒馆找她。酒馆开张快一个月时，她已经找到两个十二三岁的少女在酒馆里帮忙，她们既是侍女，也是妓女。她开启了她的鸨母的生涯。

三个月后，那里除了她还有六个妓女，足以让她扩张酒馆，盖些新房间，以竹编为墙。一天，一位上校来视察军队驻扎地，造访了妓院；他不是来嫖妓的，而是要看看这地方够不够格供他的士兵使用。

"这里好像猪圈，"他说，"这么脏，他们还没遇上敌人就会送命了。"

卡隆妈妈对上校表现出恰如其分的尊敬，急忙说道："但如果他们被迫等待更好的妓院，他们会因为雄风不振而送命的。"

上校终于相信妓院能提振军心，有利于他手下的士气，于是他写了一份报告帮忙说情。他造访妓院的一个半月之后，军方决定建造更加长久的设施。他们拆了竹墙和糖棕叶屋顶，造了和防御的要塞一样坚固的水泥地板和水泥墙。几乎所有的床都是柚木床，床垫里塞了上好的棉絮。卡隆妈妈没出半分钱就得到了这一切，她眉开眼笑，对所有上门的士兵说：

"当自己家，尽管做爱。"

"说的什么话，"一个士兵说，"我家里只有我的妈妈和我的老奶奶。"

从那时起，去那个地方的所有人都会被纵容，并得到精心服侍。妓女穿着打扮得比最受敬重的荷兰女人还要迷人，比女王还要美。

梅毒蔓延时，卡隆妈妈和士兵们要求建一座医院。其实那是一座军医院，不过平民也会去。妓院几乎破产，但她很快就想到一些不错的解决办法。她试着说服一些士兵包养姨太太，说她可以收笔钱，替他们弄来那样的女人。她走遍村庄，甚至冒险上山，寻找愿意让荷兰军人包养的少女。

她仍然在她的妓院里照顾所有的女孩，只是她们每人只供一名士兵享用。她就这样迅速致富，并且保证她的女人不会传染下流的疾病。如果卡隆妈妈无情的索求令他们喘不过气，他们决定娶自己的情妇，卡隆妈妈就会讨一笔更高昂的补偿费。与此同时，她也把原来的妓女出租给任何有兴趣的人。她甚至替这些妓女找了取代士兵的新顾客——船员和码头工。

到了殖民政权的最后几年，她可以说是哈里蒙达最富有的女人了。有农民在赌桌上输得倾家荡产，她就从他们那里买地，然后回头租给他们，最后她的土地扩展到几乎覆盖了整片丘陵地区。大概只有荷兰庄园比她的土地更大。

她就像那座城市的小小女王——无论是本地人还是荷兰人，人人都尊敬她。她去哪儿办事都乘坐一辆马车，而她最重要的生意依旧是贩卖私处的女人。她的公众形象非常得体，她穿着合身的纱笼和可巴雅短衫，头发盘成发髻。她当然不像以前那样瘦巴巴的了，这时，人们开始学着年轻妓女的习惯，叫她"妈妈"。不过后来她的名字变长了，也不知道是谁起的头，变成"卡隆妈妈"。她喜欢这个名字，不久之后，所有人（包括她自己）都忘了她的本名。

曾有一个喝醉的荷兰士兵在酒馆里说："现在，在其他的王国都覆灭之后，哈里蒙达有了一个新的王国，那就是卡隆妈妈的王国。"

虽然她确实贪婪，但她从来不想让她的年轻妓女们吃苦。事实恰恰相反，她就像照顾一群孙辈的奶奶那样宠她们。她的用人会替她们烧热水，让她们可以在令人筋疲力尽的性交之后洗澡。在某些日子里，她会让她们休假，带她们去附近的瀑布郊游。她找来最好的裁缝替她们做衣服，而且尤其重视她们的健康。

"因为有健康的身体，才有最美妙的喜悦。"她说。

后来，荷兰士兵离开，日本士兵来了。但在时代的变动中，卡隆妈妈的妓院始终红火。她服务日本士兵就如服务先前的顾客一样周到，甚至去找更新鲜、更年轻的女孩。一天，民政与军政当局传唤她去进行简短问话。基本上没有太大的麻烦；其实是城里几个高阶的日本军官想要有自己专属的妓女，他们不想和低阶军官共享妓女，尤其不想要码头工和渔民用过的。他们想要新的妓女，这些女人要真的清纯，受到悉心照顾，卡隆妈妈必须尽快找到这些女孩；就像她自己说过的，这些男人快要因为雄风不振而死了。

"长官，要找那样的女孩很简单。"她说。

"要去哪儿找，说啊？"

"战俘。"卡隆妈妈简短地说。

下午，一些日本男人来了，女孩们惊慌地跑来跑去。她们想找机会钻出去溜走，可是到处都有人守着。房子的庭院很辽阔，但院子被高墙围绕，只有前面有一扇大门，后面有一扇小门，两扇门都不可能被突破。一些女孩想爬上屋顶，好像希望能飞走，或是在屋顶上找到绳子爬上天。

"我什么都试过了，"黛维·艾玉说，"我们无路可逃。"

"我们会变成妓女！"欧拉尖叫道，瘫倒在地上哭泣。

"其实比妓女更糟，"黛维·艾玉说，"我想我们恐怕拿不到钱。"

另一个叫海伦娜的女孩立刻找上刚出现的日本军官，指控他们违反了《日内瓦公约》里的人权条款。不只是日本人放声大笑，连黛维·艾玉也笑了。

"亲爱的，战争期间才没有什么公约。"她说。

海伦娜听到她们要被迫为娼时，似乎最为难过。说来可笑，在战争开始、一切陷入混乱之前，她原本是打算当修女的。她是唯一带祈祷书来这里的女孩，这时她开始在日本人面前高声背诵《圣经·诗篇》，或许是希望士兵会像驱魔仪式里的恶灵那样，恐惧地哭号逃走。没想到日军对她非常有礼貌，每一句祷词后都会接着说：

"阿门。"当然，少不了笑声。

"阿门。"她答道，然后虚弱地瘫在一把椅子上。

一名军官带来几张纸，给每个女孩发一张。纸上写的是马来文，原来是各种花朵的名字。"这是你们的新名字。"军官说。黛维·艾玉看到她的名字时很兴奋——她叫"玫瑰"。"小心了，"她说，"每朵玫瑰都有刺。"一个女孩得到"兰花"这个名字，另一个叫"大丽花"。欧拉得到"阿拉曼达"这个名字，也就是黄蝉花。

她们奉命回到自己的房间，这时一些日本男人在阳台的一张桌子前排队买票。第一晚的价钱非常高，因为他们相信这些女孩都还是处女。他们不知道黛维·艾玉已经不再纯贞了。女孩们没去自己的房间，而是聚到黛维·艾玉的身边，她还在测试床垫的强度，说道："原来有人要在床垫之上制造地震。"

然后军人开始把女孩一一抓起来，他们轻易就赢了，像抓生病的小猫一样把女孩抓在手中，她们被带走时和小猫一样白费力气地挥打。那晚，对抗继续，黛维·艾玉听见她们的房里传来歇斯底里的尖叫声。一些女孩甚至光溜溜地逃到走廊，军人抓住她们，把她们丢回床上。她们在恐怖的交合过程中不停地哭号，她甚至听见海伦娜在一个日本人破入她的阴道时，高喊了一些诗篇的句子。同时，她也听见阳台外其他的日本人在嘲笑这场骚动。

只有黛维·艾玉没有埋怨，一句牢骚话也没有。她分到的日本军官又高又壮，像相扑选手一样浑身是肉，腰间挂了把武士刀。黛维·艾玉躺到床上看着天花板，完全不看他，当然也没笑。她的注意力似乎主要集中在她房外的骚动声上了，而不是她房里发生的事。她像准备埋葬的尸体一样躺着。日本军官吼着要她脱掉衣服时，她仍然动也不动，仿佛根本没在呼吸。

日本人被惹恼了，他拔出武士刀挥舞，最后把刀侧贴在黛维·艾玉的脸颊上，然后重述他的命令。黛维·艾玉仍然一动不动，即使刀在她的脸上划出了一道伤痕。她的双眼仍然仰望着天际，耳朵似乎还倾听着远方的声响。这下日本人怒了，他抛开刀，甩了黛维·艾玉两巴掌，打得她的身子摇摇晃晃，脸上留下了红肿的印子，她却仍然一副漠不关心的恼人模样。

壮硕的军人自认倒霉，终于脱下面前这个女人的衣服，丢到地上，这下她一丝不挂了。他拉开女孩的双臂和双腿，让她大字躺着。他欣赏完眼前静止、沉默的肉体之后，迅速脱掉自己的衣物，跳上床，趴在黛维·艾玉身上，猛力侵犯她。在冷淡的交合过程中，黛维·艾玉一直维持着日本军人替她摆出的姿势，完全没有热情或兴奋的反应，也没有任何无谓的挣扎。她没闭眼，没微笑，只是抬头看着天。

她冰冷的态度发挥了惊人的效果——男人没到三分钟就完事了。黛维·艾玉望向房间角落的老爷钟，按她的计算，是两分二十三秒。

日本人翻到她身旁，然后迅速爬起来，满口牢骚。他匆匆穿上衣服，没再说什么就离开了，出去时重重甩上门。这时黛维·艾玉才动了，她露出甜美的微笑，伸展躯体，说道：

"今晚真无聊。"

她穿上衣服，去了浴室。她在那里遇到一些女孩正在洗身子，好像觉得用满满几瓢水便能将所有肮脏、耻辱和罪恶的感觉洗掉。她们互不交谈。事情还没结束，夜晚还很漫长，还有日本人在等待。洗完澡，她们被迫回到房间，继续挣扎、哭号，而黛维·艾玉又恢复她冰冷的神态。

那晚，她们各被四五个男人占有。疯狂而持久的交媾让她的身体陷入宁静而奇异的麻木，但黛维·艾玉最受不了的并不是这个，而是她朋友的尖叫和啜泣声。她心想，你们这些可怜的女人。想要抵抗无法避免的事，只会更痛苦。然后隔天来临。

那天早上，她们有事可做了。海伦娜沮丧地把她的头发剪得参差不齐，黛维·艾玉不得不帮她修整。第三晚，她们在浴室里发现奄奄一息的欧拉，她企图割双腕自杀。卡隆妈妈去找医生的时候，黛维·艾玉匆匆把欧拉扛回卧室，她已失去意识，浑身湿透。欧拉没死，然而黛维·艾玉终于明白，欧拉的经历比她最初想象的更悲惨恐怖。欧拉脱险时，黛维·艾玉告诉她：

"我可不想对葛姐说，她的纪念品是'欧拉被人强暴，死掉了'。"

这样过了好几天之后，一些女孩仍旧无法接受她们悲惨的命运，黛维·艾玉在半夜依然会听见尖叫。有两个女孩常躲在走廊里，或爬上屋后的人参果树。于是她建议她们照她每晚那样去做。

"像尸体一样躺着，直到他们厌烦了。"她说。但女孩们觉得那样更可怕。在有人侵犯她们的身体、上她们的时候静静地躺着，这样的事情她们无法想象。"不然就在他们之中找一个你有点喜欢的，全心全意服侍他，让他对你着迷，他就会每晚回来包你整夜。每次都服务同一个男人，远好过和一堆不同的男人睡。"

这个主意似乎比较好，不过她朋友还是觉得这恐怖得无法想象。

"或是像山鲁佐德那样跟他们讲故事。"她说。

但她们都不擅长讲故事。

"邀他们玩牌。"

她们都不会玩牌。

黛维·艾玉放弃了，说："没办法的话，就倒过来。换你们强暴他们。"

尽管如此，不久之后她们在白天终于得以真的相当快乐，而且不受任何打扰。第一周，她们感到十分羞耻，无法彼此交谈，只是把自己锁在房里，整日哭泣。不过一周过后，她们开始在早餐后聚在一起，设法彼此安慰，逗彼此开心，聊聊和悲惨的夜晚毫无关系的事。

黛维·艾玉有时会和那个中年本地女人卡隆妈妈在一起，两人发展出奇异的友谊。之所以能这样，只是因为黛维·艾玉一直保持沉着的态度，没有透露出任何想要造反的欲望，所以她和日本人的关系没给卡隆妈妈惹麻烦。卡隆妈妈向黛维·艾玉坦承，其实她在码头的尽头处有间妓院。当时许多女人都被强行带去那里，服务低阶的日本军官。除了这栋房子里的女人，她的女人都是本地人。

"你们很幸运，不用夜以继日地做，"卡隆妈妈说，"何况低阶军官远比他们混蛋多了。"

"低阶军官和日本天皇没什么不同。"黛维·艾玉说，"他们的目标都是女人的生殖器。"

卡隆妈妈找来一个半盲的本地老女人替她们按摩。每天早上，女孩们都接受例行的按摩，卡隆妈妈说那样可以避孕，她们都相信。黛维·艾玉是个例外，她早上通常睡到要吃早餐才起床，只在偶尔特别疲倦时才去按摩。

"怀孕是因为被人干，不是因为没让人按摩。"她漫不经心地说。

她接受了风险，在那间妓院待了一个月后，她率先怀孕了。卡隆妈妈建议她把胎儿拿掉。她说："想想你的家人。"黛维·艾玉答道："我是照你说的啊，妈妈，我确实在替我的家人着想，而我仅有的家人就是我肚子里的这个孩子。"于是黛维·艾玉任由她的肚子凸出、隆起，一天天长大。她怀孕了也有好处：卡隆妈妈要她待在后面的房间里，向所有日本人宣布她怀孕了，不准任何人跟她睡。在这样的情况下，就连日本人也都不想跟她睡，于是她怂恿其他女孩如法炮制。

"人家说的都是真的，每个小孩都会带来自己的好运。"

但其他女孩都不敢像黛维·艾玉那样冒险。

三个月后，没人放弃她们早晨例行的按摩，除了她，谁都没怀孕。她们每晚继续面对同样的恐怖，她们宁可那样，也不想大着肚子被送回家面对母亲。欧拉说："我要怎么跟葛姐说？"

"只要说'葛姐，你的纪念品在我的肚子里'就好。"

一如往常，白天她们有不少自由时间。女孩们会聚在一起闲聊八卦。有些人玩纸牌，有些人帮黛维·艾玉的宝宝缝小衣服。想到她们之中有人要生小孩了，大家都很兴奋；她们的心在期待中怦怦跳着，等待着宝宝来到这个险恶的世界。

她们有时也会谈到战争。有传闻说，盟军会攻击某些地区的日军，女孩们希望哈里蒙达遭到攻击。

"希望所有日本人都被杀掉，肠子流一地。"海伦娜说。

"别胡说，我的孩子听得见你说话。"黛维·艾玉说。

"那又怎样？"

"她父亲是日本人啊。"

她尖酸的幽默逗得她们哄堂大笑。

不过盟军可能会来的希望真的令她们振奋起来了。于是当一只迷途的信鸽飞进她们的屋子，被一个女孩抓住时，她们就传了讯息给盟军。帮助我们；我们被迫为娼，二十个年轻女人在等待拯救她们的勇士。这主意很傻，她们无法想象那只鸟要怎么找到盟军。但她们仍然在一天下午放了它。

她们无法确定鸽子是否回到了盟军那里。但那只鸽子再度出现了，没再带着她们的信，因此女孩们相信至少有人读了信。于是她们兴奋地写了新的讯息。几乎一连三周，她们一次次写下讯息。盟军没有出现，来的是她们没见过的一个日本将军。他突然到达时，看守土地最远处的士兵尽可能拦阻，不让他进来。被他质问的两名士兵在发抖，膝盖互相撞击着。

"这是什么地方？"将军问。

士兵还来不及回答，黛维·艾玉就喊道："嫖妓的地方。"

他是个军人，体格高大结实，腰间两侧各挂着一把刀，也许是传统武士的后代。他冷酷严肃的脸上有两道浓密的八字胡。

"你们都是妓女吗？"他问。

黛维·艾玉点点头。"我们在照顾生病士兵的灵魂。"她说，"我们身不由己，而且没钱可拿，我们就是这样被迫沦为妓女的。"

"你怀孕了吗？"

"将军，听起来你不相信日本兵可以搞大女孩的肚子呢。"

他没理会黛维·艾玉的话，而是开始斥责房子里所有的日本人。夜晚降临，一些常客出现了，他的怒意更加强烈。他召来一些军官，在一间房里密会。显然无人敢忤逆他。

与此同时，屋里的女孩喜悦而感激地看着她们的救星，好像他是她们靠不懈送信赢得的美好胜利。"我几乎无法相信天使居然长着日本人的脸。"海伦娜说。在回司令部之前，他走向聚集在餐厅的女孩们。他站在她们面前脱帽行礼，九十度鞠躬。

"Naore！"黛维·艾玉喊道。

将军站直身子，她们第一次看到他微笑。"如果这些疯男人胆敢碰你们任何人，就再送信给我。"

"将军，你为什么这么久才来？"

"如果我来太早，可能只会找到一栋空荡荡的房子。"他说话的声音温和而低沉。

"将军，可以请问你叫什么名字吗？"黛维·艾玉问。

"武藏。"

"如果我的孩子是个男孩，我就叫他武藏。"

"祈祷你生的是女孩吧，"将军说，"我从没听过女人强暴男人。"然后他就离开了，他爬上在屋前等候的卡车，女孩们朝他挥手。他一走，原先站着用手帕擦冷汗的军官就迅速跟着离开。那是第一个没人来强暴她们的夜晚。那晚好宁静，女孩们办了一个小派对来庆祝。卡隆妈妈给了她们三瓶酒，海伦娜把酒倒进小杯子里，仿佛领圣体仪式里的教士。

"敬将军，祝他平安，"她说，"他太帅了。"

"如果他侵犯我，我不会反抗。"欧拉说。

"如果我生的是女儿，我就替她取名为'阿拉曼达'来纪念欧拉。"黛维·艾玉说。

一切都结束得极为突然——不再需要卖淫，不再有日军军官在黄昏时分来买她们的身体。一些女孩很焦虑，因为她们终究会见到她们的母亲，她们不知该怎么说起自己经历的事。有些人站在镜子前，鼓起勇气，对自己的镜像说："妈妈，我成了妓女。"她们当然没办法这么说，于是她们又试一次："妈妈，我当过妓女。"但这样听起来还是不对，于是她们说："妈妈，我被强迫卖淫。"

但她们知道，对她们的母亲说这些话，比对镜子说要困难多了。唯一幸运的是，看起来日本人短时间内并不打算带她们回布鲁登康普，而是继续把她们关在房子里。不是以妓女的身份，而是像以前一样的战俘。士兵仍然警戒地看守她们，卡隆妈妈仍然鼓励女孩利用她提供的奢侈照顾。

"我把我的妓女都当王后对待，"她得意地说，"即使她们已经退休了也一样。"

她们每天、每周、每月都和黛维·艾玉一起娱乐，而黛维·艾玉继续替她的宝宝缝衣服。有朋友们帮忙，利用她们在屋中衣橱里找到的布料，她几乎已经缝了一篮子的小衣物。这么一来，她们至少不用无聊地等待战争结束。直到有一天，卡隆妈妈带着一个接生婆出现了。

"我手下怀孕的妓女，都是由她帮忙接生的。"卡隆妈妈说。

"不过我希望她接生过的女人不全是妓女。"黛维·艾玉说。

她被人从布鲁登康普的监狱带到妓院的那年，在一个星期二，她生下一个女婴，她立刻按照之前的承诺，替她取名为"阿拉曼达"。那孩子可爱极了，完全继承了母亲的美貌。唯一看得出父亲是日本人的地方，是她的小眼睛。欧拉说："眯眯眼的白种女孩。在荷属东印度群岛才看得到。"

"她不是将军的女儿，真可惜。"海伦娜说。

那个小宝宝很快就变成房里住户们的奢侈娱乐，就连日本兵也带布偶给她，替她办了个派对。"他们尊重她也是应该的。"欧拉说，"无论如何，阿拉曼达都是他们长官的孩子。"黛维·艾玉很庆幸欧拉渐渐忘了纷扰的过去，似乎恢复了乐天的天性。她一直帮忙带小宝宝，其他女孩也是，她们自称"阿姨"。

一天清晨，一个日本兵闯进海伦娜的房间，企图强暴她。海伦娜放声尖叫，吵醒了所有人，那个士兵跑进黑暗中。她们不知道强暴未遂的是哪个士兵，直到早上将军来了。他抓住一个士兵，把他拖到院子中央，递给他一把手枪。士兵饮弹自尽，打爆了自己的脑袋。从那以后，谁也不敢接近这些女人。

战争还没结束。她们在葡萄藤后偷听到卡隆妈妈和一些来帮忙的用人交谈，说日军已经沿南岸建造了防御的壕沟。卡隆妈妈偷偷给了女孩们一台收音机，所以她们听到已经有两颗炸弹在日本落下，第三颗还没投，这消息就足以震撼全屋子的人。日本兵看来也已经听到了消息。在之后的日子中，他们无精打采地坐在树下，然后一个接一个地不见了，不知被派去了哪里。盟军的飞机终于飞过哈里蒙达的天空，投下宣告战争即将结束的小册子，那时房子里只剩两名日军看守。

女孩们只由这两名士兵守着，局势太难预料，所以她们没有试图逃走。何况她们在收音机里听到英军已控制了城市，看来待在屋子里远比在街上安全。日本输了，她们等着被盟军解救。结果那些军队慢条斯理地往哈里蒙达来，好像忘了地球上还有这座城市似的。不过飞机回来了，投下了饼干和盘尼西林，紧急部队也出现了。最先出现的是由荷兰步兵旅组成的皇家荷属东印度军第二梯队。他们自称"荷兰皇家东印度军团"，简称 KNIL，迅速用自己的旗子换掉了屋前的日本旗。仅存的两名日军无助地投降了。

不过真正令黛维·艾玉感到意外的是，威利先生属于其中的一个旅。

"我加入了 KNIL。"他说。

"唉，那样好过加入日军。"黛维·艾玉说，她让他看她的女婴，"他们现在只留下这个了。"她说着轻笑起来。

然后二十个女孩的家人从布鲁登康普被接到了这里。葛姐看起来消瘦不堪，当她问她们，她们离开之后发生了什么事，欧拉含糊地说："我们去旅行了。"不过葛姐一看到阿拉曼达，就知道实际上发生了什么。她们和荷兰兵一起住在屋子里，荷兰兵轮流守护她们。那些日子对黛维·艾玉来说很难熬，因为威利先生表示他还深爱着她，虽然他从前被她拒绝过，他却似乎准备再提一次亲。

没想到不幸再一次解救了黛维·艾玉。

一天晚上，轮到威利先生和其他三名士兵看守房子，一个本地部队的游击队袭击了他们，游击队配备的是从日军那里偷来的武器，有大砍刀、短刀和手榴弹。他们的伏击很成功，杀光了四名荷兰兵。威利先生在客厅和黛维·艾玉聊天时被人从后面砍了头，他的头飞向桌子，血溅到了小阿拉曼达的身上。还有一名士兵在厕所拉屎的时候被杀，另外两名死在院子里。

游击队有十几个人，他们把所有的战俘聚集了起来。当发现她们都是女人、而且是荷兰人之后，男人们变得更残暴了。他们把一些女人绑在厨房里，其他的女人则被拖进卧室里强暴。她们哭得比日本人把她们变成妓女时还要凄厉，就连黛维·艾玉也前所未有地奋力抵抗一个游击队员——他抓住了她的宝宝，正要用短刀砍她的手臂。

救援来得太慢，游击队很快就跑得没了踪影。女人们把四名死去的士兵埋在后院。

黛维·艾玉把一朵花放在威利先生的坟上，对他说："要是你加入游击队，至少还可以强暴我。"然后她为他哭泣。

但之后又接连发生了类似的事。游击队全副武装进行伏击，派来看守屋子的四名士兵遇上游击队时总是寡不敌众。当地的司令官无法提供更多的守卫，因为他们自己的兵力也依然短缺。直到英军前来强化全城的治安时，女人们才安心。这些英国部队属于来到爪哇的英属印度军二十三师，其中有些是廓尔喀人。他们四处设置机关枪，一些人在房子后院设了一个岗哨。当地的游击队再来的时候遭遇了激烈的对抗，他们无法进到院子里，其中一人还被杀了。那之后，他们不再以这栋房子为袭击的目标。

英军守护她们的那段时间里，日子十分平静、愉快。她们为了忘却一切不愉快的时光而办了些小派对。有时年轻女人们会坐上军用吉普车，在几个全副武装的军官的护卫下去海边。一些军官甚至爱上了一些女孩，而一些女孩也爱上了他们。女孩们很难说出她们遭遇的事，但那些问题都解决之后，情况就好转了。她们邀来一个本地的乐团，办了另一场小型庆祝会，有酒和蛋糕。

救援战俘的行动在持续进行：国际红十字会抵达，所有战俘都将立刻飞往欧洲。这个国家对平民不再安全，尤其是她们已经在战俘营被关了三年。本地人宣布独立，到处都是武装的民兵。一些人宣称他们是国军，另一些人自称是人民军，而他们全都是城外的游击队。大部分民兵都是在日军占领时期由日本人训练的，他们在一场混战中对上了由荷兰军训练之后加入 KNIL 的本地人。战争并没有结束，其实才正要开始，而本地人称之为革命战争。

其他年轻女人和她们在那间战俘之屋里的家人都准备坐上红十字会安排的一架飞机离开，不过有个女孩总是自有打算——那就是黛维·艾玉。"我在欧洲无亲无故，"她说，"我只有阿拉曼达和现在在我肚子里成长的这个宝宝。"

"但你至少有我和葛姐啊。"欧拉说。

"但这里是我的家。"

她已经跟卡隆妈妈说过她不想离开哈里蒙达。她会待在城里，即使这意味着得当妓女也好。卡隆妈妈跟她说："像先前一样住在这间屋子里吧。现在这里是我的，荷兰人绝不可能讨回去。"

于是其他人准备离开时，黛维·艾玉、卡隆妈妈与其他几个用人待了下来。她读着欧拉留下的一本《马克斯·哈弗拉尔》，等待着第二个孩子出世；她确定这个孩子是游击队的种。她已经读过这本书，但她又读了一次，因为没别的事可做，何况卡隆妈妈什么都不准她做。阿拉曼达快两岁的时候，小宝宝终于出生，黛维·艾玉替她取名为"阿汀姐"，她在读的那本小说里的女孩就叫这个名字。

黛维·艾玉在卡隆妈妈的房子里住了几个月之后，开始思考她在老家污水管的粪便里埋藏的宝藏，尤其开始考虑该把房子弄回来了。她现在住的房子已经变成一家新的妓院，住满战时当过日军慰安妇的女人。卡隆妈妈设法找到了许多不敢回家的女孩，她们决定和她待在一起，她们蜂拥而来，填满了她的房子，像公主一样住在卡隆妈妈的王国。KNIL 的士兵是她们的忠实顾客。卡隆妈妈让黛维·艾玉和她的两个孩子待在其中一间屋子里，需要待多久就待多久，也没逼她出卖肉体来回报。黛维·艾玉感激地接受了卡隆妈妈的好意，但她仍然觉得妓院不是让她的两个小女孩成长的好地方，因此她决心回到老家。

她还有战时吞下的六枚戒指，所以其实不需要当妓女。她把其中一枚镶了玉的卖给卡隆妈妈，靠那笔钱生活了一阵子。她甚至在旧货商那里买了一辆婴儿车，用婴儿车第一次带上她的两个孩子沿着通往哈里蒙达的街道走去。小阿汀姐躺在婴儿车的篷子下，阿拉曼达穿着毛衣，戴着帽子，坐在她妹妹的后面。黛维·艾玉把头发盘到头顶，长袍在腰间系起，两个口袋塞满打嗝布、尿布和几瓶奶，平静地推着婴儿车漫步。

路上荒凉无人。她之前就听说，大部分成年男性都进入丛林参加游击队了，她只在街角看到一个老理发师，他在等着顾客上门，快无聊死了。除此之外，她还看到一些守卫哈里蒙达的 KNIL 士兵，他们边站岗边看旧报纸，看起来昏昏欲睡，几乎一样无聊。有些士兵坐在他们卡车或吉普车的方向盘后，有些蹲在坦克上。发现她是白种女人之后，他们亲切地和她打招呼，自愿护送她一程；荷兰女人独自在外面走动不安全，他们说，随时可能有游击队出现。

"不用了，谢谢。"她说，"我正要去寻宝，可不想和别人分享。"

她循着深深烙印在记忆中的路径，朝着从前荷兰庄园主人居住的区域前进。那些房屋都紧邻海滩，前阳台面对一条窄路，路沿着海岸延伸；后阳台则面对远处的两座山丘，它们在由庄园和农场组成的一片苍翠之后隆起。她平安无事地到达那里，沿着海滩小径行走，确信不会有游击队突然从海里冒出来。一切一如往昔。篱笆旁仍然长满菊花，屋旁仍然立着一棵杨桃树，从最低的枝条上垂下一座秋千。她祖母的花盆仍然围在阳台边，不过里面种的芦荟都干死了，而象耳草都纠结在一起。显然没人照料野草或前面棚架上的兰花，兰花已经垂到地上。她立刻明白佣人和守卫已经抛下了屋子，显然连俄国狼犬也不再住在这里。

她把婴儿车推进前院，阳台的地板干干净净，她大惑不解。她心想，一定有人扫掉了尘土。她试着开门，发现门没锁。她进了屋，这时她还推着婴儿车，但宝宝已经开始坐不住了。客厅很暗，她打开一盏灯。电没断，一切在瞬间亮了起来。一切都在原来的位置——桌、椅、橱柜，一切如故，唯独留声机被穆因带走了。她发现她自己的照片还挂在墙上，那是个十五岁的女孩，即将进入方济各会学校。

"看呀，是妈咪，"她对阿拉曼达说，"拍照的是个日本人，然后妈咪不久之后就被另一个日本人强暴了，可能就是你的日本爹地。"

她们三个继续在屋里四处参观，然后上了二楼。黛维·艾玉分享了她所有的记忆，告诉她们祖父祖母以前睡在哪儿，让她们看亨利和阿涅·斯塔姆勒的照片；拍照时这两人还很小，还没坠入爱河。这些事小家伙们当然都还不懂，但黛维·艾玉依旧很开心地带她们参观，直到想起她藏在污水管里的宝藏。她邀她的两个孩子和她一起查看厕所，光是看到厕所还在，她就松了口气。她只需要拆除管道，找到她的宝藏就行了。

　　这时，她背后突然有人说话了。"一个荷兰女人在新共和的时代到处游荡。小姑娘，你在这里做什么？"

　　黛维·艾玉转过身，眼前就是说话的人——一个本地的老女人，看起来凶悍得很。她穿着纱笼和破烂的可巴雅，拄了根拐杖支撑她的腿。她的嘴里塞满一团团蒟叶。老女人站在那里愤恨地看着黛维·艾玉，看起来会毫不迟疑地像打流浪狗一样用拐杖打她。

　　"你可以自己看看，我的照片还挂在墙上。"黛维·艾玉说着指向那张十五岁女孩的相片，"这栋房子是我的。"

　　"我只是没时间把你的照片换成我的而已。"

　　老女人立刻命令她离开，但黛维·艾玉坚持她持有地契。女人听了只摆摆手，哈哈大笑。"小姑娘，你的房子被充公啦。"她说。老女人一把不速之客送出门，一边解释道，这栋房子显然被日本人占了，在战争尾声时，又被一个游击队家庭抢了回来，就是老太太的家庭——她先生被武士刀砍掉了半条手臂，然后和五个儿子进入丛林，不久之后被 KNIL 的士兵射杀身亡，有两个儿子也送了命。"所以现在我继承这座房子。不过要的话你可以把你的照片拿走，我不跟你收钱。"

黛维·艾玉很清楚她不可能辩赢这个女人。她速速推着婴儿车离开，但仍然决意拿回她的房子。她去了临时民政府和军事办公室，与一位 KNIL 的司令官见面，寻求他的建议。他的建议颇令人灰心。他要她打消主意，她的房子在短期之内没希望弄回来。他说目前的状况还不允许，因为游击队依然到处出没。如果房子归游击队的家庭所有，最好还是算了，除非她有钱把房子买回来。

但她没钱。她剩下的五枚戒指绝对不够买下一栋房子。她的宝藏是她唯一的希望，宝藏现在还在厕所里，而她如果不能先拿回房子，就永远不可能拿到宝藏。她立即和卡隆妈妈见面，她知道这个女人一向乐于帮助有需要的人。她尽可能有话直说。"妈妈，借我一点钱。我想把我的房子买回来。"

卡隆妈妈看什么事都从理财的角度出发，她总是能嗅到做生意的好机会。"你要怎么偿还？"

"我有家族的宝藏。"黛维·艾玉答道，"战前，我把我祖母的珠宝都埋在一个秘密地点，除了我和老天，谁也不知道这件事。"

"如果被老天偷了呢？"

"那我就回来卖淫偿债。"

她们一致认为这是最好的主意。卡隆妈妈甚至提议由她当买房子的中介人，否则若是黛维·艾玉亲自出面的话，游击队老太太有可能会拒绝卖房子。她有张荷兰人的脸，本地人绝不会信任她，何况他们需要钱，卡隆妈妈从他们这种人手里买资产的经验十分丰富。她向黛维·艾玉保证，她会谈到最低的价码。

整件事花了几乎一星期才办妥。交易完成之前，卡隆妈妈每日来回奔波，为了去见那个凶悍的老女人。游击队老奶奶说，只要可以换来另一栋房子和一些钱，她就同意把房子卖出去。卡隆妈妈处理得很好，黛维·艾玉终于可以命令那个女人离开这座房子，再也别踏进这里了。黛维·艾玉由卡隆妈妈陪同，用了妓院一辆 KNIL 客人的军用吉普车，很快就和她的两个小孩搬进去了。回到她的家，她开心极了，而且这个家现在保证属于她。

"那你什么时候会还钱？"卡隆妈妈终于问了。

"给我一个月的时间。"

"好，一个月用来挖掘也够了，"她说，"如果有人骚扰你的家，尽管来找我。我有好朋友是游击队员，当然我也认识 KNIL 的军人。他们都是我的客人。"

黛维·艾玉没有立刻动手。她先去找保姆。她在山脚下的聚落里找到了一个叫米拉的老女人，她在战前曾是荷兰人的用人。黛维·艾玉坚决地跟她说，她不是荷兰人，她叫黛维·艾玉，是本地女人。她通过米拉找来一个园丁，要他把乱七八糟的土地整理好。一个星期后，她终于能放松下来，看着一切逐渐恢复原状，庭院整洁，植物焕然一新。

"幸好日军和盟军都没能毁了这里。"她自言自语道。

这时她接到欧拉和葛姐的消息。她们已经和祖父母团聚了，甚至发现她们的父亲被关在苏门答腊的一间战俘营里，平安无事。欧拉和一名英国士兵订了婚，那年的三月十七日他们会在圣马利亚教堂结婚。黛维·艾玉无法参加他们的婚礼，但她寄了些两个小女儿的照片，然后收到了他们寄回的结婚照。她把结婚照挂在墙上，如果欧拉来访，就会看见。

做完大部分的家务后，她开始思考挖宝藏的事。她已经很信任园丁了，园丁叫萨普里，她把他叫进来，跟他说了挖污水管的计划。她说如果她不挖，就永远没法付给他薪水。于是园丁带来一把铁橇和一把锄头，黛维·艾玉卷起外套的袖子，穿上她祖父的裤子，帮萨普里拆开地板，沿着通往化粪池的水管挖起污物。幸好战争开始之后就没人使用过厕所，所以他们的工作简单了很多。他们没挖到温暖恶臭的粪便，只有松散的泥土，土里满是气愤地蠕动的蚯蚓。

米拉照顾两个小孩，他们则忙了一整天，中间只暂停了一会儿，吃东西、休息，接着继续拆除水泥，翻动已经变成泥土的粪便。可是他们什么也没找到。黛维·艾玉确信他们已经清除了水管里所有的排泄物和土壤，却仍然没找到她藏在那里的任何珠宝。没有项链或金手镯——只有一堆堆潮湿腐烂的褐色泥土。她不相信珠宝会和粪便一起烂掉，所以她抛下手边的工作，放弃了，埋怨道：

"给老天偷了吧。"

在那个革命的年代，人们大胆喊出俗丽的口号，沿街写在墙上，做成标语拿着挥舞，甚至涂写在作业本上。卡隆妈妈决定把她的妓院以同样的精神重新命名，换个能代表她灵魂本质的新名称。她已经用了"不做爱毋宁死"，之后是"一朝做爱，永远做爱"，但最后决定更名为"做爱到死"。

不幸一语成谶：一名 KNIL 的士兵在做爱时死去，被游击队割了喉；一名游击队员在做爱时死去，被一名 KNIL 的士兵枪杀；而一个妓女在一次做爱过程中死去，她被吻太久，无法呼吸。

而黛维·艾玉就在"做爱到死"那里成了妓女。她有栋房子，所以不住在那里。她只在夜幕降临的时候过去，早晨回家。现在她有三个小女孩要照顾了：阿拉曼达、阿汀姐和晚阿汀姐三年出生的马雅·黛维。夜里由米拉照顾孩子，不过白天她和一般的妈妈一样亲自照顾她们。她送孩子们上最好的学校，去清真寺跟奇阿依亚罗背诵祷词。

"她们不会变成妓女，"她对米拉说，"除非她们真的想那么做。"

她自己从来没老实承认过，她是因为真的想那么做才去当妓女的。恰恰相反，她总是说她当妓女是被情势所逼。"就像有人因为情势所逼而成为先知或国王。"她对她的三个孩子这么说。

她是城里最受欢迎的妓女。几乎所有去过妓院的男人都至少跟她睡过一次，就算花再多钱也没关系。这不是因为他们一直想和荷兰女人上床，而是因为他们知道黛维·艾玉是做爱高手。其他妓女会受到粗暴的对待，但没人对她粗鲁，因为如果有人这样做，其他男人会气疯，好像她是他们自己的老婆似的。她夜夜取悦客人，不过她严格限制自己，每晚只接待一个男人。卡隆妈妈对这显而易见的独享权收取高价，额外的获利都进了她的口袋；她是彻夜不眠的蝙蝠女王。

是啊，卡隆妈妈是这座城市的女王，黛维·艾玉则是公主。她们有相同的品味，都会好好照顾自己，衣着远比贞洁的淑女更庄重。卡隆妈妈喜欢她从梭罗、日惹和北加浪岸买来的手工蜡染巴迪克服饰，再配上可巴雅，将头发盘成传统的发髻。她甚至在妓院里也这么打扮，只有休息的时候才会穿宽松的家居服。黛维·艾玉则从女性时尚杂志中学习她想要的一切，即便贞洁的淑女也在偷偷模仿她。

她们俩是哈里蒙达城的欢乐之源，在每个重要场合都会受到邀请。每个独立纪念日，卡隆妈妈和黛维·艾玉都会和萨德拉少校、县长坐在一起，当然还有排长，在他终于从丛林里出来之后。即使品性良好的淑女们实在痛恨两人，知道自己的丈夫半夜不见踪影，去造访"做爱到死"，但在两人面前，她们都很有礼貌（然后在背后说坏话）。

后来，有一天，一个男人突然觉得他非得把公主据为己有不可——他甚至想娶她。没人敢忤逆他，因为据说他无人能敌。那个男人人称"狂人马曼"，或"马曼·根登"。

于是哈里蒙达男人们的幸福就此结束，他们的妻子和情人的脸上绽放出灿烂的微笑。

5

直到今日，人们还清楚地记得，黛维·艾玉在世的时候，那个男人是如何在一个风雨交加的早晨抵达，和一些渔民在海滩上打斗的。是啊，哈里蒙达的人知道他所有的事迹，就像他们熟知圣书上所有的寓言。

马曼·根登年纪尚轻时，就是最后一代大师中的战士了，他是大山里雕凿大师的单传弟子。在殖民时代末期，他离开那里去流浪冒险，但无论敌友，他谁也没遇到，直到日本人出现。之后他为人民军而战，在革命战争中任命自己为上校。不过在一次军队改组时，他和其他数千名军人都被开除了，他们一无所有，只剩下参与那场战斗的荣耀。但马曼·根登丝毫不以为忤。他再度流浪，在战争剩下的日子里为自己赢得了一个新的名声——强盗。

他偷盗的本能起源于他痛恨富人，而他对富人的仇恨情有可原。他是一位县长的私生子。他的母亲曾在县长家里当厨娘，她家世世代代都在县长家工作。谁也不知道他们何时开始私通，可是大家都知道县长性欲旺盛，光是妻妾和情妇绝对无法满足他。在某些夜里，他还会把用人拖进房里。马曼·根登的母亲就是那样的倒霉女人，最后被搞大了肚子。县长的妻子发现了，为了保护家族的名誉而把厨娘逐出了家门。她不管厨娘的家族世代——厨娘的父母、祖母和外祖母以及她祖辈的父母——都替那个家服务。不幸的女人除了在腹中成长的孩子之外一无所有，只能披荆斩棘、穿过丛林，不久就在大山中迷了路。雕凿大师发现了她，这位年老的大师在一棵糖棕榈树下替她接生。

女人临死前对他说："以他父亲之名，替他取名为马曼吧。他是县长的私生子。"她没能再看她的孩子一眼，就过世了。年老的大师心情沉痛，把孩子带回了家。

"你会成为终极战士。"他对小宝宝说。

他悉心照顾小宝宝，给他充足的食物，在他还不会走路的时候就开始磨炼和训练他。他把婴儿泡在冰冻的水里，放在正午的太阳下曝晒。马曼·根登还在蹒跚学步时，老人就把他丢进河里，逼他游泳。信不信由你，他五岁时已是世上最强壮的小孩。这时他叫马曼·根登，已经能赤手空拳把石块碾成细砂了。雕凿大师和其他大师不同，他把自己所会的一切都教给了这个孩子，毫无保留。他教了他所有高超的武术招式，把所有的符咒和护身符都给了他，甚至教他读写古巽他文、荷兰文、马来文和拉丁文。他教他冥想，也为了同样严肃的目的而教他烹饪。

马曼·根登十二岁时，雕凿大师过世了。他埋葬了老人，哀悼了一周之后，就下山开始他报复生父的旅程；但同一时间，日军来了。

他没在父亲的房子里找到父亲；那个家已经因战争而破败，化为废墟。县长因为给荷兰人当帮凶而逃走了，于是马曼·根登不得不追寻他的敌人（那个人赶走了他的母亲，要为她的死负责），一追三年。三年之后，他仍然无法复仇：他找到他父亲时，那个人已经被行刑队枪决了。他看到了父亲的尸体，但不打算埋葬他。

　　日本人离开后，印度尼西亚宣布独立，革命战争开始，他加入了一群游击队。他们白天待在北岸的渔民小屋里，晚上作战，但在小规模的战斗中赢家通常是 KNIL 军。这段时间里没发生多少有趣的事，除了一件：他迷上了一个非常年轻的渔家女，名叫娜西雅。她是个秀气的女孩，脸颊上长着酒窝，有美丽的黑皮肤。马曼·根登在沿着海岸行走、抓鱼当下午的点心时会看到她。她很友善，会溜出去把她仅有的食物带给游击队，脸上还挂着天下最甜美的微笑。

　　他对她所知不多，只知道她的名字。但她让他充满生气，他发誓不再流浪，他要打赢每一场仗，这样两人才能在一起。他的朋友注意到他在暗恋她，他们鼓励他正式向少女求婚。马曼·根登从来没有直接跟任何女人说过话，只在日本占领期间跟妓女交谈过，他突然发觉，要面对这个秀气年轻的娜西雅，远比面对荷兰行刑队可怕得多。不过机会来了，马曼·根登看到娜西雅独自走着，抱着一篮鲜鱼往家里去，于是他跟上了她。他看到女孩展露甜美的微笑，露出她的酒窝，于是鼓起勇气，问她愿不愿意做他的妻子。

　　娜西雅刚满十三岁。天晓得是因为她太年轻还是什么缘故，总之她倒抽了一口气，说不出话，就抛下她的篮子，也没道别就跑回家了，活像被疯子吓到的小孩。马曼·根登站在飞鱼之间目送她离开，真想一死了之。但他没退却，一点也没有。爱给了他在别处找不到的勇气。他捉起鱼，踏着坚定的步伐，带着篮子走向少女的家。他会正式向她求婚，请她的父亲把她嫁给他。

他发现娜西雅站在她家门口，身旁是一个瘸了一条腿的瘦弱家伙。他只听说娜西雅的两个哥哥死于游击队的战火，她父亲是个老渔夫。他从没听说过这个饥瘦的独脚年轻人。马曼·根登站在他们面前，挤出微笑，把篮子放到娜西雅脚边。他的心怦怦跳，既焦虑又嫉妒得发火。他靠着勇气，又或是愚蠢，重复了他的话。

"娜西雅，你愿意成为我的妻子吗？"他一脸恳求地问，"战争结束，我就娶你。"

女孩摇摇头，哭了。

她结结巴巴地说："游击队员先生，你没看到我身边的男人吗？没错，他很虚弱。他绝对没办法下海捕鱼，当然也没办法像你一样打仗，先生。我知道你轻易就能杀了他，然后就像抓飞鱼一样轻易地住抓我。但如果你要那么做，至少让我死在他的身边吧，我们彼此相爱，无法分离。"

瘦削的男孩垂着头，默默无语，一直都没抬起脸来。马曼·根登的心瞬间碎了。他缓缓点了下头，然后走开，没道别也没回头。他看得出来：他们全心全意爱着对方。即使他受伤的心要许久才能恢复，他也不想破坏他们的幸福。

战争结束之前，他一直受骇人的幻觉所苦，起因就是他的爱悲剧性地遭到拒绝。有时他待在战场上的无人区，希望敌人能射杀他。他让自己成为步枪和大炮的目标，但他注定要活下来。在这段时间里，他再也没见过那个女孩，而且只要可能与她相遇，他就刻意避开。战争结束后，他听说她要嫁给她的爱人，于是在当地的纺织工那里买了条美丽的红饰带，送给她当结婚礼物。

游击队解散了，马曼·根登不大难过，反而很开心，这下他又能恣意流浪了，只不过现在他的心里有了个伤口。他循着昔日的游击队小径在整片北方海岸上漫游，靠抢劫有钱的人家过活，他对他们说："只有通敌的人才能在革命期间发财，所以你们要么是荷兰人的帮凶，要么是日本人的走狗。"

他带着十几个男人在沿岸的城市制造恐怖，军警紧追其后。他和他那帮人过着侠盗罗宾汉般的生活，他们从富人那里偷东西，把掠夺的东西分给穷人，照顾战争留下的寡妇和孤儿。敌友都畏惧他的名声，但他并没有因此而感到快乐。无论去哪里，他都带着他的旧伤，而他看到的任何漂亮女孩都无法治好他，更不用说他在棕榈酒室里找到的妓女了。夜幕降临，他开始感到疯狂时，就叫手下去找有迷人黑肌肤和酒窝的秀气少女。他详细地描述娜西雅的模样，于是来到他藏身之处的女孩都像是她的复制品，根本分不清谁是谁。他夜复一夜地和她们做爱，但谁也无法取代娜西雅。

过了很久很久之后，他才恢复对生命的热情。那时他常听到渔家的小孩提到，传说有个名叫伦嘉妮斯的公主十分美丽，见了她的人都愿意为她而死。一晚马曼·根登醒来，觉得他为了得到那样的女人，愿意与任何人一战，于是一一摇醒他的手下，问他们伦嘉妮斯公主住在哪儿。他们答道，当然是在哈里蒙达啊。马曼·根登之前从来没听过这座城市，但他的一个朋友告诉他，如果他乘独木舟沿海岸往西划，就会到达哈里蒙达。他心意已决，坚决要治好昔日的情伤，于是他把地盘交给他那帮人管理，跟他们说，他将乘着独木舟去旅行，寻找他的真爱。他终于再次坠入爱河，只不过他对伦嘉妮斯的了解都是从渔家的小孩那里听来的。

他们说，公主美丽非凡，是巴查查兰王室最后的血脉，继承了帕库安王国所有公主的美貌。人们说，公主自己也明白她的美貌会招来不幸。她小时候还能自由地在宫墙外游荡，曾造成或大或小的骚动或混乱；无论她去哪里，人们都会呆望着她那笼罩着淡淡忧郁的脸庞。他们像夸张的人类雕像一样僵住，只有眼珠在追随她的一举一动。她的美貌害得官员做起白日梦、忽略国事，大片的国土被几群强盗侵占了，他们费了不少功夫、付出高昂的代价才夺回，还牺牲了半数王军的生命。

"那样的女人确实值得追求。"马曼·根登说。

"我只希望你不会再度心碎。"一个朋友答道。

这位公主的父亲据说是王国被淡目国攻打之前的最后一任君主，就连他也因为迷恋亲生女儿的美貌而未老先衰。虽然谁也不能和自己的女儿上床，但爱上终究是爱上了。欲望与羞愧的感觉互相冲突，啃噬了他心中的一切，最后他开始觉得唯有一死才能解脱。王后当然嫉妒了，她开始觉得只有杀死小女孩才能结束这种状况。王后时常溜到厨房，拿着刀子蹑手蹑脚地来到孩子的房间，准备刺进她跳动的心脏。但每次王后一看到女儿，就会被她迷住而爱上了她，完全忘记了杀人的念头。她会抛下刀子，走向孩子，轻抚她的皮肤，亲吻她，然后才回过神来。王后会羞愧地离开少女，饱受折磨，什么也不说。

在马曼·根登的旅途中，渔民们不断地跟他讲伦嘉妮斯公主的故事。他乘着小独木舟往西划去，夜幕低垂时，他就在渔村停泊。他会问那里离哈里蒙达有多远，人们会告诉他，继续向西，然后绕向南，最后再往东。他们告诉他，要小心南海的波涛。接着他们会跟他讲公主的事，孤独的流浪者听后更难受了。

"我会娶她。"他发誓。

伦嘉妮斯公主则因为自己愈加非凡的美貌而深受困扰，只好把自己锁在房间里。她和外面的世界只透过门上的一个小缝来交流，女仆会从那里把衣物和盛在盘子里的食物送给她。她发誓再也不要展现她的美貌，她希望嫁给为了其他原因而爱她的男人。于是她一直躲着，缝制新娘礼服和嫁妆。但她挡不住关于她美貌的传言，说书人和居无定所的流浪汉把消息散布出去了。禁忌的感情荼毒着她的父亲，嫉妒蒙蔽了她的母亲，两人决定把她嫁出去。他们把九十九个信差派向王国最偏远的土地，甚至远到邻国，宣布将为王子、骑士和其他人举办一场比赛。优胜者将能娶到世上最美的女人，伦嘉妮斯公主。

英俊的男子们到了，比赛开始。不过这里没有阿周那赢得黑公主那样的射箭比赛[1]，只要求每个男人描述他理想中的女人——她的身高、体重，她最爱的食物，她怎么梳头发，她衣物的颜色，她身上的味道，凡此种种——之后要坐在伦嘉妮斯公主的卧室门口，让她询问他。国王保证，如果那个男人的理想和公主一样，而公主的

---

[1] 在《摩诃婆罗多》中，黑公主以人间第一美女著称于世，有无数的追求者。其父为她举行选婿大会，许多王子慕名而至。大厅内放置一张大铁弓，想当女婿者必须能弯弓搭箭，铁箭要穿过高高挂起的旋转的圆盘中央的小孔，直中高悬顶上的箭靶，不少武艺高强的王子接连失败，般度王子中的第三子阿周那却毫不费力地一连发射五箭，箭箭命中，靶子被射落。

理想也和她门前的男人一样，他们就能成婚。实在很少有人能靠这种方式找到相配的人，而比赛的最后他们也确实没找到适合的男子。

确实，要得到那样的女人并非易事。马曼·根登经过异他海峡的时候，一群海盗打算抢夺他的财富，于是他趁机发泄郁积的欲望，淹死了他们。但他们并非他唯一的阻碍。他进入南海时，不只受到猛烈的暴风阻挠，还有一对鲨鱼不停地绕着他的船打转。他不得不把船停到沼泽里，猎了一头鹿来喂鲨鱼，于是它们成了他旅途中的战友。

这一切都是为了难得一见的尤物，伦嘉妮斯。

徒劳无功的比赛之后，王国回到了以往的绝望中，再度沦陷于那慑人的美丽。直到有一天，一个不满的王子策划以武力夺取公主，带来了三百名骑士大军；国王想到有人要绑架公主并娶走她，虽然欣喜若狂，但出于道义，不得不带领士兵与抢亲者交战。另一个王国的另一名王子也带了三百名骑士前来相助，希望国王会出于感激而将公主嫁给他；于是大战爆发了。其他的骑士和其他的王子都陆续加入这场战争，一年后，已经看不出谁在和谁打，只知道他们都在争夺多年来宛如哈里蒙达美神的女人。美丽的诅咒甚至更加无情——数以千计的士兵受伤并战死，整个国家化为废墟，疾病与饥饿无情地侵袭了王国，这一切都是可恶的美貌所致。

在马曼·根登过夜的旅馆里，有个老渔夫说："那是最可怕的年代。比布巴特战争中满者伯夷 ① 狡猾地攻击我们时更糟，毕竟你也知

①13 至 15 世纪主要统治印尼爪哇岛地区的印度教王国。異他王国的王室家族曾与满者伯夷在布巴特交战，双方实力悬殊，因而布巴特战争被视为一场不公平的较量。

道，我们不喜欢战争。"

"我就是革命战争的老兵。"马曼·根登说。

"噢，和争夺伦嘉妮斯公主的战争比起来，那不算什么。"

那个女孩并不是不知道这些事。她的侍女透过钥匙孔把一切都跟她说了，公主就像盲眼的持国听到他的孩子在俱卢之战中的命运 ①。小美人悲痛欲绝，吃不下，睡不着，身为这一切的根源，她饱受折磨。光是啜泣也不能弥补，或许即使她死了也无法弥补，这时她突然记起她的结婚礼服，并确定唯一能将她从这一切中解脱出来的方法，便是立刻嫁给某个人——然后战争以及战争带来的一切不幸就会结束了。

这时，她已经在黑暗的房间里待了好几年，只有微弱的油灯和她的结婚礼服为伴。她亲手缝制整件礼服，用她的手艺缝出了世上最美的结婚礼服，任何男女裁缝的作品都不能企及。一天早上，礼服终于完工。公主不知道她要嫁给谁，因此她对自己说，她就这么打开窗户，无论谁出现在窗前，都将成为她的终身伴侣。

在实践她的誓言之前，她连续一百夜用染了花香的水洗澡。在一个永远会被世人记得的早晨，她穿上了她的结婚礼服。她不是那种会背弃诺言的女孩——她会信守承诺。她会打开那扇多年未曾开启的窗，嫁给她见到的第一个男性。如果她看到的男人不止一个，就嫁给最靠近她的那个。她不想伤害任何人，所以她发誓不会夺走其他女人的丈夫，或心有所属的男人。

---

① 在《摩诃婆罗多》中，持国是哈斯蒂纳普尔的国王，出生起就双目失明。婆罗多族的两支后嗣般度族和俱卢族为争夺王位展开俱卢之战，持国在此战役中失去了他的一百个儿子。

她穿上那身礼服后，比往常更加迷人了。即使在那间幽暗的房间里，她的美仍然闪耀着光，偷看她的年轻侍女看得入迷了，纳闷她打算做什么。伦嘉妮斯公主踩着优雅的步伐走近窗边，在那里站了一会儿，然后焦虑地呼了口气。她发了誓，而她将实现她的心愿。她碰到窗板，双手剧烈颤抖，她突然哭了出来，既感到深深的悲伤，又满怀喜悦。她指尖轻触，推开了窗闩。窗板嘎吱开启。她说："不论谁在那儿，娶了我吧。"

　　"我没在那里，真是太可惜了。"又一天早上，马曼·根登对一个渔夫说，"告诉我，我离哈里蒙达还有多远？"
　　"不远了。"
　　已经有很多人说过"不远"了，这些话不再让他感到安慰，因为他似乎永远到不了那里。他继续旅行，在每个渔民聚落和每个港口停下来问：这里是哈里蒙达吗？他们都说：不是啊，继续往东去。大家都说同样的话，他逐渐失去信心。突然间，他觉得这一切是个庞大的阴谋，大家都在骗他，而哈里蒙达不过是个虚构的地方。他下定决心，如果他再问一次，对方又说他要继续往东，他会在对方脸上揍一拳，阻止这个愚蠢的玩笑与共谋。
　　就在这时，他看见一个渔港和一排渔民聚落。他迅速转向陆地，跟那两条鲨鱼道别，它们一路上陪伴着他，他已经和它们产生了世间罕见的友谊。他疲惫又挫败地颤抖着，感到绝望，觉得他永远见不到绝世的伦嘉妮斯公主了。下船之后他遇见一个渔夫，渔夫正沿着海滩拉一张渔网。马曼·根登握紧拳头，问道："这里是哈里蒙达吗？"
　　"对啊，这里是哈里蒙达。"

那个渔夫很幸运，因为如果马曼·根登——这位他师父口中的终极战士——释放他所有的愤怒，渔夫绝对无法抵挡。但马曼·根登在漫长的旅程之后实在喜出望外：哈里蒙达不是骗人的胡扯；他终于抵达了，呼吸着带鱼腥味的空气，和这里的一位居民说上话了。他满心感激地跪到地上，渔夫大惑不解地看着他。

"这里的一切都好美。"他喃喃地说。

"是啊，"渔夫正准备离开，回了他一句，"就连这里的大便都好看。"但马曼·根登留住他。

"哪里可以见到伦嘉妮斯？"马曼·根登问道。

"哪个伦嘉妮斯？一大堆小姐都叫这个名字。连街道和河流都取这个名字。"

"当然是伦嘉妮斯公主啊。"

"她几百年前就死了。"

"你说什么？"

"我说她几百年前就死啦。"

一切骤然落幕。马曼·根登告诉自己，这不可能是真的。但这样没能安抚他，他大发雷霆。马曼·根登威胁可怜的渔夫，尖叫着说他骗人；另一些渔民拿着木桨来帮忙，马曼·根登毁了那些桨，只剩拿桨的人失去意识，瘫倒在湿漉漉的沙子上。然后三个男人走向他，他们是流氓，也就是打手。他们命令他离开，因为这片海滩是他们的地盘。马曼·根登没离开，反而无情地攻击他们，他一次击败三人，他们被打倒，半死不活地直直躺在渔民身上。

在那个混乱的早晨，马曼·根登来到了哈里蒙达，掀起惊人的骚动。那五个渔民和三个流氓是他的第一批受害者。下一个受害者是位老兵，他带来一支步枪，远远朝马曼·根登开了一枪。他不晓得子弹伤不了这个陌生人。恍然大悟之后他拔腿就跑，但马曼·根登追上了他，一把夺走老兵的步枪，射中他的小腿，老兵倒在街上。

"还有谁想打？"马曼·根登问道。

他至少得惩罚那座城里的一些人，他们用几世纪前的故事骗了他。那天还发生了几场打斗，他都打赢了，海滩上没有其他人想挑战他。这时他开始显得精疲力竭了。他脸色苍白地走到一个食物摊，老板把摊子上的食物都给了他。人们甚至灌他喝茴香棕榈酒，希望他喝醉，别再闹事。马曼·根登又饱又累，昏昏欲睡。他跟跄走回海滩，大字躺在之前被他拉上沙滩的船里。他思考着这整趟旅程和他的种种失望，睡着之前，他清楚明白地说："如果我有女儿，就叫她伦嘉妮斯。"然后他就睡着了。

伦嘉妮斯的确多年前就已经死了，而在那之前，她结了婚，在哈里蒙达离世隐居。她打开多年未开启的窗户时，温暖的晨光洒入室内，她一时睁不开眼睛。仿佛连宇宙都停了下来，见证这超凡的美人从与世隔绝的黑暗中重返人间。鸟儿不再鸣叫，风停止吹拂，公主像幅画似的站在那里，身旁的窗户有如画框。她的眼睛花了点时间才适应光线，接着她开始张望。她目光紧张，双颊绯红，因为她将要遇见未来的爱侣。但放眼望去她没有看到半个人，只见到一条狗，狗听见窗户嘎吱打开的声音，回头望向她的方向。公主震惊片刻，但是别忘了，她从不食言，于是她在心底发誓她会嫁给那条狗。

谁也不接受这样的婚姻，于是她和狗偷偷躲到南海边一片云雾中的森林里。公主将那里取名为哈里蒙达，意为云雾之地。他们在那里住了许多年，当然也生下了孩子。哈里蒙达的人大多相信他们是公主和那条狗的后代，只是谁也不知道那条狗叫什么名字。好像就连公主自己都不知道，而她也从没给它取过绰号。她从窗里第一次看到它时，只知道她必须快点下去与她的新郎相会，完全不在乎别人会怎么说。她宣称："因为一条狗最不在乎的就是我美不美了。"

马曼·根登来到哈里蒙达的消息迅速传开。他打了个盹之后，决定以这座城为家，加入伦嘉妮斯公主的后代。渔民聚落生气勃勃，他很高兴，这里让他想起过去的时光，而海滩沿途饮料摊和酒馆林立，独立街上有商店，当然还有卡隆妈妈的妓院，那是城里最好的妓院。

他听了路人的推荐，不知不觉就到了那里。他心想，如果他想待在这座城里，就得控制这个地方才行，而最好的办法就是从妓院着手。他进了酒馆，那个老女人已经听过他登陆海滩之后建立的名声，她正带着一些妓女和流氓等着他来。卡隆妈妈亲自替他斟了杯啤酒，他喝干啤酒，站在酒馆中央，问起谁是城里最强的男人。这个问题激怒了一些在妓院当保镖的流氓，酒馆的院子里爆发了多次打斗。马曼·根登对他们的大砍刀、镰刀和捡来的武士刀不屑一顾，没花多少时间就把那些男人打得青一块紫一块。

他满意地搓搓手，回屋想再找别人来，却看到一个美丽的女人坐在一角，唇间叼着一根烟。他低声对卡隆妈妈说："我想和那个女人睡，管她是不是妓女。"

"那是黛维·艾玉，她是这里最棒的妓女。"卡隆妈妈说。

"有点像头牌？"马曼·根登问。

"像头牌那样。"

"我要待在这座城里，"马曼·根登继续说，"我会像老虎标示地盘一样在她的私处撒尿。"

黛维·艾玉就坐在那一角，一副漠不关心的样子。灯光下，她的肌肤光泽洁白，表明了她的荷兰血统。她的双眼带着蓝色，黑发挽成长形的法式髻，修长的手指间夹了一根烟，指甲涂成血红。她身穿象牙色的长袍，纤腰上系着腰带。她听见马曼·根登对卡隆妈妈说的话了，于是转头看他。他们彼此凝望了片刻，黛维·艾玉脸上的肌肉动也没动，就露出诱人的笑靥。

"那就快点啊，亲爱的，免得尿到裤子上。"她说。

黛维·艾玉让他明白她有间特别的房间，是在酒馆后的别馆，而她从没用自己的双脚走过去，因为想要她的人都得像新婚男人抱新娘一样抱着她过去。对此马曼·根登当然没问题，于是他走上前，在这个美丽的妓女面前弯下腰。马曼·根登抱起她，估计她有六十公斤。然后他走到酒馆后头，穿过一扇门，重重踩过芬芳的橙树丛，朝着位于其他几栋建筑之间的一个灯光昏暗的小建筑走去。马曼·根登对她说："我是为了娶伦嘉妮斯公主才来到这里，但我迟了一百多年。你愿意代替她吗？"

黛维·艾玉吻了追求者的脸颊，说道："做妻子的是自愿上床，但妓女是营利的性工作者。问题是，我不喜欢上了床却得不到报酬。"

他们几乎缠绵了一整晚，像爱人久别重逢般热烈而激情。早晨降临，他们仍然裸着身子，两人裹着一张毯子，坐在别馆前享受凉风。麻雀嘈杂地在橙树枝间跳跃，飞向不远处的屋檐。太阳从城北的马·伊杨丘和马·格迪克丘之间的缺口中冒出头，带来温暖。

哈里蒙达逐渐苏醒。这对爱侣开始为那天做准备，他们抛开毯子，在日本人留下来的大浴缸里泡热水澡，然后穿上衣服。黛维·艾玉照常坐着人力三轮车回家，去三个女儿那里。马曼·根登准备开始他在城里的新的一天。

卡隆妈妈替他准备了早餐，是她那天早上从市场订来的姜黄饭、草菇与鹌鹑蛋。马曼·根登又问起城里哪个男人最强壮、真正最有力量。他说："因为一山不容二虎。"卡隆妈妈说，说得对。她提起白痴艾迪，他是公交车总站最令人畏惧的流氓。她概略地描述了他的名声——军警都怕他，他杀的人比传说中的任何勇士都要多，而城里所有土匪、小偷和海盗都是他的喽啰。更重要的是，他很可能已经知道马曼·根登了，因为妓院里所有的流氓想必都已经跟他报告过。中午时分，马曼·根登前往公交总站，发现那个男人正在一张桃花心木的摇椅上休息。

"把你的权力交给我，"马曼·根登对他说，"否则我们就决斗，打个你死我活。"

白痴艾迪一直在等马曼·根登。他接受了挑战；这个好消息迅速传了出去。城里的居民在很多年里都没有什么真正精彩的娱乐活动了，兴致高昂的人群往海滩赶去，那里是两人定好的决斗地点。谁也猜不到谁会杀了谁。城里的一个司令派了一个连的军队，由一个人称"排长"的瘦子领军，但没人觉得他有办法阻止这场打斗。

排长控制了城市的一小部分地区，他的指挥部挂着名牌，宣称他是"哈里蒙达军事地区的指挥官"。这场残暴的打斗发生在他的辖区里，因此他自告奋勇向哈里蒙达的军方要求由他来处理。事实上，一个连的武装兵力做不了什么，只能在旁观者中勉强维持秩序。其实他暗自希望两人都死掉，因为一个地方不可能容得下三个老大，而排长觉得他应该是唯一的老大。不过他和其他人一同等待，连他也猜不出结果。

结果他们等了一个星期，两人才打完。打斗持续了七天七夜，毫无间断，最后排长对他的一名士兵说："显然白痴艾迪要死了。"

"反正对我们来说没差。"士兵悲哀地说，"这座城市里满是土匪、强盗、游击队、革命军和残存的共产党。我们只能替他们造成的骚乱收拾善后。我们永远无法阻止这些事发生。"

排长点点头。"我们只是把白痴艾迪换成了马曼·根登。"

士兵苦涩地笑笑，低声说："只能祈祷他不会干涉军队事务了。"

虽然排长只控制了哈里蒙达一角的地方军事地区，但全城都颇为尊敬他。就连一些上级指挥官都向他行军礼，因为大家都知道他是日本占领期间哈里蒙达营起义行动的领袖，在那次起义中，没人比他更英勇。城里的居民非常确定如果苏加诺和哈达①没宣布独立，排长就会自己宣布。人们知道他并不是模范军人，但他们真的喜欢他；他那块地区里最大宗的生意是把纺织品走私到澳洲，以及将车辆和电子产品输入黑市。这在当年是非常好的生意，能带给将军很多钱，因此上级指挥官都无意干涉这样的买卖。处理一些小冲突是他们最不关心的事。

最后白痴艾迪筋疲力尽，终于死了，被压在浅水里淹死。他的对手把他的尸体丢进海里，马曼·根登的鲨鱼朋友得到了意外的午后点心，十分欢喜。马曼·根登回到海滩，注视着全城居民；他看起来依然精神抖擞，好像再这样打倒七个男人也没问题。他宣布："现

---

① 分别指印度尼西亚共和国开国总统苏加诺与副总统穆罕默德·哈达。

在我拥有所有的权力。"接着又说："除了我，谁也不许跟黛维·艾玉睡。"

黛维·艾玉听说马曼·根登的宣告后，感到惊讶，她小心行事，派了一个信差请这个新来的流氓到家里坐坐。马曼·根登礼貌地接受了邀请，承诺他会尽快赴约。

她真的是城里最好的妓女，才三十五岁，依然风姿绰约。她每天早上用硫黄皂刷洗身体，一个月泡一次浸满香草的热水澡。关于她美貌的传说可与这座城的创始者匹敌，人们之所以不曾为她掀起战争，是因为她是妓女，只要有钱就可以跟她睡，马曼·根登居然宣告要独占她，这可得讨论讨论。

她几乎从不公开露面，只偶尔有人在日暮时分瞥见她坐在三轮车里，往卡隆妈妈那里去，或是在早晨赶回家。除此之外，人们可能看到她带着她的女儿们去电影院、园游会，或送她们去学校。有时她会去市场，不过很少见。初来城里的人绝对猜不到她是妓女：她穿得比谁都端庄，举止像宫廷少女一样秀气，一手提着购物篮，一手拿着阳伞。即使在妓院，她也穿着温暖的厚袍子遮住一切，而且喜欢坐在酒馆一角看旅游书。她从来没在公开场合勾引男人；她不来这一套。

她从前的家在这座城的殖民区里，就在朝海的一座小山的山脚下，前面是残存的可可与椰子种植园。她出于对过去的依恋而把那里买了回来，但现在怀旧之情快让她活不下去了。伦嘉妮斯河的两岸正在盖新的小区，她已经在那里预订了一栋房子，希望来年可以搬进去。

那天下午流氓登门拜访了，女主人不久前才起床沐浴，迎接他的是个小女孩，约十一岁。她自我介绍说她叫马雅·黛维，说她母亲正在吹头发，请马曼·根登在客厅稍候。显然这孩子以后会和她母亲一样美，她替他拿来一杯冰柠檬水，流氓拿出香烟时，女孩连忙在桌上放了一只烟灰缸。马曼·根登猜想，这间屋子干净整齐，一定是小女孩的功劳。他听卡隆妈妈说黛维·艾玉有三个女儿，他想知道女孩的姐姐们有多漂亮。不过阿拉曼达和阿汀姐似乎不在家。

黛维·艾玉出来了，她的头发披散开，在午后的阳光下熠熠生辉。她要女儿退下，有只小猫蜷着身子睡在她的椅子上，她唤醒小猫，然后坐下。她的一举一动都缓慢、优雅而从容。她身上穿了件长袍，两侧有大口袋，一条缎带在颈前系起，她靠向椅背，跷起脚。马曼·根登闻到她头发上有淡淡的薰衣草和芦荟香。虽然他已经和她睡过，看过她的裸体，但她醉人的美貌仍然击中了他。她的纤手洁白如乳，从一侧的口袋里掏出一包烟，然后跟他一起抽起烟来。马曼·根登一时尴尬得手足无措，不知目光该放哪里，只敢看她缓缓前后晃动的双脚和那双深绿色的丝绒拖鞋。

黛维·艾玉说："谢谢你过来，欢迎来到我家。"

流氓已经知道她为什么请他来，至少猜得到。他发觉他不知为什么很平静，不过他确实爱上了这个女人。这个绝妙的妓女令他心荡神迷，他终于能忘却所有的痛苦，忘了娜西雅和伦嘉妮斯公主。他不想再次受伤，所以如果他不能娶她，至少他得是唯一能和她上床的男人。

这名妓女显然是因为聪慧才显得从容非凡。她匀匀吐气，目光随着浮起的烟雾而动，像正在思索事情的沉思者。她的进口香烟闻起来没加丁香，淡而清新。她现身时拿了自己的那杯柠檬水，抽完香烟之后喝了些，示意流氓喝下他面前那个冰凉杯子里的饮料，他尴尬地喝了。远方的清真寺里有个孩子击了鼓，所以此时大约是下午三点。

"真可惜。"妓女说，"你其实是第三十二个试图拥有我的男人。"

这话没吓到流氓，他已经知道她会说什么了。"如果我不能娶你，"他说，"我就每天付钱给你，让你专门为我服务。"

"问题是，我不能每天做爱，所以我常常会白拿钱，"她说着笑了笑，"但这样不错，如果怀孕了，至少我知道孩子的父亲是谁。"

"所以你同意下半辈子都当我的专属妓女吗？"

黛维·艾玉摇摇头。"没那么久，"她说，"只到你的老二和你的钱包撑不住了的时候。"

"如果你不满足，我可以用手指或牛蹄代替我的老二。"

"我想你的手指没问题，只要你还知道怎么用就好。"黛维·艾玉轻笑着说。她沉默了片刻，然后喃喃地说："我公开出卖肉体的生涯就到此为止了。"

她说这话时，几乎有点不舍。多年来她经历过那么多悲伤，不过也有些美好的时光。"其实每个女人都是妓女，因为就连最称职的妻子也会为了遗产和零用钱而出卖自己……或是为了爱，如果世上真有爱的话。"她说，"我并不是不相信爱，其实恰恰相反，我做这一切的时候怀着最深的爱。我生于一个荷兰家庭，原来是天主教徒，直到结婚那天，我自己诵读伊斯兰信条，成为穆斯林。我结过一次婚，曾经是虔诚的人。我失去了那一切，不表示我就失去了爱。要当妓女，就得谁都爱，什么都爱，一切都爱——老二、手指和牛蹄。"

"爱只让我经历了最折磨人的痛苦。"流氓说。

"噢，你尽管爱我。"黛维·艾玉说，"不过别期待太多回报，因为期待和爱毫无关系。"

"但我怎么可以爱一个不爱我的人呢？"

"硬汉，你会学会的。"

黛维·艾玉伸出手，马曼·根登吻了她的指尖，就这么一言为定了。他们俩都很满意这样的安排，虽然他们没住在同一间屋子里，却愈来愈像新婚夫妻。妓女的另外两个女儿遗传了母亲的无瑕美貌，阿拉曼达当时十六岁，阿汀妲十四岁。马曼·根登见到她们时，声称："谁敢骚扰她们，我就杀了他。"

人们开始目睹他们像一家人一样在外走动，一同去电影院，在海边游泳或钓鱼，度过星期天。其余的时候，流氓会在晚上去卡隆妈妈酒馆后的别馆见黛维·艾玉。早晨她不再赶回家，他们会在橙树丛里休息和聊天。

但马曼·根登到达后过了几个星期，有一天晚上，他没有造访卡隆妈妈的妓院。别人都不敢碰黛维·艾玉，于是她读着旅游指南消磨时间，这时另一个人在保镖的簇拥下出现了——原来是排长。

这是他第一次来妓院。卡隆妈妈喜出望外，连忙亲自上前迎接他，准备满足他的任何需求。排长除了那地方最美的妓女，什么都不要。他朝黛维·艾玉转过身，毫不迟疑地指向她。他的选择令旁观者战栗，没人敢说一个字，这时黛维·艾玉摇摇头拒绝了。在这之前，黛维·艾玉从没拒绝过任何客人，但排长不是一个看到摇头的动作就打退堂鼓的人。他挥舞着手枪走向妓女，命令她放下手中的旅游指南，跟他上床。她第一次没被溺爱地搂抱着，而是被迫走到她的房间，因此她满怀愤怒。排长跟着她来到别馆，他的保镖则坐在酒馆。

"你用那把手枪指着人，真像懦夫。"

"这是个坏习惯，女士，请您见谅。其实我只是想问，我可以娶您的长女阿拉曼达吗？"

黛维·艾玉嗤之以鼻。她先提醒他，他这样粗暴的对待不会增加他的胜算，接着又理性地说："阿拉曼达可以自主思考，她的身体也由她自己支配，你何不直接问她，她想不想嫁给你？"她暗自心想，这个瘦巴巴的军人这样求婚，实在可悲。

"城里人都知道她已经让不少男人失望了，我担心我也会落得同样的下场。"

黛维·艾玉知道许多年轻人和怪老头为阿拉曼达痴迷。他们都想赢得她的芳心，却什么也得不到；黛维·艾玉很清楚，阿拉曼达只爱一个人。他已经离开了，而她在等他回来。

"你得去问阿拉曼达。"黛维·艾玉说，"如果她想嫁给你，我会替你们俩办个盛大的庆祝派对。但如果她不想，建议你就自我了结了吧。"

橙树丛里，一只猫头鹰咕咕叫，扑下去抓了只地鼠。黛维·艾玉努力拖延时间，希望她的流氓会出现，这两个男人可以达成协议。排长靠近她，抚摸她丝滑如蜡的下巴，问道："夫人，你究竟建议我怎么做？"

"找别的女孩吧。"黛维·艾玉建议道。这座城里有许多美丽的年轻女子，都继承了伦嘉妮斯声名狼藉的美貌。排长还是不离开，他粗鲁地把黛维·艾玉推进卧房，扯去她的衣物。他匆忙地上了这个妓女，射精之后，他休息了一下，没再说一个字就离开了。

黛维·艾玉躺在那里，无法相信刚刚发生的事。不只是因为马曼·根登明确禁止了别人跟她睡，竟然还有人明知故犯，也是因为这是第一次有人那么粗鲁地占有她。哈里蒙达的男人对待她比对待自己的妻子还要好。她的长袍被扯开的时候掉了两颗扣子，她看着长袍，祈祷排长会被天打雷劈。而他把她当块肉一样上她，好像是在马桶里抽插了短短几分钟，毫不理会全城都敬畏她，她愈想愈气。这整件事足以让她咒骂，她甚至流了点泪；她匆匆回家了。

隔天一早，马曼·根登就听到了消息。他不认识排长，但他知道去哪里找他。他住在公交总站，他从那里走到了哈里蒙达的军事司令部。入口大门的"猴子笼"里有个守卫拦下了他。马曼·根登说他要见排长。士兵连真正的武器都没有，只配了把匕首和一截短棍，他明白自己绝对打不过这个男人，于是敬个礼就指向一扇门，马曼·根登推门进去。

马曼·根登穿着牛仔裤和短袖 T 恤，露出他在游击队生涯中文在右手臂二头肌上的龙刺青，没敲门就闯进了排长的办公室。司令官正在和中央指挥部开无线电会议，他惊讶地抬起头。他认出海滩上的战士正狂妄放肆地站在那里，于是唐突地结束讨论，站了起来，他锐利的眼神带着怒意。排长还来不及开口，马曼·根登就抢先说了："听着！除了我，没人可以跟黛维·艾玉睡，如果你敢再上她的床，我绝不饶你。"

排长被这样威胁，感到火冒三丈；居然在这里，这可是他自己的办公室。他问那家伙，知不知道他只要说一个字，马曼·根登就会被吊死，由国家行刑。更重要的是，他知道黛维·艾玉是妓女，所以如果问题出在他睡了妓女没付钱，那他会付出比以前任何人出过的更多的钱。这个无赖站在排长眼前，摆出高高在上的强硬态度，激怒了他。排长拔出腰间的手枪，松开保险，对准那个男人，像在说我不怕你的威胁，要是不想被打，最好滚蛋。

"好吧，"无赖说，"看来你不知道我是谁。"

其实排长没打算开枪，他只想吓吓这个家伙。但他看到马曼·根登挥舞着一把匕首的时候，他别无选择，只好扣下扳机。手枪击发时，他看到马曼·根登往后一晃，接着才惊觉这个男人没受一点伤。子弹在地上打转。

排长确信他一点也没射偏，而他看到马曼·根登朝他微笑时，更震惊了。

"排长，听着。我拿出这把匕首不是要攻击你，而是让你明白我不怕你。我刀枪不入。你的子弹伤不了我，这把匕首也一样。"马曼·根登说着，用尽全力将匕首刺向自己的肚子。刀刃断了，刀尖铿锵落地，而他一点割伤都没有。他从地上捡起子弹和那段刀刃，放在手心里给排长看。

排长这时像雕像般一动不动，手枪在他瘫软无力的手中垂下，他的脸色苍白如灰。他听说过这样的人，但这是他第一次亲眼见识。

马曼·根登离开之前说道："排长，我警告你最后一次，别碰黛维·艾玉。你再碰她，我不只会把这里拆了，还会杀了你。"

6

排长的一个手下来找他时，他正在冥想，埋在热沙里，只露出头部。士兵提诺·西迪克不敢惊动排长——其实他根本不确定自己能否惊动排长。排长虽然睁大眼睛，活像被砍下的头，他的灵魂却在光明的国度徘徊，至少排长通常是这样描述他的超然经验的。"冥想让我不用看这个腐败的世界。"他总是这么说，然后又说，"至少不用看你恶心的脸。"

过了片刻，他眨眨双眼，身体缓缓动了，提诺·西迪克知道这是他冥想结束的迹象。排长优雅地从沙中现身，动作一气呵成，他抖落一些沙粒，然后像鸟儿降落似的坐到士兵身边。他严守伊斯兰教的隔日斋，所以他的裸体瘦巴巴的，不过人人都知道他并不是信徒。

"来，你的衣服。"提诺·西迪克说着，把墨绿制服递给排长。

"每套服装都会让你有个新的丑角来演，"排长说着穿上他的制服，"现在我是猎猪人排长了。"

提诺·西迪克知道排长并不喜欢这个角色，但他仍同意扮演。几天前，他们接到哈里蒙达市军队司令萨德拉少校的命令，离开丛林去帮助人民消灭野猪。排长老是管他叫白痴萨德拉，他讨厌收到那个人的命令。这则讯息中充满敬意与称许——萨德拉说，只有排长对哈里蒙达了如指掌，所以人们只信任他来帮他们猎猪。

"世界没有战争时，就会发生这种事，军人沦落到去猎猪。"排长继续说，"萨德拉太愚蠢了，连自己的屁眼都不认得。"

当时他所在的那片丛林海滩，就是多年前伦嘉妮斯公主逃跑后栖身的地方，那是一片宽阔的海岬，外形有如象耳，周围是缀着贝壳的海滩和陡峭的峡谷，只有几段是沙岸。那片地区几乎完全没受人类破坏，因为自殖民时代以来，那里就是森林保护区，里面有豹子和豺狗。排长在这地方待了十多年，住在一间小木屋里，跟他在游击队的那些年间建造的小屋一模一样。他手下有三十二名士兵，一些平民有时会来帮忙，大家轮流开卡车进城去满足他们的需求，但排长从来不去。那十年间，他最远只到过他冥想的洞穴，只回到小屋钓鱼，替士兵煮食物，照顾他驯养的豺狗。萨德拉的信息扰乱了这样的宁静日子。丛林里没有猪，那些动物只住在哈里蒙达北边的丘陵间，因此他必须下到城里。对他来说，听从那道命令有违他对独处的热爱。

"真是可悲的国家，"他说，"就连士兵都不知道怎么猎猪。"

他上次进城是近十一年前的事了。当时 KNIL 即将解散，他必须进城去监督他们离开。"莎哟娜拉①。"他失望地说，"我就像渔夫

---

① 日语："再见"。

耐心等待鱼儿上门，结果却有人交给他一整筐鱼。"之后他带着他的三十二名忠心的士兵回到丛林，从此开始超过十年的无聊职务。他们一直有事忙，要保护一个商人用来走私的卡车，他和那个商人是在一起打日本人时认识的。他的三十二名士兵会办妥所有的事，所以他自己当然没真正监督过任何事。他通常要么去丛林探索，寻找可以冥想的洞穴，要么钓鹦哥鱼，或练习格斗招式。他可以突然隐身、突然现身，这是他自己发明的游击技能。

他发明这项技能时还在营里，是正牌的排长，那时爪哇岛仍然由日军第十六师占领。他二十岁时，脑中突然闪过一个高明的念头——起义。最先被他找来加入他的人是萨德拉，当时萨德拉是同营的一个排长，也是他童年时的朋友。他们同时在青年团开始他们的军旅生涯，那是日本人建立的青年军团。乡土防卫义勇军建立之后，他们一起去茂物接受军事训练，以排长的身份毕业，之后回到哈里蒙达，各自领导自己的排。这时，他也希望邀他的朋友一同起义。

"你这是自掘坟墓。"萨德拉说。

"是啊，日本人远道而来，只是为了埋葬我。"他轻笑着说，"这样一来，我的孩子和孙辈都会听到我伟大的故事。"

他是哈里蒙达最年轻的排长，体格最瘦弱，但只有他得到"排长"这个绰号。起义的计划终于完备之后，他本人亲自领导起义行动。当时有八个排长，每个都有自己的班长，班长们说他们会加入，而两名连长成了游击队的参谋。营长发现了计划，但决定置身事外，不管这件事。"我不是挖坟的，"他说，"尤其是我自己的坟。"

"噢，营长，我会替你挖个坟。"排长说完，送他离开他们的密会。他一走，排长就对其他人说："他宁可在办公桌后腐朽至死。"

排长展开一张哈里蒙达的粗略地图，用持国百子的符号标记了某些日军的地区，用般度五子的符号标出他们自己的地区，然后提醒他的人说："即使天神转生的毗湿摩也会死，坚战也会说谎；所有人都可能死去，所有人都必须奋斗求生，即使靠着谎言也好。"他小的时候，他祖父会讲《摩诃婆罗多》里战士的故事来娱乐他，他对战争充满狂热，人们常说："他应该当十六师的指挥官。"

结果这些密会进行了六个月，他们才有信心开始行动。他们清点武器和弹药，回顾失败时的逃亡计划，确认攻下哈里蒙达之后的目标。他们急需其他营的支持，因此派了传令兵去接洽。二月初，一切终于准备就绪——起义将在十四号发起。

"也许我永远不会回来了。"排长和他祖父道别时说，"也许我回来时已经是具尸体。"

起义的日子愈来愈近，他收拾了手枪和弹药，反复检查每个人求生包里分配的药物，以备他们需要逃亡。他联络了一名叫班多的商人——排长之前帮他走私过柚木——请他替游击队准备食物补给。排长也直接与县长、市长和警长见面，说二月十四日会有"战争模拟演习"，哈里蒙达所有乡土防卫义勇军的士兵都会参与其中，谁也不应干预，那是他起义的暗号。他对背叛有所警觉。

他在起义当天的两点半说："今天挖墓人可有的忙了。"

起义始于向日军位于樱花饭店的宪兵指挥部开枪扫射。有三十人在足球场受到处决：二十一名士兵和日本公务员，五名荷兰印度尼西亚混血儿和四个通敌的华人。他们的尸体被迅速拖到墓地，未经任何仪式就被丢到挖墓人的屋子前。

民众完全不支持。他们把自己反锁在屋子里，确信更糟糕的恐怖即将开始：日军必定会派支援部队来这座城市，不会留任何活口。然而起义成功了。他们降下日本的太阳旗，用自己的旗帜取而代之。他们坐在一辆卡车里绕城，喊出自由与独立的口号，唱着奋斗的歌曲。夜幕低垂时，他们像被夜晚吞噬般消失了。他们知道日军会听到起义的消息——也许全爪哇都听说了，而援军一早就会到达。

"发生那些事之后，"排长说，"我们必须离开哈里蒙达，直到日本战败。"这下他们成了真正的游击队。

他们把起义军分成三队，分头走。第一队由巴贡排长和他的连长参谋领导，转移到西边的区域，对上从西方进入哈里蒙达的日军。他们会推进到那片地区周边的无人地带，那里盗贼流窜。第二队由排长萨德拉和他的连长参谋领导，转移到北方丘陵的茂密丛林里。最后一队朝东去，控制河流三角洲，在排长的领导下准备在沼泽作战，同时抵御疟疾和痢疾的侵袭。南方的大自然已经站在他们这边，因为这里有险恶的南海。他们全在午夜前行动，那时远方的豺狗正开始号叫。

事情就这么开始了。兴奋与恐惧交杂。两名士兵哭着叫妈妈，但指挥官威胁要把他们送回家时，他们又重拾勇气，誓死要赢得每一场战斗。行进部署到指定位置，他们身上带着从 KNIL 偷来的短口卡宾手枪和施泰尔步枪、一台小炮以及从营队那里偷来的八毫米迫击炮。只有排长和班长带了枪，志愿兵（日本人叫他们义勇军）带着刺刀或削利的简单竹矛。两个侦察兵走在队前一段距离，另外两人殿后。他们用手上仅有的武器，设法打赢亚洲最厉害的军队，这支军队曾经击败俄罗斯和中国，把法国、英国和荷兰人逐出了殖民地，现在正和几乎半个世界交战；教他们怎么拿武器的，正是这支军队。

"英雄终究会赢，"排长鼓励道，"只是总需要一点时间。"

在游击战的第一天，排长那一队攻击了开往三角洲的一辆卡车；三角洲是布鲁登康普监狱的所在地。他们把一枚迫击炮发射到卡车正下方，油箱爆炸，车上所有的日本兵都死了。接下来，一名传令兵报告西方的部队正在丛林边与日军开战，一番激战之后，巴贡和他的手下设法逃脱，看来日军不会追赶他们。北方的部队在主要道路上一路攻击日军，后来却被一个大营的敌军伏击。他们奉命返回营队，于是排长萨德拉和他所有的士兵回到城中投降了。

"就连驴子也知道要忘掉回家的路。"排长说，"他比笨驴还要笨。"

第二天，日军拦截了他们，河岸陷入混乱。他们设法杀了两名日本兵，付出的代价却太过惨痛——死了五个起义军成员，接着他们受到围攻。他们为了自保而跳进河里，成了敌方炮火的靶子。他们在救援行动中又死了一人，最后排长和他的一些士兵逃脱了。

他迅速改变路线和计划。他们会回去，但不是去投降；他的手下从没听过这么伟大的战术。城市的南边有片封禁林，他们绕过红树林沼泽，然后从一片遍布贝壳的海滩爬上悬崖，进入丛林。追赶他们的日军和乡土防卫义勇军都被骗了，以为他们会照原定计划继续向东，和其他营的起义军一起侦察。排长早就做出了判断：起义失败了。日军已经找到了他们，而其他营帮不上忙，所以最好的办法是逃进最靠近那座城的森林，在那里准备真正的游击战。

海上船里的渔民看得到他们，所以他们在一个洞穴里躲了几天。他们派出一个侦察兵判断西方部队的状况，以及哈里蒙达城的概况。他带回了坏消息：日军和乡土防卫义勇军搜遍了西方部队躲藏的森林。他们放走强盗和小偷，活捉了起义军。部队手上只剩刺刀和竹矛。他们没有投降，于是剩余的六十名士兵将在二月二十四日于营队前的广场被处决，包括巴贡排长和他的连长参谋。

排长扮成全身疥疮、衣服褴褛的游民下了山。伪装成这样并不难，他当了十天的游击队员，和真正的乞丐已经难以区分。他顶着肮脏黏腻的头发进入城市，谁也没认出他。他走在人行道上，手里抓了个锡罐，罐里放颗石头咔啦咔啦地轻摇。到了营指挥部前，他在路边的一棵凤凰木下停下脚步，见证了处决。六十人被一一枪决，他们的尸体被丢进卡车，弃置在挖墓人的屋前。

他回到游击队的据点，和剩下的士兵竖起旗子哀悼，对他们说："别为了让人记得而牺牲。相信我，大多数人不会记得和他们没有直接关系的事。"

他暗地策划了残酷的报复行动。一晚，他带兵伏击一座哨站，偷了一些军火，杀死六名日本兵，把他们的尸体丢到街上；他们炸了一辆卡车，然后在清晨鸡啼之前消失无踪。隔天，全城因为街上散落的六具日本兵尸体而陷入骚动，人们纳闷这种事是谁干的。但日军和全营的人（包括萨德拉）立刻明白了：排长还活着，而且他宣战了，这场战争永无息日。

宪兵队的日军以盲目的破坏来报复，不久就失去了线索。士兵搜索人们的屋子，想找到排长和他的手下，但没得到任何答案。死了六名日本兵之后的第三天，整个仓库的食物和卡车都被偷了，守卫的两名日本兵被杀。他们找到了冲入河中的卡车，车上的食物当然全都不见了。日军沿河搜遍了，却什么也没找到。

两天后的一个晚上，一名传令兵来到排长的游击队小屋，告诉他说，他们起义的事已经传进几乎所有爪哇人的耳朵里。他们起义的消息鼓舞了其他营的一些小型反抗活动，尽管全都失败了，但日军忧心忡忡，甚至有传言说乡土防卫义勇军将会解散，他们所有的武装都会被解除。

"这就叫养虎为患。"排长说，

四天后他们炸了一座桥，当时五辆满载士兵的日军卡车正开过桥上。哈里蒙达因此与外界隔绝了数个月，游击队在他们的藏身处高枕无忧。

在一个令人难忘的明亮早晨，排长刚在一片珊瑚礁拉完屎，就看到一具男人的尸体被海浪打上岸。那具尸体已经膨胀到快要爆开了，身上只缠了腰布。排长和他的手下把这具溺死的尸体拖上海滩检查。他的腹部有道深深的伤口。

"那是用刺刀砍伤的。"排长说，"他是被日本人杀的。"

"他是另一个营的起义军。"一名士兵说。

"又或许他和昭和天皇的情妇睡了。"

排长看着这具尸体的脸，突然沉默下来。此人显然是本地人——脸庞消瘦，好像老是挨饿，大部分的本地人都是这样。他的脸很光滑，没有胡子。但引起排长注意的不是这些，而是这个人的嘴巴形状古怪。他终于得出结论："这个男人嘴里含着东西。"他费了不少劲，靠另一个士兵帮忙，终于用手指扳开了尸体僵硬的下颚。

"没东西啊。"帮忙的士兵说。

"不对。"排长说着在尸体的嘴里摸索，掏出几乎完全烂掉的一张纸片。"他是因为这个才被杀的。"排长。排长在一块暖乎乎的珊瑚上摊开纸片。看起来是张传单，是用油印机印制的。海水渗进尸体的嘴里，油墨已经褪色了，但排长还能勉强辨认纸上的字。大家的心脏都怦怦跳着，期待听到重要的讯息，因为不会有人为了一张没意义的旧传单而被杀。排长拿着纸片，手指颤抖（不是因为寒风或饿了），泪水淌下脸颊。他的士兵困惑极了，而他们还来不及问任何问题，他就开口问他们："今天几月几号？"

"九月二十三。"

"所以我们已经晚了一个多月。"

"什么晚了？"

"庆祝啊。"这时他把死者那张传单上印的文字读给他们听，"**公告：印度尼西亚人民在此宣布印度尼西亚独立⋯⋯一九四五年八月十七日。以印度尼西亚人民之名，苏加诺与哈达。**"

现场沉默了片刻，然后是刺耳的欢呼和叫喊。除了排长，他们全像着魔似的在游击队的小屋前又跑又跳，唱起凯旋的歌曲。他们不待下令就去收拾自己的东西，开始打包，好像一切已经结束。他们准备跑出丛林，冲进城去告诉大家这个开心的消息，但在这样的疯狂继续扩散之前，排长急忙制止了他们。

"我们得开个会。"他说。

他们听从他的话，聚到小屋前。

"哈里蒙达还有很多日本人。"排长说，"他们想必已经知道这件事，却决定保持沉默。"他马上就拟订了策略。半数的人要对邮局发动闪电攻击，必要的话挟持人质，邮局职员都是本地人，所以这部分行动不会太危险。那里有台油印机，他们必须印出死人的这份传单，尽快散播到全城。"用邮差。"他信心满满地说。其他一半的人必须渗透到营里，告诉他们发生了什么事，解除日军的武装，动员民众，在足球场举行盛大的集会。那场快速简洁的会议结束后，他们就离开了丛林。

光是他们进城就让所有人陷入疯狂，那时邮局印的传单还没火速传开呢。排长弄到一辆卡车，绕城高喊："印度尼西亚在八月十七号宣布独立，哈里蒙达在九月二十三号跟进！"路边的所有人都愣住了，像变成了石头。一个理发师差点剪掉他顾客的耳朵，一个卖馒头的华人失去了对自行车的控制，连人带馒头翻倒在地上。他们都难以置信地看着开过的卡车，然后捡起散落的传单来看。人们欣喜欢腾——小学生在路边跳起舞，然后大人也加入了他们。

日本人从办公室里出来了，其中包括日军的指挥官志道关。他们发现怎么回事之后无能为力，从营队过来的乡土防卫义勇军士兵要他们缴械时，他们也没抗议。起义军直接降下太阳旗，在日本人面前吼道："吃了这张该死的旗子啊！"接着他们唱起《伟大的印度尼西亚》，在庄严的仪式中换上红白国旗。

人们逐渐聚集到足球场上，他们憔悴而褴褛，却仍显得容光焕发。在他们这一生里，甚至他们祖父或曾祖父的一生里，印度尼西亚从未获得独立。但那天，他们亲耳听见：印度尼西亚自由了，所以哈里蒙达当然也自由了。排长下午又举行了另一场升旗仪式，再次诵读宣言，城里人盘腿坐在地上，军方成员立正站着，显得高大挺拔。从那年起，直到多年之后，只有学童和军方会在每年的八月十七日纪念独立宣言。市民仍然在九月二十三日举行自己的私人仪式，而过了一段时间，学童和军方也加入了他们。那天，他们不只唱着《伟大的印度尼西亚》，向旗帜敬礼并宣读宣言的内容，也互相赠送装着食物的礼物篮，举办街头市集。如果外地人问起，或是老师问学生印度尼西亚是何时独立的，他们总是说"九月二十三日"。中央政府几度试图澄清一九四五年的讯息延迟造成的混乱，不过哈里蒙达的人民以生命发誓，他们永远会在九月二十三日庆祝独立纪念日。一段时间之后，再也没人在意了。

一群人拖着营长前来，引起一阵骚动，看来他将因起义时的背叛而被残忍地处决。他们准备在足球场一角的一棵榄仁树下吊死他，但排长打断了他们的程序。排长放开营长，把他带到足球场的中央。他已经知道这个人的背叛，因此给了对方一把左轮手枪。围在他们周围的所有人都听见他说：

"我们都由日军教育，所以你和我一样清楚叛徒该怎么做。"

营长把手枪指向脑袋，自我了结。尽管如此，排长仍命令所有士兵为营长执行最后的致敬仪式，营长的尸体裹着国旗，被埋在离市医院不远处的一块土地上，成了军人公墓中的先驱。那天死的只有他。排长掌握了所有营的权力，迅速派了一些传令兵去收集更多的信息，和城中民众合作，修复了之前被他破坏的桥梁。两天后，传令兵回来了，说乡土防卫义勇军已经解散，所有营都已经改组为人民保卫局。

所以他们组成了人民保卫局。不过两天之后，另一个传令兵前来，说人民保卫局已经解散，变成了人民保卫军。

排长恼怒地说："如果再改，哈里蒙达就跟印度尼西亚宣战。"

中央政府决定了军阶的配置。排长得到中校的头衔，地位高于其他排的指挥官，而他的蠢朋友萨德拉则安于做萨德拉少校。不过排长不大在意这些，他跟大家说："我宁可继续做排长。"几星期后，另一个传令兵带着一个包裹回来，包裹里有封信，似乎是几个月前写的，才送到目的地。那封信出自印度尼西亚共和国总统之手，收件者是排长。没过多久，城里所有人都知道了信的内容：总统为表彰排长在二月十四日领导的英勇行动，指派排长为人民保卫军的总司令，军衔为将军。

城中民众庆祝排长被任命为总司令时，排长却不见了，他跑到了他从前游击队的藏身处。那一整天他都独自在海里钓鱼、游泳，像浮尸般漂在水上冥想。成为人民保卫军总司令的事有如梦魇，他不想去思考。他离开之前对萨德拉少校说："知道我是第一个反抗的人，而且因此被选为总司令，真让人难过。我怀疑我们是什么样的军队，居然会选从没在近处看过女人私处的男人当总司令。"白昼变为黑夜时，他的朋友找到他，带他回家了。

又过了一段时间，他从另一个传令兵那里得到消息，这个好消息令他松了口气。师指挥官和爪哇岛与苏门答腊岛的指挥官注意到排长从来没坐上总司令的位置，于是商谈寻找继任者。传令兵宣布："共和国总统已经选了苏迪曼上校当人民保卫军的司令，官拜将军。"

"感谢老天。"排长说，"那位子对真正想要的人才有意义。"

虽然哈里蒙达所有的市民听说他被换掉了都很难过，排长却喜不自胜。

人民保卫军之后更名为人民保安军。消息传来时，他们只是换掉了所有的名牌——现在人民保安军改名为印度尼西亚共和国军了。

"我们要跟印度尼西亚宣战了吗？"萨德拉少校问。

排长笑着摇摇头。"用不着。"他欣慰地说，"我们是一个新国家，还在学习怎么取名字。"

日军还没离开，而人们还没机会经历承平时期，盟军的飞机就开始飞过哈里蒙达的天空；短短几天后，英军和荷军就来了。KNIL的战俘获释，重新武装起来，开始要求本地军队缴械。排长立刻采取紧急手段，将所有的士兵召回森林里。这次他把他们往东西南北四个方向派出去，自己率领的军队则负责巩固南方丛林。他决定再打一场游击战，这次的对象是盟军，尤其是NICA，也就是荷印民政署。不过进入丛林的不只是游击队；连平民（主要是年轻男性）也跟在军后，发誓向排长效忠。他让所有士兵各自行动，各率领一小队游击队，主要由平民组成——有些正是在英军到来之前强暴过黛维·艾玉和她朋友的那些男人。

这场新的游击战持续了两年，比起胜利，游击队更常经历失败的痛苦。然而，KNIL的士兵尽管知道排长在岬角的丛林里，却从未找到这个他们在追踪的男人。丛林里满是游击队，他们比谁都更熟悉这片地区，他们就躲藏在从前日军的碉堡监狱里。KNIL的士兵虽然有英军援助，却从来不敢进入丛林；他们选择坚守在城市中。游击队的士兵则发觉很难进入哈里蒙达。KNIL的士兵阻断了食物和武器的运输，却是白费功夫，游击队员们在丛林中自己种稻，而且已经习惯不靠军火作战了。KNIL尝试空袭，但日军教会了游击队怎么躲避空袭。

排长发展出进一步的游击技巧，寻找伪装和渗透的最佳办法；他可以瞬间现身，也能同样迅速地消失，在乔装打扮之后连他的手下也认不出他。

"这和躲猫猫的游戏可不一样，"他说，"因为游击队一旦被找到，就必死无疑了。"

这样的情况一直持续到排长听到结束一切战争的消息——荷兰在谈判桌上承认了印度尼西亚共和国的主权。他觉得很烦——共和国早在四年前就宣布独立了，荷兰却到现在才承认这个事实，而印度尼西亚只是简单地允许他们离开而已。

"感觉好像这整场战争完全没有意义。"他沮丧地说。

尽管如此，排长仍然带着他的核心游击部队从森林里出来了。城中民众欣喜地欢迎他们，因为他还是他们的英雄。排长骑着骡子进城时，人们在路旁挥着缤纷的旗帜，但他毫不在意这过度热情的欢迎场面，而是直接前往港口。荷兰兵与荷兰平民在那里准备登上将所有人载回家的船。排长找到 KNIL 的指挥官，指挥官很高兴他终于见到了自己的敌人。他们亲切地握手，甚至拥抱了一下。

"有朝一日，我们要再打一仗。"指挥官说。

"是啊，如果荷兰女王和印度尼西亚共和国总统允许的话。"

接着他们在舷梯旁道别。舷梯收起，船起锚之后，排长仍站在码头上。指挥官则站在栏杆旁。引擎隆隆运转，船开始摇摆时，两人都挥了手。

"莎哟娜拉。"排长终于说道。

战争的结束带来了古怪的沉默，就像人们退休时笼罩着他们的那种沉默一样。有几天排长就在他以前位于哈里蒙达海滩上的排指挥部里消磨时间。白天他只除草、喂骡子或在一旁的小溪钓鱼，最后他召集他的朋友，宣布他要永远回到丛林中。

萨德拉少校现在是哈里蒙达的军事领袖了，他问："你要在那里做什么？再也没人需要游击队了。"

排长心平气和地答道："和平时期的军人没事可做，所以我会在丛林里做些生意。"

他正是这么做的。他联络了班多，那个商人之前在他的保护下走私柚木，代价是给游击队提供后勤支援。排长和班多带来的一个华人商人一起，开始透过陆岬走私更多的商品。三人达成共识之后，他就准备回到丛林里，并选了三十二名最忠心的士兵加入他的新事业。

"现在我们唯一的敌人就是贼。"他对他们说。

平民也好，军人也好，城中所有人都知道他们在走私。海岬边造了一个小港口，一切都从那里进出——电视、手表、椰子干，甚至夹脚拖鞋。人们从来没有怨言，因为排长依旧是他们的英雄——何况剩余的商品会在哈里蒙达以非常便宜的价格卖出，其余大部分则送去了其他的城市。而军方的军官也保持沉默，萨德拉少校是排长的老朋友，这多少有点关系，不过主要是因为排长把一半的利润分给了首都的那位将军。大家不久便明白，他除了天生擅长打仗，做生意的眼光也不同凡响。

"打仗和做生意没什么不同，"排长说，"二者都需要极度狡猾。"

其实排长并不常涉入日常事务，因为他的三十二个手下把一切都打理得非常好。他有十多年的时间都住在一间游击队的小屋里，每天钓鱼、冥想，驯养豺狗。他甚至命令他的士兵去结婚、买房子，并住到城里，轮流到除了他们就渺无人烟的丛林里跟他做伴。男人们逐渐失去了所有的战斗本能，身材因为贪吃与惬意的生活而变形，不过排长依然维持着老样子——身材仍旧瘦削，动作仍旧敏捷，丝毫没有衰退的迹象。他保持忙碌，甚至替所有人准备餐食，自己却吃得很少，而他开始享受这种宁静的生活方式了，直到萨德拉少校要他从丛林里出来，扫荡马·伊杨和马·格迪克丘山坡上的猪。

"我不知道能不能说服士兵去猎猪，"提诺·西迪克对排长说，"他们十年来都坐在卡车的方向盘后面。"

"没问题的，我已经征募了渴望作战的新兵。"排长说。然后他吹出刺耳的口哨声，他的豺狗全都跑了出来——通体灰色，行动敏捷，随时可以作战。它们总共有将近一百条，在他脚边互相推挤。

"这绝对足以抵抗野猪的侵略了。"提诺·西迪克边回答边拍拍一条狗。

"下星期，我们会上前线去。"

扫荡野猪的行动是四五年前从一个名叫萨胡迪的农夫和他的五个朋友开始的：他们的田地位于马·伊杨丘的山脚下，一个月来一直遭到一头野猪的蹂躏。收成的时节接近时，萨胡迪年仅七岁的小孩在屋后的院子里发现了一头野猪。萨胡迪忍无可忍。他迅速召集朋友，策划了一场埋伏。

他们选了月圆的那晚。六个男人两两沉默地坐在番石榴、人参果和沙梨树下，人手一把气步枪，待在田里自己的那一角。

他们耐心等待着，决心射杀他们看到的第一头猪；烟头在黑暗中闪烁。就在黎明之前，他们终于听见一些喷着鼻息、哧哧嗅闻的声响。没过几分钟，那头动物就出现在满月的光线下——不止一头，而是两头野猪侵入了肥沃的豆子和玉米田。

萨胡迪立刻拿起步枪，对准其中一头。野猪在月光下清晰可见，他开枪的同时，另外三把步枪也射中了同一头猪，它倒在泥巴里，脑门上有三个弹孔。其他人想打另一头猪，但它逃走了；它听到步枪的枪声，看到同伴倒在地上就跑开了，所到之处被压得乱七八糟。

　　六个男人从树木间的栖身处跳下来，萨胡迪发现中弹的猪还没死，于是用尽全力把一根木桩刺进它的心脏，就此释放了它的灵魂。然而在月光下，那具尸体发生了怪事——六个男人几乎无法相信自己的眼睛——沾着泥巴的毛茸茸的黑色身躯突然变成人类的尸体，他头上有三个弹孔，胸前刺了根木桩。

　　"活见鬼！"萨胡迪骂道，"这头猪变成人了！"

　　消息迅速从一座村子传到另一座村子，最后整个哈里蒙达都听说了这件事。没人认得死者，也没人来领他的尸体，于是尸体就在城中的太平间里腐烂，最后被埋到了公墓。在那之后，再也没人敢杀任何野猪，他们担心会像萨胡迪与他的五个朋友一样受到诅咒——他们全疯了。四年过去，谁也没杀过一头猪，而野猪变成了最凶狠的打劫者。农夫寄望军队来解决问题。萨德拉少校曾经派遣一些士兵进入森林；他们带回野禽和兔子当晚餐，但没有猪。最后萨德拉少校派了一个传令兵向排长求救，他很清楚他只能仰仗这个男人了。

　　人们期待排长的到来。他们和十年前一样排在路旁，挥舞着手帕和小旗子，希望见到久未现身的英雄。小孩站在前排，父母和祖父母跟他们讲了好多这个人的故事，他们好奇极了。革命战争中的老兵也在那里，像独立纪念日一样穿上了全套制服。正规军在海滩上发射大炮向他致意，学童组成鼓队庆祝。

排长终于出现了，这次他没骑骡子，而是步行。他穿着宽松的衣服，理了个平头；身材和往常一样瘦巴巴，看起来不像士兵，倒像佛教僧侣。他由三十二个手下护卫，为了这个场合他要手下减重，他们接受了一星期痛苦激烈的体能训练，但依然忠心耿耿。此外，还有九十六个额外的士兵——豺狗，它们快步跟在他的身后，有灰的、白的、黄的，在城里人的热烈欢迎中，它们兴奋不已。萨德拉少校亲自来迎接他的朋友。

　　萨德拉长了一个可观的啤酒肚，看起来像孕妇，排长和萨德拉拥抱之后，对群众开了一个残酷的玩笑："看来我已经抓到一头猪了！相信我，这些狗迟早会派上用场的。"

　　一行人待在排长从前的指挥部里，在日据时代之后，这里就被闲置了，以示敬意。隔天他信守承诺，没休息多久就开始盛大的狩猎行动。每名士兵带三条狗，排长则配着步枪和匕首，率领所有手下。他们不像之前萨胡迪和他的朋友那样在原地等待，而是穿过野猪栖息的丛林灌木。这些庞大的野兽从打盹中醒来，跳起来乱窜。

　　那天他们设法逮到了二十六头猪，隔天又逮到了二十一头，第三天是十七头，大大削减了猪的数目。有些猪被步枪射杀，有些被活捉，关进排指挥部附近由足球场组成的超大临时猪圈里。奇怪的是，被射杀的猪都没有变成人类。它们真的只是一般的老野猪，长着獠牙和猪鼻子，覆盖着黑色鬃毛的皮肤上沾满泥巴。农夫们看了也大起胆子，从第四天起加入猎猪，从此，收获季到种植季之间的猎猪活动就成了每年的传统。

　　排长的手下把宰杀的猪丢进华人的餐厅厨房，活捉的则准备拿来斗猪，庆祝他们令人欣欣的胜利。野猪会在一个竞技场里对上豺狗，哈里蒙达市民渴望娱乐，热切期待这场盛事。排长要他的士兵在足球场里建一个竞技场，用木板搭起大约三米高的巨大圆形场子；他们在外围大约两米高的地方搭了坚固的平台，以交错的竹子加固，让观众站在那里。两名士兵充当收票员；人们要上到平台，先得从在一旁桌子后面售票的漂亮女孩那里买票，才能爬上由他们看守的楼梯。

排长到达两星期之后，在一个星期天的下午，斗猪开始了。活动进行了六天，直到所有的猪都被杀死并被丢进了餐厅的厨房。观众从哈里蒙达城最远的角落赶来，有的甚至来自更远的地方，他们在漂亮的售票员前排起队。想看斗猪但付不出钱的人则爬上足球场周围的椰子树，坐在树干上。他们五颜六色的衣服远看很奇怪，好像椰子树不再是熟悉的绿色和褐色。

斗猪非常精彩。排长还未能完全驯服的豺狗联合起来对付野猪时，场面野蛮而残暴。一头猪必须对上五六条豺狗，这样当然不公平，不过人人都想确定猪会死掉——他们要的不是一场大战，而是屠杀。如果猪试图对付一条狗，狗群中的其他狗就会攻击它、咬住它的身子，将它撕碎。猪开始露出疲态时，一名士兵会朝它身上泼桶冷水，逼它振作起来，面对下一波攻势。每场表演的结局都显而易见——猪会死，而一两条豺狗会受到轻伤，接着竞技场会放进另一头猪，又有另外的六条豺狗准备将它撕成碎片。这场残酷的表演似乎让所有观众都看得很满意，唯一的例外是排长：他突然被截然不同的景象给迷住了。

他注意到观众中有一位非常美丽的少女，尽管其他观众大多是男性，但她似乎泰然自若。她大概才十六岁，宛如坠落人间的天使。

她的头发用深绿的缎带往后绑起，即使隔着老远，排长也看得到她迷人的锐利双眼、好看的鼻子和看起来颇为冷酷的微笑。她的肌肤白皙发亮，仿佛泛着光芒，身上穿了件象牙色的洋装，洋装在午后的海风中飘动。女孩从口袋里拿出一根烟，气定神闲地抽着，目光从头到尾都没离开打斗的狗和猪。自从她爬上阶梯，排长就一直在看她，看来她没跟别人一起。他好奇起来，询问站在他身边的萨德拉少校："那个女孩是谁？"

萨德拉少校随着他的视线看过去，答道："她叫阿拉曼达，是妓女黛维·艾玉的女儿。"

猎猪结束之后，排长把他的九十六条豺狗分送给了哈里蒙达的市民。豺狗大多给了农民，帮他们看守稻田和农田，其余的则被随意送人。排长指示还没收到豺狗的人耐心等待，不久它们就会有小狗了。哈里蒙达将到处都是狗，它们都是这些豺狗的后代。

排长原来打算回到丛林，他该就这么回去才对。他刚到达时跟萨德拉少校说，他只会在城里待到猪的事情得到解决为止。但自从他在斗猪场看到阿拉曼达之后，就睡不着觉。"这一定是爱。"他自言自语。爱情令他颤抖，他尽量找理由在城里待久一点，也许他再也不会离开这座城了。

萨德拉少校有了解决的办法，他说："别马上离开，我们还有庆祝胜利的庆典。是马来乐团。"

排长立刻同意了："我爱这座城市，我会再待久一点。"

马来乐团表演的那一晚，他又见到了那个女孩。表演的场地是同一个足球场，不过这次不需要门票，所以这里远比之前拥挤。从首都来了一队乐手，带了谁也没听过名字的歌手，不过没人在乎，反正还是有适合跳舞的好音乐；多亏了音乐的节奏，哈里蒙达的年轻男女可以摇晃着摆动身子，不过也可能是酒的关系。

歌曲的歌词充满哀怨，诉说着心碎、得不到回应的单恋、出轨的丈夫，但不论歌曲有多凄惨，歌手都没有流泪——相反，她们在迷人的妆容下微笑、大笑着，背对观众摇屁股。她们的屁股得到掌声之后，又转身面对观众微微蹲下，人们的掌声更热烈了，因为女孩们穿的是迷你裙，大家都能看到他们想看的东西。那晚的音乐搭配独特，加上感伤与挑逗，许多人欣喜若狂。

排长又看到阿拉曼达了，她正一个人走着。这次她穿着牛仔裤和皮夹克，甜美的双唇间还是叼着一根烟。排长由衷地感激自己离开了丛林，才能在他亲爱的城市里见到活生生的天使。足球场上散布着食物摊，女孩没在舞台前摇摆，只是站在一个食物摊边旁观。排长无法抗拒她美貌的魅力，于是朝她走去。他很受爱戴，因此去找女孩的路上充满麻烦，得回应太多友善的问候，不过最后女孩终于在他面前了，或者应该说他终于来到了女孩的面前，而他得以在近处感受她不做作的惊人美貌。他努力微笑，但阿拉曼达只冷淡地瞥了他一眼。

排长开口寒暄："年轻女人在夜里独自游荡可不大好。"

阿拉曼达直视着他的眼睛，说道："排长，别傻了，我是和今晚在这里的其他几百个人一起游荡。"

然后阿拉曼达没再说一个字就离开了。排长难以置信地愣住了。这段夸张的对话远比他打过的任何仗都更可怕。他转身迈出步子，身体和灵魂都像泄了气似的。

他悲叹片刻，自问：有什么游击队的战术可以打败爱吗？

他试图忘记女孩的身影，可他愈是努力，那张带着一点印度尼西亚血统的日荷混血的脸庞就愈是挥之不去。他努力想出他不能爱那个女孩的理由。想想吧，他入睡前的片刻（尽管他显然再也睡不好了）说，我成为排长、密谋起义的那一年，那个女孩很可能刚出生。他们的年纪差了二十岁——如今这个男人已被任命为总司令，并且由印度尼西亚共和国第一任总统授予了将军头衔，却不得不屈服于一个十六岁的女孩。深入思考这些事时，一切都变得更加难受了，他发现自己在深不可测的爱情泥沼中陷得更深了。

一天早晨他醒来时，发誓会永远待在哈里蒙达，而阿拉曼达将成为他的妻子。

他的三十二名忠实的士兵等着他的命令，但他没告诉他们，直到提诺·西迪克问起："排长，我们什么时候回去？"

"回去哪里？"

"回丛林去，"提诺·西迪克回答说，"回到过去十年我们生活的地方。"

"回到丛林并不算回归。"排长说，"我和你以及这里所有的人都出生在这里，出生在哈里蒙达这座城市。而我们已经回来了。"

"所以你不会回丛林去了？"

"不会。"

为了证实这一点，他在从前的排指挥部放了一个名牌，名牌上写着：哈里蒙达军事地区。萨德拉少校听说排长决定待在城里，还冲动地建立了一个军事地区，于是突然造访，而排长简短地告诉他："我以军事地区指挥官的身份来此，我忠于发誓效忠的士兵，等待进一步的指示。"

"别傻了，你是将军，你的地位仅次于总统。"

他以心碎的语气说："只要我可以待在这座城里，待在你跟我说过名字的那个女孩身边，要我变成什么人、什么东西都行——即使得变成狗也行。"

萨德拉用充满同情的目光看着他的朋友。他迟疑了一下，然后说："那个女孩已经有爱人了。"他不忍注视排长的脸，只好转移视线，继续说："他是个年轻人，名叫克里旺。"

他知道他的话会令排长感到锥心之痛。

7

没人知道克里旺同志最后是怎么变成一名共产主义青年的，因为尽管他从未富有过，却一直是个享乐主义者。克里旺的父亲当然是名副其实的共产党员，而且是位高明的演说家。他逃过一劫，没被殖民政府送去博芬－迪古尔集中营，但他没完没了的干预和写小册子的行为，让日本宪兵队意识到他是一个共产主义反抗分子，最终招致处决。不过克里旺完全没有步他父亲后尘的迹象。他在学校表现良好，甚至跳了两级，看起来他长大以后的前途无可限量。

其实克里旺不像循规蹈矩的共产党青年，倒像一个浪子。他带着一帮邻居小孩四处打劫，为了取乐，能偷什么就偷什么——椰子、木料或一些即食的可可豆。开斋节前的夜里，他们会偷只鸡来烤，隔天去跟鸡的主人道歉。他们不会太烦人，人们也通常放任他们去做他们的事，只有一两个人会埋怨。大家都知道他们一到青春期就会去妓院。他们为了赚零用钱而出海，或是帮忙拖渔网，得到现金之后，这些孩子就会去找妓女——不过有时他们口袋空空，而且多亏了妓院，他们不再习惯克制欲望了。

克里旺很聪明，他的思考方式有时出人意表，甚至近乎疯狂。他曾经带三个朋友去妓院，他们轮流上一个妓女。起先妓女鼓励他们两两爬上床，她说她前面有个洞，后面也有个洞。不过他们都不想跟粪便共享一处，就轮流跟她睡。克里旺表现得像无私的领导者，让朋友们先跟妓女睡，自己殿后。做爱之后，妓女失望地看着那三个孩子没付钱就夺门而出，跑得不见人影。

不久之后，克里旺在露天啤酒店描述那段经历时说："我问她想不想跟我们上床，她说好。如果她和我们你情我愿，我们何必要付钱？"人们就爱听他说那样的故事。

他母亲米娜不希望他落到和父亲相同的下场，因此努力不让他接触马克思主义思想以及任何相关的事，而且只要他不变成共产党，他想做什么都行。她要他去电影院和音乐会，让他买唱片、在露天啤酒店买醉，他和许多少女厮混，她也完全没意见。她知道儿子和很多人睡过，而很多人求他和她们上床，但她不在意。在她看来，那样要好过哪天看到他站在行刑队前等着被枪决。他母亲说："即使他变成共产党员，我也要他当个快乐的共产党员。"她和一名共产党员维持了多年的婚姻，她和她丈夫那些同志互动的心得是，共产党员总是悲观忧愁，从来不会享受。所以在那段艰难的时期，在整个日军占领期间和革命战争期间，她都让克里旺过着无尽逍遥的日子。

镇上的这个小红人在十七岁时确实过着光鲜亮丽的生活。他穿着喇叭裤、黑夹克和擦得锃亮的便鞋。不管他去哪里，女孩们都会从家里跑出来跟着他，她们像新娘礼服的裙摆跟着新娘一样尾随着他，而年轻男子会尾随着女孩们。女孩们爱上了他，他的礼物多得收不完，直到屋子堆得像废料场。他们几乎夜夜笙歌，脑子里没有别的事。他的男性朋友也仰慕他，因为他从来不独占女孩子。他们的生活就是这样。那些年里，克里旺和他的朋友们或许是城里最快乐的人。

克里旺听说过名妓黛维·艾玉，要说他的快乐有什么缺憾，那就是他直到十七岁都还没睡过大家老是在谈论的这个妓女。他试过几次，但黛维·艾玉每晚只跟一个男人睡，而他每次都去得太晚，前面的男人已经大排长龙了；即使他准时到达，也会有更有钱的人把他挤出去——卡隆妈妈总是把机会留给可以付最多钱的人。他老是想着进入她的房间、爬上她的床，那种念头纠缠不休，有时他和其他女孩上床时，会想象那个女孩是黛维·艾玉（他只有几次在城里瞥见她在外走动）。

至少黛维·艾玉让他明白，不是世间所有的女人都为他痴迷。就连已婚的女人和寡妇也总是偷看他，虽然她们不像那些他走到哪儿跟到哪儿的少女一样痴情，但是他知道她们心底渴望把他带进她们的卧房。他与其中的一些人睡过，似乎他想跟谁睡就可以跟谁睡——黛维·艾玉却是例外。他确信只有那个女人没为他着迷，而且恰恰相反，如果他想得到她，就得付钱。他开始思考怎么才能找到机会跟她睡——用不着很久，不到五分钟就够了，甚至只要摸到她的身体他就心满意足了。他决定去女人家里拜访她，他确信其他男人从来没做过这样的事。

克里旺喜欢音乐，擅长弹吉他，至少他有一系列精彩的印度尼西亚民歌和苦情情歌可以唱给朋友听。一个星期天，他打扮得像个街头艺人，独自一人背了把吉他来到黛维·艾玉家，希望用他的歌曲和天花乱坠的挑逗来征服这个女人。在少女的卧房窗外唱歌给她们听，让她们为他疯狂，这种事他做过好几次了。这时他站在黛维·艾玉屋子的门前，开始拨弄吉他弦，以独特的假音唱起歌来。

妓女显然一点也没受到诱惑，于是他不得不站在那里唱了整整五首歌，还没有任何人来开门。他听人说这个女人和三个年少的女儿以及两个用人住在一起，他们都很和善。他知道他们很和善，就继续站在那里唱足了十首歌，唱到喉咙都干了。过了整整一个小时，他拿出一条手帕，揩去从额头和脖子上开始冒出的汗珠。他的腿已经无法支撑身体，但看来屋子的女主人还是不会现身。最后他把吉他放到一张桌上，坐在椅子上休息了片刻；他眼冒金星，可是坚决不放弃。

结果音乐的暂停比音乐本身更令屋子的女主人好奇。门意外地打开了，一个年纪约八岁的小女孩拿了杯冰柠檬水走了出来，她把柠檬水摆到桌上，放在他的吉他旁。

"你愿意的话，可以继续在我们的院子里唱歌，"她说，"不过你应该很渴了。"

克里旺跳起来，笨拙地站在原地。不是因为听到女孩的话，或是她给他的那杯冰柠檬水，而是因为看到眼前站着这个迷人的小仙女。虽然他见过黛维·艾玉，但他这辈子还没见过那么美丽的女孩。他觉得她浑身散发光芒，不晓得上天用了什么东西才塑造出这样的尤物。比起站着唱一小时歌而没人注意他，这景象令他颤抖得更剧烈。他双唇哆嗦着，结结巴巴地问："你叫什么名字？"

"我叫阿拉曼达，我是黛维·艾玉的女儿。"

这名字像铁锤一样击中他的脑袋。他震惊而迷惘地带着吉他离开。他好几次回头看这美丽的小东西，但每次都迅速转开头，好像无法承受这样的景象。他走到屋子的大门时，女孩叫住他说：

"离开之前喝点东西吧，你一定渴了。"

克里旺像被催眠似的转身回到阳台，拿起盛满冰柠檬水的杯子，这时女孩站在那里亲切地朝他微笑。

"小姐，因为你替我做了这杯饮料，所以我才喝。"克里旺说。

"可是你搞错了，不是我做的。是我们的用人替你做的。"

从此之后，克里旺就忘了之前一心渴望和妓女黛维·艾玉上床的事。这个小美人抹去了其他的一切，毁了他的日常生活，或许也毁了他的未来。他们短暂相遇之后的日子里，一切都变了。想接近他的女孩都被他赶走，他拒绝所有派对的邀请，宁可待在家思索他可悲的爱情——身为情圣，却臣服于一个八岁的小孩。虽然别人都不明白发生了什么事，不过实情就是这样。他的朋友都不晓得他星期天去了黛维·艾玉家，所以谁也不敢猜测他最近为什么在反省。他的母亲担心极了，因为养育克里旺的这些年里，她从来没看过他这么沮丧。

"你变成消沉的共产党员了吗？"他母亲近乎绝望地问。

"我恋爱了。"克里旺对母亲说。

"那更糟！"她坐到克里旺身边，轻抚着他留长的鬓发，"那么，就像平常一样，去她房间的窗户前弹吉他啊。"

"我已经去过了，是为勾引她的母亲。"克里旺都快哭了，"我没得到母亲，却突然爱上了她的女儿，而且我永远也无法拥有她。"

"为什么？你是说居然有女孩对你没兴趣吗？"

"也许只有这个女孩是这样，"克里旺说着，像被惯坏的小猫一样趴在母亲腿上，"她叫阿拉曼达。如果不得不像父亲与沙林同志一样变成共产党，反抗、面对行刑队才能得到这个女孩，那我也愿意。"

听到儿子的赌咒，米娜吓坏了，她说："说说这个女孩是什么样子吧。"

"在这座城市里，甚至整个宇宙中都找不到更美丽的人。她比嫁给狗的伦嘉妮斯公主还要美，至少我这么认为。她比南海的女王还要美。她比掀起特洛伊战争的海伦还要美。她比引起了满者伯夷和巴查查兰两国战争的琵塔洛卡公主还要美。她比引得罗密欧想要为其自杀的朱丽叶还要美。她比任何人都美丽。她好像全身都会发光，她的头发亮得像刚擦过的鞋，脸庞柔软光滑，宛如凝脂，她的笑容让她身边的一切都为她着迷。"

"你应该和那样的女孩很登对。"他母亲努力安慰他。

"问题是，她的胸部根本还没开始发育，她连阴毛都还没长。妈妈，她才八岁啊。"

克里旺饱受折磨，用写情书的方式来宣泄，但这些情书从未寄出。他构思数日，想写出他认为适合八岁女孩的情书，最后却把它们都撕了，丢进了垃圾桶里。要写适合孩子的情书，就无法贴切地表达他的热情。他又试着尽可能写出他的心意，但他怀疑那个女孩能否看懂他写的东西。最后他放弃了。

当时，克里旺已经早他同学两年从学校毕业，所以大家去上学或工作时，他却以追求爱情自娱。每天早上，他会溜出家门，走去黛维·艾玉家，只是从来没踏进她们的前院。他等到阿拉曼达穿着制服、背着书包和她妹妹阿汀妲一起出现。这时他会走上前，自告奋勇送她们俩去学校。

"请随意，"阿拉曼达说，"不过累了别怪我。"

他每天早上都去。下课时，他会站在她教室前的一棵人参果树下，默默看她和朋友玩耍。放学的时候，他已经在校门口等着她，陪她回家。那个孩子上课或回到家的时候，克里旺又会陷入忧愁。他的身形似乎萎缩了，而他时常漫无目的地游荡。

"你老是跟在我们身边，就没别的事好做吗？"一天，阿拉曼达问道。

"你这么说，只是因为你还不懂坠入爱河是什么意思。"他答道。

"玩具商也到处跟着小孩，"阿拉曼达说，"看来我还不知道，原来那就叫'坠入爱河'。"

女孩真的吓到了他，比恶魔更令他战栗。夜里，克里旺会梦见她，但他的梦更像是噩梦，因为他会惊醒、喘息，全身僵硬，浑身汗水。他们不冷不热的关系仅止于他接送她上下学，过了一阵子，他们的关系遇到了危机。克里旺真的无法一辈子这样下去，一天他发烧倒下了，那是他第一次没去送那个女孩上学——其实他想去，但他只勉强走到自家前门。米娜把她儿子拖回床上，让他躺下，在他额头上放块冰凉的敷布，像他小时候发烧时一样唱着抚慰的赞美歌。

"耐心点，"他母亲说，"再过七年，她就大到可以爱你了。"

"问题是，"克里旺虚弱地说，"在那天来临之前，我恐怕就已经因为单相思而死了。"

他母亲去找了些巫医，他们建议用一些可以让人盲目坠入爱河的咒语和梵咒。他母亲不想要那类的咒语或梵咒——克里旺要是发现他靠着巫医的帮助才得到那个女孩的爱，一定会疯掉。她只是想找办法平息令她儿子心碎的热情。

"世上没有那样的咒语，从来就没有过。"最后一位巫医说了和之前所有的巫医一样的话。

"那我该怎么办？"

"等情况变明朗——到时候他要么会得到他的爱人，要么会心碎而死。"

克里旺发烧几乎痊愈时，米娜试了另一种传统疗法，想让他开心；她带他去海边，他们坐在附近的公园里喂猴子和鹿。她把克里旺当六岁小孩一样娇惯，逗他聊各式各样的事，只要跟阿拉曼达那个女孩无关就好。

同时米娜把一切告诉了他的朋友，希望他们能帮他解决这个麻烦的问题。他们又开始邀克里旺参加派对，请他弹吉他、唱歌。他们邀他一起去偷鸡，在别人家的池塘里钓鱼，去爬山，去热闹的营火晚会露营。少女们甚至再度试图勾引他，想虏获他的心，至少挑起他的欲望——有个女孩甚至把克里旺拉进一座帐篷，剥光了他，让他的老二硬了起来。他也想和她做爱，但这样仍无法唤回从前的那个克里旺。他已经失去了天生的幽默感，脸上不再带着喜悦的光彩，甚至失去了那种有女孩就上的欲望。

这些努力都是徒劳，克里旺自己也很清楚。他受到痛苦的诅咒，只有那个小女孩的爱才能治好他。他真想绑架她，把她带到某个秘密之地，也许到丛林深处；他们可以一起住在山洞里或山谷里，养野山羊。他可以照顾她、保护她，满足她的需要，把她养育成淑女，直到他能赢得她的爱。他离开他的朋友，再度每天早上去小女孩的屋前等待。他消失了那么久又出现，孩子看到他很意外，问道："你还好吗？听说你病了。"

"是啊，我因爱而病。"

"爱是像疟疾那样的病吗？"

"比疟疾更糟。"

阿拉曼达心中一震，然后带着她的妹妹往学校走去。克里旺跟上前，可怜兮兮地走在她身边，过了良久才开口。

"听着，小女孩。"他说，"你想爱我吗？"

阿拉曼达停下脚步看着他，然后摇摇头。

"为什么不？"克里旺失望地说。

"你自己刚刚才说，爱比疟疾还要糟。"阿拉曼达再次牵起妹妹的手继续走。她再一次离开克里旺，而克里旺不久又因高烧和更痛苦的折磨而倒下。

克里旺十三岁时，曾有一个老人来到他们的屋子，提出古怪的要求："让我死在这里。"他母亲无法拒绝这样的要求，于是请他进门，给了他一杯饮料。克里旺不知道这男人会怎么死在他们家；他看起来好几天没吃东西了，或许他会饿死。不过他母亲请这个男人吃东西时，他狼吞虎咽，看来不是真的准备去死。他把放到面前的所有东西都吃光了，甚至啃了鱼骨头，一点残渣也不剩。他满足地打个嗝，然后再次开口，问道："同志呢？"

"他被日本人射杀了。"他母亲简要地回答。

"那个孩子，"客人问，"是你和他的孩子吗？"

"当然了。"他母亲的回答然仍有点冷淡，"总不会是我和野猪生的。"

客人名叫沙林。这个男人上门来，米娜似乎并不高兴，但这位客人坚持要待下来。"只要你们愿意让我死在这里，我可以待在浴室，只吃喂鸡的米麸粥。"

克里旺努力说服母亲，让这个男人死在他们家要好过让他死在水沟里。最后他们让沙林待在前面的房间里，那间客房从来没用过，克里旺保证他会继续带食物给他，直到他死为止。

他并不是流浪汉。他一脱下鞋子，克里旺就发现他脚上长满了水泡。

"你是逃犯吗？"克里旺问。

"对，明天他们就要来处死我了。"

"为什么？你偷了谁的东西吗？"

"我偷了印度尼西亚共和国的东西。"

这番对话让他们成了朋友。沙林甚至把他的短檐帽给了这个孩子，说这是他在俄国时拿到的，他解释道，所有的俄国工人都戴这样的帽子。他说他在一九二六年之后造访了许多国家。

"但你并不是在度假。"克里旺说。

"没错，我在流亡。"

"那时候你偷了谁的东西？"

"荷属东印度群岛。"

这个男人是个反抗者，也是位共产党员，而且是那种传统的共产党员，他是少数思想直接传承自荷兰共产主义者斯内夫利特①的

---

① Sneevliet（1883—1942），荷兰人，笔名"马林"，曾先后为荷兰社会民主党、共产党党员，参与建立印度尼西亚社会民主党（印度尼西亚共产党的前身），并促成了中国共产党的建立。

人，绰号叫沙林同志。他承认他和塞马温①很熟，从印度尼西亚共产党创立伊始就是党员。他们在三宝垄的时候，他甚至每天早上带温牛奶给陈马六甲②，当时陈马六甲患了结核病。他自豪地说，印度尼西亚共产党是第一个使用"印度尼西亚"这个名称的组织。他又说，它是第一个反抗殖民政府的组织。然而他们还没起义，荷属东印度当局就已经很讨厌他们了。斯内夫利特在一九一九年被驱逐出境，他的伙伴塞马温则在四年后遭到放逐，比陈马六甲晚一年。其他人（包括他自己）则打包行李，准备被放逐或被关进牢里。

结果殖民政府决定在一九二六年的一月逮捕他。政府显然听到煽动革命的事，那是他们一个月前在普兰巴南讨论的事务。但沙林并没有被关起来，他设法跟其他一些人一起逃到了新加坡。那是他第一次流浪，只是他并非流浪汉。

"如果有人自称是共产党却不打算革命，"他告诉克里旺，"那就别相信他是真的共产党。"

他躺在床上的样子很奇怪：一丝不挂。他的脏衣物都有股泥巴的臭味，他脱掉了所有的衣服，尽管克里旺慷慨地提议把父亲的旧衣服借给他，沙林仍然拒绝了。克里旺起初觉得尴尬，但过一阵子他就坐到门边的椅子上，尽可能自在地面对光溜溜的老人。

"我想要一无所有地死去。"沙林同志说，"我怕他们会趁我睡着时射杀我。"

---

① Semaun（1899—1971），印度尼西亚共产党第一任党主席。1923 年遭荷兰殖民政府驱逐出境，流亡苏俄，印度尼西亚独立之后返国。
② Tan Malaka（1897—1949），印度尼西亚的国家英雄，率先倡导建立印度尼西亚共和国，并在 1926 年策动并领导反抗殖民统治的武装起义，起义失败之后流亡国外。亦为印度尼西亚共产党早期的领导人物。

"如果你害怕会那样，那就别睡。"克里旺说，"死掉以后，要睡多久都行。可以一睡不醒。"

这话不假。于是男人尽量不闭上眼睛，但克里旺知道他想必累坏了。沙林同志为了确保自己不会睡着，因此说个不停，有时不连贯地侃侃而谈，有时听起来像在吟诵哀歌。克里旺觉得他精神错乱了。他说他和共和国的总统很亲近。他们曾经住在泗水的同一个区，跟同一个老师学习，有时会爱上同一个女人。他逃去莫斯科待了很久，之后首次返家时和总统重逢了。两人相拥，眼中泛起喜悦的泪水。

"现在你也许不相信我，不过某天你会在报纸上读到所有的事。"他说，"可是这会儿，那个人正在派士兵来杀我。"

"为什么？"克里旺问。

"偷了属于别人的东西，就是这种后果。"沙林同志答道。

"你还偷过谁的东西？"

"我跟你说过了：印度尼西亚共和国。"

他说，一九二六年共产革命的失败是因为犹豫不决。他第一次逃亡之后和陈马六甲在新加坡会面，讨论他们的策略。陈马六甲强烈反对革命，因为他觉得共产党人还没准备好。于是他到莫斯科去争取第三国际的支援，但第三国际更激烈地阻止了他。

"我被斯大林关了三个月，"沙林同志说，"来重新灌输思想。"

但他脑中已经充满了革命的念头。获准离开莫斯科之后，他回到新加坡，打算执行计划——即便没有人支持他，即便他必须用游击战的方式进行。结果他发现革命已经爆发，而且失败了。殖民政府已迫使共产党解散，禁止了所有的活动。大部分的组织干部被捕入狱，甚至被丢进博芬－迪古尔；更令人灰心的是，第三国际现在转而支持革命，而这个笑话来得有点迟了。

"我被紧急召回莫斯科，"他说，"去接受教育。"

他解释说，还有时间再来一场革命，在未来的某个时机成功的可能性更大。他已经听闻了一些坏消息：有些共产党人被丢进博芬－迪古尔之后投降了，选择和殖民政府合作。坚持自己信念的人被流放得更远，而那些地方的疟疾会毫不留情地害死他们。

他得去厕所，所以站了起来，克里旺急忙上前用纱笼围住男人的身躯，说："如果我母亲看到你光溜溜地在家里走动，她的尖叫声会响彻云霄的。"

沙林让克里旺遮好他的身体，却仍回嘴说："有什么差别，明天她就会看到我光溜溜的尸体。"

他们继续闲聊，此时来到外面的阳台上，沙林同志依然只穿了条纱笼。从他们坐的地方可以看到辽阔的黑暗海洋，海上有渔人的点点灯火，他们听得见一阵阵拍打海岸的温和涛声。孩子问共产主义者在寻找什么，沙林答道："天堂。"午夜的钟声响起时，他们看到一辆卡车经过，车上载满了 KNIL 的士兵，但士兵没看到坐在黑暗阳台上的两人。

"世界正在改变。"沙林说。数百年来，地球上有超过一半的土地在欧洲国家的掌控之下，成了他们的殖民地，欧洲人榨取了他们找到的一切，把这些全都带回家，让自己变得富有。除了德国和日本——他们什么也没得到。不过他们现在与其他发达国家一样强大了，所以他们要讨到自己的那一份。那就是这场战争的开端，一场贪婪国家之间的战争。（沙林同志问起有没有烟，克里旺去他房间里拿来烟。）本地人是最可悲的人，能多惨就有多惨。他们活在君主的统治下，被国王欺瞒多年之后，欧洲人突然来了，而他们甚至不明白爪哇土地上依然存在的那种过度和狂热的敬意。农民从前被迫做苦工，被迫把收成交给殖民政府，每次有荷兰少女经过，他们还会朝她们敬礼。共产主义来自一个美丽的梦，那是世上绝无仅有的梦——不会再有懒人饱食终日而其他人辛勤劳作却挨饿。克里旺问他，要达成那个梦想，是否要革命。

"的确。"沙林同志说共产主义革命的唯一理由是资产阶级绝不会和平谈判。资产阶级绝不会未经一战就让出自己的权力，绝不会平白无故地交出自己的财富，当然也绝不肯告别他们舒服的生活方式。他们不愿分享，因为那样就没人将咖啡端给他们，没人替他们洗衣，没人修理他们的引擎，没人为他们采摘可可豆。在共产世界里，人人都有权利懒惰，也都有义务工作。"资产阶级不想那样，所以唯一的选择就是起义。"

沙林曾在庆祝独立纪念日的几天前从国外回家。共和国已经建立三年了，但荷兰人仍然随处可见。更令人灰心的是，共和国在战场和谈判桌上节节败退，只控制了内陆的一小片地区。他和老友共和国总统碰面，总统立刻对他说："帮助我们巩固这个国家，发动革命吧。"

"那确实是我的责任。Ik kom hier om orde te scheppen."他说。这句荷兰文的意思是，我来让一切变得有秩序。

他相信，追根究底，一切混乱的根源其实来自共和国总统本人和副总统，以及官员和政党的支持者。他说："在日本占领期间，他们几乎把人当奴隶来贩卖，现在他们是把领土卖给荷兰人。"唯一他仍然信任的团体是印度尼西亚共产党。印度尼西亚共产党公开接纳他，不过他不久就发现印度尼西亚共产党在奋斗的方向上犯了重大的错误。他想要改变他们的方向，而他们把一切都交给了他这位刚从莫斯科回来的救星。他回来一个月后，茉莉芬①终于爆发起义——是啊，当然是共产党人所为。事情开始时，他本人没在场，但他去传达了精神上的支持。革命只持续了一星期，然后他就成了流亡者。

"所以我才来到这儿，等着我的坟被挖好。"

"你已经努力了那么久，"克里旺说，"你要逃的话，还有时间。"

"我经历了两次革命，两次都失败了，这已经足以让我知道自己的斤两。"男人悲苦地说，"我该死了，我相信即使我再次逃跑，也逃不开我的命运。"

克里旺完全无法明白他的逻辑。

"可是如果你死了，一切都完了。"

沙林同志合上眼，紧闭眼睛，任夜风轻拂他的脸。"同志，现在轮到你了。"

沙林同志承认他不是个够格的马克思主义者，还无法理解所有的阶级理论，但他非常确定必须尽一切可能打击不公。他说这个国家没有马克思主义者，但有许多挨饿的民众，他们的努力超过他们得到的回报，每次有大人物出现，他们就必须卑躬屈膝，而他们只知道摆脱这一切的唯一办法就是革命。他说，想想看，甘蔗种植园的糖厂里有数以千计的劳工，他们全年都在工作，而种植园主却能享受周末与山脚下度假别墅的舒适，劳工拿到的工资只能勉强度日，

---

① 印度尼西亚城市，位于南部瓜哇岛的东部。

老板则获取暴利。茶园也是同样的状况。那就是我们需要革命的唯一理由，而我们唯一要谨记在心的马克思主义口号是：全世界无产者，联合起来！

远方传来公鸡啼鸣的时候，他们的对话渐渐停下，像是他们已开始闻到死亡的气味。沙林同志坐在椅子上沉默了，仿佛已在死期来临前死去。他没有睡着，其实他全神戒备，正耐心等待着他的最后一个早晨开始。"虔诚的信徒相信自己会上天堂，我则是真正的共产党员，我不怕死。"他的声音平静，几乎细不可闻。

"你相信上帝吗？"克里旺试探地问。

"那不相干。"沙林答道，"思考上帝存不存在不是人该做的事，尤其在你知道眼前正有人踩着另一人脖子的时候。"

"所以你要下地狱了。"

"我宁可下地狱，因为我一生都致力于根除任何人的相对优越性。"他继续说，"依我看来，这世界就是地狱，而我们的任务是创造自己的天堂。"

他的最后一个早晨降临了，沙林预料得没错，一名队长率领的共和军小队突然现身，前来处决他。哈里蒙达是 KNIL 占领的地区，所以他们穿着平民的衣着，一声不响地出现。小队包围了沙林，这时他仍沉着地和克里旺坐在阳台上。

"他想光溜溜地死去，像他出生的那一天一样纯洁。"克里旺说。

"办不到，"队长说，"没人想看他的那话儿晃来晃去，何况他是个共产党员。"

"但这是他最后的请求。"

"门儿都没有。"

"如果你这么认为，那就在厕所杀死他吧。"克里旺说，"让他光着身子。或许他想先拉个屎，然后你们再枪杀他。"

"头号共产党员死在厕所里，"队长摇头说，"这下可要成为历史书上的精彩故事了。"

结局就是如此。沙林同志抛开他的纱笼，在身上涂满泥巴，深深呼吸着新鲜的空气，好像在和世界道别。克里旺同队长和其他士兵跟随沙林来到厕所，克里旺希望早晨的这场骚动没有吵醒他的母亲。在厕所里，沙林在被枪杀之前唱了《人民之血》和《国际歌》，克里旺听了流泪。他的第二首歌一唱完，厕所门便开了一道缝，队长将手枪插进门缝，朝他连开三枪。米娜被枪声惊醒，跑来查看发生了什么事，发现两名士兵正把那个男人的尸体拖出去，而她的儿子在旁观。

"你已目睹过你的父亲被日本人处决，"她说，"现在你正在看着这个男人死在了共和军的手里。好好想想，万万别考虑当共产党。"

"许多国王都被吊死，"克里旺说，"但人们还是不放弃，依旧想当国王。"

"他昨晚影响到你了吗？"米娜感到一阵忧心。

"至少他让我在夜风中感冒了。"

士兵们把尸体带到一个十字路口。他们不担心有 KNIL 巡逻，因为时间太早，KNIL 想必还没醒来。克里旺跟着他们，目睹沙林同志的尸体大字躺在街上。克里旺站在前来观看这具有着三个弹孔的尸体的人群中，头上还戴着刚得到的帽子——这顶帽子他会戴许多年，等到军队来处决他时仍会戴在头上。沙林血流满地。一名士兵把汽油倒在他身上，另一名丢了一根火柴。尸体焚烧时闻起来像烤猪。

"他是谁？"一个男人问。

"显然不是猪。"克里旺说。

这个孩子待在他身边，直到火熄了，士兵也离开了。他收集了骨灰，装进小盒子里带回家。他母亲为儿子表现出的极端行为担忧，说骨灰会招来噩运。

"还有，把那顶帽子脱掉。"

他脱了帽子搁到桌上，然后爬上床。

"谢天谢地，"他母亲说，"你真是个贴心的孩子。"

"妈妈，别误会了。"克里旺说，"我脱掉帽子只是因为我很久没睡，想睡一会儿。"

克里旺坐在打烊商店前的人行道上，把他从墙上胡乱扯下的香烟广告撕成碎片。他深思着自己可悲的恋情，看着车辆往来，自问世上还有什么人比他更悲惨。他的母亲和朋友已经要求他让自己好过点，但他不肯，他说除非能得到那个少女，否则什么也不可能让他好过。

最后米娜说："去找比你更不幸的人，也许那样你就会稍稍好过一点。"

他最先想到的是他的父亲和沙林同志，两人都遭到处决了。米娜粗心大意，没料到她的建议会让克里旺想起那两个人。他整个星期都坐在人行道上，看着沙林同志跟他说过的悲惨的人们，小时候他的父亲也常说起这些人。他想看人们开着德国车或美国车经过，同时身边就坐着一个浑身溃疡和疖肿的乞丐。他想看一个年轻女子去市场，篮子都由她周围的用人提着，用人甚至还帮她拿遮阳伞。他想亲眼看见所有的社会矛盾，没有什么比这些更能转移他的注意力；他同时还想着，在其他人就快饿死或因工作累到半死的时候，爱居然可以毁了一个男人，这真令人沮丧。

他已经离家一个多月，此时和乞丐住在一起。他曾经英俊健壮，不久后却变得憔悴，现在瘦得皮包骨，头发变成了淡红色，刚硬得像扫帚尖。他完全没在伪装，他是用一种折磨来消除另一种折磨。他吃其他人给他吃的任何东西，如果没人给他任何食物，他就在垃圾桶里翻找，赶跑其他的乞丐、流浪狗或老鼠。

不再有女孩到处跟着他。恰恰相反，女孩遇见他时不知他就是那个自己曾经痴迷、甚至跟他上床的克里旺，她会捏鼻子、遮脸、作呕，加快脚步离开。就连孩童也朝他丢石头，他常常遍体鳞伤，流浪狗会追赶他，仿佛他是即将被它们吞下的刺猬。就连他回家时，米娜也完全没认出他，还对他说："如果看到一个叫克里旺的乞丐，就叫他回家，他妈妈快死了，想见他最后一面。"

克里旺从他母亲手中接过一盘米饭，答道："你看起来不像快死的样子。"

"撒点小谎无伤大雅。"

过了好一段时间，这样的生活成了常态。他开始忘却许多事——他的母亲和他的家，他的朋友和那些女孩，尤其是阿拉曼达（不过有时想起她仍然令他烦恼）；例行公事的乞食磨灭了一切。他脑中想的不再是那些事，而是找一把米饭，找个舒服的地方躺下——这些事重要多了。他摆脱了那些复杂的念头，成了快乐的流浪汉，直到有一天，麻烦化作女乞丐找上了他，那个女乞丐名叫伊萨·贝蒂娜。

他见过她两次。一次她在垃圾场附近被五个喧闹的游民强暴，他显然无法击退侵犯她的人。但她被那五个游民埋伏之前，他也曾看到她经过，她看上去很美，尽管她几星期没碰过水或肥皂了，臭气冲天。她被强暴那天，他躲在纸板屋里睡午觉，她的哭号令人心碎，让他无法入眠，于是他拿了把大砍刀走过去。两个男人刚上完她，正咧嘴笑着。另一人奋力抽插，但女孩已经不再挣扎。还有一个正在揉搓着她的胸部。最后一人不耐烦地等在一旁。

克里旺明确而坚定地说："把那个女孩给我。"

上完那个女孩的一个人看起来是这群游民里的老大，他站在克里旺面前，卷起袖子。

"我说，把那个女孩给我。"克里旺又说了一次。

"只要我还活着，你就别想爽一下。"

"没问题。"他们还没发现克里旺背后藏着大砍刀，克里旺已经用大砍刀砍向强暴犯的脖子。男人鲜血喷溅，头垂下，脖子几乎断了，没几秒就倒在地上，显然死了。克里旺踢踢他的尸体，走向剩下的四个人。

"他死了，该把女孩交给我了。"

正在上那个女孩的男人匆匆抽出老二，发出恶心的水声，然后一脸苍白如烂面包似的跑了，他的三个朋友跟在后头。他们就这么抛下了这个女孩。她失去了意识，赤裸地仰躺在一张没脚的桌子上。克里旺用自己的上衣裹住女孩的身体，把她带回自己的小屋。他的床是张旧沙发，他让她躺上去，注视了她一会儿，然后自己躺到一堆旧报纸上睡着了。

他醒来时，黑夜已经降临，他发现女孩坐在沙发上抱着膝盖，饿得发抖。她仍然和他放下她时一样光溜溜的，唯一的遮蔽只有肩上披着的上衣。克里旺直接从锅里舀了些玉米粥给她，那只是剩下的早餐，不但已经冷掉，还几乎馊了，但女孩吃得津津有味。她吃的时候，克里旺就坐在她身边，像小孩一样专注地观察她。女孩旁若无人地吃着东西。她好像完全没留下心理阴影，或许已经忘了发生过的事。这时克里旺注意到，她淡色的头发像丝绸一般，眼神锐利，有着窄鼻子和薄嘴唇。

"你叫什么名字？"克里旺问道。

她没有回答，只是把那锅粥放到旧沙发下，然后又坐下，以年轻处女的害羞神态注视着克里旺。她的手伸向克里旺，爱人般温柔地触碰他的手。克里旺颤抖了一下，他还没意识到发生了什么，女孩就跃向他，把他扑倒在沙发上，压在他身上，近乎粗暴地紧抱着他亲吻。起先克里旺用尽全力想推开她，接着他迟疑了，像在行刑队前投降的人一样举起双手。然后女孩脱掉了他的上衣，他感觉到她紧实浑圆的乳房贴在他的胸前，这时一切都融入一片醉人的温暖中。他再一次感到激情的血液贪婪地涌过血管，他回应女孩的拥抱，回应她的吻，脱掉了自己的裤子。

女孩才经历残忍的暴行，被五个无家可归的游民强暴，这时却表现得像狂野的爱人。克里旺甚至完全忘了之前发生过什么事，他紧抱着女孩，和她交换位置，翻身到她上方，这时两人都一丝不挂，情欲偾张。他们克服了窄小沙发的限制，做爱的动作虽然重复却充满渴望，像被暴风侵袭的船一样摇晃、震动、颤抖。

结束之后，克里旺立刻想起他完全不认识这个女孩，她也不认识他。这时他们仍一同躺在沙发上，精疲力竭地搂着彼此。克里旺又问她一次："你叫什么名字？"但女孩和之前一样没有回答。她只微笑地呢喃着没条理、可能是精神错乱的话，之后闭上眼睛沉沉睡去，发出轻柔的鼾声。

不久之后，一个游民告诉他："她叫伊萨·贝蒂娜，大家都那么叫她。"

"她是哪里来的？"克里旺继续追问。

"他们一星期前在路边发现她，之后几乎每天轮暴她，直到你出现，杀掉了其中的一人。"那个游民说，"那个女孩的脑袋坏掉了。"

所以事情就是这样。克里旺无法想象，如果他的朋友知道他和一个疯女孩上床会说什么。不过他不顾自己健全的理智，或许是其他冲动所致，他做的第一件事是带那个女孩去海边，洗干净她的身子，从他母亲的晒衣绳上偷了些好一点的衣服给她。他们住在他的纸板屋里，伴着那张旧沙发，有时坐在沙发上休息，吃他们用石头敲开的坚果，有时在沙发上睡觉或做爱，旁边是砖头堆成的炉子和煮菜用的锅子。虽然有一阵子克里旺担心那些强暴伊萨·贝蒂娜的游民会回来寻仇，但他们从没听说过那些游民后来怎么了。现在既然伊萨·贝蒂娜和克里旺住在同一间屋子里，大家都认为他们俩是正式的伴侣，没人再惹这个疯女孩了。

克里旺似乎忘记了他最初变成流浪乞丐的原因。他不再寻找不幸的人来转移注意，不再为了忘却被小阿拉曼达拒绝的悲伤而折磨自己；他发现忘记那个女孩最好的办法就是找到另一个女孩。他的生活一片混乱，没任何东西吃，也没像样的地方住，但是他不以为苦——其实他对目前的状况很满意。他重新发现了对爱情的炽烈渴望，尤其是伊萨·贝蒂娜也同样热切地接受他的爱，两人因此立刻忘却了他们悲惨的处境，爱得如痴如醉，谁也不会猜到伊萨·贝蒂娜是个疯女孩。而克里旺虽然不知道她的背景，却不以为意，他向她保证："有一天我会娶你为妻。"除了几乎从早到晚、夜以继日地爱抚彼此之外，他们没做多少事，只在饿的时候停下来吃东西，累的时候停下来睡觉。沙发是他们最喜欢的做爱的地方，他们在半夜的呻吟吵醒了邻居，弄得大家欲火焚身。他们的行为惹人嫉妒，不过大家理解那是新恋人的蜜月期，这段时间持续了几星期。

一天晚上，他们照常做爱到一半时，一条蛇从一堆垃圾里溜出来，爬进了他们的小屋，伊萨·贝蒂娜的脚趾伸在它爬来的路上，于是它咬了她。女孩沉醉在性爱中，没有喊出声，最后他们双双达到前所未有的高潮。但他们美妙的好运并不长久。克里旺射精后就倒向一旁，这时他听见女孩在呻吟扭动。他以为她还想要他，直到看到她的腿变青，才明白发生了什么事。然而太迟了；咬她的蛇是条剧毒的眼镜蛇，女孩就死在那张沙发上，她一丝不挂，做爱时的汗珠仍在她身上闪闪发光。

邻居受够了夜夜的尖叫，他们把这场悲剧视为两人因过于随便的关系而受到的惩罚，在邻居眼中，他们的关系主要以厮混为基础。克里旺把女孩的尸体带给挖墓人卡米诺，请他用通常给虔诚信徒使用的仪式埋葬女孩。在这过程中只有克里旺陪着挖墓人，他穿着从别人家偷来的好衣服前来。"她是为了让我快乐而生的。"说着他哭了。

他哀悼了七天，把他们的小屋烧得一干二净，火焰差点蔓延到附近的纸板屋，屋主匆忙提着来自水沟里的水来灭火。他发疯了，他不只朝人丢狗屎，还朝着街灯丢石头。他无法抑制自己的悲伤。他用巴掌那么大的石头打破独立街旁所有面包店的窗户，老板娘惊慌尖叫。他抢了一个邮差的单车，伤了邮差，打得他在地上打滚，信件散落在街上。他杀了从有钱人家院子里跑出来的三条狗，割破了停在电影院前的几辆汽车的轮胎，还烧了一间警卫亭。他的行为引起警方的积极响应：他正试图拆掉标示城界的墙时，还来不及抵抗就被迅速逮捕了。

他被抓了，谁也不在乎他是否会被带去法院。在单人牢房里，克里旺感到自己重拾平静，昔日的沉稳慢慢回来了，并逐渐增强。此时他只在晚上扰乱安宁，在睡觉时会说梦话，错乱地呼唤伊萨·贝蒂娜的名字，发出震耳欲聋的尖叫，声音压过野狗的号叫和猫的叫春。这个男人因失去爱人的痛苦而入狱的消息传开了，传到了他母亲的耳朵里。克里旺被关了七个月，米娜才将他保释出狱。她把克里旺拖回家，活像发现孩子在牛舍里玩耍的愤怒母亲。虽然他已经成年，她却仍亲自帮他洗澡，一边气呼呼地说："对你来说，就没有别的事比一个女人的爱更重要了吗？"

房子仍和他离开时一模一样。所有家具和摆设都维持原状。他为了让自己好过一点，阅读低俗小说和结局圆满的爱情故事（是从前的女孩们送他的礼物），却是白费功夫。他也读了那些女孩写给他的大量情书，当然只害他心情愈来愈差。他感觉一切又回到了起点，回到了同样的悲伤、同样的心碎中。他试着联系朋友，只想从他们那里得到一点快乐；许多朋友已经结婚生子了。他也造访了一些前女友，有的也结婚了，有的甚至离婚了，而他想再次体验爱的温暖，因此试着再和其中的三四人上床。但这一切都让他再度思念伊萨·贝蒂娜。

"再回去露宿街头啊，"他母亲说，"也许你会找到别的爱人。"

"我正是这么打算的。"他说。

他已经收好了所有的东西，希望有朝一日回来的时候，这些东西都会干净整齐地迎接他。他把原来散落在床上、桌上和地上的书收进纸箱，堆在房间的一角。他也整理好了衣柜里所有的衣物，收起他的旧吉他，把所有的唱片收了起来。他甚至把刮胡刀和牙刷整齐地存放在一个抽屉里。桌上只剩下一件东西，不过他不会把它收起来，而是要戴在头上——那就是沙林同志给他的帽子。他站在镜前，看着镜子里的自己。他受苦的这些年里，身材变得颇为瘦削，面容憔悴，两眼无神。他的鬈发仍然卷成一寸的圆圈。他在镜前站了良久，看着帽子，思忖着那个共产党人说俄国的所有工人都戴这种帽子的事究竟是不是真的。

"瞧瞧这个忧郁的家伙，"他对镜子里的自己说，"忧郁到可以戴这顶帽子了。"

这时米娜出现了，她站在门口看着仍在镜前的儿子。克里旺穿着烫直的长裤和棉质上衣，戴着那顶帽子，米娜试着猜测他要去哪里。

"孩子，你这模样不像乞丐。"

克里旺转身面对他母亲，说道："妈妈，从今以后，就叫我克里旺同志吧。"

8

在一个起雾的早晨，挤满了哈里蒙达车站站台的民众看到了前所未见的景象，感到惊奇万分。在售票台前的一棵杏树下，一对情侣完全无视时间和地点，在那里热情地接吻。他们的吻充满激情，曾经目睹的人们传颂多年，发誓他们看到这对情侣的唇间燃起了火焰。这一幕成了传奇，因为这两个恋人是克里旺和阿拉曼达。男男女女都满怀嫉妒地记着这一事件。

克里旺去首都雅加达上大学前的最后几个星期里，这对情侣的挑衅行为已经尽人皆知了。阿拉曼达和克里旺在约会，除了阿汀姐，大家都觉得他们是世上最赏心悦目的爱侣。阿汀姐骂阿拉曼达是下贱的婊子，就喜欢让男人心碎，快停止吧，至少为了这个男人好。但阿汀姐骂她时，阿拉曼达就用手指塞住耳朵。或许那个女孩还记得她姐姐才八岁时，克里旺爱她爱得有多惨；或许她觉得，如果她姐姐刻意毁了那么不可思议的爱就太可惜了。阿汀姐甚至发誓，如果阿拉曼达敢伤害那个男人，她就杀了她。按她的说法，直截了当地拒绝他的爱，远好过接受之后又将他像垃圾一样弃之不顾。阿拉曼达不在乎她妹妹嘴里吐出的任何威胁，她显然是个固执的年轻女子，谁的话也不听。

"承认吧，小妹妹，你嫉妒我。"她说。

"我要嫉妒也是嫉妒妈妈，她已经和几百个男人上过床了。"阿汀姐说。

"你以为我不能和男人上床吗？"

"你当然可以和这座城市的所有男人上床，和妈妈一样厉害，"阿汀姐说，"可是你不可能认真爱他们所有人。"

与通常赖在家里的妹妹不同，阿拉曼达和她的爱人会与他们的朋友去音乐会，聚在他们能找到的任何地方，伴着吉他唱歌。他们进城，去电影院，有时直到夜晚变为黎明时才回家。虽然她的两个妹妹会一脸焦急地在窗边等待，但她总是哼着当时非常流行的苦情情歌，一言不发地回到自己房间。

"你真是连妓女都不如。"阿汀姐暴躁地说，"妓女回家时，至少会带些钱来。"

"牢骚鬼小姐，说出来啊。"阿拉曼达在她房里说，"还是要我再替你说一次？你爱上克里旺了。"

"即使我爱上他，我也不会说出来，不然我怕你会自杀。"

那个年轻人确实很受小姐们欢迎，这不是谣言，而且不只是发生在这间屋子里；整个哈里蒙达都一样。其实他小时候就这么受欢迎了，他小学五年级就能解出六年级的考题，智力令人惊奇，校长决定让他跳一级；中学的时候，他是数学竞赛的常胜将军，因为他还会弹吉他、唱歌，而且他英俊的面孔很真诚，所以他开始在晚上出门，身边有爱上他的一群女孩为伴。

当时他想跟哪个女孩出去都行，但后来他爱上年仅八岁的阿拉曼达，之后成为游民，跟疯女孩伊萨·贝蒂娜交往。现在人人都说他和阿拉曼达是佳偶天成，一个是英俊阳光的青年，一个是美丽的少女——她母亲是城里最受敬重的妓女。唯一的例外是阿汀姐，她觉得那根本就是天大的灾难。到目前为止，阿拉曼达已经和很多男人在一起过，而且一一抛弃了他们。她的名声很坏，无人不晓，阿汀姐也不例外。

阿拉曼达已经对她的好几个同学做过这种事：她利用美貌、迷人的笑容、娇媚流转的眼神、曼妙的步履之类的来挑逗他们，让她的许多同学在夜里失眠。其中有些家伙会试着追求她，然后她就渐渐变了，变成没驯养好的斑鸠，每次你想抓住它，它就跳走。

但她的追求者不会那么快放弃，他们不断地与她甜蜜地调情，许下无尽的承诺，以礼物、闲聊、鲜花、卡片、情书、情诗和情歌展开攻势。她会接受一切，以更令人神魂颠倒的微笑作为回应，报以更娇媚的眼神，更优雅的脚步，加上些许额外的赞美，说你是个善良的人，聪明又英俊，头发很漂亮；他们会觉得受宠若惊，轻飘飘地飘上天。

他们会愈来愈有信心，觉得自己是世上最帅的家伙，全宇宙最善良的人，有全地球最好看的头发，他们深信这一切，所以一有机会，他们就会说出或用信件倾吐他们长久以来积郁的渴望：阿拉曼达，我爱你。那是毁掉一个男人、令他震惊、让他心碎的最佳时机，也最适合展现女人优势的时机，所以阿拉曼达会说：但我不爱你。

"我喜欢男人，"阿拉曼达曾说，"但我更喜欢看他们心碎哭泣。"

这个游戏她玩了很多次，虽然结果总是不出所料——她是赢家，而他们是输家，但一轮接着一轮，她永远乐在其中。当新的追求者取代旧的追求者时，她会开怀大笑。

想象一下，她才满十三岁就开始这么做了，而那是两年前的事。无可否认，她确实遗传了她母亲几乎无瑕的美貌，以及强暴她母亲的那个日本人的锐利的眼睛。她八岁时，克里旺爱上了她，她初次发觉自己能虏获男人的心；后来，她十三岁时，两个男孩为了她内裤的颜色起争执而打了一架。一个发誓他看到阿拉曼达穿红色的内裤，但另一个坚持她穿的是白色。他们在教室后面打起来，两人都把对方狠狠揍了一顿，在这个过程中完全没人试图干预——事实上，这倒成了免费的娱乐，直到学校老师发现出了什么事。男孩们打得发肿见血，阿拉曼达才介入调停，对两人说：

"我穿的是白色内裤，但也是红色的，因为我月经来了。"

从那一刻开始，她就明白她的美貌不只是能让男人受伤的剑，也是可以控制他们的工具。她的母亲愈来愈忧心，警告了阿拉曼达。

"你不知道男人在战时对女人做了什么事？"

"我只知道你一直以来跟我说的。现在你将看到女人在和平的年代可以对男人做什么了。"

"孩子，这话是什么意思？"

"在和平的年代，你让许多男人排队，花钱跟你睡，而我让许多男孩心碎哭泣。"

黛维·艾玉一直担心她长女的固执脾气，于是她透过男人在她床上跟她说的流言来追踪阿拉曼达的行为，原来不少小伙子都被她的美貌逼疯了。黛维·艾玉对她的客人说："听到这些,我唯一能庆幸的是她没变成妓女,不然的话也许你就不会和我在这张床上了。"

阿拉曼达就是这副德行。她甚至征服了克里旺,克里旺可是哈里蒙达无数女孩的偶像;他和她征服过的其他家伙的不同之处在于,游戏的最后她没把他抛开,原来她也爱上了他。因为邻近的女孩们总是交头接耳地谈论他,阿拉曼达已经听过这个男孩的名声:他是世上最帅的小伙子。

有些荒谬的流言说他其实不是寡妇米娜和她亡夫的孩子;她的亡夫是共产党,共产党在茉莉芬起义失败之后遭日军处决。一个女孩编故事说他是那对夫妇捡来的,他们在河岸上发现了一颗大西瓜,他就蜷缩在西瓜里;他是仙子的小孩,仙子同情他们的不幸,于是把小孩托付给他们一段时间,让他们永恒的罪孽得以减轻。另一个女孩说他还是婴儿时从一道彩虹上降了下来,还有一个说他是在巨大的锥状花朵里被发现的;不过说实话,克里旺出生时这些女孩根本还未降临人世。

不只暗恋他的女孩散布那样的故事,就连老人家也发誓,他出生时那座城的星星更耀眼了一点,好像世界在等待新的先知诞生,而当时在哈里蒙达出没的荷兰人则视其为噩兆。

不过无论这些话是真是假,阿拉曼达八岁听到那个男人诚恳的示爱时,就已经被他吸引,在之后的岁月里,她仍会听到他的故事,尽管听说他曾经失踪了。他在外流浪的那段时间,人们不大清楚他怎么了,而少女们仍然在谈论他,想他想得要命。许多女孩觉得他可能不知何故被一群强盗绑架,带到什么地方杀掉了,其他人认为他觉得生命受到威胁,自己躲了起来。不论她们相信怎样的故事,总之克里旺成了许多少女的神秘英雄，几乎足以匹敌哈里蒙达英勇的排长。

当克里旺终于再度出现时，阿拉曼达已经十五岁了。这个男人此时二十四岁，自称克里旺同志。他离开漂泊的生活之后，成了裁缝，在家里跟着他母亲工作，不过这样没什么意义，他仅仅分掉了他母亲往常的收入，只引来一点点额外的收入，因为有些女孩想借着请他缝件新洋装来吸引他的注意。不久他就结束了毫不出色的裁缝事业，跟一个朋友一起去造船。当时玻璃纤维的价格仍然高昂，于是他们用黑焦油修补木船，这就是他在船厂的工作，此外还有一些进行修饰的油漆活儿；直到他换去老村长的养菇场做事，主要的工作是翻动草料，盯着养菇场的温度计，确保它维持正确的温度。其他时候，他跟着大家一起撒酵母、摘香菇、包装、拖运，做任何需要他做的事。他当时显然已经成为共产党的干部，四年前哈里蒙达大选时，共产党是三大党之一（看起来要不是哈里蒙达的市民在革命期间过得很苦，共产党应该会变成多数党），党部位于荷兰街的一角，而他是党部里最年轻的成员。

共产党发现每次克里旺同志在公开会议上发言时，听众就会挤成一团，女孩会兴奋地尖叫，于是他们也利用他的名声吸引少女成为他们的干部。克里旺同志确实很帅，况且他擅长演说。阿拉曼达被朋友们的狂热挑起好奇心，去看了他的演讲，那次是一场劳动节的狂欢会。不少人认为，如果共产党能得到他们城市的多数选票，那都是克里旺同志的功劳。

阿拉曼达动了心，想征服城里最英俊的男人，当时她的名声已经很响亮，是唯一让二十三个爱上她的男人失望的少女，而克里旺已经和十二个女孩非常短暂地约会过，其余的都被他拒绝了。这就像最令人畏惧的两个战士相争，不只农场里的工人等着竞赛的结果，共产党的成员也一样，所有市民的心脏都因期待而怦怦跳动，不晓得会发生什么事。有些人甚至下注打赌谁会让谁失望，而年轻男女老早就开始准备心碎了。

学校要求学生们开始进行职业训练时，阿拉曼达说服了一些朋友去老村长的养菇场实习。两人就是这样相遇的——在一座养菇场炎热的厂房中，周围都是塑料防水布。阿拉曼达会跑去厂房，假装帮忙采集每天早晨的收成，她会在那里见到那个男人，用她的微笑诱惑他，或是解开连衣裙颈部的扣子挑逗他。那个男人站在厂房四楼的养菇架上，她则在下面，用一些无关痛痒的要求进一步诱惑他。男人稳重地对待她，无礼地欣赏她的美好，好像不记得几年前那令人心碎的美曾经逼得他快要发疯。

在那几个星期里，他们每天见面，一起翻动谷糠，争执温度该设置多高，争论蘑菇长多大才能采收，辩论酵母该不该撒在谷糠上面。

克里旺站在养菇架上插着的竹竿之间，面对她说道："小姐，你很漂亮，可是你太爱斗嘴了。"然后他丢下阿拉曼达，出去加入下工休息的其他工人之中。

阿拉曼达心想，浑蛋。那家伙并不打算就那样走开，而是打算在她像抛弃别人那样把他丢到一旁之前更强烈地诱惑她、追求她。阿拉曼达站在养菇场的门口，看着这个男人和他朋友在休息，坐在田野边传递香烟、点烟，大家都把烟吐向空中，聊天欢笑。

就是那时，她失去了对情势的掌控，首次为爱失眠，每晚等着早晨降临，好回到厂房和那个男人在一起，她心里怀疑爱情的狂热是否还荼毒着他。她开始意识到自己真的坠入爱河时，生怕自己被征服了，想遏止恋爱的感觉，又开始思考有什么可怕的方法能让这个男人臣服在她脚边。即使她在乎他，为了报复他而让她爱上他，她还是会就这么抛弃他。但每次他们相见时，男人只是单纯地接受这个美丽的女孩出现在养菇场里，没有更进一步，好像有她的陪伴就已经心满意足。

阿拉曼达在她无法控制的爱意中愈陷愈深，为发现如此与众不同的男人而心醉；他仰慕地看着她，渴望地注视她身体的所有线条，但仍然照常处理酵母和香菇。阿拉曼达开始梦见他诱惑她，送花和情书给她。她想看他做出在他年仅八岁时曾做过的各种尴尬事。她终于屈服，承认自己确实爱上了他，不再觉得需要抗拒自己的心。然而，虽然她不断摆明自己喜欢他，像是用娇嗔的声音请他载她一程，或在他工作时站在离他很近的地方，这家伙对待阿拉曼达的方式却完全没变，最后阿拉曼达担心自己会做出更多蠢事，只好说服自己她是单恋，决定放弃，承认失败。

她告诉自己，好吧，我不会试图引起你的注意。但就在她已放弃、不再希望得到那个男人时，克里旺没来由地摘了朵玫瑰送给她。阿拉曼达的爱再度失控。

"星期天早上我们要去海边。"男人说，"如果你愿意跟我们去，我就在厂房后面等你。"

他没等她回答，就走向那群工人，跟他们讨香烟了。阿拉曼达回家之后，把玫瑰插到桌上的一个玻璃杯里，玫瑰就在桌上放了好几天，最后凋谢、腐烂。

那个星期天的早上，她不确定自己该不该跟这个男人去郊游。

她心里天人交战；她身为征服者的自尊说，她必须欲擒故纵，但另一部分的她一直受到爱火的折磨，要求她去，因为不去的话，那天就完全见不到那个男人。她走向养菇场后面那片草地时两腿发软。她到那里看到男人正在替一辆脚踏车打气。她走过去，问他其他人在哪儿。

"只有我们两个了。"克里旺头也不回地答道。

"其他人都不去，我就不想去。"阿拉曼达说。

"如果你这么想的话，那我就自己去了。"

该死，阿拉曼达对自己说。克里旺帮轮胎打好气时，女孩已经坐在脚踏车后，感觉像是魔鬼亲手把她放到那里的。克里旺同志一言不发，就这么跨上坐垫，两人朝海滩而去。

结果阿拉曼达的那一天非常美好。男人帮她唤醒了她幼时以来的美好记忆。起初他们像两个小孩一样坐在沙里堆寺庙，堆到不能再高了；寺庙被海浪推倒之后，他们比赛抓飘过沙滩的蒲公英种子，然后抓了海螺，让它们来一场小小的赛跑，两人都为自己的海螺打气；玩腻之后，他们跳进海里开心地游泳。阿拉曼达躺在湿湿的沙子上，让海水在她身边打转，仰望着逐渐变得粉红的天空，她希望那天永远都不会结束，想和世上最英俊的男人一起躺在永恒的薄暮中。

克里旺同志接着邀她爬上停在沙地上的一艘小船。"没关系，"他说，"这是朋友的船。"何况，在再猛烈的暴风雨中，他都能驾船。船腹里有一些渔竿和用来当饵的小鱼。"看来我们准备去钓鱼了。"克里旺同志说。于是他们在那个晴朗的星期天沿着海岸划向外海，阿拉曼达并不知道他们日落时不会回家。克里旺同志把船驶离海滩，直到他们看不见任何陆地，放眼望去只有大海，海面是一圈完美的圆。阿拉曼达紧张了，问道："这是什么地方？"

"很多很多年前，有个男人绑架了他爱的女孩来到这里。"克里旺答道。

克里旺说完这番费解的话之后，就平静地躺在船上，仰望着在蓝天中飞翔的海鸥。阿拉曼达不习惯待在大海上，随着时间的流逝，她开始冷得打战。之前游完泳，她的衣服还没干。克里旺同志叫她趁还有一点阳光的时候脱下衣物，放到船顶上晾干，因为他们要在海上待很久。

"我不觉得你可以就这样命令我脱光光。"阿拉曼达说。

"小姐，你自己决定。"克里旺同志说。他自己的衣服其实也很湿，于是他一件件脱了，将它们摊在船顶上，直到把贴在身上的衣服脱得一件不剩。克里旺同志这下子光溜溜了。

"笨家伙，你在做什么？"

"你很清楚我在做什么。"

他躺回之前的位置，他的生殖器清心寡欲地垂着，阿拉曼达看了不解。她思考了几分钟，觉得她或许应该和他一样脱了衣服晾到船顶上。她会光着身子，如果那样会让这个男人色欲熏心，强迫她就范，唉，该发生的就会发生。

"我不会伤害你。"克里旺同志说，好像能读到她的念头，"我只是绑架了你。"

女孩终于脱掉了所有的衣服。她背对克里旺同志，抱膝而坐。上帝和天使或许正俯看着他们大笑——真是愚蠢的人类，光着身子却什么都不做，只默默坐着，尽可能远离对方。冷漠的状态持续到日落，这时他们俩都开始饿了。克里旺同志去钓鱼，钓到了些飞鱼，他们没有火，只好生吃。克里旺同志和渔民交朋友时习惯了这样，不以为意，但阿拉曼达不肯，她宁可饿肚子。夜幕低垂时，她饿得受不了，也吃了生鱼，却觉得反胃。

"鱼在嘴里才有腥味。"克里旺同志说，"进了胃里，感觉就正常了。"

"就像你只在绑架我时才会和我在一起，"阿拉曼达伶牙俐齿地回嘴，"我们回家后，你又会变回平日那个可悲的男人。"

"或许我们不会回家。"

"那就更可悲了，"阿拉曼达继续逗他，"因为就在这么安静、没人会看到的地方，我赤裸裸地在你眼前，你都不敢跟我调情。"

克里旺同志自顾自地笑了，然后继续吃他的生鱼。阿拉曼达无法忍受他的挑衅，终于鼓起勇气拿起另一块鱼，再试了一次。她忍住恶心的感觉，尽可能少嚼鱼肉，迅速吞下——她就这样继续吃了下去。

这场闹剧持续了两星期，两人就这么孤零零地一同在海外漂流。他们从没遇到过其他渔民，因为克里旺刻意把船开到一道非常深的海槽，那里很难抓到鱼，渔民都不喜欢那里。天气一直很晴朗，没有任何暴风要来的迹象，不过船里倒是发生了一些变化。

第二天，阿拉曼达终于习惯吃生鱼，甚至开始享受了。第三天，两人一同潜进海里，在船边游泳，喧闹欢笑。游完泳，他们脱掉衣服摊在船顶晾干，两人坐在船的两头——信不信由你，他们没做爱，但夜里克里旺用自己的身子盖住她，替她挡住寒风，两人安详地睡在一起。他们开始习惯这种奇妙的生活，甚至乐在其中，但是到第十四天时，克里旺决定划回岸上。

"为什么我们得回家？"阿拉曼达问道，"我们待在这里开心得很。"

"我并不打算绑架你一辈子。"

克里旺划船时坐在女孩身边，但两人都沉默不语。他们思考着同一件事，不过那个念头只在他们脑袋里打转，在回程中两人都没透露心中的念头。最后，他们把船停到海滩上时，克里旺同志突然说话了，他温柔的声音吓了女孩一跳。

"小姐，听着。"男人说，"我在乎你，但如果你不在乎我，也没关系。"

阿拉曼达心想，老天啊，这个男人老是令我意外。他做的所有事都无法预料，即使命运之书也料不到。她什么也没说，但她的心其实渴望她说，是啊，我也爱你。

骑脚踏车回家的路上，两人依旧沉默不语。阿拉曼达觉得男人的沉默是因为他心碎了，因为她没回答他，而克里旺觉得阿拉曼达的沉默是因为少女对回应一个男人的爱感到害羞的犹豫。阿拉曼达很担心，她想安抚男人，让他知道他用不着心碎，她爱他。因此他们到家时，她开口要说话，只是话还没说出口，克里旺就打断她，说：

"小姐，别现在回答。先思考一下！"

那星期的日子都很愉快。他们一同在养菇场工作，完全没争论任何事，只聊两人都想聊的话题。克里旺去哪里，阿拉曼达就跟到哪里，反之亦然。久而久之，看到他们的人开始觉得他们已经成为一对恋人了。

不只养菇场在谈论他们在一起的消息，稻农和玉米采收工也在谈论，之后消息传到了城墙外。阿拉曼达不大喜欢成为流言蜚语的主角，因为他们自己都还没正式承认彼此的关系，有一天，她终于对克里旺同志说："你不知道我爱你吗？"克里旺当场信心满满地回答她："知道，所有人都知道。"这话足以终结他的风流名声——克里旺同志不再是玩弄女人的男子，而阿拉曼达也不再是情场杀手。

他们的恋情持续了大约一年，直到克里旺得到党的奖学金要重回大学，必须到雅加达去。离别太痛苦，阿拉曼达求他：

"拜托在离开前占有我。"

"不要。"

"为什么？你几乎睡遍了哈里蒙达所有的女孩，却不肯占有你的情人？"

"不，因为你不一样。"

克里旺同志毫不动摇，决心碰也不碰这个女孩。他像虔诚的青年那样："等我们结婚吧。"他离开前的那星期，他们难分难舍，从早到晚都在一起。然后那一天来了。阿拉曼达带克里旺到火车站。火车司机已准备好，鸣响了汽笛，这时阿拉曼达忍不住吻了年轻人。他们此前嘴唇还不曾相触，这时却在杏树下死命地紧抱拥吻。人们说得没错，他们的唇间的确涌出了火焰。那是道别之吻，而他们的别离令两人痛不欲生。

火车开动了，两人不情愿地松开嘴唇，车站所有人都像雕像般一动不动地看着他们。

克里旺说："五年后，我们将在这棵杏树下相见。"

接着他跑开了，跳上逐渐加速的火车，阿拉曼达含泪挥手，目送他离开。她站在原地，直到火车的最后一节车厢也消失在视线中。

接着是下一场游戏，对手兼受害者是哈里蒙达最有名的人、军事地区的头头，曾经率领最险恶的抗日行动——他就是排长。女孩就像宁静日子里在海上捕了条大旗鱼的老渔夫，她想到可能捕获那样的猎物，心情激动不已，这或许是她这一生中最大的猎物，而她永远会记得她一步步征服他的那些日子，一直追溯至第一次在斗猪场的攻势。那天晚上她意识到男人被她的美色所诱惑，而她只需要收起陷阱、困住他就行了。

阿拉曼达已经一年没有诱惑过男人，不再把男人钓到手之后就毁了他们；克里旺的双眼也不再乱飘。他们彼此相爱，他们的爱日复一日愈来愈稳固，直到他们发誓再也不背叛彼此。但此时克里旺去首都上大学，阿拉曼达开始觉得无聊了。她没打算背叛她的爱人；她对他的爱依然如山高，如海深。她只是想像以前一样找点乐子——和男人调情而不用爱上他们。

然而她不明白她现在面对的是个独一无二的男人，这个男人在战时起义，之后成了躲避日军数个月的逃犯，曾带领五千大军在战争中对抗荷兰人，军事侵略期间在许多行动中学到经验，也曾短暂地当过总司令，他得到的勋章远多于其他士兵；而且要统治在暗地里存在大规模走私行为的城市，他是不二人选。

阿拉曼达迟早会了解那个男人，但直到她后悔莫及，她才明白排长并不是可以随意玩弄的那种猎物。

阿拉曼达猜得没错，他们在马来乐团的音乐会相遇之后，过了几天，排长就出现在她家。他开着吉普车独自出现，她母亲招呼了他，他表现得像流着鼻涕的小子正要进行第一次约会。他们聊起城里的事务，但阿拉曼达确信他不是为了这些而来，因为他带来一束花，把花献给了阿拉曼达；她拿进房间，从窗户直接丢进后院的垃圾堆，然后脸上带着迷人的微笑，回去加入她的母亲和排长。

这样的情形持续了好几天。每次排长顺道来访都会带花，花朵随即被丢进垃圾堆，只是带花来的人从不知道。其实不只有花；第三天，他带来一只他直接从中国订购的熊猫玩偶，然后带来一个陶瓷花瓶，隔天他带来一堆美国的流行唱片，阿拉曼达决定不把它们扔掉。

她已经一整年没玩过这样的游戏，得意于自己依然很擅长让男人显得蠢笨，她播放了那些唱片，独自在房间里起舞，想象着自己在和爱人共舞。在排长给她的唱片的音乐声中与克里旺起舞，这主意太好玩了。她笑那个哈里蒙达的英雄太蠢，但那晚她梦见克里旺知道了一切，他怒气冲冲，气到想杀了她；她喘息着醒来，冷汗濡湿了毯子。她咒骂那个噩梦，然后向自己保证她完全没背叛她的爱人，因为她对他的爱一点也没变。

隔天，她收到她的爱人寄来的一封信。阿拉曼达有点紧张，不晓得信和她的噩梦有没有关系。她回房间躺下来，起初不敢打开信封，担心她不祥的梦会成真，不过接着却觉得她必须知道信里写了什么。

原来她的担忧完全没有根据，他丝毫没有起疑，她也没有得到任何报应。克里旺说他已经开始念大学，学业不像预料中的那么困难，一切顺利。阿拉曼达相信，这个男人只要愿意，做什么都不难，她有个如此聪明的爱人，得意得很。当读到克里旺报告说他成了流动摄影师，也在洗衣店打工，她两颊淌下泪水，喃喃地说，他们俩的未来会更美好。她流着泪吻了信纸，把信压在胸前睡着了。

两小时后，她从美梦中醒来，梦里她在一场喜悦的婚礼中嫁给了爱人。她这才想到她其实还没把信读完。信纸间有一张她爱人的照片，他解释说那是他的自拍照，如果照片扭曲或他的脸看起来怪怪的，请她见谅。

阿拉曼达看了照片笑出来，亲昵地亲吻照片（亲了八下，然后又多吻了三下），把照片压向胸前，然后放到一旁，将信读完，不过剩下的内容不大有趣，克里旺只是在说党的事务。阿拉曼达对那类话题不感兴趣，很庆幸克里旺写了不到一页就收尾了，最后他跟她讨一张她的照片。阿拉曼达又微笑了，好像他就站在她面前一样开口说道："你是世上最帅的男人，我会寄给你一张世上最美的女孩的照片。"

那天下午，阿拉曼达打扮得漂漂亮亮准备去见摄影师，却遇到排长如往常一样在客厅与她母亲聊天。她作为情场杀手的直觉立刻苏醒过来，朝排长露出甜美的微笑。排长话说到一半突然就没了下文，他以为那女孩是特意为他打扮的，他在心中吟诵祈祷，向上帝致以最深的感激，这时阿拉曼达却说她要去找摄影师，无法和他们一起聊天了。

女孩看到排长泄了气（他这才发觉她是为了照相而打扮，不是为了他），但他立刻掌控局势，提议开车载她去。阿拉曼达没料到会这样，但他载她去摄影师那里有什么不对？她利用某个蠢瘪三的好意去拍照送给她的爱人，又有什么不对呢？她又微笑了，瞥了母亲一眼，她的不当举止显然令母亲心烦。

于是排长带阿拉曼达去了照相馆，那家照相馆从殖民时代就开始营业了，起先属于一个日本间谍，但现在由一对华人夫妇经营。

他在等候室面对着橱窗而坐，要摄影师的妻子把每张照片都冲印两份，但别跟那个少女说。摄影师的妻子心知肚明地向他点点头。

与此同时，阿拉曼达和摄影师进了摄影棚。第一张照片中，她站在一片幕布前，幕布上画着湖，苍鹭游过湖面，背景是蓝色的山峦；接着她坐到那里的一块假石头上，然后背景幕布换成了河景，画中有座人行桥和一些树；之后又换成奇异的中国冬日景色。摄影师拍了十张照片，她去付钱时，发现排长已经把钱都付了。想到用这个人的钱拍照送给她的男友，她觉得很兴奋，而排长觉得她接受了他的馈赠，表示他们的关系有希望。

四天后，排长亲自把照片送过去，假装他只是恰巧路过照相馆。阿拉曼达欣喜地收下，立刻回她房间欣赏自己的照片。她选了最喜欢的四张，开始写信给她的爱人，把排长的事和他愚蠢的行为全告诉他，并且坦白承认排长似乎对她有兴趣。她向她的爱人保证她完全没兴趣，她的感觉仍然和之前相同，她的爱属于他一个人，她完全没打算背叛他。她在她信里提起那个男人，并不是想让他嫉妒，而是为了表示他们之间没有秘密。阿拉曼达确信克里旺信任她，所以把排长的事告诉他没什么问题。她在信首扑了点蜜粉，让她的爱人闻到她身上熟悉的香气，她甚至在嘴唇上涂了薄薄一层口红，印在她信尾的签名旁边，象征远方的渴望之吻。她把信和照片装进信封里，微笑着想象她的男人在几天后收到信时的情景。

这时，排长回到了他在司令部隔壁的家，拿着阿拉曼达的照片躺下，他病态的目光似乎要穿透相纸。他把相片一一搁到胸膛上，然后双手枕到头下。

他幻想那个女孩的美貌和她的肉体，发觉自己迷失在一股欲望中，欲望几乎迫不及待地爆发，他只好抽出双手抓住照片轻抚，仿佛相片就是女孩的肉体，他的手指拂过她身体的轮廓，然后他在欲望中愈陷愈深，活像发情的狗；他想她想得双眼蒙眬，双唇低喃起女孩的名字。半个小时就在这种痛苦中过去了，最后他私下跟摄影师之妻商量才拿到的女孩照片开始变得油腻肮脏，他才终于爬起来，把照片全放进一个抽屉，穿上制服出了房间，走向在哈里蒙达军事地区指挥部入口大门隔壁"猴子笼"里值班的士兵。

"排长，午安。"那个士兵说。

"这座城里的妓女在哪里？"

下士笑了，说哈里蒙达有很多妓女，不过最好的妓女只有一个，他把卡隆妈妈那间妓院的事全告诉了排长。"你愿意的话，我今晚可以带你去。"

排长只哈哈大笑，他并不意外自己的部下已经知道妓院的事。他随即答应了："我们今晚去。"

"排长，你想去的话，当然可以。"

于是他造访了卡隆妈妈的妓院，睡了黛维·艾玉，隔天马曼·根登大发雷霆，来他的办公室威胁他。

那个罪犯来过之后，排长随即明白他现在在哈里蒙达有个敌人了。接下来的那几天，他的手下出去打探消息，很快就知道了那个人的名声和他的名字：马曼·根登。看来没必要回妓院再去和黛维·艾玉上床，因为没必要惹上那个男人。更重要的是，他想给可能成为妻子的女人留下好印象，还去妓院实在愚蠢。

他更打定主意要得到阿拉曼达，他相信那个女人是为他创造的——她在床上热情，在宴会里优雅，在公共场合里迷人，而且她够傲慢，在军事典礼中站在他身边很相衬。

部下报告马曼·根登的名声时，也报告了阿拉曼达的名声：她是年轻的情场杀手，乐于看到男人心碎、因单恋而痛苦、被她的身影折磨。他无法否认听到这里时心里不舒服。只有一个名叫克里旺同志的共产主义青年曾经赢得她的芳心。

"但那个男人到首都念大学去了，所以看来他们吹了。"

至少这则信息让他知道女孩曾被征服，曾经坠入爱河，他稍稍松了口气。很难相信她这么粗野放肆，居然玩弄在这座城市里拥有绝对权力的男人——除非她确实再次坠入爱河，而排长由衷希望如此。

一天下午排长登门拜访时，进一步证实了他的猜想。女孩注意到他的制服露出了一些线头。她说："排长，你的制服有根线头松了。不麻烦的话，我想替你补补。"

这话听在他耳里贴心极了，他的心飘上了七重天。他迅速脱掉外套，露出里面的绿汗衫，然后把制服交给阿拉曼达，她拿着制服进了缝纫室。这一举动特别令他相信，阿拉曼达果真回应了他的感情。这下他只需要更严肃地谈谈他们的关系——排长甚至希望能讨论他们的婚礼，他暗自抱怨时间似乎过得好慢。

一个下午，他们一同走在林子里寻找昔日的游击路线时，吐露心声的机会来了。男人向女孩展示他居住了许多年的小屋，他曾经躲起来冥想的洞穴，以及剩余的武器、迫击炮、枪支和火药的贮藏处。他还让她看日军建造的碉堡。然后两人在游击队小屋前的院子里坐着看海，他从前就在他们坐的石椅上和他的部队开会。天气温暖，吹着宜人的东风。

"你想在海边喝点果汁吗？"排长问道。阿拉曼达回答："好啊，那就太好了。"在她的想象中，游击队的藏身处应该恐怖得多。两人是坐卡车来的，排长回卡车拿了一个保温瓶回来。

那个下午晚些时候，出海的零星渔船在海中微微起伏，宛如池塘里的莲花那样漂浮着。这些渔船上各有两三个渔民，他们都面对面坐着。他们没挥手或喊叫，只是坐在那里张望，和朋友聊天。

渔民们穿着长袖的厚重衣物，肩上裹着布裙，戴着斗笠和手套，脚穿网球鞋，保护自己不受寒冷的海风侵袭，以免老了罹患风湿，逐渐衰弱。排长说，在未来个体渔民会渐渐绝迹；渔获量可抵五十个渔民的大型渔船会取代那些小船，小船太小了，无法抵挡暴风雨，大型渔船的船长再也不用担心会得风湿。阿拉曼达只回说，渔民和海当了太久的朋友，因此暴风雨或风湿都吓不了他们，或许他们不想抓超出他们每日所需的鱼——这是她听克里旺说的。

排长轻声笑了，然后他们聊起哪种鱼好吃。阿拉曼达说石斑鱼最美味，排长说他喜欢乌贼，然后阿拉曼达抗议说乌贼没有鳞片也没有鳍，其实不是鱼。排长听了又哈哈大笑。接着他们俩都沉默了一刻，然后排长从他带来的冰凉保温瓶里倒了些果汁到阿拉曼达空空的玻璃杯里。就在此时，排长说了他想说的话，应该说他问了他想问的事：

"阿拉曼达，你愿意成为我的妻子吗？"

阿拉曼达毫不意外。她听过太多男人以种种不同的方式问过这个问题，这个问题已经无法令她震惊了——她甚至多少猜得出男人何时会冒出这个问题。从她的经验判断，男人向女人告白之前总有些迹象，不过每个男人流露出的迹象不同。她觉得女人可以本能地知道这些事，尤其是像她这样的女人，她拒绝过二十三个男人，接受了第二十四个男人。这下阿拉曼达在盘算怎么让第二十五个因单恋而昏头的人蒙羞。

她站起来走向崖边，看两个渔夫缓缓划船，然后看也没看排长便说："排长，一男一女如果要结婚，必须彼此相爱。"

"哦，你不爱我吗？"

"我已经有爱人了。"

那每次我们见面时，你为什么都盛装打扮？排长有点愤愤不平地想着，如果不是为了让我明白你在乎我，为什么你要我带你去照相馆，让我看有你身体的照片，为什么要替我补那件脱线的制服？

排长回忆他们恋爱的过程，才意识到女孩一直以来只是在玩弄他，这下他更火大了。他咒骂自己太粗心，居然忘了她从前曾虏获许多男人的心，把他们像无用的废物一样抛弃，而她和从前没什么不同。他太愚蠢了，居然以为这个女孩应该不敢对他做同样的事，毕竟他这个排长曾经领导起义，是这座城市的英雄。结果她居然有这个胆子，而且显然乐在其中。

他看到她坐回去喝果汁，就这么泰然地坐在桌子对面，他更加恼火。等到她朝他微笑时，他已经气昏了头，不过还能自制。最后他说："爱就像魔鬼，与其说它令人满足，不如说它让人恐惧。你不爱我就罢了，但至少和我做爱吧。"

阿拉曼达心想，这家伙真可悲。她注视着排长的脸，一时纳闷为什么他整张脸突然开始震动、颤抖，看起来好像裂成了两瓣，为什么两边的脸似乎都独立于另一边而忽高忽低。她想问排长他的脸怎么了，但她的嘴巴不知为何无法动弹。突然间，她察觉自己的身体开始摇晃，她祈求自己不要和排长的脸一样一分为二。但她低头看自己拿着半杯果汁的手，看到的正是这样——此时她的手分裂成了两瓣、三瓣，甚至四瓣。

她还看得见，但一切都开始变模糊，这时排长站起来，绕过桌子走向她，她完全听不见他说的话。不过排长站到她身边轻抚她的脸颊，碰了她的下巴和鼻尖，她都能感觉到。这个男人太放肆，阿拉曼达想站起来打他，但她一点力气都没有——她只是摇摇摆摆，无力地倒在排长身上。

她感到那个男人的手紧抱住她纤细的身躯，然后突然间，她感觉自己飘在空中，她怀疑自己是不是死了，灵魂要往天国飞去。她的视线从没这么蒙眬过，不过还看得见自己根本没在飞，依然只是稍稍飘浮起来；原来排长抱起了她，把她扛在他强壮的肩头带走。她想抗议：嘿，你要带我去哪里，但嘴里没发出一点声音。排长把她带进游击队小屋丢到床上时，她又感觉自己飞过空中。

她躺在那里，终于开始明白究竟发生了什么。她害怕即将发生在自己身上的事，于是开始反击，但她的力气还没恢复。不仅没恢复，反而愈来愈虚弱，直到她的身体、双手，甚至脚都紧贴在床的表面，全身上下都完全无法动弹。

排长动手解开她连衣裙的扣子时，阿拉曼达无能为力，她愤怒而挫败地认命了。她看着男人脱掉她的连衣裙丢到床边。排长继续动作，冷静得令人不寒而栗，她全裸之后，感觉到排长的手指缓缓滑过她的身躯，令她作呕。他的指尖因为战时搬运武器和炮弹碎片造成的伤口而变得粗糙。

排长说了些话，但她听不见，这时他动的不只是手指，还有手掌，他的手紧抓着她的身体，像要毁掉她似的。排长狂捏她的胸部，捏得阿拉曼达想要怒吼；他探索她的全身，拨开她的大腿，开始亲吻她，在她身上留下一道口水痕。阿拉曼达这时不只想怒吼，还想割了自己的喉，在男人更进一步之前死掉。她分不清自己在这状态下有多久了，也许是半小时，也许是一小时、一天、七年或是八个世纪；她只知道接下来排长脱了他自己的衣服，赤裸傲慢地站在床边。

男人又揉搓了一下她的乳房，然后压到她身上，令人厌恶地轻咬、亲吻她的嘴唇，接着便不再浪费时间，一举贯入她。阿拉曼达还看得见他的脸，他的脸很靠近她的眼睛，看起来像一团白色；她也能感觉到她的阴道被他粗暴地糟蹋。她哭了，但她其实不确定她的眼睛是否还能流出泪水。这感觉永无止境，又持续了整整八个世纪。她不再有力气睁开眼睛，只感觉到身体遭到了下流的对待。然后她失去了意识，至少她觉得是这样，因为她不再有任何感觉，不过或许只是她不想要有任何感觉了。最后排长放开她，翻到她身边；而她的身体从头到尾都维持着同样的姿势——裸身仰躺，几乎紧贴在床上。

排长躺在她身边，他的呼吸愈来愈沉，阿拉曼达以为那个男人睡着了。她发誓要是她的力气还在，她会毫不犹豫地在他睡觉时拿刀刺死他。或是朝他嘴里轰一发迫击炮。或是用大炮把他射到深海里。她以为男人睡着了，但她错了，这时排长爬起来对她说话，而这次她听得见他的声音——"如果你只想征服男人，然后就把他们像卑贱的垃圾一样抛弃，阿拉曼达，那你遇到我就太不幸了。我战无不胜，包括对你的战争。"

她听见的这些讥讽的话像刺一样穿透了她，但她完全无法回答，只能以依然蒙眬的目光看着排长站起身，拿起他的衣物。

之后，排长穿好衣服，替女孩把衣服一件件穿回去，说他们该离开丛林回家去了。这时阿拉曼达穿着衣服，看似什么也没发生过。但她仍然因为不知名的毒药而麻痹，比往常迟钝了许多。她只记得一切都发生在喝了那杯果汁之后。

排长把她从床上抱起来，她又觉得自己在飞了。这次他没把她扛到肩上，而是用强壮的臂膀把她抱在腰侧，从前他曾用这双手臂搬过大炮，甚至在对抗荷兰人的战斗中把一个受伤的手下抬到安全的地方。阿拉曼达躺在排长怀中，排长从游击队小屋走向卡车。他让她坐在他身边，然后开着卡车，沿着泥土路穿过黑暗浓密的丛林。

他把女孩带回她的家。阿拉曼达只记得那段旅程像一条漫长昏暗的光之通道。他们到家时，排长抱着阿拉曼达从卡车上爬下来，黛维·艾玉出来迎接，帮排长把女孩带去她的房间。她躺在她的床上，黛维·艾玉问这是怎么回事。排长平静地回答，没什么好担心的。

"她只是晕车了。"

"排长，这是因为你没经过她同意就侵犯了她的身体。"用不着别人说，黛维·艾玉凭着人生经历就明白发生了什么事，"别以为你赢了这一仗，就自觉幸运。"

阿拉曼达一个人留在房间里，她头一次感到泪水逐渐浸湿了她的脸颊，这时一切暗了下来，她真正地失去了意识。

9

　　隔天阿拉曼达恢复神智时，她最先想到的是克里旺，她立刻明白她和爱人的一切都完了。

　　那时阿拉曼达觉得自己受到了诅咒；或许她不后悔她做过的事，或许她接受了发生在她身上的后果，但她仍然觉得自己受到了诅咒。她想写信给她的爱人，紧接附了照片的信之后寄到他手里，告诉他发生了什么事，但不提她失控了，玩弄了一个不该玩弄的男人，也不提排长强暴她的事。她只会跟他说，她和排长睡了。她觉得很羞愧，但她真正遗憾的是，她将失去她挚爱的人，虽然她知道克里旺无论如何都会接纳她，她却完全不想再见到他。她依然爱他，不过她会骗他说她爱上了排长。她会说，她要抛下她的旧爱，嫁给她的新欢。她会求他原谅她。当天下午，她写了那封信，放进贴了邮票的信封之后，立刻把它丢进邮筒。

　　接下来她得去对付排长，报一箭之仇，想想除了用窄刃匕首刺他之外还有什么办法来发泄她的怒气。于是，她把给克里旺的信寄出之后便去了司令部。大门口的"猴子笼"里有士兵站岗守卫，他反常地向她敬礼，而她和马曼·根登之前来的时候一样，没敲门就走进排长的办公室。排长正坐在桌后望着手里的两张阿拉曼达的照片，其他八张照片摊在桌上。阿拉曼达闯进来时，他措手不及，忙着想藏起照片，但阿拉曼达示意他省省。然后这个女孩站在排长面前，一手撑着桌子，一手叉着腰，说道：

"这下子我知道你们男人在游击战时在搞什么鬼了。"排长望着她的眼神活像害了相思病的罪人。"现在你必须娶我，虽然我永远不会爱你。不然的话，我就把你对我做的事告诉全城的人，然后自杀。"

"阿拉曼达，我会娶你。"

"很好。你得自己筹备婚礼。"说完她就离开了。

一星期间，两人的婚礼成了人们见面交谈的热门话题，他们臆测、严肃思索，也拿这件事开玩笑。不过哈里蒙达的市民几乎对任何事都见怪不怪，所以他们听到这个消息时并不觉得意外。有些人甚至以权威的语气说，世上没人能想象比阿拉曼达和排长更登对的夫妻：美丽的女孩是最受敬重的妓女之女，她将嫁给昔日的反抗者，他曾当过总司令，没什么比这样的婚姻更门当户对了。也有人说，排长其实比煽动暴民的克里旺更适合她，而阿拉曼达还没蠢到不明白这件事。

不过克里旺在这座城里有许多朋友——渔民、农民、少女和他幼时的玩伴。克里旺住在这里时曾经和渔民出海，帮他们把渔网拖上岸，得到满满一塑料袋的渔获当报酬；他在船厂工作时，也帮他们修理漏水的船和出问题的舷外引擎；许多城郊的农人和克里旺从前一样在别人的土地上工作，他们旁观着他招待他的朋友，谈论从他聪明的脑袋里冒出的各种念头，那些事他们从不知道，或许永远无法想象。一些少女曾经爱上他，有些仍然爱着他，虽然克里旺找到新欢就抛弃了她们，但她们并不怨怼，对他的爱丝毫不减。而在他小时候，他的玩伴曾和他一起游泳、猎鸟，找木柴和草药卖给有钱人。阿拉曼达抛弃了这些人的朋友而嫁给排长，他们都很难过。可是他们无权介入阿拉曼达的恋情，更重要的是，克里旺是否心碎完全是他个人的私事。

人们说那场婚礼将是这座城市里空前绝后的盛大庆典，婚礼的消息就这么从偏远的一角传到了另一角，传遍了哈里蒙达各处的村落。婚礼上保证会有七群傀儡师来炒热气氛，偶戏大师将在七夜里演完整场《摩诃婆罗多》，城里所有居民都受邀出席，而人们说婚礼供应的食物足以让全城吃上七代。此外还会有欣传舞、库达伦宾入神舞①、马来乐团和投影到银幕上的电影，当然了，还会有斗猪。

这消息终于传到了克里旺耳里，同时他也收到了阿拉曼达寄给他的信。婚礼的前一天，黛维·艾玉的屋前已经搭好帐篷，阿拉曼达正在一些婚礼顾问的帮助下打扮保养，让她的身体做好准备，这时克里旺乘火车回到哈里蒙达，他怒火中烧，不只是因为这是第一次有女人伤害他、抛弃了他，也是因为他确实全心全意爱着阿拉曼达。

车站前，就在他们上次见面吻别的地方，克里旺在一群人的围观下砍倒了那棵杏树。他们不敢拦阻，一方面是因为他们看到他的眼窝里冒着熊熊怒火，但主要是因为他拿了把大砍刀，所以即使正

---

① 在这种舞蹈中，表演者会骑着竹马跳舞，逐渐进入恍惚状态。

巧在那个区域的警察也不敢阻止他砍倒那棵树。那棵树原来是供人在树荫下休息的。树倒下时，众人只往后退了两步，以免被掉落的树杈和枝条打到，他们心里纳闷，不晓得这个人为什么把他的激愤和怒火发泄在一小棵无辜的杏树上。

与此同时，克里旺对人群聚在车站前围观却似乎不以为意，他着手砍掉枝条和树杈、扯去树叶，直到通往站台的路都被它们挡住了，风一吹，叶子就像吓人的龙卷风一样飞旋起来，可是就连清洁工也不敢碍着他，他们只是看着，怀疑他是不是彻底疯了。

只有一个人有勇气问他在对那棵树做什么，这个人是克里旺小时候的朋友。克里旺简单地答道："把它砍了。"之后再也没人问他任何问题，而他继续砍树。

除去杏树的枝叶之后，他开始把树砍成木柴。他将最粗的几根分枝砍成两段或四段，不过几分钟，路旁就堆起了木柴。克里旺走到行李柜台，擅自从那里拿了一段粗绳子（当然没人阻止他），用绳子捆起木柴。这些事都完成之后，人们依然老实地围着他，但他没跟任何人说话；他把大砍刀收回布裙里，抱起那捆柴离开了车站。

一开始人们想跟着克里旺，但先前开口的朋友突然明白会发生什么事了，他急忙对他们说："让他自己去吧。"结果他的朋友猜得一点儿没错——克里旺去了阿拉曼达家，找到了那个女孩；她正在监督婚礼的准备工作。阿拉曼达看到他出现时讶异极了，更让她惊讶的是，她看到她仍深爱的那个男人拖了捆木柴，天晓得为什么。

阿拉曼达有一瞬间想跃向他，像她在车站时那样拥抱、亲吻他，告诉他这是他们的婚礼，她说要嫁给排长是骗他的。但她立刻恢复理智，努力装作以嫁给排长为傲的样子，尽量表现得像一个自鸣得意的女孩。克里旺让肩上的木柴落到地上，阿拉曼达连忙往后一跳，免得脚趾被木柴压到，而他终于开口说话了："这是那棵不幸的杏树，我们曾经发誓要在杏树下相见。现在我把它送给你，你婚礼那天可以拿来烧。"

阿拉曼达摆摆手，像是叫他离开，于是克里旺离开了，他没告诉她，她的手势实在令他心碎，他陷入愤恨的风暴中，那风暴所到之处的一切都被抹去了。他大概不知道他一走、完全离开阿拉曼达的视线之后，她就跑回房间哭泣，把她剩下的照片都烧成灰烬。隔天早上，她在婚礼台上和排长相见时尽可能掩饰了一晚的痕迹，却徒劳无功，于是被城里人说了一个月的闲话，甚至多年后仍在流传。

在那之后，克里旺消失了几个月，至少阿拉曼达没有再听到他的消息，也许她只是不想再听到和他有关的任何事。她想当然地觉得他是回首都完成大学学业了，或是加入共产主义青年中了，谁知道呢。但克里旺其实哪儿也没去。他待在哈里蒙达，轮流住在朋友家或躲在母亲家。他偷偷参加了阿拉曼达的婚礼。他乔装打扮后向排长与阿拉曼达致意，夫妇俩都没察觉，而克里旺看出阿拉曼达哭了整晚，无可否认地证明她是被迫结婚的，而且选择了她不爱的丈夫。至于克里旺，他已经不气阿拉曼达了，他只为心爱女人的悲惨命运而难过。

但阿拉曼达为什么决定嫁给排长，他百思不得其解；她在几个星期前才遇见排长。最后克里旺听见一个渔民说，有个傍晚他看到排长开了辆卡车从丛林里出来，阿拉曼达失去了意识，瘫倒在他身边；另一个渔民发誓他在海上看到排长扛着阿拉曼达进了游击队小屋。"你和阿拉曼达的事，我很难过，"那个渔民说，"不过别冲动行事。

如果你真的打算报仇，让我们来帮你的忙吧。"

"我不会寻仇，"克里旺说，"那个男人战无不胜。"

克里旺暂时和从前一样，与他的朋友回到了大海，而阿拉曼达则经历了婚礼之夜让人紧张焦虑的闹剧。她用安眠药迷昏了排长，那个男人立刻倒在他们的新床上呼呼大睡。新床是耀眼的黄色，上面精心布置了芬芳的鲜花。阿拉曼达精疲力竭，她和大部分的新娘不同，完全没打算躺到丈夫身边，而是在地上摊开一张草席，睡在那里。没想到排长清晨时分醒来，左看右看，惊讶地发现他的新婚之夜几乎已经过去了，而他的新婚妻子居然躺在地上的一张薄席子上。排长看到这番不可原谅的光景，咒骂着自己，连忙弯身抱起他的妻子，把她放到床上。

阿拉曼达醒来时听见排长微笑着说，他们新婚之夜什么也没做，实在可笑。排长脱下衣服，裸身站着，这时阿拉曼达转身背对着他说："我们做爱前，我跟你说个童话故事如何？"

排长哈哈笑着说这主意真有趣，然后爬上床，依偎在妻子背后，吸进她头发的香气，说道："快啊，快讲故事，我已经'性致勃勃'了。"

于是阿拉曼达竭尽所能编了一个故事，虚构出一个不断循环、永远没有结果的故事，让他们没时间做爱——直到他们死去，甚至直到世界末日。阿拉曼达讲她的故事时，排长用双手探索着她的全身，虽然他其实听不出故事会如何发展，但他不耐烦地想快点听到结局。他开始拨弄阿拉曼达的睡袍扣子，把扣子一颗颗解开。阿拉曼达缩成紧紧的一小团，努力坚守，但排长强壮的手轻易把她翻过来压住，然后翻到她身上。阿拉曼达把排长推得翻了过去，她说："排长，听着，等我说完故事，我们就做爱。"

排长嗅到这游戏中带着一丝敌意，焦躁地瞥了她一眼，说他可以边做爱边听故事。

"排长，可是我们已经说好了，你可以娶我，但我永远不会跟你做爱。"这话激怒了排长，他什么也不管，粗鲁地扯开他新娘的睡袍，直到睡袍破破烂烂。阿拉曼达轻声尖叫，但排长立刻让她安静下来，继续扯她的衣服。最后阿拉曼达看起来已经不再真的抵抗了，排长扯下了她的睡袍，却讶异地叫出声。"该死！你对你下面做了什么？"他目瞪口呆地低头看着那件金属内裤，内裤用挂锁锁上了，看起来没有可以打开的钥匙孔。

阿拉曼达说话时平静得令人费解："排长，这是件对抗恐怖行为的衣物，是我直接跟一名金匠和一名术士定做的，只有一个梵咒才能开启，除了我之外，没有人知道怎么吟诵那个梵咒，而我永远不会替你打开，即使天塌了也不成。"

那晚，排长试着用几种不同的工具拆开挂锁——用螺丝起子撬，用钉子和斧头敲，甚至用手枪打，差点吓昏阿拉曼达。但他怎么都打不开那件金属内裤上的锁。最后他在渴望与怒气中进退两难，即使他想和妻子发生关系，也不能真的插入她。早上，他在自己指尖上划了一个小伤口，把血滴在床单上，这是新婚夫妻必须让洗衣妇看到的传统象征。

婚礼过了一星期后，婚宴只剩下垃圾与流言，而新人们搬到了排长买的房子里，房子是殖民时代的遗物，配了两个用人和一个园丁。是黛维·艾玉要他们搬家的，她让他们觉得，应该愈少拜访她愈好，甚至再也不要去看她。她对阿拉曼达说："已婚妇女不该和妓女扯上关系。"她母亲一向没错，于是阿拉曼达心情沉重地搬了出去。

这段时间里，阿拉曼达一直遵守她发的誓言，从没脱下铁内裤。她感觉自己像中世纪的士兵，永远提防着敌人，敌人随时可能来伏击刺杀，而敌人的剑虽然疲乏，但依然致命。排长则似乎完全放弃了开锁的希望，何况他已经请教了一些术士。所有术士都耸耸肩，说没有任何力量或哪种恶灵可以平复女人受到伤害之后进行报复的威力。他在那些无效的咨询中花了一大笔钱——不是为了咨询给他的建议，而是为了让术士闭嘴，以免家族之耻泄露出去。正是由于那样的耻辱，他才不能拿他卧房里的问题去请教别人。

他已经尽力说服妻子放下她可恶的坚持，但阿拉曼达没屈服，也没脱下铁内裤，而是决定她应该跟排长分房而睡，就像等待法院判决离婚的夫妻那样。这表示排长必须一个人睡，他悲惨地勃起，抱着枕头滚来滚去。阿拉曼达有次跟他说（谁知道呢，或许是同情，或许她只是想展现气度）："如果你真的必须释放你生殖器里的东西，尽管去找妓女。我不会生气，反而会替你高兴。"

但排长拒绝听从妻子的建议。不是因为他觉得他能克服欲望，也不是因为他对妓女没兴趣，而是因为他想让她明白他有多么忠贞，他对她的爱多么无私；他希望过一段时间后，他妻子的心会臣服于他无可挑剔的贴心行为。

但阿拉曼达完全没表现出放弃的迹象，只有反锁在浴室小便、洗澡的短暂时刻她才脱下铁内裤，之后又用她秘密的梵咒紧紧锁起，不论她去哪儿，她的梵咒都安全地藏在她嘴里。

排长希望妻子会不小心说出梵咒让他听到，但他空等不着；她连睡梦中都不曾喃喃说出口。现在排长只能接受他的命运，永远没办法和这个女人做爱，永远只能在他寂寞的床上和他的枕头彻夜密会。有时候，他再也无法忍受这个疯狂游戏时，他会匆匆跑去浴室，把他生殖器里的东西泄到马桶里。

那段日子里他设法让自己分心，他再次投入到他和朋友班多经营多年的走私生意中。这时他们弄来了一艘大型渔船，那是他们唯一合法经营的项目。他也重拾繁殖、驯化豺狗的老嗜好。过了一年，豺狗已经能帮农夫赶走侵入田地的野猪了。不过那一整年里，这对新婚夫妻从来都没有做爱，而人们已经开始说闲话了。他们信誓旦旦，放肆地说排长和阿拉曼达一次也没同房过；阿拉曼达仍然没有怀孕的迹象，正是证明。

一些孩子开始怀疑排长不举或是不育，有些孩子居然胆敢说他在战争期间被日本人阉了。那荒诞的说法在儿童间口耳相传，不久就被一些大人听见，他们信以为真，于是这个说法更广为流传了。

没人猜过其他可能，例如这对仓促成婚的夫妻完全不是基于爱情而结合，因为夫妻俩私下虽然房事不睦，却摆出和美的公共形象，完全就像一对真心关爱对方的丈夫和妻子。他们一起参加宴会，常被人看到手牵着手在下午散步，或在星期六晚上去看电影。人们看到一对夫妻相处如此融洽，很容易误会。阿拉曼达总是兴高采烈，而排长总是溺爱她，所以过了一年后阿拉曼达还没怀孕，想必是因为两人当中至少有一个无法生育。终于有人说了："真可惜，他们的婚礼看起来那么完美。"

听到那些流言，唯一丝毫不感到难过的人是阿拉曼达。她好像完全不在乎这整件事，似乎她觉得这种流言很有趣，所以没去陪排长参加典礼时，她的闲暇时间都拿来读小说了。其实阿拉曼达正是从这些书中学到了怎么对外扮演一位幸福的妻子。她那么做不只是为了维护丈夫的形象，也是为了自己的面子；她不希望任何人知道她嫁了一个她不爱的男人。她不想要任何人可怜她。

排长显然是最后一个听到人们说他性无能、可能被阉了的流言的人，那些流言出自好管闲事的小孩之口，最后孩子们居然误以为士兵可能会被阉割，以至于不再玩战争游戏了。当排长终于听到流言时，他心烦意乱，在屈辱、愤怒与无助中煎熬着。除了和他妻子的房事之外，他觉得他们的婚姻美满得很。阿拉曼达表现得像称职的真诚妻子，因此他没那么在意她是装出来的。但他没办法永远把他们孩子的种子射进马桶里；他终于意识到，一整年过去了，而他还没办法解开那该死的铁内裤。

于是，两人分床而睡好几个月之后，排长在一天晚上进入了阿拉曼达睡觉的房间，发现他妻子正在穿睡衣。他关上门，锁起来，然后走向阿拉曼达；阿拉曼达防备地看着他，摸摸胯下，确认她的钢铁防护服仍然完好地锁上。这时排长以凄惨的声音对他妻子说："亲爱的，和我做爱。"

阿拉曼达摇摇头，背对着他爬上床。排长从后方抓住她，扯开她的睡衣。阿拉曼达来不及反应，排长已经把她推到床上，脱下自己的衣物，迅速扑到她身上。阿拉曼达反抗他，用尽全力推开他的身躯，但排长情欲偾张，紧紧抱住她，狂吻她，揉捏她的胸部。阿拉曼达尖叫："排长，你在强暴我！"她试图翻身避开，但排长紧追不舍，在她全身上下探索揉掐。最后，阿拉曼达说："排长，你这该死的撒旦、魔鬼、混蛋，你想强暴我，你的矛对上我的铁盾必毁无疑！"她不再反抗，任排长徒劳无功地爱抚她。

这下子排长的动作可以更自由了，他自欺欺人，觉得他真的在和妻子做爱，直到他的凶器在保卫她阴道的金属片表面吐出精子。排长喘不过气来，他翻身侧躺，浑身缀着汗珠。他沉默了一段时间，而阿拉曼达幸灾乐祸地看着他的可笑行径，为她的胜利与复仇感到开心。他气呼呼地怒瞪着她的胯下，方才他两腿不断撞在铁上，痛得要命。他苦着脸坐到床边，像心碎的可悲男人那样流下可怜的泪水，他说："无论我对你做几次这种事，你都不可能怀孕。你的阴道和子宫都去死吧。"他爬起来穿上衣服，离开妻子的房间。

阿拉曼达以为排长会放弃，屈服于她替他准备的惩罚，但她错了。一天，她在浴室里仔细锁上门，全身赤裸，把铁内裤搁在浴缸边，这时有东西猛力撞上门，排长从撞破的洞口跨了进来。阿拉曼达根本来不及伸手拿铁内裤，排长就把内裤抓在手里。她发出受伤母老虎的尖叫，但排长把她抛上肩头，他当初就是这么扛着她无力的身躯穿过他打游击战的丛林。他把阿拉曼达扛出浴室，她狂乱挥打，拳拳打在他的背上。两个用人透过厨房门上的缝隙偷看这一幕，恐惧地颤抖起来。

排长把阿拉曼达带去他自己的房间——他一直希望那会是他们俩的房间——把她丢到床上，然后转身锁上门。阿拉曼达站在床上，缩向墙边，说道："排长，你真该死。居然敢强暴自己的老婆！"

排长没回答，他脱下衣服，用公狗发情的眼神盯住阿拉曼达。阿拉曼达看到他这副样子，直觉自己危险了，于是更缩向墙壁，但排长一下子就抓住了她，把她丢到床上，再扑向她身上。

他们每分每秒都在搏斗，男人必须发泄他的性欲，而女人尖叫、乱抓着自卫，怎么也不愿成全他的爱。阿拉曼达夹紧双腿，但排长用强健的膝盖攻陷她最后一道防御，该发生的终究发生了。排长强暴了自己的妻子，在累人的奋战尾声，阿拉曼达啜泣着说："你这强暴人的撒旦，去死吧！"然后昏了过去。排长脸上留下两道抓痕，阿拉曼达的胯下痛得要命。

她不知道她无意识地在那里躺了多久，但她醒来时，发觉自己仍然赤裸地仰躺着。她的双手、双脚被绳子绑向床的四角。阿拉曼达拉扯着束缚她的绳子，但绳子绑得非常紧，拉扯只会让手腕和脚踝更疼痛。

她发现排长穿好衣服站在床边，她愤怒地问："邪恶的强暴犯，你做了什么好事？如果你想找洞把你的老二插进去，每只牛羊都有洞啊。"

自从在浴室绑架她之后，排长第一次露出微笑，他说道："我想要的时候，可以随时跟你做爱了。"阿拉曼达听了不断辱骂、诅咒，排长离开的时候，她仍然不断试图挣脱绳索。

那天，排长找了一个修理工把毁了的浴室门修好，然后把阿拉曼达的铁内裤丢进了井里。他一脸狰狞地威胁两个用人，不准他们跟任何人说看见了什么。而阿拉曼达拼了命想挣脱，不停凄惨地哭泣，愈来愈虚弱。阿拉曼达被排长监禁时，排长不断回到那个房间，像真的新婚夫妇那样和他妻子做爱，大约两个半小时一次，毫无疲态。他就像得到新玩具的小孩一样欣喜，而时间愈久，阿拉曼达的挣扎就愈没意义。

阿拉曼达挫败地说："说真的，即使我死了，这个男人还会继续操我的坟。"

那一整天阿拉曼达就被绑在床上，一再被强暴。下午，排长带来一个盛满温水的澡盆和湿毛巾，他温柔小心地轻拭妻子的身体，像在处理昂贵易碎的陶瓷花瓶。之后他再一次跟她做爱，然后又替她洗澡，这样持续了好一段时间。排长温柔服侍，但阿拉曼达不为所动。他替她拿了点午餐来，她却紧紧闭着嘴，排长逼她张嘴塞进米饭，她立刻吐出来，喷了他一脸。排长说："快吃，我可不想跟尸体做爱。"阿拉曼达骂道："要我跟你这样的活人做爱，我宁可跟尸体做爱。"

　　排长心想，太疯狂了，但他继续哄她。阿拉曼达说只要解开她的束缚，交还她的铁内裤，她就吃，排长当然拒绝照办。排长设法让自己好过一点，自忖阿拉曼达的决心总有极限。她空空的胃绞痛一晚之后，早上大概就会愿意吃东西了。

　　排长这么想着，把妻子的午餐端回厨房，独自在餐桌上吃午餐。下午的时候，他坐在阳台上享受微风，欣赏别人送给他们当结婚礼物的斑鸠。笼子挂在天花板上，斑鸠就在笼子里跳上跳下。他也享受着明晃晃的灯，心满意足地抽着丁香烟，回味他胜利的日子。他终于尝到和妻子做爱的滋味，虽然他之前强暴过阿拉曼达一次，但那是他们结婚前的事了。

　　这样的午后，他通常会和阿拉曼达坐在前露台上。许多人之前就注意到他们的习惯，于是经过时跟他打招呼说："午安，排长。"又问道："你家女主人呢？"排长会跟他们道午安，解释说他妻子不舒服，正在卧床休息。他因此很想阿拉曼达，所以香烟还有一点没抽完，他就把烟屁股丢进院子里，看他妻子去了。

　　他发现她仍然像这一整天被绑着一样平躺在床上，不过看来睡着了。天晓得排长是不是暂时变回了体贴的丈夫，他替他妻子盖上毯子，挡去寒风和蚊子，不过他终究撑不过整晚，还是强暴了她。他上了她两次——先是十一点四十分，然后是凌晨三点第一声鸡啼之前。

早晨终于到来，排长再次出现在房间里，而他的妻子仍呈大字躺着，身上盖着毯子，手脚依旧绑在床的四角。他替她带来早餐，是一点炒饭加上半熟的荷包蛋，一旁放了些西红柿切片，还有一大杯巧克力牛奶。阿拉曼达醒来，灰心地瞪向他，眼神交杂着嫌恶与恨意。

"来，我来喂你，"排长诚恳亲切地说完，露出丈夫对妻子的真诚微笑，"做爱之后总是会胃口大开。"

阿拉曼达回应了他的微笑，但不是她以往迷人的笑容，而是憎恶轻蔑的冷笑。她看着排长的眼神像在看她从小想象的魔鬼化身。他没有犄角或獠牙，眼睛因为睡眠不足而有点泛红，但她仍然很确定她丈夫就是魔鬼。

"带着你他妈的早餐下地狱吧。"阿拉曼达说。

"亲爱的，别闹了，你不吃东西会死的。"排长说。

"好啊，死了最好。"

这话开始成真了——下午她开始发烧，脸色死白，体温不断升高，浑身发抖。排长那一整天都没再强暴她，或许他精疲力竭，或是他终于满足了，也可能他想改善和妻子的关系，好说服她吃东西。这时阿拉曼达什么都不肯碰，不只是米饭，连水都不肯喝，所以她终于病倒了，开始精神错乱，但仍然不停地咒骂着。

排长看到妻子的状况不断恶化，开始感到惊慌，他继续说服她吃东西，即使只来碗粥也好，但他仍然被拒绝。更糟的是，阿拉曼达的身体原先只是在打战，这时却像濒死那样剧烈地抖动，而她以惊人的沉着忍受这一切，好像已经准备好面对最可怕的结局。排长把冷敷布搁在她的额头上，想让她退烧。湿布冒出一层雾气，她似乎还是高烧不退。

排长终于决定放开他的妻子，尽管这么一来阿拉曼达就可以爬起来逃跑，但她只是躺在那里。她丈夫替她穿上衣服，把她扛出房间，她也没有抵抗。阿拉曼达不明白发生了什么，所以她没问任何问题，就那样瘫在排长的肩上。她什么都听不见了，男人仍然急忙告诉她："我真的不想要你变成尸体，我们去医院。"

排长以为他太太只需要打一针维生素，或许打一下点滴，结果阿拉曼达却在医院待了两星期。他每天到她房间，告诉她他多后悔那样对待她。阿拉曼达不再显露敌意。她让护士一匙匙喂她吃粥（不过仍然不肯让排长喂她），排长保证不会再犯时，她会点头。但他忏悔的话，她一个字也不相信。

第十四天，医生打电话来说排长可以带阿拉曼达回家了，于是排长和医生在医院的走廊碰面了。医生和他打招呼寒暄："早安啊，排长。"而排长说："午安，医生。"然后医生请他去医院的餐厅坐坐，讨论阿拉曼达的事。医生叫了份简单的午餐。"医生，我太太有什么严重的问题吗？"排长问道。医生等到餐点送来才摇摇头说："只要知道怎么治疗，世上其实没有重病这回事。"

接着他开始用餐，像是要拖延他准备讨论的好戏；排长耐心等待。餐厅是整家医院里唯一没有禁烟的地方，因此排长抽了根烟。他还在担心妻子，也担心这一切都是他的错；自从第一天医生诊断出阿拉曼达脱水、溃疡，说她有斑疹伤寒的症状，他就一直忧心自责。医生说他不用担心，阿拉曼达只需要休息，喝白粥，避开所有酸的食物，摄取大量的液体，吃抗生素，不出两星期，她体内的病毒就会自动消灭。然而，尽管医生说没什么好担心的，排长却还是担心，虽然他明白阿拉曼达从来不爱他，也永远不会爱他，但他知道如果阿拉曼达死去、留下他一人，他一定无法承受。

"排长，如果我告诉你一个好消息，这顿饭可以由你请客吗？"医生吃完的时候问道。

"医生，告诉我，我太太怎么了？"

"我诊断这种事的经验很丰富，所以听好了——排长，你要有孩子了！你太太怀孕了。"

排长沉默了片刻。"问题是，是谁让她怀孕的？"这话他当然没说出口。"几个月了？"排长脸色灰白，双手在桌上颤抖，看起来一点也不开心。他脑海中冒出龌龊的影像，想象阿拉曼达注定嫁给她不爱的男人，为了报复而偷偷和她想要的任何人上床，可能是昔日的爱人，也可能是新男友。

"排长，你说什么？"

"医生，我太太怀孕几个月了？"

"两星期。"

排长如释重负，瘫向椅背，吁了长长一口气。他拿出手帕揩去额头上的冷汗。沉默良久之后，他展开笑颜，显得欣喜若狂，最后终于说："医生，这顿我请。"

所以他要有小孩了，如此就能证实他从不和他妻子做爱、不举、被阉了的传言都是假的。他们俩去见阿拉曼达，她已经恢复健康，可以回家了。医生告诉她，她可以吃些比粥更实在一点的东西，想吃什么都好，而她的气色也渐渐改善。她甚至开始在病床上移动了。

医生去安排阿拉曼达出院，留下两人独处，排长对他妻子说："亲爱的，你康复了。"

阿拉曼达面无表情地说："看来我健康到可以挑起你的欲望了。"

她冷酷的心对排长完全没有影响，他坐到床沿，把手搁到妻子腿上，而她毫不动弹地躺着仰望天花板。排长接着说："医生跟我说，我们要有孩子了。亲爱的，你怀孕了。"他希望她分享他的喜悦。

没想到阿拉曼达答道："我知道我怀孕了。我要拿掉。"

"亲爱的，别这样！"排长乞求她，"留下孩子，我发誓我再也不会做那样的事了。"

"好吧，排长。"阿拉曼达说，"可是如果你胆敢碰我一下，我会毫不迟疑地杀了这个孩子。"

排长搁在阿拉曼达腿上的手急忙缩了回去，快到她想笑他太夸张。排长反复保证他再也不会用任何方式强占阿拉曼达，即使她没穿铁内裤也一样。事情就是这样——阿拉曼达不再穿她的铁内裤，不只是因为排长已经把铁内裤丢到了井里，也因为她相信排长不会违背他的承诺。像排长这样自尊心特别强的人，有孩子比什么都重要，而阿拉曼达说，即使她怀孕七八个月，甚至九个月，只要排长逼她替他排解下流的欲望，就算冒着生命危险她也会拿掉孩子。因此她没再穿铁内裤，显然不是因为她改变了主意。她已经发誓她永远不会爱他，也绝不会献身于他。而且上天为鉴，她真的不爱他。

他们的亲友开心地庆祝阿拉曼达回家，她怀孕的好消息一传遍城里，排长就举行了一个小型的感恩仪式。每间餐厅里的人都在谈论这件事，好像他们在等着王储出世。他们的口吻大多很兴奋——唯一的例外是克里旺和他的渔民朋友们。

克里旺甚至唐突地说："她是个婊子。"他的朋友听到他这么说自己曾经深爱的女人，都很震惊，但他平静地说下去："婊子为了钱上床，所以女人如果为了钱和地位结婚，不叫婊子叫什么？她不只是婊子，她是婊子中的公主。"他的声音中没有怨怼，好像只是在叙述人人知道的事实。

如果克里旺对那个家庭（尤其是排长）怀有一些怨怼，当然不是因为他的爱人被唐突地夺走了。作为一个真正的男人，他一向明白他爱的女人可能会抛弃他。他对排长怀恨在心的真正原因是那个人的两艘巨型渔船。那两艘船改变了哈里蒙达海岸的面貌。两艘船正漂在海上，撒下渔网。工人在甲板上来回走动，苦力则拖着渔获去市场。那两艘船也改变了渔民的面貌，鱼变得稀少，他们担忧得拉长了脸。他们无法和两艘船的装备竞争，即使他们真的捕到了鱼，但由于那两艘船使市场过度饱和，鱼价也大跌了。

这时克里旺接受共产党的指示，决定建立渔民工会，开始向他的朋友们解释大船和小艇的状况："这不只是不良的竞争，他们还偷了我们的鱼。"他的许多朋友想要反击，烧掉那两艘船，但克里旺同志（现在他们这么叫他了）设法让他们冷静下来，说没什么比无政府行动更糟糕。他告诉他们："那两艘船是排长的，给我一点时间去跟他谈谈。"

克里旺同志选了一个时机去找排长，那时阿拉曼达怀孕的消息刚成为城里尽人皆知的秘密。克里旺希望趁排长心情正好时，可以引导他就捕鱼的事进行谈判。一天下午，克里旺同志到军事地区办公室和他会面。克里旺同志不想看到阿拉曼达，这对夫妻在期待他们的头胎孩子，可能他也怕打扰他们的幸福，所以刻意不去排长家拜访。

两人碰面握手，克里旺同志说："排长，午安。"排长端了杯咖啡给克里旺，他看起来确实非常开心，甚至展现出反常的友好行为。

"同志，午安。听说你现在是渔民工会的头头了，而渔民在抱怨我的船。"

"是啊，排长，正是这样。"克里旺同志说，渔民抱怨他们渔获稀少，价格跌落。排长告诉克里旺，一个新时代正在来临，使用更大的船是不可阻挡的趋势。有了这些船，渔民年纪大的时候才能不必为风湿所苦；有了这些船，渔民的妻子才能确保她们的丈夫不会被风暴侵袭的大海吞没；有了这些船，才能捕更多鱼，满足所有人的需要，而不只是满足住在哈里蒙达本地的人。

"排长，多年来我们只捕当天需要的鱼，将剩下的一点囤起来，在强风暴来袭的时候应急。多年来我们就这样生存下来；我们从来不会非常富有，但也从来不穷。可是现在你害渔人陷入绝望的贫困中；你和你的船偷了他们平常捕的鱼，即使他们捕到一些鱼，在市场上也没有任何价值，所以不得不做成咸鱼自己吃。"

"我想你们大概忘了举行丢牛头的仪式，所以南海女王再也不和你们分享她的鱼了。"排长轻笑着说，他喝着咖啡，抽起他的丁香烟。

"是啊，排长，我们没有举行仪式，是因为我们连买牛的钱都没有了！别惹这些可怜的人生气，和饥饿、愤怒的人相斗，没人赢得了。"

"同志，你在威胁我。"排长说着又轻声笑起来，"那好吧，我就付钱办个海上的仪式，我们丢个牛头给杳嗇的女王，以表示我对得到头胎孩子的感激。但渔民这件事我只有一个解决办法：我会再加一艘船，让你的渔民在船上工作，付他们薪水，保证他们不会得风湿或受到风暴威胁。同志，这样如何？"

"排长，你最好谨慎行事。"克里旺同志说。他迅速跟排长道别，因为排长只是在不断地兜圈子，看来并不打算撤离他的船。

阿拉曼达怀孕七个月的时候，新渔船果真出现了，不过没有任何渔民想参与由排长几个手下举行的丢牛头仪式。就连克里旺同志也灰心了，他告诉排长，他再也无法保证排长的船不会被愤怒的渔民攻击，但排长平静地说，他们不会冲动行事。排长似乎不大在意这件事，在那之后他也没跟任何人会面，只待在家里等待他的头胎孩子出生，那个孩子将是他的骄傲与喜悦、他的未来，孩子出生之后他会空出下午的时间在家陪伴孩子；等孩子大一点时，他甚至会亲自带孩子去上学，让孩子要什么有什么。

因此他实在不在乎渔船上罢工的劳工。罢工的主要是沿海村庄的渔民，他们受到军事地区大群军警的攻击，却毫不动摇。船长没和排长商量就一一开除了那些劳工，换成愿意遵守合约规定的新工人。之前渔民工会让一些自己人受雇上船，而这下他们全被解雇了。

这件事点燃了在渔民之间蔓延的怒火，挫败之下，他们开始认真计划烧了那些船。但克里旺同志再一次设法制止他们，他保证会去和排长谈谈。在等待头胎孩子出生前的最后两个月里，排长很少去办公室，这次克里旺同志别无选择，只好登门拜访。看来即使克里旺同志蛮不情愿，他也不得不见到阿拉曼达。

他的确见到她了；替他开门的是阿拉曼达，她挺着沉重的大肚子摇摇摆摆，大肚子在白色的印花家居服下隆起。片刻间，两人注视着对方，渴望高涨，重逢时，他们的心里都压抑着大哭、拥抱、亲吻、一同悲伤哭泣的欲望。他们完全没微笑或打招呼，只是动也不动地站在那里盯着对方。克里旺同志默默赞叹阿拉曼达在怀孕后更加容光焕发了，他觉得自己正看着渔民故事中的美人鱼，或是迷人得不可思议的南海女王。

　　他低头看着阿拉曼达怀孕的肚子，好像看得见肚里的孩子。阿拉曼达不大自在，她觉得那个男人在想象蜷曲在她子宫里的是他的孩子。她想求他原谅一切，想说她还爱他，只是不幸的命运拆散了他们。或许哪天等我成了寡妇，我就能嫁给你。但克里旺同志显然完全没在想那回事，他对阿拉曼达说："你的肚子像个空罐子。"

　　"什么意思？"阿拉曼达问。她想把脑中的一切都告诉他的欲望立刻烟消云散。

　　"里面没有任何女孩或男孩，除了空气之外空空如也，就像个空罐子。"

　　阿拉曼达大受冒犯，气恼得很，她觉得这话是心碎男人的侮辱。她明白她在他面前站得愈久，只会听到愈多伤人的话，于是没再说什么就转过身，结果差点撞上排长；排长出现在门口，他听见克里旺同志的话也很惊讶。阿拉曼达回到屋里，留下两人坐在阳台的椅子上；夫妻俩黄昏时通常就坐在那个地方。

　　排长和阿拉曼达不同，他没忽视从克里旺同志口中说出的话，担心得又问了一次，那个男人说它是空罐子是什么意思。就像之前对阿拉曼达说的一样，克里旺再次说阿拉曼达的子宫里没有男孩也没有女孩，就像一个空罐子，里面什么也没有，只有空气和风。

"不可能，医生已经确认我太太怀孕了。你自己看看她的肚子！"排长焦急地抗议。

"是啊，我看过她的肚子了，"克里旺说，"所以或许这只是嫉妒的男人在埋怨而已。"

10

从前，有人在垃圾堆里发现了一个婴儿，在哈里蒙达市民间掀起一阵骚动。婴儿是个男孩，虽然被狗拖来拖去，却还活着，于是人们知道他长大后一定会很强壮。他们花了好几天寻找他的母亲，不过她一直没露面，因此他们完全猜不出孩子的父亲会是谁。

那婴儿由一个老处女玛科雅照顾，她是城里人最讨厌的老太太，但也是人人最仰赖的老夫人。她靠放债为生，除此之外一无所长。她不能种田，因为谁也不肯卖任何土地给她，她只有自己继承的那一小块土地，她就住在那里；她不能工作，因为谁也不愿给她工作。她这辈子甚至不能嫁人，虽然她大概已经跟十六个男人求过婚了。她一生孤零零，充满不幸，而她报复的方式就是装出慷慨的模样，把钱借给破产的城里人，然后用她的高利息压得他们喘不过气来。

所以，再说一次，大家都痛恨她，尤其是在无尽的债务中快要喘不过气来的人。所有人都躲着她、回避她，认为她比邪恶的罪人更糟。但拮据的时候，他们试过的其他办法都无效了，就会来敲她的门，因为他们知道在她门后可以得到暂时的援助。玛科雅知道他们礼貌的鞠躬不过是装模作样，而他们假惺惺的微笑掩饰了他们真正的恳求，但她不在乎——这都是她的工作。

人们有时纳闷她收的钱都到哪儿去了；她似乎从未变得更富有。她的屋子还是老样子，只是偶尔油漆或是稍微整修；她的生活并不铺张，她也没有任何亲戚，人们从没看过她把从别人身上榨出来的钱拿去银行存，于是人们开始觉得老处女想必是把他们的钱塞在床垫底下了。一天晚上，四个男人偷偷摸摸去她家抢劫——她的邻居完全知道抢劫的事，却只是在窗帘后旁观。玛科雅镇定地看着他们搜遍她屋子的每个角落。强盗找来找去，就是找不到钱——她的床垫下什么也没有，炉子和水瓶里也一样。她的衣橱里只有衣服，厨房的食橱里只有一盘饭和一点胡萝卜汤。四个蒙面强盗放弃了，不再搜索，他们逼近玛科雅，这时玛科雅就站在她卧室的门口。

其中一人恼怒地问："你的钱在哪儿？"

"我很乐意把钱给你。"玛科雅微笑着说，"四十分利，限期周末前全额还清。"

他们没再说什么就离开了。

从此再也没人试图抢劫她，尤其在她收留了那个婴儿之后。玛科雅照顾那个小家伙，主要是因为她总梦想有个孩子，不过也是因为别人都不肯从垃圾堆里带走他。于是那个孩子跟着她长大。玛科雅替他取了个好名字，怖军，这是《摩诃婆罗多》里那个强壮的王子的名字，不过其他人都叫他白痴，因为他的行为实在恼人，令人困扰。后来大家都忘了他的本名叫怖军，连玛科雅也不例外，最后小男孩自己也忘了，所以他的全名变成了白痴艾迪。

大家都预料那个孩子很快就将遭逢不幸的厄运，因为那个老处女会带来不幸——她母亲生她的时候送了命，她五岁时父亲被爬进厨房的蝎子蜇到，也过世了；之后一个膝下无子的寡妇阿姨搬来和玛科雅同住，照顾她。玛科雅七岁时，阿姨被落下的椰子砸到头，也死了。总之，玛科雅的父亲有间当铺，玛科雅得到了十分丰厚的遗产，足以雇个用人照料她的生活所需。不过玛科雅十二岁时，她的用人发高烧而死。那之后，大家都觉得她会带来霉运，再也没人想和她住在一起。

她年轻的时候其实很美。许多男人暗恋她，但他们知道和她住在一起的人都死了，因此宁可娶其他的女孩，其他的女孩没那么好看，但婚礼之后他们会一起长久地活下去；而娶了玛科雅之后马上就会死掉。谁也不知道她的霉运是从哪儿来的，从来没人想过那些死亡事件都只是巧合。大家更喜欢黑暗的诠释，而实际上她至死都没被任何男人碰过。

虽然玛科雅靠着放贷为生，但她年纪逐渐大了，一个人显然活不下去。她试过向好男人求婚，但他们拒绝了她。她试过向坏男人求婚，像是赌徒和酒鬼，他们也拒绝了她。她甚至试过向乞丐求婚，但乞丐宁可生活困苦，也不想和她一起过奢华的日子。到四十二岁时，她不再试图找丈夫，而是试着收养孩子，结果也不成功，于是她孤身一人，直到她从垃圾堆里拖出那个婴儿的那天。

白痴艾迪在她的照料下长大，完全没有被诅咒的迹象。他唯一的不幸是其他小孩沾染了对这家人的偏见，都不想跟他玩。孩子们避着白痴艾迪，一如他们父母都避着玛科雅，除了需要借钱的时候。

男孩因此变成了暴躁、难相处的家伙，会骚扰其他所有孩子。他不能为所欲为时就会暴怒。只要感受到微乎其微的轻蔑，他就会痛骂对方，这让其他孩子躲得更远了。

作为城里最强壮的孩子，他试图借着散布恐惧来交朋友。

而他终于在其他受排挤的同学之中交到了几个朋友。他注意到有两个跛脚的孩子被其他孩子当成笑柄。他看到一个骨瘦如柴的饥饿孩子被人捉弄，另一个孩子的父母是苦力和扒手，而大家都避着他。白痴艾迪总是支持他们，每次那些孩子被人欺侮他就会出现，无情地攻击霸凌者。他成了这群孩子的保护者，他们发展出亲密的友谊，于是学童分成了两派——好孩子与白痴艾迪率领的不良少年。

他们逐渐成为这座城市的公敌。一般的孩子只会制造短暂的混乱和困扰，白痴艾迪不一样，他为了在海岸边大吃一顿，会毫不迟疑地扫光某人鸡舍里所有的鸡。十一岁时白痴艾迪已经抢劫过一家酒馆，伤了老板，抓起一瓶瓶茴香酒和啤酒，然后在一片可可园里和他的朋友喝得烂醉。他们也开始尝试城里几乎所有的妓女。而他们独特的事迹是还没成为青少年就看过牢房里是什么样子了。这种时候，玛科雅会买通警察去救他们，白痴艾迪做什么都完全不会惹她生气。相反，老处女非常以他为荣。

玛科雅曾经对看守他的警察说：“他会伤害这座城市的人，就像多年来他们伤害我一样。”

她说得没错。父母威胁学校，如果不把白痴艾迪赶走，就让他们的孩子转走。校长无力拒绝，终于让那个孩子退学，结果一天早上到学校时，大家发现所有的窗户和门都被打破了，桌椅的腿都被折断，旗杆倒下。

就这样，艾迪年仅十二岁，就在街上撒野。他去店里跟老板讨钱，如果老板不给，他就砸了他们商店的橱窗。他上妓院不付钱，看电影不买票，谁有意见他就打一架，而他每次都打赢。

有些店老板为了对付那个孩子，雇了一个流氓保镖，白痴艾迪跟他对上，决一死战。白痴艾迪又进了监狱，但他在狱里挑起混战，毁了所有牢房，毒打狱卒，不久获释。他回到街上，又杀了两三个想对抗他的人，而警察已经没兴趣关他了。

于是公交总站的一角成了他的常设岗位，日本人留下的一张桃花心木摇椅成了他的宝座。他的跟随者逐渐增加。有些是他的手下败将，不过大部分人都是自愿加入。他们"征税"的对象遍及商店老板、所有进总站（甚至没进总站）的公交车、市场里所有的摊贩、所有的渔船、所有的妓院和露天啤酒店、所有的制冰厂和椰子油工厂，甚至所有的人力三轮车和马车。

白痴艾迪和他的喽啰让全城陷入恐怖。他们团伙无论有没有喝醉都为所欲为——偷别人的鸡，打破窗户，骚扰女孩——即使她们不是独自走动，而是在全家人警惕的照看下；他们甚至偷清真寺外的凉鞋。老人家的斗鸡和他们笼里的斑鸠，还有挂在绳子上晾干的衣物也常常不见。

这帮人随时可能跑来侵占、打劫，而且成了正直青年的大麻烦——夺走他们的吉他、无数次敲诈他们，在他们散步时要他们交出鞋子。此外，就别问那帮人在一天里跟人们讨了多少香烟了。稍有异议，只会引起更多打斗。显然没人能打倒这帮人，尤其是白痴艾迪自己出手的时候。最恼人的是警方的态度，他们几乎把这些事当成小孩的淘气行为。

"他一定会死，"有人设法安慰自己说，"毕竟他和玛科雅住在一起。"

"是啊，问题是他什么时候会死。"

他的死期三年后才到来。玛科雅倒是先走一步，一天早上，她在厕所拉屎的时候毫无预兆地死了。白痴艾迪发现了她。他九点醒来，发现早餐没像平时一样等着他。他哪儿都找遍了，却找不到那个老处女，接着怀疑起关着的厕所门。他试图打开门，门反锁了。他把门打破，发现她还一丝不挂地蹲在马桶上，毫无生息。

"妈妈，你死了吗？"白痴艾迪问。

玛科雅没有回答。

白痴艾迪用指尖碰碰玛科雅的额头，她的身躯往后倒下。

她的死对城里人而言是个好消息——大部分人都还欠她钱。邻居都不想帮忙处理尸体，于是白痴艾迪亲自把她的尸体带去挖墓人卡米诺的屋子。当时卡米诺还单身，没有女人愿意和他住在墓园里，因此两个男人处理了玛科雅的尸体，最后才有一位可怜他们的奇阿依来帮忙。那位奇阿依要求他们清洗尸体，然后和挖墓人一起念了最后的仪式，白痴艾迪不自在地等待着。于是，玛科雅，这个城里无人不知无人不晓、总在大家需要时伸出援手的人，就这么被埋葬了，只有三人见证了她的下葬。

除了他们这些年住的房子和院子，玛科雅没给白痴艾迪留下任何遗产。谁也不知道她收利息赚的钱都到哪儿去了。白痴艾迪毫不在乎那笔钱，但城里人在乎，他们觉得那笔钱理当属于他们。于是多年之后，人们还在不断寻找玛科雅的财富。据说她有个地窖，所以人们设法从邻居家挖了一条地道。他们什么也没找到，但一个挖地道的人吸进硫黄烟死掉了，他们立刻把那条地道封了。

人们的喜悦没维持多久。他们以为玛科雅死后，白痴艾迪就会变回乖小孩，起码他会因为守丧而消失几个月。结果不然。他带了些女孩回家上床，而她们的父亲到处找遍了，最后只能放弃。他跟任何开着门的厨房要食物吃，连厨师都来不及品尝自己的菜肴，他便坐到桌边，把桌上的东西一扫而空，这还没算上谋杀和打劫公交车。

排长从丛林里的游击队营地下来的时候，许多城里人指望他不只能处理野猪，也能处理城里所有的流氓。但排长拒绝了。

排长说："他们和粪便一样，愈搅和愈难闻。"他没再解释，但人们立刻明白了——如果去惹白痴艾迪和他那帮人，他们只会成为城里更大的麻烦。

当时哈里蒙达的许多人一脸倦容地坐在阳台上。偶尔出现的调皮观光客可能会问："你们大伙儿在做什么？"而他们会回答：

"等白痴艾迪的棺材经过。"

他们的祈祷终究没有灵验。不是因为白痴艾迪没死，而是因为白痴艾迪没有葬礼，而且他从来没下葬。他是淹死的，尸体被两条鲨鱼吃了。

是啊，一天早上来了一个陌生人，他叫马曼·根登，和艾迪的传奇之战打了七天七夜，最后杀了艾迪。起初谁也不相信那个顽固的孩子真的死了，但接着他们就像从噩梦中醒来——白痴艾迪和所有人一样，也是血肉之躯。城里人对那个陌生人感激得五体投地，很快就把马曼·根登当成自己人了。

人们为了庆祝举办了一个派对，盛况空前绝后，就连九月二十三日的哈里蒙达独立纪念日大家都没那么欢喜过。夜间园游会持续了整整一个月，来了一个巡回马戏团，满是大象、老虎、狮子、猴子、蛇、表演软骨功的小女孩，当然还有侏儒小丑。街头巷尾都能免费欣赏欣传舞和库达伦宾入神舞的表演。年轻男女偕伴享受恋情，不用担心被白痴艾迪那帮人骚扰。鸡再度在人们的院子里自由游荡，厨房的门不再紧紧锁上。

因此当马曼·根登宣布除了他，谁也不准跟妓女黛维·艾玉上床的时候，大家虽然觉得这是一大损失，但并没有那么难过。他们觉得，那位英雄杀了玛科雅的恼人孩子白痴艾迪，这算是很恰当的献礼。

然而，有一天，马曼·根登在热带的高温下从桃花心木摇椅上爬起来（他从白痴艾迪那里继承了那张摇椅），从公交总站走到最近的店家，耳中充斥着嘶嘶嗡嗡的声响。因为该死的炎热天气，他讨了一箱啤酒，结果老板只给了他一瓶。马曼·根登抓狂了，他把商店的橱窗砸得粉碎，将老板斥责一番之后，拿走了一整箱啤酒，据马曼·根登表示，老板一点礼貌都没有。他坐回他的摇椅，喝他打劫来的啤酒纾解干渴。

这件事发生之后，大家恍然大悟：对哈里蒙达的市民而言，什么也没改变。白痴艾迪死了，但是来了一个新的坏蛋。他就是马曼·根登。

阿拉曼达热闹的婚礼之后，黛维·艾玉要这对新婚夫妻搬去他们的新家。最近的种种事件以及她的长女受到的影响，让她心烦意乱。黛维·艾玉一再警告阿拉曼达，她对待男人的态度太糟糕，但阿拉曼达不知从家族哪个成员那里继承了一种固执的性格。现在她尝到苦果了。

黛维·艾玉从没想过她居然会生下美丽狂野的女孩，追到男人之后就弃之不顾。但早在阿拉曼达第一次认识男孩的时候，黛维·艾玉就知道阿拉曼达的不良行径，现在阿汀姐的坏性情似乎和她姐姐如出一辙。她从前极为天真，宁愿待在家里也不愿在外游荡，但阿拉曼达突然结婚之后，就愈来愈少看到阿汀姐了。看看这个女孩，不论共产党在哪里举行庆祝会，她都会在场。并且阿汀姐开始追从前属于阿拉曼达的那个男人——克里旺同志。黛维·艾玉不知道阿汀姐在想什么，但她怀疑这个女孩想利用那个男人报复她的姐姐。这个念头实在令人难过。

　　她对自己说，*男人追逐我的私处，我生下的女孩却追逐男人的私处。*

　　这下子她更担心她的小女儿马雅·黛维了，这时马雅·黛维十二岁。她担心两个姐姐素行不良，这孩子会有样学样。目前马雅·黛维还是乖巧听话的孩子，一点也不莽撞。她的双手比家里任何人都要忙碌，将一切打理得舒适宜人。她每天早上采摘玫瑰和兰花插进花瓶，放到客厅的桌上；她每个星期天下午都会清扫家中天花板上的所有蜘蛛网。老师报告她的表现很好，她每晚都翻开作业簿写完所有的功课，然后才上床睡觉。但这一切都可能改变，阿汀姐正是如此；黛维·艾玉担心的就是这样。

　　"嫁给你不爱的人，远比当妓女还要糟糕。"她叮咛她的小女儿。

　　黛维·艾玉觉得她应该尽快把马雅·黛维嫁掉，以免马雅·黛维长大后变野。多年来，她一向靠脑筋动得快来解决问题，她脑中一冒出主意，就会照此行动。阿拉曼达的悲剧之后也可能发生在阿汀姐身上；黛维·艾玉不想看到马雅·黛维长大之后遇到同样的悲剧，只是她不知道该把她的十二岁女儿许配给谁，又不想把她随便交给什么人。

她想和她的爱人马曼·根登讨论这件事。一个星期天，三人去了公园。他们整天在那里散心，随心所欲地吃零食、喂驯养的鹿、荡秋千。黛维·艾玉看马曼·根登牵着马雅·黛维走来走去，指出躲在灌木后的孔雀，把花生丢给猴子群。他们似乎忘了还有她，但她毫不在意。她看着他们走到海蚀崖边，想数数看有多少海鸥在飞。

他们都回家之后，马雅·黛维和她的邻居玩伴出去，黛维·艾玉终于和马曼·根登说了。

"你们两个何不结婚呢？"

"谁？"马曼·根登问，"我和谁？"

"你和马雅·黛维。"

"你疯了。"马曼·根登说，"如果我有想娶的女人，那就是你。"

黛维·艾玉喝着一杯冰柠檬水，向他解释她的忧虑。他们在温暖的午后一同坐在阳台上。他们听得到远方拍岸的浪潮声，和麻雀在屋顶上做窝的声音。他们俩成为恋人已经许多个月了，一个是妓女，另一个是独占这个妓女的客人。黛维·艾玉坚持要马雅·黛维嫁人，她没有其他亲近的人，所以唯一能嫁的男人就是马曼·根登了。

"你是要告诉我，你再也不想跟我睡了吗？"

"别误会我的意思。"黛维·艾玉说，"只要你不会太尴尬，还是可以跟其他人的丈夫一样去卡隆妈妈的妓院找我。"

"这样的事我得好好思考，也许要想上好几年。"马曼·根登说。

"替别人着想一次吧！哈里蒙达的男人快疯了，只因为像你这样的打手不准他们碰我的身体，他们已经快活不下去了。如果你放我走，你会是他们的英雄，而你会换来一个永远不会让你失望的女孩，她还是城里最美的妓女的小女儿。"

"她才十二岁。"

"狗两岁就能结婚，鸡八个月就能结婚。"

"可是她不是狗也不是鸡。"

"你那么想，只是因为你没上过学。人类和狗一样都是哺乳动物，和鸡一样也是两只脚走路。"

马曼·根登已经了解这个女人的脾气，至少他觉得自己了解。他知道黛维·艾玉不会放弃任何主意，不管那主意多疯狂。他喝掉他的冰柠檬水，感到自己打了个寒战，好像整个地狱展现在他的眼前，而他必须跨越他脚下只有七根头发粗的桥梁。

"可是我绝不可能当个好丈夫。"他抗议道。

"当个坏丈夫也行。"

"还不确定她会不会同意。"

"她是乖顺的女孩。"黛维·艾玉说，"她什么都听我的，而且我真的不觉得她会不想嫁给你。"

"我不可能跟那么年轻的女孩上床。"

"你只要等大约五年就好了。"

事情好像已经定下来了。马曼·根登虽然是个凶狠的流氓，但一想到那样的婚姻会让人怎么说闲话，他就浑身发抖。他们会说他强暴了那个女孩，所以被迫娶了她。

最后黛维·艾玉只好说："没别的理由也好，就为了你对我的爱而娶她吧。"

这话仿佛是法官对马曼·根登的宣判。他感觉有蜜蜂在他脑壳里嗡嗡叫，有蜻蜓在他胃里飞来飞去。他喝完他的柠檬水，但无法把那些动物赶出他的体内。然后他觉得胸中有片野生的灌木丛在生长，那些刺东戳西戳。他像个软弱的失败者那样颓倒在椅子上，双眼半闭。

"你为什么会突然跟我提这些事？"他问道。

"无论我什么时候说，你都会一样意外。"

"给我找个地方睡觉，我想躺一下。"

"我的床永远对你开放。"

马曼·根登沉沉睡了几乎四个小时，轻柔地打着鼾。只有那样他才能在这些蜜蜂、灌木丛和蜻蜓之间存活下来。黛维·艾玉下午在浴室里梳洗，点了根烟，拿了杯咖啡坐在客厅里等男人醒来。那时马雅·黛维出现了，她说她想洗澡，但她母亲要她等等，叫她坐到对面。

"孩子，你很快就要结婚了，跟你姐姐阿拉曼达一样。"黛维·艾玉说。

"我听说结婚很简单。"马雅·黛维说。

"确实没错。难的是离婚。"

这时马曼·根登从卧室走出来，像梦游者一样一脸苍白，他坐到一把椅子上，不情不愿地看着坐在母亲身边的小女孩。"我做了个梦。"他说。黛维·艾玉和马雅·黛维都没回应，两人等他说下去。"我梦见我被一条蛇咬了。"

"那是吉兆，"黛维·艾玉说，"你们两个很快就要结婚了。我要出门去找位村长。"

马曼·根登当时大约三十岁，在阿拉曼达嫁给排长的同一年，他就这么娶了年仅十二岁的马雅·黛维。他们的婚礼简短朴素，全城开心地八卦以资庆祝，臆测究竟发生了什么。但至少这场婚姻让哈里蒙达的男人很开心，他们又能去卡隆妈妈的妓院找黛维·艾玉了。

黛维·艾玉把她的屋子和两名用人留给新婚夫妻，自己和阿汀姐搬到刚整修过的日本人留下的房舍。黛维·艾玉喜欢那些房子，因为日本人有大浴缸，几乎和游泳池一样大。

"如果你也想结婚，说就是了。"她对阿汀姐说。

"噢，我没那么急，"阿汀姐说，"世界末日还远得很。"

她们就此离开之前，黛维·艾玉替新婚夫妻准备了一间奢华的房间，空气中飘着茉莉和兰花香。她订的新床有全城最好的床垫，使用了最新的弹簧床科技，那天下午直接从店里送来，周围挂着打褶的雅致粉红色蚊帐。房间的墙上装饰着皱纹纸做的纸花。但这一切都有点没意义，因为这对新婚夫妻的初夜其实没在一起过。

马雅·黛维穿着她的睡衣，像孩子一样无忧无虑地跳上床。她就像她妈妈许多年前在日本人的妓院里一样，想测试一下床的弹簧。床垫和华丽的房间欣赏够了，她就躺下来，抱着靠枕，等待她的新郎。马曼·根登尴尬至极地出现了。他没像许许多多粗心的新婚丈夫一样跳上床，抱住妻子的身体，无情地占有她。他只拉过一把椅子到床边，坐在那里看着小女孩的脸，眼神有如男人看着爱人死去那般痛苦。她童稚的美丽其实十分迷人。她的黑发发着光，铺散在她躺的枕头上。她回望的目光明澈而无邪。她的鼻子、嘴唇和她的一切都令人赞叹。但是，看啊，一切都还那么小、那么可爱。她的双手仍然是少女的双手，她的小腿也是，而她睡衣下的胸部还未发育完全。他绝不可能跟那么小的女孩上床。

"你为什么那么沉默地坐在那里？"马雅·黛维问。

"那我该做什么？"马曼·根登语带埋怨地反问。

"你至少可以跟我说个故事。"

马曼·根登不擅长编故事，于是把自己听过的唯一的故事告诉了她——伦嘉妮斯公主的故事。

"如果我们有一个女儿，就叫她伦嘉妮斯吧。"马雅·黛维说。

"我也这么想。"

于是夜复一夜就这么过去了——马雅·黛维会先穿着睡衣躺下，然后马曼·根登会同样困扰地出现。他会拉把椅子过来，照样一脸沮丧地看着他的新娘，而马雅·黛维会要他讲故事。他总是讲同一个故事，讲的都是嫁给狗的伦嘉妮斯公主，一字一句完全相同。但两人和大部分新婚夫妻一样幸福地度过了这些夜晚，脸上毫无厌烦的表情。通常故事没说完，马雅·黛维就睡着了，而马曼·根登会替她盖上毯子，合上蚊帐，关掉大灯，打开夜灯。看到她平静的睡脸后，他离开房间，轻轻关上门，爬上二楼的空房间，一直睡到早上，然后他的妻子会端杯热咖啡来唤醒他。黛维·艾玉和阿汀姐住在新家里，嘲笑他们的荒唐。

马曼·根登开始了新生活。他早上醒来，喝下妻子替他准备的咖啡。半小时后米拉的早餐上桌，两人和大部分幸福的家庭一样坐到桌旁。马曼·根登习惯睡到很晚，起先觉得这是讨厌的麻烦事。但吃完早餐后，他的妻子会让他继续睡，结果肚子吃饱后他睡得更香。马曼·根登睡到十点左右会再度醒来，看到他的衣服已经烫得整整齐齐，搁在他床边。他以前很少洗澡，但这时他会去洗澡，然后穿上这些衣服。在镜中看着自己身穿衬衫和休闲裤，裤管正面利落地熨了一个褶子，他感觉很奇怪。他是为了马雅·黛维才穿的，总之他会穿上这些衣物，在门口亲吻妻子的额头，然后去他在公交总站的老位置。

过了一阵子，他再也不觉得这些事烦人，不过他在公交总站的伙伴对他古怪的新举动都不以为然。他一直想家，而且不断想念他的妻子，因此不再在总站待到晚上了。现在下午一到，他就立刻回家。

两人结婚一个月后的一晚，马雅·黛维问他："我可以回去上学吗？"

这个问题出乎他的意料。她当然还在学龄，而十二岁的女孩从早上到下午都该去上学。但她也已嫁作人妇，他从没听过已婚妇女会坐在教室里。因此他思考了一阵子，最后明白和其他人相较，他们的婚姻目前还不是真正的婚姻。他还没和妻子同房，也没有和她同房的欲望。或许她回学校会比较好。

但有个问题。学校不准已婚妇女注册，他们担心会对其他学生产生不良影响。马曼·根登不得不去拜访校长，和他谈判，让妻子获准继续学习。谈判的结果并不理想，他把校长压在墙上，打倒了两个来救人的老师。许多年后，学校拒绝收他的女儿美人伦嘉妮斯的时候，他又做了一模一样的事。

在无情的胁迫之后，学校让马雅·黛维复学了。

他们的婚姻和以往一样平静。早上，马雅·黛维如常地端着一杯现磨的楠榜咖啡唤醒马曼·根登，不过现在她身上穿的是学校的制服。他们会在桌旁一同吃早餐，在用人眼里就像没了妻子的丈夫和没了母亲的少女。六点四十五分，马雅·黛维准备好书包。马曼·根登吻过她的额头之后，她就出门了，她朝学校走去，马曼·根登去睡回笼觉。

下午她放学回家时，马曼·根登不在家，于是马雅·黛维尽一切可能把所有事都打理好。傍晚时，他们晚餐后又聚在一起，马雅·黛维坐在她书桌前写完老师布置的功课。马曼·根登帮不上忙，只能像忠心的爱人那样别具耐心地陪伴她。这件事惯常会在九点左右结束。九点是上床时间，但是他不再讲美人伦嘉妮斯嫁给一只狗的故事了。马雅·黛维会换上她的睡衣，然后躺上床。马曼·根登会替她盖上毯子，拉上蚊帐，关掉大灯，打开夜灯，然后说："晚安。"

马雅·黛维会回答："晚安。"然后闭上眼。

即使过了整整一年，他们仍然没做爱。

一晚，马曼·根登跑去卡隆妈妈妓院，去黛维·艾玉房里找她，就像过去他经常做的那样。黛维·艾玉那晚唯一的顾客已经离开了。

"你为什么来这儿？"黛维·艾玉说。

"我耐不住欲望。"

"你有个老婆。"

"她太可爱，我不忍心伤害她。她太纯洁，我不忍心碰她。我想和我的岳母上床。"

"你这个女婿实在失败。"黛维·艾玉说。

然后他们做爱到天明。

马曼·根登和排长的古怪情谊始于市场中央的牌桌。他们的友谊很不寻常，因为自从排长上了黛维·艾玉，而马曼·根登来过司令部之后，两人就结下了一辈子的深仇。更糟的是，马曼·根登的手下总是跟排长的士兵过不去。

士兵去妓院不喜欢付钱，但妓院有流氓对付任何白嫖的人。士兵也不喜欢在露天啤酒店和酒馆付钱——其实老板觉得没什么，因为士兵从来不喝多，但流氓几乎住进了露天啤酒店，他们觉得受到公然侮辱。

此外，总是有流氓因为喝醉或是朝商店橱窗丢石头之类的蠢事被军方抓起来，士兵会在他们的司令部殴打流氓，打到青一块紫一块才放了他们。这一切在排长的士兵和马曼·根登那帮人之间挑起了小冲突。

但在这之前，问题都能简单解决。如果有个流氓给士兵抓了，被打得青一块紫一块，那帮人就会抓个路上经过的士兵，在可可园联合起来对付他；如果一个罪犯被逮住关起来，马曼·根登会带点赎金去堵那些士兵的嘴，把那罪犯放出来。警察夹在这一切争端之间，而他们宁可坐在岗位上，对这样的状况摊摊手。

许多人希望排长可以马上解决这些公敌，但就像白痴艾迪那时一样，这只是一厢情愿的想法，因为排长正忙着处理自己的家庭问题和渔民工会的要求，没时间思考马曼·根登和他朋友的事。排长原来是城里的英雄，现在声望因此而下跌——其实人们开始不信任他，还怀疑军方与流氓共谋制造了那些混乱，特别是人们想起排长和马曼·根登两人都是黛维·艾玉的女婿。

于是，有一天，一个司令部来的士兵在卡隆妈妈的妓院和一个保镖扭打时，事情变得有点混乱了。争端是两个男人都宣称一个村姑是他们的。他们在街上打架，然后他们的朋友也出现了。他们私下的混战演变成一群士兵和一帮无赖之间的激烈斗殴。

天晓得是谁起的头，但经过一小时的激战之后，路旁的遮阴树几乎倒了二十棵，商店的橱窗被打碎了。街上都是大石头和烧过的旧轮胎，两辆车被翻了过来，警察局被人纵火。

害怕的人们躲在自己家里。独立街通常十分热闹，却因为这场打斗而变得毫无声息。一边是一帮流氓带着军刀、武士刀、矛、铁棍、大砍刀、石头和土制汽油弹在站岗，他们甚至有手榴弹和游击队留下的武器。而另一边是街头士兵，不只是排长的人，还加上城里所有基地的士兵，他们也荷枪实弹在戒备。

那天一切都平静无息，城市仿佛荒废多年的空城。大地被紧张的寂静笼罩，人们担心这座城里会掀起内战；自从独立战争之后，这座城市就不安宁。许多人受够了流氓，他们心想，如果战争开打，他们会站在士兵那一边。但士兵总是一副自满的样子，因此也有许多人讨厌士兵，觉得如果战争爆发，他们绝对会帮助流氓。

然而他们终究会自相残杀，谁也逃不过。

整个下午，手榴弹、土制汽油弹的爆炸声和手枪的枪响在商店和房屋之间呼啸。谁也不知道是否有人被杀了。排长陷在永无止境的家庭问题之中，因此很晚才听说糟糕的状况，他听到之后很气恼，某个村姑居然会导致城中心受到破坏。他决定把那个不幸的士兵关禁闭七天七夜，完全不给他食物和水，不管他会不会死。但他必须先防止破坏蔓延。于是他迅速派了最信任的士兵提诺·西迪克去和马曼·根登谈谈，要求停火，达成和平协议。

马曼·根登正在享受他古怪婚姻的蜜月期，也才听说独立街的火拼，可他一样不大在乎。他只是很讨厌人们还在阻碍他，他想建立幸福的生活，以弥补他毫无目标、寂寞漂泊的那些岁月。他确信冲突一定是某个粗鲁士兵起的头。

但马曼·根登十二岁的妻子说服了他去处理那场混乱，于是马曼·根登和提诺·西迪克取得共识才终于出门了，他会和排长在公交总站与司令部之间的中立地带见面。那里是市场。

一个咸鱼贩、一个人力三轮车夫、一个苦力和一个服饰店老板娘的先生正坐在市场中央的牌桌上赌博，钱币的叮当声从桌子的一角传到另一角。他们把那四个人赶了出去。玩牌的人退开，站在禽肉铺旁观，这时排长终于出现了。市场里所有的活动都暂停下来，商人和顾客停下动作，等着两人决定是在那个下午爆发可怕的内战，还是再延后数年，甚至几个世纪。

排长说，流氓应该立刻撤退，交出所有武器，因为只有军方有权持有武器。但马曼·根登觉得那样不行，因为士兵可以免责使用武器。排长又说：

"亲爱的朋友，我们像孩子一样吵架，并不能解决这个问题。"然后他说，"那好吧，目前不用缴械，但是要命令你的人离开街上，告诉他们不能再有群众暴动，不准再破坏商店的橱窗。"

"亲爱的排长啊，"马曼·根登说，"那你应该同意武装的士兵不该再为了村姑或任何人起争执。而且士兵和城里的所有人一样，去妓院得付钱，每次在露天啤酒店喝酒也得付钱，每次坐公交车也得付钱给司机。排长，这里再也没有天之骄子了。"

排长缓缓吸了口气，开始抱怨国家政府付给军人的钱太少，他把和军方与城里驻军的生意的大部分利润都给了首都的将军。最后排长说:"所以啊,亲爱的朋友,我要提议一件事,乍看之下恐怕不大吸引人,但能帮我们为这复杂的问题找到解决办法。"

"请说吧。"

排长说:"朋友,或许我们可以达成协议,让你的无赖和打手将一部分收入交给士兵,让他们付钱给妓女,小醉一场。"

马曼·根登思考了一下,觉得把他那些喽啰捞的油水分一点出去没什么问题,只要士兵保证无论发生什么事都不会骚扰流氓,就同意互利和平。

于是,在人们满心好奇的旁观下,在一阵市场里没人听得见的低语之后,双方终于达成了协议。马曼·根登和排长派最信赖的手下去发布消息,说那天下午四点开始停火。士兵会回到他们的岗位,而流氓会回到他们的老巢。现在只剩马曼·根登和排长还坐在市场中央,两人像从虎口里挣脱似的松了口气,他们靠向椅背,最后排长问:

"你会玩扑克牌吗?"

"我常和朋友在公交总站玩。"马曼·根登答道。

于是他们邀咸鱼贩和苦力回来跟他们玩扑克牌,就此开始了他们在牌桌上不寻常的友谊。许多对士兵与流氓有影响的事务都由他们俩在那里悄悄解决了。他们开始了新的惯例,一周在那张牌桌碰面三次。谁都知道他们总是企图欺骗对方,总是想赢,但代价不会太高,他们的输赢只是几枚钱币的差距。有时他们会和服饰店老板娘的先生玩牌,有时和卖药郎、苦力、人力三轮车夫、屠夫、咸鱼贩或邮差玩牌——市场里任何会玩扑克牌的人都行。

但只要排长出现在桌旁,马曼·根登也会在,反之亦然。我得再说一次，他们的友谊很不寻常，因为他们心里其实并不喜欢对方。排长无耻地强暴了马曼·根登爱的妓女，马曼·根登还怀恨在心，而排长也怀恨在心，因为桌子对面那个放肆的家伙在他自己的办公室里威胁他，无视他是当地军事地区的老大、甚至曾被共和国总统任命为总司令。

他们的友谊令人难以置信。人们很庆幸这座城市的问题都能在那张牌桌上轻易解决。但士兵和流氓之间有个狡猾的阴谋，他们打算共享从城里人身上敲诈的钱财；人们搞清楚之后颇为气恼。他们也意识到，这下子他们没人可抱怨了。别以为他们可以向警察求救，因为警察只会在交通繁忙的路口吹哨子。

就在这时，共产党成了他们唯一能求助的对象，而他们特别仰赖克里旺同志。此时克里旺和共产党在哈里蒙达的声望如日中天。

而排长和马曼·根登则继续交好。随着时间过去，扑克牌牌桌不再只用来讨论士兵与流氓之间的战争，或分享战利品最公平的方式——排长开始怨叹他的问题，宛如在对老朋友倾诉心事。他们打完牌，市场的商人开始收摊回家时，他们通常会聊那些事。有时他们也会谈到克里旺同志。排长仍然觉得那个人不是真正的共产党，只是为了他心爱的阿拉曼达而报复。马曼·根登听了他的故事，哈哈大笑（不过他其实早就知道了），他提出他的看法，说人不该夺人所爱。所以他听说排长和黛维·艾玉睡了的时候，才会那么伤心。排长听他这么说，红了脸，泪水盈眶，活像妈妈不见了的小孩。

"在这个纷扰的世界上，我他妈是最寂寞的人。"他说，"我还是青少年的时候就在青年团接受日本人的军事训练，之后当上排长。他们其实已经投降了，我还起义跟他们打游击战，打了几个月。我的人生是接连不断的战争，包括对付野猪的战争。我厌倦了这一切。"马雅·黛维总是把一条手帕塞在马曼·根登的裤子口袋里，他把手帕递给排长，排长擦干他的双眼。"我想和其他人一样活着。我想爱人，也想被爱。"

"你的部下非常爱你啊。"马曼·根登说。

"可是你很清楚，我不可能和他们结婚。"

"唉，至少我们现在都有美娇娘了。"

"是啊，但我倒霉，我娶的女人先爱上了别的男人，而且是永不消退的那种爱。"

"或许吧。"马曼·根登说，"我曾看到克里旺同志站在一群渔民前面。他很慈悲，而且他在努力减轻其他人的不幸。有时我嫉妒他。有时我甚至觉得这座城市里只有他对未来抱着希望。"

"共产党都是那样，"排长说："可悲的人们不明白，这世界注定是你想象中最腐败的地方。上帝为了安抚悲惨的大众，才承诺有天堂。"

他们聊得入迷，没发现天色已晚。当他们察觉到时候不早了，才匆忙起身，抱抱对方说下回见，然后往相反方向回家去，各自回到自己的家和自己的妻子身边。一天，倒霉事发生了——米拉和萨普里突然发觉他们恋爱了，想结婚并住到一个村子里种田，因此不在马曼·根登家工作了。马曼·根登一筹莫展，不知该怎么找到新的用人，而他妻子还只是个鼻涕未干的小孩。结果事情的发展和他预料的不同。没有用人的第一天，他和排长玩完扑克牌回到家时天色已黑，而他发现晚餐已经准备好了。

"这些都是谁煮的？"他不解地问。

"我啊。"

这时他才发觉妻子操持家务的惊人才能。她不只把他的衣物烫得整整齐齐、喷了香水，还煮了所有的菜肴，而他发觉一切都很美味，合他的胃口。马雅·黛维解释道，黛维·艾玉从小就训练她。她甚至很擅长烘焙，经常尝试饼干和蛋糕的新食谱，与他们的邻居分享。不能寄望马曼·根登扭转他的坏名声，马雅·黛维便成了这个家的亲善大使，和邻居维持友好的关系。那些饼干、蛋糕替这个家带来不少好运，邻居不久就开始为儿子的割礼仪式订购糕点，订单不断涌入。马雅·黛维下午放学后做糕点，于是无论发生什么事，这个家绝不用担心他们的经济状况。

马曼·根登开始后悔他有这么棒的妻子，却老是跑去卡隆妈妈的妓院和他的岳母上床。一天晚上，他回到妓院见了黛维·艾玉，她轻笑着问他："我猜猜，你还没碰你的妻子，就想要和你的岳母睡吗？"

"我只是来告诉你，我再也不会碰你了。"

黛维·艾玉感到惊讶，她问："为什么？"

"你的小女儿太美好了，有那样的妻子，我再也不要其他任何女人了。"

马曼·根登渴望在家等他的妻子，立刻离开了黛维·艾玉。

11

克里旺同志把杏树砍成柴，搬去阿拉曼达的婚礼之后，就和他朋友在海滩上相聚。他从小就很喜欢海洋。他和渔民一同生活，和渔家的儿子一样频繁出海，他差点淹死的次数，和渔家的儿子拿大砍刀砍伤自己的次数不相上下。他不想回养菇场——那里太容易让他想起阿拉曼达，而他不想再沉浸于那些痛苦的回忆。

他和两个老朋友一起在海滩上的一片班兰丛后建了一栋小屋。他会借船和卡明、萨米兰一起去夜钓，将渔获和船主均分；中午小睡之后，他会研读马克思主义的书籍，把他学到的一切教给他的两个朋友。他常去荷兰街的党部，并开始和首都的一些共产党员通信。待在雅加达的短暂时间里，他已经加入了党校，在那里认识了不少人。

他的笔友寄给他一些期刊、杂志，党则把他们的报纸寄到他的小屋。书籍开始在屋子的一角堆积，这表示他可以原原本本地研读马克思、恩格斯、列宁、托洛茨基和毛主席说的话，可以读塞马温和陈马六甲这些当地人写的小册子。一些作者（例如托洛茨基和陈马六甲）其实算是被禁了，但党内有些人特地替克里旺弄来了他们的作品。

其实他还不是正式的党员，只是预备党员。他自己研读所有的文献，勤奋地参与党提供的政治讨论，只要有机会就站上讲台。他将渔民和庄园工人组织起来。阿拉曼达结婚六个月之后，党部的委员长确定克里旺是这个区里最好的干部，因此让他成为共产党的正式成员。他获派了第一个任务：召集革命军中残存的游击队，他们大多数是共产党人，曾经和排长的士兵并肩作战，多年前起义失败之后就四散各处了。现在他们带着对革命的浪漫怀念而重新入党。

渔民工会就是在当时成立的，萨米兰和卡明是最早的成员，会长则是克里旺同志。不到两星期工会就有了五十三名成员，不久几乎所有的渔民都加入了工会。每个星期天，渔民没什么重要事可做时，就会聚在港口旁渔市场的院子里，而克里旺同志会发下党的传单，解释大型渔船对他们的生计造成了什么样的威胁。

现在渔民的所有典礼都由工会负责。克里旺同志会发表简短的演说，引述《共产党宣言》中的几句话，然后把一个牛头丢进海里，献给南海女王。他做这样的演说的场合也包括死于浪涛下的渔民葬礼、渔民举行的祝福仪式，以及他们用欣传舞表演感谢风调雨顺的时候。

所有民谣都换成了《国际歌》，末尾的祈祷都是："全世界无产者，联合起来！"

克里旺和他的朋友在党部咯咯笑着说："感觉我好像是散布新宗

教的传教士，圣书是《共产党宣言》，最重要的任务就是这个——聚集跟随者。"

克里旺那段时期忙碌得很。除了组织和宣传，他也开始在党校教课，给新干部上政治课程。他还会出海，负责渔民工会，看上去乐在其中，于是党给他机会去莫斯科深造时，他婉拒了，决定待在哈里蒙达。

只有在出海回家的早晨他才觉得放松。他会坐在小屋前读三份报纸，这三份报纸都以早餐前就送到哈里蒙达为傲。他读《人民日报》，这是共产党的报纸，还有被他视为"盟友"的另一份党报《东方之星》；还有一份是万隆发行的当地党报。他阅读、喝咖啡，然后去小屋后的露天泉水洗澡，吃早餐，再回去睡到中午。

有一次，他正在进行早上的生活惯例时，看到七个女学生在沙滩上往东走。克里旺同志瞥了她们一眼，但看到一群学童因上学上烦了而逃学去海滩其实很平常，于是他没作他想，继续喝咖啡、看报。他还没看完第一页的头条报道（下接第八页），就听见从女孩那里传来的骚动（早上九点的时候，海滩上几乎一向空荡荡的，所以骚动不可能来自别的地方）。他听见她们刺耳的尖叫声——不是顽皮孩子的尖叫，而是恐惧的呐喊。

克里旺同志放下报纸，走向远方的女孩们，她们散开了，跑来跑去，突然有个女孩被一条狗追着脱离了其他人。克里旺同志心想，自从排长开始繁殖豺狗之后，哈里蒙达就有太多豺狗了。

他想帮助女孩，但女孩离得太远，而狗在她身后十尺。女孩看到他，明白他目睹了她的恐惧，于是跑向他；狗凶狠地吠叫，紧追在后。女孩惊叫："救命！"她的朋友则远远地在她后面尖叫，这时克里旺终于跑向她们。

克里旺同志加速跑过去，但事后他才惊奇地发现女孩跑得有多快。在尖叫声与吠叫声之间，她仍然与狗凶狠的嘴巴保持着距离，克里旺同志跑近时，发现自己虽然已经拼命跑向女孩，她却跑了他两倍远的路程。他看得出女孩脸上的恐慌，而她从五尺之外跃向他，紧紧抱住他；狗觉得这是能咬到她的完美时机，于是也扑了过来。但克里旺同志的动作更快，他在那一刻奋力揍了狗的下颚。狗往后飞去，哀嚎一阵，然后口吐白沫地瘫倒不动了。狗患了狂犬病，这下死了。

这时克里旺身上有个女学生在紧紧抱着他，自阿拉曼达在火车站前狂吻他之后，这还是头一遭。虽然有一些女孩和年轻妈妈仍然会对他抛媚眼，但他已摆脱少女杀手的名声，把大部分时间都奉献给党和工作，没时间挑逗或勾引别人。但这个女孩紧抱着他时，他才发现自己不知不觉间——只是为了保护她不被那条患狂犬病的狗咬到——回应了她的拥抱。

他们紧贴着彼此，克里旺同志可以感觉到女孩的胸部那么柔软温热，她的发丝在空中飘动，拂过他的脸。她的朋友如释重负地跑来，克里旺同志轻轻推开女孩，才注意到她非凡的美，还有那种温柔、不造作的旧式优雅：她的头发编成两条辫子，合上的双眼长着仙女般的细细睫毛，鼻梁修长，耳朵玲珑有致，双唇微嘟，两颊饱满，这时他才发觉女孩昏倒了，或许她早在扑进他怀里的那一刻就已失去意识。

她的朋友帮他把失去意识的女孩放到一把椅子上。他试图让她苏醒，这时有辆马车沿着他小屋附近用于洗澡的泉水缓缓驶过草地，他拦下马车，要她们把失去意识的女孩载回家，于是女孩们挤上了马车。

但即使她们已绕过路弯、没了踪影，即使再也听不见嗒嗒的马蹄声，克里旺同志还是能闻到女孩秀发的气息，能感觉到她柔软的胸部和她神秘美貌的影响。他努力赶走这些感觉，告诉自己必须为了党的未来而努力，但那股暖意怎么也赶不走，即使他忙着把患狂犬病的狗埋进灌木丛中，甚至在饭煮好时叫醒他的朋友之后，那感觉仍在。

就寝时间更是难挨。早晨的事件挥之不去，他发觉那个女学生的脸孔似乎有点眼熟——或许他甚至知道她的名字。他还能感觉到她身体的暖意，而他努力回忆自己是怎么认识她的。女孩大约十五岁，所以他绝对没跟她约会过。他一记起那女孩是谁就更痛苦了——他确实见过她的脸，甚至知道她的名字——他早在她六岁时就认识她了。其实，在他去雅加达的前一年，他几乎每天都能见到她。他立刻试图赶走身体中有关她的所有温暖记忆，忘却她胸部柔软的触感，但毫无帮助。

"噢，"他凄惨地说，"她叫阿汀姐，是阿拉曼达的妹妹。"

最后他决定放弃。渔民们从屋里出来了，有些在检查他们的渔网，修补被挣扎的鱼扯破的地方，其他的渔民则走向城里，找乐子去了。克里旺确认在小屋旁撑开晾干的网子状况良好，便去泉水里洗澡。洗澡处有个露天的水龙头，仅有班兰遮蔽。那里只有一个大桶，桶上的小洞用旧橡胶凉鞋塞住。克里旺同志其实不喜欢在莲蓬头下冲澡，因为水会像小便一样洒下，他宁可这样舀水，直接泼在自己身上。

结果他还是逃不过那个女孩，好像只要他仍活着，她的家族就注定要纠缠他。克里旺还没洗完澡，卡明就喊说有两个女孩要找他。他穿上衣服，头发还是湿的，发现客厅里有两个女孩正看着墙上马克思、列宁与锤子、镰刀的画像。

"谢谢你帮了我。"阿汀姐说着，尴尬地微微鞠躬。她一点也不像阿拉曼达——她的脸庞平静、天真而羞怯。

"你跑得比那条狗还快。"克里旺同志说，"跑得那么快，可以让它追到累死。"

"它会咬住我，"阿汀姐说，"因为我会昏过去。"

目前克里旺在党内的职务可以盖过女孩带来的烦恼。他必须听渔民工会抱怨排长那些渔船的作业。一天早上，克里旺同志设法在一场行动中领导一群渔民。大船在港口市场排队卸下渔获时，克里旺同志和他的团体起身迎向他们。他对一名船长说，他们会站在那里，直到大型渔船保证再也不在传统渔场作业。

"你们所有的鱼都坏掉，我也不管。"他开口道，当然最后收尾的还是那句，"全世界无产者，联合起来！"

大船上的工人轻松地站在栏杆上，没打算和他们的村民同乡起冲突，也不在乎他们的鱼可能会烂掉，因为他们的薪水不是用鱼来支付的。而市场的买家应该觉得被坑了，但看到现场渔民的数量，加上渔民们的身材又壮得像小鲸鱼，于是他们只好保持沉默。真正感到困扰和愤怒的当然是排长船上的船长和职员，但就连他们也没挺身和渔民工会的人对抗。紧张的一个小时过去了，现场弥漫着不安的气氛，众人合唱《国际歌》，渔民们手臂钩着手臂站成一排，面对从大船上下来的一切，无论是人是鱼。

　　克里旺同志确信会取得胜利。鱼很快就会腐烂，如果大船不答应渔民的要求，他们隔天抓的鱼还会腐烂。然而，在大船上的冰块完全融化、鱼真的开始发臭之前，一些警察和一个营的军队来了。渔民们焦虑了片刻，然后决定与他们对抗，但军人开始对空鸣步枪，他们便仓皇逃跑了。克里旺同志不得不下令撤退。

　　这些事本应该足以让他忘了阿汀姐，结果不然。那女孩出现在那群渔民之中，而他看到了她。

　　他和卡明与萨米兰住的小屋被当作渔民工会的总部，所以任何人到这儿都能进来。他们在那里召开惯常的会议，没完没了地谈论各式各样的事，而阿汀姐在放学回家的路上和她的一些朋友出现在那里时，他完全无法就这么要求那个女孩离开。

　　阿汀姐的英文很流利，这在哈里蒙达并不罕见，因为太多外国人到这里来观光了。克里旺同志有一堆爱书人会很喜欢的藏书；大部分藏书都是关于哲学和政治的，不过也有阿汀姐爱看的英文故事书。克里旺同志在午睡后醒来时，经常看到女孩坐在那张大桌子旁一本正经地读书，而列宁的照片就在她上方。她会抬头看他一下，面露微笑，好像在说，抱歉我没问就进来了，而克里旺会紧张地给她一杯茶，不过女孩会说，谢谢你，我可以自己倒茶，这时克里旺同志已经速速回到外面的井边，浑身颤抖。

　　阿汀姐在那里读了很多书。她读了他所有高尔基、陀思妥耶夫斯基和托尔斯泰的小说。这些书都是由莫斯科的一家外文出版社出版，再通过党转给他的。她也读当地的小说，还有"革新基金会"

（党的出版社）出版的翻译小说，以及国家图书出版社（那是官方的出版社）的书。

克里旺同志从没叫她离开，但他确实尽可能避开她。她在附近时，他饱受折磨的原因有二：首先，阿汀姐引燃了他对阿拉曼达痛苦的依恋；第二，看到阿汀姐，他就仿佛再次经历他们温暖的拥抱，那拥抱令他心醉神迷。他更加投入渔民工会的事务，讨论他们第一次对抗排长渔船的行动为何失败；他把工会的干部组织起来，潜入大船，在那里设法拉拢劳工。这得花点时间，但他相信共产党人是世上最有耐性的生物。

事情并不容易，不过他终于在每艘船上都安插了两个他的人——根本不够，不过聊胜于无。等待他们发动劳工的期间，大部分渔民愈来愈没耐性，他们督促克里旺同志烧了大船。克里旺同志设法安抚他们。

"给我一点时间和排长谈谈。"他说。

克里旺同志第一次和排长谈判无果，排长反而多加了一艘渔船，这时渔民再度催促他走捷径，把船烧了。于是第二次，克里旺再次要求和排长谈话。他就是在那时来到排长家，看到了阿拉曼达的肚子——隆起但空空如也。那天，不只排长把他的话当成嫉妒的男人的诅咒，阿汀姐也有同样的感觉。

一天下午，阿汀姐泪眼汪汪地跑来求他："别伤害我姐姐，她不得不嫁给排长，已经受了够多折磨。"

"我什么也没做。"

"你诅咒她，要让她失去孩子。"

"不是那样，"克里旺同志为自己辩解，"我只是看到了你姐姐的肚子，然后把我看到的说了出来。"

女孩一点也不相信他。她坐在她平常读书的那个位置，既愤慨又困惑。通常克里旺同志就让她坐在那里，但这次他有气没力地拉了把椅子坐下。那天下午没别的人，只有墙上的蜥蜴和挂在天花板上织网的蜘蛛。

"同志，求求你，忘了阿拉曼达吧。"

"我根本不记得她叫这个名字了。"

阿汀姐没理会他的蹩脚玩笑。"如果你生她的气，"她说，"就把气出在我身上吧。"

"那好，我会把你像西红柿一样压扁。"克里旺同志说。

"你随时可以杀了我或强暴我，我完全不会反抗。"阿汀姐对他的玩笑毫不买账，"你可以让我成为你的奴隶，或是其他的什么。"她从裙子口袋里掏出一条手帕，揩去两颊淌下的泪水，"你愿意的话，娶我也行。"

远方有只壁虎叫了七声，那是母壁虎求偶的信号。

排长确信，如果那个孩子果真从他妻子的肚里消失了，那一定是克里旺的诅咒造成的——那是嫉妒的情人的诅咒。这类问题无法用武器解决，即使七代人的战争也没用；为了拯救他的头胎孩子，他必须找到和平解决的办法。他终于告诉克里旺同志，他会命令他的船长在远离海滩与传统渔场的地方作业。

"但是，"排长接着说，"请你解除你对我太太肚子的诅咒。"他迫切希望有个孩子，可以向全世界证明他和他的妻子彼此相爱、他们的婚姻幸福美满。克里旺同志听见他的要求，微笑了，他之所以微笑，不是因为阿拉曼达只爱他、一点也不爱排长，而是因为："排长，空罐子和那些船没有关系。"

排长好像没听见克里旺同志的话，还是把他的大船远远挪到了深海处。

渔民沉醉于他们的胜利——那些大船不在他们的海域捕鱼了，不再把他们的鱼卖到当地市场，而是停泊在更大的城市，那里对鱼的需求量更高。

克里旺同志按马克思主义思想的指示，尽可能明确地把发生的事告诉渔民，而且既然大船退到远方，鱼也回来了，他们该讨论进一步的策略。没想到渔民依旧迷信，一有了点钱就去买一个牛头和几瓶椰花酒，在海滩上庆祝之后，把牛头丢进海里，献给南海女王。克里旺同志束手无策，他确信就算教他们最简单的逻辑也很难，更别说要他们接受马克思主义辩证法了；就连他自己也是在首都短暂停留的期间才接触到一些片段。渔民有勇气在他们的集体和生计受到威胁时进行反击，他已经够庆幸了，但他屡次告诉他的朋友们，人生没那么简单，他们不该因为小小的胜利就乐昏头，他们的友谊应该更紧密，因为想必会出现更严重的威胁。

不只是渔民举行了欢喜的感恩仪式。排长开心不已，也经常举办这些祝福仪式。或许是他之前因为克里旺同志的诅咒而忧心忡忡，所以他也要求为阿拉曼达和正在她肚里成长的孩子求平安，举行一个传统的仪式。在这个仪式中，阿拉曼达会于半夜在漂满各式花朵的水里沐浴，同时传统的接生婆会吟诵梵咒。这名接生婆向排长保证，他妻子的肚子饱满充实，肚里的孩子发育良好，是个女孩，和母亲一样美丽。

排长不在乎婴儿的性别，只知道他会有个配得上他的孩子。但他听见接生婆预告婴儿是女孩，便欢喜雀跃，确信那诅咒不过是满心嫉妒的男人的大话。他立刻开始帮孩子想名字，决定叫她努鲁·艾妮。不是因为这个名字有什么特别的意义，而是因为它突然浮现在他的脑海中。因此他觉得这个名字是他必须采纳的天赐灵感。此时，接生婆正将一瓢瓢花水浇到他妻子身上，阿拉曼达在夜晚寒冷的空气中打战，觉得隔天早上醒来时一定会感冒。同时，克里旺同志则在海上的某个地方祈祷他错了，希望这对夫妇有个真正的宝宝。

阿拉曼达终究没能生下努鲁·艾妮。预产期的前几天，这个宝宝就这么从她的肚子里消失了。

阿拉曼达也不晓得发生了什么事。她一醒来就开始剧烈地打嗝，吐出大量的空气，突然间感觉自己就像个苗条的处女，子宫里不再有任何重量。她清楚地记得克里旺同志说她的肚子就像空罐子，里面都是空气和风，但她仍然很震惊，她在早晨清新宁静的空气中放声尖叫。排长在另一间房里睡觉，他穿着抽绳裤和汗衫急忙跑进来，脸上布满枕头的压痕，手臂上满是蚊子叮的包。他冲进妻子的房间，看到她的身材又变得苗条匀称，震惊极了。

起先他以为妻子已经生了，于是在床上、甚至床下寻找血迹和小家伙，但他没找到新生儿，也没听见婴儿的哭声。他瞪着他的妻子，他的妻子回瞪他，面如死灰。她试图说话，但她合不拢嘴，她的嘴唇像受寒的人一样颤抖着，没吐出任何音节。

排长记起克里旺同志的话，陷入了恐慌，使劲地摇晃阿拉曼达，叫她告诉他发生了什么事。但阿拉曼达没说一个字就虚弱地瘫倒在床上。这时接生婆来了。接生婆经历过各式各样的怪事，她让阿拉曼达躺得舒服点，然后说："排长，这种事确实偶尔会发生——肚里没有宝宝，只有空气和风。"

排长无法接受，喊道："可是你自己也说我要有女儿了！"他的声音尖锐且怒气腾腾，但看到接生婆镇静的样子，他坐到床边无法抑制地哭了，也不管自己已是一个成年男子——他失去了努鲁·艾妮，他梦寐以求的小女孩。排长立刻想到克里旺同志，这次他不是不安地担心诅咒可能成真，而是怀着滔滔怒火，因为诅咒确实成真了。克里旺同志夺走了他的孩子，而排长将会报仇。

两人试图掩盖事实，宣布婴儿死了。只有克里旺同志知道真相。为了报复克里旺同志，排长哀悼了一个星期之后，就下令让他的大渔船回到从前捕鱼的地方，而且在从前的市场里卖鱼。工人抗议说渔民会毫不犹豫地把船烧了。排长不在乎，谁不服从就开除谁。

克里旺同志设法和排长谈话，说排长违背了承诺，但排长反驳说克里旺自己也违背了承诺。克里旺说他从来没承诺过任何事，只说他会保护大船不被渔民的怒火波及，但排长不断地提起诅咒的事，还说世上每个女人都有权选择她要和谁结婚。

克里旺同志被指控出于嫉妒而诅咒未出世的孩子，他实在难过，却还是努力保持冷静，他答道：

"排长，只有一个解释，就是你和妻子同房时没有爱——那样的结合得到的孩子要么无法生下来，要么生下来也是一个疯孩子，屁股上有条老鼠尾巴。"排长朝他挥了一拳，但克里旺同志闪开了，说道："排长，立刻把大船移开，免得我们失去耐性。"

结果排长命令大船照常作业，还派了士兵守卫；士兵站在甲板的护栏旁俯视船下的渔民，渔民则怒目仰望他们。排长露出狡猾的微笑，看着日暮降临，而克里旺和另外三人开着汽艇靠近，其他渔民则乘着小艇跟在后面。小船在宽阔的大海上寻找着还有一点鱼的地方，希望至少能满足自家厨房的需要。

阿拉曼达和排长一样，对失去孩子感到震惊极了；无论那个孩子是怎么怀上的、对方是谁，那终究是她的孩子。哀悼的那个星期过去之后，排长回去办事，阿拉曼达把自己锁在房里，陷入沉重的哀伤，有时呼唤着努鲁·艾妮的名字。

排长努力说服她一切都是上天注定的，他们还有第二次机会可以生孩子，甚至第三次、第四次，基本上机会无穷无尽。他说："亲爱的，看开点，我们可以再来做爱，孩子要生多少就生多少。"但阿拉曼达坚决地摇头，她提醒排长她已经发了誓——她会嫁给他，但她永远不会爱他。排长继续努力哄骗她，说他们可以再生个努鲁·艾妮，这次会是个真正的小女孩，但阿拉曼达狠狠地说："失去孩子比遇到恶魔还可怕，但要我爱你，比失去二十个孩子更可怕。"

这时，排长想起他的妻子没穿铁内裤。卑鄙的念头在他脑中浮现，趁阿拉曼达还没察觉他在想什么，他就转身关门上锁了。自从失去努鲁·艾妮之后，阿拉曼达一直卧床，她立即明白这个男人打算做什么。她跳起来看着排长，摆出准备一搏的姿态，严厉地说："排长，你硬了吗？要的话，我的耳道还紧实完整。"

"亲爱的，我还是喜欢你的小穴。"她丈夫哈哈大笑。

阿拉曼达完全没机会做别的事——排长就把她抛回床上。阿拉曼达用仅存的力气再一次试图自卫，但她立刻被扒光，衣服像被一群狼獾啃过一样被扯成碎片，接着排长压到了她的身上。

在这次交媾时，阿拉曼达不再企图反抗，因为她知道反抗也没用，但如果排长靠近她的嘴，她就使尽全力咬他的嘴唇。最后排长只是不懈地一下一下插入她，他们的结合交织着喜悦与忧伤，令人不安。又一次，阿拉曼达无法保护自己，她的意志完全瓦解了——她觉得自己屈辱、肮脏、满心悔恨。排长完事后，阿拉曼达把他踢到地上，说道："你这个卑鄙下流的强暴犯，居然强暴自己的老婆，你应该也干过自己的老母亲吧！"她把一个枕头丢向排长，加了句："如果你的老二够长，我打赌你甚至连自己的屁眼都要干！"

至少这次她丈夫没把她绑起来，隔天他出去时，阿拉曼达从家里消失了。排长慌了。他派人去黛维·艾玉家找她，但他们没找到阿拉曼达。排长被嫉妒的烈焰折磨，也派人去了克里旺的屋子，但她也不在那里。他开始派人去城里最偏远的角落，然后去车站和公交总站确认她是否离开了这座城市，但无论哪里都没人看到她。排长放弃了，他和他深爱的女人结了婚，她却从不爱他，他完全迷失在可悲的命运中，瘫在阳台的一张椅子上，路人和他打招呼时，他谁也没回应。

夜幕低垂，他感到格外空虚、寂寞，他被抛弃了，开始明白自己有多可悲。就算阿拉曼达会回来，只要她对他的感情毫无响应，他也不觉得继续和她住在一起有什么好高兴的，一点也没有。或许他必须开始像战士一样思考，像堂堂男子汉、货真价实的士兵一样思考，提议和她离婚，也许那样阿拉曼达就能重拾欢笑。但光是想到离婚他就哭得更厉害了，于是他暗自发誓，只要找到他的妻子，他绝不会再伤害她，只要她肯留下来，他会任她奴役。或许他们可以领养别人的孩子。

暮色更浓了，阳台的灯还没点亮。阿拉曼达的影子落在大门上时，排长立刻就发现了，他祈祷那不是幻觉；这时影子走近，排长立即扑跪到阿拉曼达的面前，求她原谅。

阿拉曼达见了他的举动，只是皱起眉头。"排长，用不着道歉。我现在穿了新的防护服，上面施了更复杂的梵咒。即使我全裸，你也无法侵入我。"

排长大惑不解地注视着他的妻子，很讶异她对他完全没有敌意。

"排长，夜里很凉，我们进去吧。"

大船上又有更多劳工因为罢工而被开除——他们并没有加入工会，只是太怕船会被烧，所以不敢回去工作。大船确实回来了，再一次在浅水偷鱼，把渔获拿去当地的市场卖。渔民说："同志，没别的办法，我们得烧了排长的大船。"

克里旺同志焦急又沮丧，他绝不是恶毒之人，无法就这么轻易地决定去烧船。其实他所有的朋友都说，他光是看肉麻的电影也会眼泪盈眶。

他再度设法私下和排长谈话，但谈话的内容仍然在阿拉曼达身上打转。克里旺同志终于和渔民一样，暗自感到他们确实别无选择，只能烧了那些该死的大船。

排长在大船的甲板上派驻大量士兵看守，因此渔民要执行计划并不容易。累人的整整六个月过去了，渔民工会的密会总是陷入僵局，大家想不出究竟该怎么执行，而渔民一天天地愈来愈穷、愈加愤怒了。

过去，克里旺同志遇到让他觉得脑袋要爆炸的问题时，总是向女人寻求慰藉。但现在他唯一的女性同伴是阿拉曼达的妹妹阿汀妲，他和她已经相识一年了。于是人们继续讨论他们的困难，他则像别无选择似的离开小屋，往黛维·艾玉家走去，宛如凄惨的难民因无尽的革命抗争而精疲力竭。他想分享他的感觉、他的渴望，但党强调不可以跟任何人讨论这件事，于是他和阿汀妲在门廊上度过了无聊的一个小时，两人寒暄闲聊，却完全无法让他枯竭的灵魂得到慰藉。回家之后，他倒在小屋外的一张椅子上，望着海上暗淡的天空。

在他回家前，阿汀妲说："该有人拿枪指着你的额头，逼你替自己着想一下。"

那仍是他一直以来看到的那片暗淡的天空，只是这天晚上感觉不同。从前，那片天空让他想起他在沙滩上、在阿拉曼达身边度过的那个美丽的夜晚，但这一晚寒冷的天空寂静而悲伤，仿佛映照出他干枯无生气的心。他抽着丁香烟，思忖着革命是否有一天真的会发生，人类有没有可能不再彼此压迫。

很久以前，他听清真寺的一位伊玛目说过天堂，那里有牛奶之河在你脚边流过，有美丽纯洁的天仙随侍在侧，一切都任你取用，毫无限制。一切看上去那么美好，美好到让人难以置信。他不需要那么不切实际的愿景——只要每个人得到一样多的大米，他就心满意足。话说回来，或许那才是最不切实际的希望。

这些念头总让他缅怀过去，想起知道自己必须革命之前的日子。他一向穷苦，但他以前对付有钱的人的方法简单多了——偷他们花园里的任何东西，勾引他们的女人，让他们出钱给他买食物，上戏院看电影，或是受邀参加他们的派对，免费喝他们的啤酒……那一切都不需要党、宣传活动或是《共产党宣言》。他的思绪停不下来，光是望向闪耀的红色黄昏他就觉得疲惫。他在椅子里陷得更深了些，不知不觉睡着了。准备烧大船的六个月里他就是这么度过的，直到一天晚上，他在椅子上被一些渔民唤醒。

士兵已经两周没看守渔船了。他们显然厌倦了。船长觉得渔民的威胁只是空话，决定叫士兵回家，省得继续供他们吃饭，以及供应他们香烟和啤酒。船长开始在没有防卫的状态下出海，只有在船停泊、卸下渔获时才有几名武装士兵守卫。渔民工会计划在新月的半夜攻击大船——也就是他们唤醒克里旺同志的那晚，那是他们引颈期盼的一晚，他们将还以颜色。

"同志，醒醒啊，"他的一个朋友说，"革命不会在你的睡梦中发生。"

克里旺同志抛开睡意，振作起来，在缀满星星的晴朗夜空下亲自率领三十艘小艇出发了。那晚是克里旺同志人生的一个转折点，他开始认为革命分子必须有颗冷酷坚定的心，以及发自决心的固执勇气。大船舷窗的微弱光线在黑暗中清晰可见，但小艇没配备任何灯光——渔民靠直觉操控，他们对大海就像对自己出生的村庄一样熟稔。他们的领袖自言自语，鼓舞着自己："想象这是为了可怜悲惨的人民而突击巴士底监狱。"

大船作业时，彼此间隔着一小段距离。每艘小艇上都有三五个渔民，三艘大船各成为十艘小艇的目标。他们缓慢地展开行动，像三十条滑溜的草蛇看着三只毫不知情的老鼠。借着大船闪烁的光线，他们可以看到工人正拖起渔网，把渔获丢进船身。

克里旺同志带领十艘小艇靠近中央的大船，判断其他两艘大船也被包围之后，就吹出尖锐的哨音；水手惊讶地停下了他们的工作。

他们的惊讶还未平息，就发觉这时有满满三十艘小艇的男人正在点燃火把。大船突然被流萤似的点点火光包围了。

克里旺同志朝甲板上的人大喊："朋友们，这艘船就要被烧了，跳下来游向我们的小艇吧！"

虽然大船船长怒吼着命令他的工人反击，他自己却惊慌地率先跳下船，游向最近的小艇。他谴责着渔民，最后有人打了他一拳，他失去意识，呈大字倒下。这时水手争相跳下大船，游向小艇，而渔民开始欢呼，甚至有人唱起了《国际歌》——那是他们最辉煌的庆祝方式。

装满汽油的塑料袋划过空中，落在空无一人的甲板上，然后火把开始飞过，引燃了汽油。这时海中央有三处营火在熊熊燃烧，小艇迅速撤退，然后三艘大船轰然爆炸；渔民欢腾起来，喊道："渔民工会万岁！共产党万岁！全世界无产者，联合起来！"

排长听说领导运动的是克里旺同志，没人伤亡，而三艘大船被摧毁了。

听了报告，排长只是吁口气，心想他可以弄些新的渔船，加强保安。他看起来并不生气，想必是因为阿拉曼达这时已怀孕六个月了。他很庆幸他们那一次做爱有了成果。他不希望被任何事打扰，只想准备迎接又一个努鲁·艾妮出世。他两度带妻子去省城里更大的医院，反复确认她肚子里有个宝宝，并且付钱请强大的巫师保护他的孩子不受任何诅咒伤害。

但阿拉曼达怀孕九个月时，第二个宝宝和第一个一样，突然从她肚子里消失了。排长失控地勃然大怒，抓了手枪冲出去，疯狂地奔来跑去；他尖叫着说克里旺同志的诅咒夺走了他的孩子，她们还没出生就消失了；人们惊慌地从他面前逃开，觉得他疯了。排长看见什么都开枪，打够了就跑向海滩，心里只有一个目标：找到克里旺同志，杀了他；没人敢阻碍他的路。

12

克里旺同志把他的咖啡端到阳台，坐着等报纸送来。就在排长想杀了他的前一天，他从渔民工会总部的小屋搬到荷兰街街尾的共产党党部。排长发现荒废的小屋里没有半个人影，继续暴跳如雷地朝小屋开枪，然后烧了小屋。最后，他精疲力竭，哭着趴倒在沙地上，直到被路人发现他毫无意识地倒在那里。克里旺算是运气好——献身于党多年之后，他被任命为哈里蒙达共产党的领导人。

这天是十月一日，他的报纸还没送来，他正感到焦虑。他不耐烦地颤抖着，拿起前一天的报纸开始看广告；其他内容他都读过了。只有两则广告引起了他的兴趣——一则是胡须生长液，另一则是用贷款买德国车。他把那份报纸丢到桌下，喝了一点咖啡。他望向街道，希望报童会骑着脚踏车出现，结果有个年轻女子沿着街道走来。来者是阿汀妲。

"同志，你好吗？"她问道。

"太糟了。我的报纸还没送来。"

女孩皱起眉头。"你没听说雅加达发生的流血事件吗？"

"我没报纸，怎么可能知道？"

阿汀姐坐到克里旺同志的身边，没问一声就喝了点儿他的咖啡，然后说："收音机上都在播共产党的事，说他们发动政变，杀了一些将军。"

"噢，等我的报纸送来，我就会知道了。"

人们开始出现，有老有少，有干部也有老兵，许多都是党里最重要的人物。约诺同志是克里旺同志之前党里的头号人物，他率先出现，之后是卡明和其他人。他们报告的都是同一件事——雅加达发生了血腥事件。

"看来情况会很糟。"卡明说。

"你说得对，"克里旺同志答道，"我们付清了全额的报费，那些报纸还是没送来。我该赏那个报童一个耳光。"

"同志，你怎么啦？"约诺同志问，"难道你只想到报纸吗？"

克里旺同志暴躁地回瞪他："那些报纸从来都没有误过，这下怎么着？"

"同志，听我说，"阿汀姐说，"今天根本没发行报纸。"

"为什么？今天不是开斋节，不是圣诞节，也不是新年。"

"军队占领了所有的新闻编辑部。"卡明说，"所以很遗憾，同志，但今天我们看不到任何报纸了。"

"那比政变还要糟。"克里旺同志抱怨道，说完一口喝掉了剩下的咖啡。

总之，党里的许多重要成员集合起来，开了一个紧急会议。从一些城市传来报告,最重要的是雅加达的消息:据说共产党所有的核心领导者都被捕了,发生了杀戮,有些干部已经死了。于是他们决定动员哈里蒙达的民众,发动大型示威,如果雅加达的党领导人真的被捕了,他们会要求无条件释放那些人。可是他们的信息互相矛盾,错综复杂——有些报告指出 D. N.艾地[1] 已遭处决,有些则说他只是被捕,还有的报告说他平安无事。恩佐托[2] 和其他一些人的状况也一样众说纷纭。但无论发生了什么,他们都必须召集所有干部和共产党的支持者、渔民、庄园工人、铁路工人、农民和学生。那天及那天之后的日子是哈里蒙达历史上最动荡的时期,人们在街上面对巨大的挑战。

任务分派下去后,同志们迅速分头去联系基层组织,准备他们在危机中需要的一切。他们做好海报,举起标语。这时克里旺同志举行了五人密会,要他们准备武器,预防真正糟糕的情况发生。他们列出现有的资源:游击队革命分子留下的东西还不少,其中有些人曾经参与革命战争,有作战经验。卡明分派到的任务是组织这个武装分部,于是他匆匆离开了;克里旺同志则配了把手枪——他对党来说太珍贵了,不能冒任何风险。

十点钟时,已经有一群渔民和庄园工人聚到了荷兰街上。农民、铁路工人、码头工人和学生还在赶去的路上。

"我们上街去吧。"约诺同志说。

"你去吧,"克里旺同志说,"我要等我的报纸。"

没人有异议。他们认为这是党领导人面对特别险恶的处境时感到沮丧的表现,应尽可能理解他。他们把他留在荷兰街尾党部的阳

---

① Dipa Nusantara Aidit(1923—1965),印度尼西亚共产党主要领导人。

② Nyoto(1925—1965),印度尼西亚共产党主要领导人。

台上，他在等着永远不会送来的报纸，只有阿汀姐陪着他。

这里的党部比较新，设在两座大仓库中，前院里，党旗在红白国旗旁飘扬。前门上挂着铜锤与镰刀，几乎所有的门都漆成了亮红色。客厅里最显眼的是一大幅卡尔·马克思的油画，还有其他苏维埃社会主义现实主义画像。克里旺同志和一些保镖住在那里。他们有台收音机，不过克里旺同志宁可看报纸——只是现在新闻编辑部被军队占领了，共产党人的血取代了所有的报纸油墨。

克里旺已经领导哈里蒙达市共产党两年了，他愈来愈忙碌，所以夜里不再出海。他让庄园工人和农民组成工会，指导了十多场光荣的罢工。哈里蒙达的共产党有一千零六十七名缴纳党费的活跃成员，支持者多达数千人，其中半数在每次罢工时都有贡献，每次在足球场的集会他们都会出席，也参与党的课程。

并不是从来没发生过冲突；克里旺同志重新动员战时的游击队革命分子老兵，他们有武器和对军事训练的热忱。他们的人数当然不足以对抗军队，但他们保护了罢工者，不让他们受到铁路和庄园公司、地主和船长的暴力胁迫。

在那段时间里，他命令一些成员离开：有两个成员为了其他女人而离开了自己的妻子（在他的监督下，这种事被严格禁止），另外三个人据信是托洛茨基派分子。克里旺同志的声望靠着这样的严格领导而达到巅峰，他在人民的记忆中永远是这座城里至今最有魅力的共产党领导人。

克里旺同志突然说："雨季来了。"

阿汀姐抬头看着晴朗的天空，附和他——早上天气很好，但谁知道呢，以往十月都会下雨。"可是他们不会因为下雨就撤退。我想我们被雅加达的军队骗了。”

“也许送报的卡车被洪水卷走了。”

“同志，今天没发行任何报纸。”阿汀姐说，“我敢打赌，至少一星期不会有任何报纸。也许再也不会有任何报纸了。”

“没有报纸，我们会倒退回到石器时代！”

“我帮你煮点咖啡，也许喝了咖啡，你就会恢复理智。”

阿汀姐去厨房煮了两杯咖啡，回来的时候发现克里旺同志站在大门口，正沿着街道望去。他似乎还在希望报童会骑着脚踏车出现。阿汀姐把那杯咖啡放到桌上，坐回她的椅子上。

“如果你可以讲理了，就坐回你的位置吧。”她对克里旺同志说。

“一天没报纸才没道理。”

“同志，忘了该死的报纸吧！你的党陷入了危机，他们需要头脑清楚的领导者！”

无论如何，真的很难相信共产党（当时是哈里蒙达声势最旺的党派）会遇到军事政变。当时，共产党拥有这座城市有史以来最璀璨的声名。如果有选举的话，共产党会毫不费力地获胜。全城都被装饰成红色，就连市长和军队都任由他们为所欲为。

共产党人对学校施压，甚至幼儿园和残障学校都教学生《国际歌》。他们当然把马克思和列宁的相片贴在教室墙上，和国家英雄的画像并成一排。还记得哈里蒙达的独立纪念日是九月二十三日吗？他们在独立纪念日时举行最欢乐的狂欢和游行，共产党人则喊着革命口号。城里人涌上街，听着马尔戈·卡托迪克罗摩 [1] 多年前所写的

---

[1] Marco Kartodikromo（1890—1932），印度尼西亚记者、作家，作品批评殖民政府和封建主义。

"地位平等，感觉相同"里的文句，宣告人人不分阶级、职业，都应得到平等对待。

阿汀姐觉得共产党人即将在哈里蒙达街上进行的群众示威应该就像那样。多年后她才明白，共产党被禁之后，她再也没见过那样的游行队伍：条条大路开过一辆辆装饰华丽的汽车，克里旺同志通常位于正中央，坐在敞篷车上，戴着沙林同志给他的那顶帽子，朝路旁发狂尖叫的少女挥手。

敌对党派很讶异他这么受欢迎，他们祈祷短期内不会进行公开选举。其他党派宣称他们是革命分子的伙伴，等着趁共产党人放松戒备时发动偷袭。然而，这一切都无法轻易实现，而是经过了两年辛劳的努力。甚至传说克里旺同志曾经两度遭到神秘的暗杀，但暗杀未遂。一晚，一名攻击者突然出现，用刀刺了他，又突然消失，完全没留下任何线索；还有人把一颗手榴弹丢进他卧房的窗户。但他仍旧健康得很，他在公开集会上说，无论暗杀未遂的杀手是谁，他都原谅他们。他说那样的人不了解共产党的任务，这任务就是要根除人类彼此苛待的情形——人们对他和共产党的评价因此不断攀升，最后连小孩都赞扬他们。

他母亲米娜把这一切看在眼里，感到忧心忡忡。她还记得自己被日本人处决的丈夫，把所有的宣传、狂欢视为荒唐无意义的骚动。有时米娜看着她儿子在数千群众前发表演说、喊口号（例如"打倒地主！"），而群众热切地跟着他喊。他不只咒骂地主，也咒骂放债者、工厂老板、船长、庄园干事以及铁路公司。当然他也诅咒美国、荷兰和新殖民主义，他如此擅于雄辩，好像上帝亲自在他耳中低语。

每次克里旺同志回家探视，米娜都会告诉他，树敌太多不是好事。"朋友不怕多，但敌人不怕少。你正在让不少人痛恨你。"她担心地说。克里旺同志向她保证，发生在他父亲身上的事绝不会发生在他身上，然后他会在休息前微笑着喝她替他泡的茶。

一天，一群少年在共产党的敦促下被关入军事监狱。他们在学校开派对，而错就错在他们上台唱了一些摇滚歌曲，而排长答应了共产党人的要求。米娜听到这件事之后，原本的担心变成了愤怒，她大步走向党部，朝她儿子破口大骂。"怎么可以发生这种事！"她在他拥挤的办公室中央尖叫，"你以前不是会用吉他弹那些歌曲吗？"她对聚在周围的人说："你们大家不是都会吗？现在你们却因为那些孩子唱了那些歌而命令他们接受军方羁押？"

克里旺同志为了党纪不肯屈服，对母亲态度冷淡。他只安抚了这个女人，将她送到大马路旁，然后要一个人力三轮车车夫把她送回家。

他没就此罢休，而是开始对市议会、军方和警方施压，要他们没收这些传播腐化思想的西方摇滚唱片，任何听摇滚乐的人都得关进牢里——即使私下在自己家里听也一样。每次他都喊道："打垮美国，虚妄的美国文化去死！"而与此相反，党开始慷慨地支持民俗艺术，提供家常点心和一些党的宣传，于是封建时代和殖民时代受到破坏的所有民俗艺术，现在都开始在哈里蒙达的舞台上活跃起来。他们在建党周年庆典上表演了欣传舞，一个漂亮女孩钻进鸡舍里，出来时拿着锤子和镰刀，脸上浓妆艳抹，更好看了（观众都鼓掌了）。库达伦宾的入神舞者不只吞玻璃和椰子壳，现在也吞美国国旗。被禁的摇滚唱片也被砸碎吞下。

克里旺让党的声势迅速攀升之后，首都党员的目光就集中在他身上。据说他受邀加入政治局，成为印度尼西亚共产党中央委员会委员的热门人选。克里旺同志的政治生涯光明灿烂，然而他抱着令人不解的反抗态度，拒绝了所有的荣耀，甚至拒绝了一个疯狂的提议，而没有成为共产国际的成员。他说，他不是为了自己的光明前途而努力。他之所以努力，是为了让共产主义在哈里蒙达的土壤上绽放，因此他不想离开这座城市。

人们开始回来向他报告街上示威游行的情况。各方的军队都就位了——驻军上了街，而且势力有所扩大，领头的是排长，他被他和克里旺同志的私怨所驱使。

"D.N.艾地被捕了。"有人报告。

"恩佐托遭到处决。"另一个报告传来。

"艾地和总统见面了。"

所有的报告都令人费解，他们唯一的信息来源是广播，而广播不可信。整个早上，收音机都在报道一模一样的内容，好像新闻是预先录制好的——共产党企图发动军事政变，由于军队迅速反应而失败。军方暂时接管政府，以拯救国家。另一个报告传来：总统被软禁在家中。一切都令人困惑。

"想想办法啊！"阿汀姐说。

"我能做什么？"克里旺问，"苏联或中国都没消息。"

同志们计划将示威抗议延长到晚上，再无限期延长，所有人都忙着准备公共施食处，而人民军老兵准备和正规军士兵开战，克里旺同志却仍然没上街。阿汀姐把他留在那里，让他待在那个阳台上等他的报纸。

隔天早上，她照常替母亲准备早餐——她母亲还没从卡隆妈妈那里回家，然后去看抗议。接着她用托盘端着早餐去了党部，发现克里旺带着一杯咖啡坐在阳台上。

"同志，你还好吗？"

"很糟糕。"他答道。

"吃点东西吧，你昨天一整天都没吃。"阿汀姐把盛了早餐的托盘放到两人之间的桌上。

"我要等报纸送来才吃。"

"我跟你保证，报纸不会送来了，"阿汀姐说，"军方禁止报纸发表任何东西。"

"可是报纸不属于军方。"

"但军方有武器，"阿汀姐说，"说实话，你什么时候变得这么白痴？"

"那报纸就会从地下冒出来，"克里旺同志坚持道，"通常会这样。"

那天早上继续召开紧急会议。反共分子涌上街头，两方人马各自集结。看来先前人们担心士兵和当地无赖之间会爆发的战争，现在要发生在不同的人身上——也就是共产党人和反共分子。军警在附近徘徊，而他们无法阻止小规模的战斗，也无法阻止有人抛掷土制汽油弹。人们开始丢石头，于是他们召开了更紧急的会议。

"这一切的混乱都始于我的报纸没了踪影。"克里旺同志抱怨道。

"少荒唐了，"卡明说，"是因为两天前七名将军被杀。"

"你为什么那么在乎那些报纸？"约诺同志忍不住问。

"因为如果布尔什维克没有自己的报纸，俄国大革命绝不可能成功。"

这是目前为止最有道理的解释，于是他们让他和阿汀姐留在阳台上等待。

早晨过去，中午到来，反共分子的声浪增强了，他们附和前一天广播报道的说法，说共产党人企图发动军事政变。

克里旺同志还没失去幽默感，他说："他们企图发动政变，所以审查了自己的报纸。"

第一次冲突发生在十点钟。丢石头进阶为激战，人们拿起手边的任何东西来伤人或杀人。医院不久就人满为患。党开放了野战医院，阿汀姐忙着进行急救护理，而克里旺不为所动。

伤员开始抵达党部，那地方变得一团混乱。哈里蒙达还没死人，共产党人或反共分子都没有，但据报雅加达发生了大屠杀。那里死了一百名共产党人，其余被捕，而东爪哇另有数百名共产党人遇害，中爪哇也开始了大屠杀。大家都有种不祥的预感，觉得这一切将蔓延到哈里蒙达。

那天下午终究死了人。哈里蒙达死的第一个共产党人是个游击队革命分子老兵姆阿利明。他是党内数一数二的忠贞成员，对共产党意识形态的理论和实践无不通晓，也是真正的斗士，从殖民时代到新自由主义时代都在为理想而奋斗。这是克里旺在葬礼上简短追悼他的话，而葬礼就在当天举行。姆阿利明是穆斯林共产党员，总是想为理想、为他的信念而牺牲。多年前，他已经写下遗嘱，如果他战死，他希望以殉道者的身份被埋葬。于是他的尸体没被清洗，祈祷仪式结束，他就直接穿着染血的衣物下葬了。他在海滩的武装冲突中遭军方射杀，是那天下午唯一的死者。姆阿利明只留下一个孩子，是个二十一岁的女孩，叫法丽达。自从女孩的母亲多年前过世之后，父女俩就很亲近，因此民众纷纷离开墓园的时候，所有人都劝法丽达回家，但她仍然待在父亲的墓旁。最后他们让她一个人留在那里。

话说这里有个小小的爱情故事，就发生在被战争危机笼罩的城市里。

卡米诺是挖墓人兼渔民区公墓的看守人，是个三十二岁的青年。他父亲在他十六岁时因疟疾过世，从此他就成为布迪达玛公墓的挖墓人兼看守人。他没有兄弟姐妹，因此继承了父亲的衣钵——这份工作一直是家族事业，或许可以追溯到他祖父的祖父，因为没人愿意做这种事，而他的家族对阴间已经非常熟悉了。卡米诺从小就习惯这个地方的静谧，学这一行毫无困难。他挖坟的速度和猫挖洞拉屎一样快。但这份工作让他遇到一个大麻烦——他讨不到老婆，因为没人想住到墓园里。

其实哈里蒙达的人大多迷信，他们还觉得墓园里到处有恶魔、幽灵和各种超自然生物跑来跑去，住在亡魂之间。他们也觉得挖墓人和所有那些超自然生灵都有密切联系。卡米诺意识到他处境艰难，因此从没尝试向任何人求婚。他只会在办事的过程中和其他人互动。他通常只待在家里，那是栋老旧潮湿的水泥房，有一棵大榕树遮阴。他孤寂生活的唯一娱乐是玩"吉隆贡"——用小人偶召唤亡者的灵魂——那是他家族里代代相传的另一项技术，可以召唤鬼魂，和他们聊各式各样的事。

但这时他看到一个女孩跪在父亲坟前，拒绝离开，他的心第一次怦怦跳动；这个女孩就是法丽达。众人劝说不成之后，他试过哄她离开，说这里的空气比城里其他地方都要冷，她最好回家。女孩看起来一点都不怕冷空气。于是卡米诺试着跟她说妖怪和幽灵的事，却发现女孩毫不动摇。这下卡米诺心花怒放，他暗自祈祷这女孩真的会一意孤行，永远不回家，过了这么多年，他终于找到在这里陪伴他的人。

布迪达玛公墓占地大约十公顷，沿着海滩向内陆蔓延，和人类的居所之间隔着可可种植园。墓园建于殖民地时代，许多墓地都是空的，长满野草，吹着从海上刮来的劲风。夜晚降临时，卡米诺再一次提着亮晃晃的灯笼来找女孩，把灯笼搁在墓碑上。

"如果你真的不想回家，"卡米诺说话时不敢看女孩的脸，"可以到我家做客。"

"谢谢，可是我深夜绝不会一个人去别人家。"

夜晚愈来愈冷，女孩还是待在原地，没毯子也没坐垫，直接坐在沙土地上。卡米诺觉得自己在那里会打扰她，终于离开，回屋里去准备晚餐了。他再度出现时，拿了一份食物给法丽达。

"你人太好了。"她说。

"噢，这只是挖墓人的副业。"

"我敢说在墓旁坐到你拿晚餐给他们的人并不多。"

"的确，不过许多亡者的灵魂都在挨饿。"

"你会和死人打交道？"

卡米诺发现了一个小缝隙，可以让他溜进女孩的生命中。"是啊。你想要的话，我甚至可以唤出你父亲的灵魂。"事情就这样发生了。卡米诺用他跟祖先学来的"吉隆贡"仪式，召回姆阿利明的灵魂，让那个老兵附在他身上。此时他变成了姆阿利明，用姆阿利明的声音说话，代表姆阿利明，而姆阿利明和他的女儿法丽达再次面对面了。女孩再度听见父亲的声音，满心欢喜，仿佛这只是寻常的夜晚，而他们在晚饭后聊一聊，就会各自回房间睡觉。现在，法丽达吃完卡米诺给她的晚餐之后再次和父亲闲聊，好像死亡不曾发生，最后她想起来，说道：

"爸爸，可是你死了呀！"

"别太嫉妒我，"她父亲说，"有一天也会轮到你。"

她聊累了，何况她从中午过后就待在那里；她在墓旁睡着了。卡米诺结束他的"吉隆贡"仪式，去拿了条毯子。他把毯子盖在女孩身上，动作像为爱陶醉的男人那样温柔体贴，然后站着凝望她的脸。风将灯笼的火光吹得摇曳起来，她的脸在黑暗中忽隐忽现。卡米诺确认女孩被安然地裹在毯子里，灯笼会撑到早上，这才回到屋里试图入睡。但他整晚都想着女孩，当第一道晨光穿过鸡蛋花的叶子时，他才开始打瞌睡。

十点半时，他在香料的香气中醒来。他仍然昏昏沉沉，踉跄着下床，走到屋后。他的视线仍然有点蒙眬，但他看到一个女孩正端着热气腾腾的碗，把碗放到餐桌上。

"我替你做了饭。"

他立刻认出了法丽达。他惊奇不已。

"先去洗澡，"法丽达说，"或是洗洗脸。我们一起吃。"

他像被催眠一样半梦半醒地走到浴室，差点忘了拿毛巾，然后尽快洗完了澡。他发现女孩正坐在餐桌旁等他。饭还是温热的。碗里盛满包心菜、红萝卜和通心粉汤。他看到盘子里有炸天贝豆饼，另一盘是剁成小块、煎得香香脆脆的飞鱼。

"我在厨房找到的。"

卡米诺点点头。这感觉真神奇——他已经很多年没跟别人一起吃饭了，自从他父母过世之后就没有过。现在他却和一个年轻女子在一起，就是他前一天下午悄悄爱上的那个人。他的心跳失控地加速，吃饭时仍然不敢看女孩。他们偶尔才瞥对方一眼，四目相交时他们会羞赧地微笑，好像做坏事时被抓个正着。他们隔着餐桌相对而坐，完全就像一对幸福的新婚夫妻。

忙碌的午后稍微打扰到了这个爱情故事。在共产党人和反共分子的一场冲突中死了五个人，四个是共产党人，一个是反共分子，卡米诺必须把他们都埋了。他不久就明白将有愈来愈多尸体被送到墓园，那些日子预示了共产党的最终衰败。他从死亡人数看出了端倪。他挖了五座新坟，四座在墓园的一角，另一座在另一角，那是一般人被埋葬的地方。五名死者各有亲人在他们的墓边哭泣，党的领导人发表了简短的演说，卡米诺到下午才忙完。但他在忙碌时，法丽达哪儿也没去。她和前一天一样，一整天都坐在她父亲的墓旁。

"我敢打赌，"卡米诺完成他的工作、走回屋子去梳洗时说道，"明天还会死十个共产党人。"

"如果人数变得太多，"法丽达说，"就把他们埋到一个大坟里；到了第七天，可能会死九百个共产党人——你不可能挖得了那么多坟。"

"只希望他们的孩子不像你这么傻，"卡米诺说，"否则我得办个宴会才喂得了他们。"

"今晚我可以当你的客人吗？"

这问题让卡米诺措手不及，他只有点头回应。法丽达准备了晚餐，饭后他们再一次坐下来召唤鬼魂——当然就是姆阿利明，而法丽达又能和她爸爸好好聊一聊了。这仪式继续到晚上九点该睡觉的时间。法丽达睡在卡米诺父母从前的房间，卡米诺则睡在他自童年以来一直睡的那间房。

隔天，卡米诺和法丽达的预言成真了——一早又死了十二个共产党人。这次情势险恶，所以没有党领导人来念悼词。传言艾地和共产党的领导人其实都被处决了。十二具共产党人的尸体直接被丢进墓园。卡米诺不晓得他们的名字。虽然卡米诺只挖一个大坟来埋葬十二具尸体，但这天他仍然很忙碌，因为中午军用卡车再度出现，又丢下八具尸体。然后下午又来了七具。

法丽达坐在她父亲的墓旁，夜幕降临时，她成为卡米诺的客人，而他仍然忙着处理一拨又一拨尸体。事情就这么发展下去，直到第七天。

尽管大部分共产党的支持者都逃亡了，却有超过一千名共产党人仍然在荷兰街街尾抵抗大群士兵和反共分子。他们有些人扛着旧型武器，弹药匮乏。他们被围攻了一天一夜，饿得发慌，却不肯投降。那一区的商店都已被毁，居民也逃离了，全副武装的军人从四面八方包围了他们，军队的指挥官命令共产党人散开，高声对他们说，共产党的政变失败之后，共产党就没希望了，但超过一千名共产党人仍然坚守下去。

日暮时分，一些人朝军人开了枪。但他们的子弹完全没伤到人。指挥官终于失去耐性，下令开火。共产党人受到来自四面八方的攻击，陈尸街上。还没被杀的人惊慌失措地跑来跑去，撞倒彼此，一一死在枪弹下。那天下午，一场闪电大屠杀夺走了一千两百三十二名共产党人的性命，为共产党在那座城市以及印尼全国的历史画上了句号。

尸体被搬上卡车，愈堆愈多，像屠宰场货车里一堆堆的肉一样挤在一起，然后装满尸体的卡车车队朝卡米诺的屋子开去。那天是这个男人一生中最忙碌的日子。他得挖个大得夸张的坑——到半夜还没挖完，靠一些士兵帮忙，终于在破晓时挖好。他一直希望共产党人投降，那样就不会再有尸体出现，他才能终于得以休息。在这个过程中，法丽达一直陪在他身边，等着他，替他准备食物，坐在她父亲的墓旁。

那天早上，军队和他们的卡车离开了，一千两百三十二具尸体被埋进大冢之后，卡米诺仍然没睡，却显得精神抖擞。他走向法丽达，那时她已经在那里待了快一个星期。卡米诺问她：

"亲爱的小姐，你愿意和我住在一起，成为我的妻子吗？"

法丽达明白她注定要接受这个男人。于是那天早上，他们沐浴过、穿上最好的衣服之后，就去找村长，请他证婚。他们成为夫妻，接着去法丽达原来的家里度蜜月。

所以那天没有挖墓人值班，不过不成问题，军队已经懒得把所有共产党人的尸体带到墓园，然后还帮挖墓人挖大量的坟。毕竟其中有些共产党人是被正规军杀的，但大多却死于反共分子之手——他们带着大砍刀、剑和镰刀，以及其他任何派得上用场的东西——而反共分子把他们的尸体留在路边，任其腐烂。哈里蒙达城现在到处是尸体，呈大字倒在灌溉沟渠里和城郊、山麓丘陵和河岸上、桥中央或灌木丛下。许多人是在逃跑时被杀的。

不过并不是所有人都被杀了。有些人投降了，被丢进当地的监牢和军事监狱，之后被带去布鲁登康普，那是三角洲上最令人丧胆的监狱。在那里，审问会持续数个小时，结束时保证隔天继续。有些人会死在那里，可能是饿死的，也可能是被活活打死的。仍然在逃的共产党人被野蛮地追捕，甚至被追到丛林深处。

而克里旺同志仍然在悬赏名单的榜首。

排长组织了一个专门小组来抓他，不论死活。

然而专门小组到达共产党党部时，克里旺同志其实一直和阿汀姐坐在阳台上耐心等着他的报纸。不过我对天发誓，专门小组没看到他们俩。他们冲进门，把那地方给拆了，扯下卡尔·马克思的画像，在路边把它和锤子与镰刀的党旗以及所有藏书一起烧了，唯一的例外是关于席拉（印度武侠）的书，因为排长自己想看而被抢救下来。排长亲自带领行动，得到整整两箱武侠小说，立刻塞进他的吉普车。这一切都在克里旺同志和阿汀姐的眼前发生，两人很意外竟然没人发现他们。

有人报告克里旺同志躲在公墓里，于是部队前往公墓搜查，但公墓里一个人也没有——就连挖墓人也不在。接下来，他们依照另一条情报立刻去了米娜家，但她在漫长的审问过程中，一直坚持说她从上星期起就没见过克里旺同志了。

军队离开之后，米娜自言自语道："那个蠢孩子早该知道——所有共产党最后都会落到行刑队面前。"

一个男人匆忙赶上排长，说他看到克里旺同志和一名年轻女子逃出海了。排长复仇的渴望无法被平息和满足，他愈来愈恼火，于是下令搜索大海。他的士兵开着汽艇追捕克里旺，却只发现一艘空空如也的小艇在海波间漂荡，完全没有克里旺的踪迹。排长希望找到他的尸首，又命令士兵潜水下去，但他们失望透顶地回家了。

排长为了宣泄愤怒而反复审问他们抓到的几名重要党员。人人都说他们上次看到克里旺同志时，他还坐在阳台上等他的报纸。排长把他们的说法当成嘲讽他的玩笑话，于是把那些人带到军事监狱的后面，用自己的手枪处决了所有人。

谣言满天，传说克里旺同志有神秘的力量，可以伪装成别人，或是分身之后同时出现在许多不同的地方。但他终究还是被抓了。排长沿着他走过的路折回去，带领他的部队回到荷兰街尾的党部，然后突然看到了他——他和排长的小姨子还坐在阳台上，一如排长刚刚处决的那些人所说。时值午后，一阵蒙蒙的雨雾笼罩全城。排长尴尬极了，不敢问他这一整天都在哪儿，因为从克里旺同志的姿态看来，他显然一直都坐在那里。

"同志，你被捕了，"排长说，"亲爱的阿汀姐，你最好回家去。"

"我的罪名是什么？"克里旺同志说。

"等待永远不会送来的报纸。"排长的话中带着残酷的幽默。

克里旺伸出双手，排长替他铐上手铐。

"排长，"阿汀姐站在阳台上，两颊淌下泪水，"让我道别，我怕他一到监狱，你就会处死他。"

排长点点头，而她的道别不过是在克里旺同志的唇上长长一吻。

克里旺同志被捕的消息迅速传开，城中几乎所有人随即聚集起来，围在党部到军事监狱的街道两旁，有些人的手上还沾着干掉的血。人人对克里旺同志都怀有特别的美好记忆，他们耐心等待他的经过。

克里旺同志拒绝爬上军用吉普车，他由士兵护送，带着仅存的尊严步行前进。阿汀姐和排长坐在吉普车里，跟在那个小队伍后面慢慢开着，聚在街道两旁的人们肃穆安静。他们心情复杂地看着这个男人，这时他仍戴着他最爱的帽子。许多围观者从学生时代起就是他的朋友，他们纳闷为什么这座城里最聪明、最英俊的男人会选择做一名误入歧途的共产党员。有些是曾经跟他出去或梦想跟他出去的女人，她们泪眼汪汪地看着他，好像她们唯一的真爱将离她们而去。

人们一看到他，怒气就烟消云散了。他抬头挺胸地前进，仍然心意坚定，完全不像屈服的男人。他的举止就像确定会打赢战争的指挥官。而看见他的人，记起他从前做过的好事，忘了所有的坏事。他是个聪明、机智、勤奋又礼貌的年轻人，突然间没人记得他曾经煽动暴动、白嫖妓女，或是烧过大渔船。

现在他的帽子上绣了一颗小红星。他穿的是母亲给他缝的上衣、他在首都短暂求学时的休闲裤，还有借来的皮鞋。

他转头想看阿汀姐一眼，但看不到坐在吉普车里的她。他也在群众中寻找阿拉曼达的身影，但她不在人群里。他觉得人群中没什么重要的人，于是平静地走向司令部后方的监狱，排长未经审判就宣布他将隔天早上五点被处决。

不久之后阿汀姐就出现了，由于禁止探视，她只留下一套替换的衣物和满满一托盘的食物，要排长转交给他。

"排长，答应我，"阿汀姐说，"一定要让他吃。他没收到报纸之后，就没吃过任何东西。"

排长亲自把这些东西送过去，发现克里旺同志躺在一张床上，两手枕在脑后仰望着天花板。

"同志，看来你在小姐之间的名声还是不错，"排长说，"有位小姐送了一套衣服和一盘食物给你。"

"我知道是哪位小姐——你的小姨子。"

克里旺同志说完就沉默了，他的姿势仍然不变。但在牢房微弱的光线里，排长微笑了，这小小的复仇令他乐在其中。他对自己说，就是这个男人夺走了我美丽的妻子，诅咒了我的两个孩子。

"明天我会看着你被处决。"

他不打算用子弹那样简单迅速的方式处决他。他想看着克里旺慢慢死去——一一拔掉他的指甲，剥下头皮，挖出眼睛，割掉舌头。排长期待地露出残酷刻薄的微笑。

但克里旺同志没反应。神奇的是，他似乎并不在乎，这真的惹火了排长。这个将死之人躺在床上，看起来充满威严、自鸣得意，像是将要壮烈牺牲，对之前选择的人生充满希冀，而且毫不后悔，即使他的选择让他走向这个不幸的结局。他们之间有道鸿沟，一人有权下令处决，一人的生命只剩几个小时。拥有权力的人因自己的权力而不安，将死之人却因自己的命运而平静。

克里旺同志其实完全没在想排长。他将离开这座城市，于是陷入依恋之中，想起他关于这座城的所有记忆。他心想，革命真是累人，唯一开心的是，我可以把这一切抛在身后，用不着成为反动分子或反革命分子了。

于是克里旺同志觉得他应该感谢发动政变的人。因为隔天他就将死去，把这一切累人的事抛在身后。他不大担心他的母亲——她很坚强，可以照顾自己，因此他更能从容赴死，甚至感到开心。淡淡的微笑漾过他的唇上，排长看得更加气恼。

"四点五十分有人会来领你出去，处决会在五点整开始。把你最后的要求告诉我吧。"排长命令道。

"我最后的要求是：全世界无产者，联合起来！"克里旺同志答道。

排长离开时重重摔上门。

13

许多人在雨季的那几个月结婚。一群群村民一连几个星期参加了一场又一场婚礼，几乎每个十字路口都能看到篱笆里伸出的用金黄的椰子嫩叶编织的杆子，上面挂着节庆装饰，弯向街道，表示那个人家里在办喜事。与此同时，未婚的男性去妓院，爱人们更常见面、私下欢好，老夫老妻似乎在雨季里重温蜜月，而上天创造了不少小小的胚胎。

即使在共产党人遭到屠杀的那段日子里，人们还是一有机会就做爱，尤其在下着倾盆大雨的时候。不过排长和阿拉曼达至少目前没做这种事。马曼·根登和马雅·黛维也一样。他们依然在上演将近五年前的新婚之夜以来的那出戏。

不过有件事倒令马曼·根登非常开心：他现在有个可以称为家的地方了，这是打从他一开始爱上娜西雅、看到那个女孩对她爱人热情洋溢的爱起便有的梦想。多年来，他想象着像她那样充满爱意的眼神，想象有个家、有栋房子——绝望的岁月里，他怀疑自己永远不可能拥有类似的幸福，主要原因是大部分人都视他为惹麻烦的坏蛋。

现在他游荡、闲聊了一下午，从公交总站回家，或和排长打完牌回去的时候，他的妻子就在餐桌旁等他，她会赶紧帮他准备洗澡水。他每晚都在难以言喻的喜悦中感到飘飘然，现在他和邻居一样有干净的衣服穿，和邻居一样在餐厅的餐桌旁吃饭，和邻居一样盖着毯子睡在床垫上，他觉得自己颇有教养。

马雅·黛维除了完成家务、做作业，还勤快地照料丈夫。马曼·根登信守他对黛维·艾玉的承诺，从来没碰过其他女人，不过他也还没碰过自己的老婆。一年一年过去，小女孩长成了少女。她的个子高多了，身材变得圆润，胸部发育完美。但她在马曼·根登眼中还是从前那个小女生。他会陪伴她，在她做作业时抽着他的烟，晚上替她盖好被子，而他们根本还不曾同床睡过。

他做到了真正的禁欲，这十分不可思议。有时马曼·根登欲望燃起，就在厕所探索一番，设法让自己冷静下来，在这方面，排长是马曼·根登求之不得的朋友。虽然他们的背景截然不同，命运却使他们产生了日渐深厚的友谊，排长不只悲叹他太太可能还爱着克里旺同志，也开始和他最值得信赖的朋友讨论他的家庭问题。

他们打完扑克牌，在其他玩家散去、城里所有事务都解决之后，通常就开始讨论他们的个人问题。这时他们看起来不再像朋友，倒像一对兄弟对彼此埋怨悲叹。一天，排长坦承了阿拉曼达穿铁内裤的事。

"而铁内裤的锁要由一道梵咒开启，那梵咒只有我太太知道。"

"可是我听说她之前怀孕了？"

这时排长突然啜泣起来。"她怀孕了两次，我把孩子都取名为努鲁·艾妮，但她们都从她肚里消失了！"

"女人没跟人上床，绝对不可能怀孕，除非你相信圣母马利亚。"

排长哭着解释："其实是她粗心没穿好铁内裤时，我强暴了她。"

马曼·根登安慰排长说，他也没碰过自己的老婆。"排长，而且我发誓我绝不再去妓院，所以我只在厕所里娱乐自己。这样做对纾解烦躁、防止失控非常有效。真的需要经常把生殖器里的东西排出来。"

"可是我已在做那样的事了。"

接着他们都同意，在耐心认命之后，他们婚姻的幸福之钥迟早会出现，只不过感觉时间过得很慢。马曼·根登必须在期待中度日，直到妻子年纪够大，可以和她做爱的那一天来临。"排长，不晓得那一天何时才会来。其实你需要的也只是时间，不是吗，你需要时间让她屈服，因为只要坚持得够久，女人早晚都会回心转意。"至少曾经和许多女人在一起的智者总是这么说，"所以，只要你有耐心，你的耐心就会开花结果。滴水可以穿石，你的妻子终究会放下她的固执，或许甚至会开始爱上你。你用不着哄她或说服她打开铁内裤，因为某一晚她会自己替你打开。排长，要相信这样的事会发生，因为世上没有女人、也没有男人可以固执一辈子。"

排长多少还暗自怨恨马曼·根登，但马曼·根登这番奇妙而睿智的话真的安慰了他，因此他暂时可以不用执迷于和妻子睡觉会有多美妙（不过他还忘不了自己在游击队小屋强暴她的那段永远甜蜜的回忆）。

马曼·根登和排长不同，他完全没想过强暴自己的妻子。如果他要求，马雅·黛维或许会脱下衣服，躺到床上，等着他赤裸裸地扑到她身上。但是不行，他不能对那个少女那么残酷；她的双眼依旧如此无邪。他还是黛维·艾玉的爱人时，总是叫马雅·黛维"甜美的小女儿"。他觉得身为丈夫最重要的责任是确保妻子幸福，以及让她自己学会怎么当个好伴侣。他总是对朋友说："看我多以我小小的妻子为荣。我娶她时，她十二岁，对做菜、缝纫、打扫、插花已经很拿手了。现在她放学回家后还忙着完成饼干的订单。"

烘焙事业非常成功，马雅·黛维雇了两个员工——两个年约十二岁的孤女，她收留了她们。她们整天忙于面团、烤箱、装饰饼干的事。

不过学业和事业都没让她疏于照顾丈夫，马曼·根登因此非常开心。但他还是没碰她——他不想夺走她幸福的童年，因为她虽然曾和城里最著名的妓女住在一起，她自己或许从没想过做爱或任何那方面的事。何况他确信不该用任何方式逼迫女人就范，尤其在他听说排长头两个孩子的事之后，他更加确信了。即使那个女人是你的妻子。

马曼·根登很以自己的耐性为傲，他多年没和任何人上床，只在厕所里用自己的手解决。他和妻子的肢体接触只限于在她睡前或出门上学前亲吻她的额头，有时他们坐在电影院时会搂着彼此，如果她在沙发上睡着了，他会抱她上床。他从没看过她的裸体。他以昔日流浪战士的非凡耐性来忍耐，抱着平静的期待看季节变换。

然后，马雅·黛维快要满十七岁的某一天，她说出了让马曼·根登意外的话："我不上学了。"她很坚定地解释原因，说她想把家里和丈夫照顾得更好。

虽然马曼·根登大可以抗议，说目前为止他和他的家一直被照顾得很好，其实跑去卡隆妈妈妓院的丈夫那么多，他很可能被照顾得远比全城其他的丈夫都要好，但他还是接受了妻子的决定——他在她眼中看到了无法动摇的决心。

那晚，马曼·根登照常走进妻子的房间去吻她，要和她道晚安，替她盖好被子，却发现她裸身躺在床上朝他微笑，她身下是粉红的床单，上方是微弱的灯光，房里弥漫着一股玫瑰香。马雅·黛维说：

"亲爱的，我是你的妻子，现在我年纪够大，可以在这张床上接纳你了。今晚你就抱着我，和我做爱吧。这会是我们未曾有过的美好夜晚，我们的初夜，我们等待了五年的这一夜。"

她继承了母亲的美貌，十分可人，头发披散在枕头上，胸部匀称，屁股结实可爱。马曼·根登一时停止了呼吸。他对天发誓，他从不知道五年的等待会换来这么美妙的恩赐，好像他在漫长的旅行之后终于找到世间最宝贵的珍宝。

接着，马曼·根登像被一股力量推着似的靠近她，伸手探索他妻子的身体，他极其温柔的爱抚令她发出轻柔的叹息，她的身子扭动、拱起。马曼·根登多年的期待令他从容平静地爬上床，亲昵地嗅嗅妻子的前额，然后在她的脸颊和唇上印下长长的吻，令她喘不过气。马雅·黛维脱下男人衣物的动作极为轻巧，他一时还没发现，他们俩就都一丝不挂了。

他们沉浸于美好的新婚之夜，持续了几星期。他们像真正的新婚夫妻一样，几乎不离开家，从傍晚做到早上，从早上做到下午。他们只下床吃喝、上厕所，呼吸新鲜空气。哈里蒙达那个血腥多雨的十月刚开始时，他们还在美妙的蜜月中，因此不晓得发生了什么事。

阿拉曼达最后才听说克里旺被捕，他的处决计划在隔天早上五点进行。她躺在自己房里等她丈夫回家时，窗口吹进的风把这个消息带给了她。十月初的事发生得太突然、太奇怪，自从排长全心投入那件事之后，阿拉曼达就几乎不曾离开家。阿拉曼达还暗地爱着的男人将在黎明时分死去，他可能在行刑队前被枪决，可能被吊死或是淹死，甚至可能被抓去和豺狗搏斗，她想到这些就不寒而栗。

她裹着毯子坐在床边，两眼紧盯着墙上的挂钟；她的旧情人的生命将因她丈夫的命令而终结，她看着分针缓慢但坚决地走向那个时刻。或许这次甚至会由排长本人执行处决。她感到孤立、疏离无依，突然渴望一个男人的拥抱，于是哭了起来。她嫁的男人忙于处理近日的骚动而抛下了她，而她无力帮助另一个男人，尽管她更希望另一个男人能在她的床上。

不肯接受克里旺被处决的人不只是她；对她和其他许多人而言，就算克里旺烧了她丈夫的三艘渔船，就算他因为青少年沉迷于摇滚乐而把他们关进牢里，这些都无关紧要——这个男人就等于哈里蒙达，反之亦然。哈里蒙达从前被视为娼妓、强盗和老游击队的巢穴，他替这座城市建立了正面的形象，取代了它往日的污名。

哈里蒙达的所有女孩（包括阿拉曼达）每次想到这座城市时都想象着这个男人，但黎明时他就要死了，无力阻止他受罚的人们从口中吐出阵阵祷告，它们飘向城市的上空。只有阿拉曼达有可能阻止这个男人被处决——她掌握钥匙。

清晨四点四十五分时，排长终于出现在家里，他想在见证最恼人的仇敌遭到处决之前休息一下，他把要用来射杀克里旺的左轮手枪丢到床上，精疲力竭地躺到枪的旁边，这时他才发觉阿拉曼达坐在床垫的一角发抖。

"排长，告诉我，他的死期被定在今天早上五点，对吧？"阿拉曼达在黑暗中问道。

"对。"

"只要你保证那个男人活下来，我就吟诵梵咒，把我的爱献给你。"阿拉曼达声音坚决地说。

排长爬起身，在昏暗的房间里面对妻子坐了片刻，即将接受夫妻之间有史以来最奇妙的交易。

"排长，我是认真的。"

"这交易很公平，"排长说，"尽管它令我满心嫉妒。"

他没再说一个字。他就这么站起身，拿起左轮手枪，精神抖擞地踏步走出房间。他去了司令部，发现行刑队正在自豪地擦亮他们的步枪，不到半小时，他们就将杀死他职业生涯中最大的猎物。

排长找来行刑队的队长，下达命令。谁也不准杀死克里旺同志，谁也不准问为什么。他说任何由中央指挥部将军管辖的事务都由他负责，如果任何人胆敢杀死那个男人，他会毫不迟疑地用自己的左轮手枪杀死那个凶手（他边说边挥舞着那把枪），还有那个人的孩子、妻子、父母和岳父母、兄姐、外甥子女和侄子女、堂表兄弟姐妹、叔伯姑舅姨。

他的命令十分强硬，没人敢有任何异议，只是他们想破头也想不出是怎么回事。排长准备回家时，在大门口转身望向士兵们，他们期待着这场处决，整晚都没睡。他说：

"你们可以打他一顿，不过我再说一遍，别杀死他。今天早上七点务必释放他。"

接着他匆匆回家了。

他到家时，发现妻子一丝不挂地躺在他们的床上，正如马曼·根登见到马雅·黛维时的情景。虽然屋外的一切都因雨季而冻结了，房中的空气却温暖清新。他在夜灯的光晕中看见他极为熟悉的身体，以及身上的每条弧线、每处凹陷和弯曲。这个女人现在二十一岁，成熟而诱人。

然后排长发觉房间布置得像新房。从床单、毯子到蚊帐，一切都是阿拉曼达喜欢的金色。边桌的花瓶里插着兰花和晚香玉，为了愉悦他的感官。这就像新婚之夜的美妙献礼，只是晚了五年。

排长表现出新郎的害羞态度，不像以往那样猴急，反而慢慢脱去衣物。然后延宕已久的新婚之夜终于展开，接着是格外浪漫热情的蜜月。他们那晚做爱做得猛烈而狂野，翻下金床时毫无所觉，转移阵地到地上，然后继续在浴室里做，最后当窗户透进阳光时在沙发上做。

他们关上屋里所有的门，把用人关在厨房里，然后在前厅一边念情色小说给对方听，一边做爱。接着他们回到浴室，邻居和厨房里的用人听了阿拉曼达短促的叫喊和排长的哼声，都很惊讶。他那晚射了三次，但隔天又做了十一次才满足——说实在的，这一对对手已经饥渴了五年。

他们和马曼·根登与马雅·黛维一样，之后几星期都没踏出屋子一步。他们不再在乎自家以外发生的事了。

几个月后，排长听说马曼·根登的妻子怀孕了。他们办了个小派对，流氓都在后院喝得烂醉，毫不理会马曼·根登吼着说禁止任何人在他家里喝醉——他们甚至渐渐醉得不省人事，马曼·根登不得不一一把他们拖到街上。

马曼·根登坐在阳台的一把椅子里，望向街上的这些朋友，他们有的躺在路边，有的跟跄地走回他们在公车站的长椅。这时他准备和他看过的其他所有顾家的男人一样过平凡的生活，尽管他也和朋友一同在外头过了许多年；他看着他们，感到醺醺然。

他们的孩子终于出生时，他仍然是个难以定义的男人——在外面的世界里是个坏蛋，在家中又是个好男人。他按从前发的誓，为婴儿取名伦嘉妮斯。但最后大多数人都因为她的惊世美貌而叫她美人伦嘉妮斯。

这时排长出现了，他诚恳地说他真的很高兴看到朋友得到一个小女孩，而女孩和她的母亲及外婆一样漂亮。他当然也挪揄他，恭贺他说，除了厕所里几次荒唐的插曲之外，他的装备休兵了漫长的五年居然还管用。马曼·根登通常粗鲁又冷酷，这时却害羞地红了脸，小心翼翼地问排长过得如何。

排长露出灿烂的微笑："亲爱的朋友，瞧瞧我。我们都承蒙幸运眷顾，我们的耐心终于得到了报偿。我的妻子也怀孕了，她的肚子浑圆又饱满。噢，朋友啊，别那样看着我，我并没有做前两次让她怀孕的那种事。那两个亲爱的小宝宝确实没了，但我希望我的悲伤终于能过去。我相信我的妻子会生出实实在在、活生生的孩子，我发誓，我们孩子的美貌不会逊于你的这个小女儿。因为这次我做对了，我没强暴我的妻子。我们像其他新婚夫妇一样做爱，起先有点害羞，但温暖、热情、真诚，而且充满爱意。"

他继续说："你听了一定很意外。一天夜里，天将破晓时，我发现妻子光着身子将自己献给我，说她已经准备好心甘情愿地让我占有，不会抵抗，那时我也一样讶异，之后几星期我们都在享受蜜月的绝妙夜晚。朋友，我的故事和你的没那么不同，或许这个宇宙让我们注定拥有同样的命运。"

两人都轻声笑了。

排长觉得没必要让马曼·根登知道，所以没提他饶了克里旺同志一命，才赢得妻子的爱。

他们满心欢喜地在马曼·根登的鱼池附近的后院里举杯祝贺对方。他们聊了许多事，包括扑克牌的策略，因无止境的蜜月而在牌桌上缺席许久之后，他们保证很快就会再度在牌桌上相见。

伦嘉妮斯出生六个月后，马曼·根登听说阿拉曼达即将分娩，于是带他的妻子与女儿去了排长家。他们到达时，婴儿正发出第一声哭啼，马曼·根登就在那一刻和排长握了手。新手爸爸看到他的宝宝时欣喜若狂，她有血有肉，有骨有皮，完美无瑕，几乎就像世上所有的婴儿一样。孩子是个女婴，而她的美貌毫不逊于他亲爱的朋友兼敌人之女。

马曼·根登说："排长，恭喜，希望这对表姐妹会成为最好的朋友。你想好名字了吗？"排长说："我要替她取名为努鲁·艾妮，就跟她消失的两个姐姐一样。"但之后人们喜欢喊她的昵称，小艾。

两位父亲不得不等待多年才等到属于他们的幸福，而这就是他们的故事，两人都深爱他们的女儿，因此他们与沙丁鱼贩和屠夫在扑克牌桌上重逢时，有时会带着这两个小女孩。于是孩子们在一起长大。在牌局中，男人们会让孩子洗牌，把他们的筹码丢给她们，有了这两个女孩，他们的友谊也愈来愈紧密。

而在努鲁·艾妮出生十二天后，她们的第三个表亲也诞生了——是个男婴，他是阿汀姐的孩子，他父亲替他取名为克利桑。但那是另一个故事，另一个家庭，另一种命运，从克里旺同志被定于黎明处决，却因为阿拉曼达向排长屈服、换他一命而逃过一劫时开始。这三个表亲是黛维·艾玉的外孙，当时谁也不知道他们的诞生将在未来的岁月中造成最令人痛心的悲剧。

与此同时，卡米诺和法丽达在墓园满心幸福地过着他们平静的日子。卡米诺很高兴终于找到愿意嫁给挖墓人的女孩，尽管她一再告诉他，她跟他结婚只是因为他住在她父亲的坟附近，但他毫不在意。

"嫉妒死人没有意义。"卡米诺说。

他们仍然经常玩"吉隆贡"，召唤姆阿利明的鬼魂。死者似乎很高兴法丽达嫁了一个挖墓人。

"没有人比挖墓人更善良了。"死者说，"他们殷勤地服侍不再需要服侍的人。"

法丽达怀孕时，他们的婚姻更加幸福了。"如果是个男孩，那么下一代挖墓人就要出现了，"法丽达对丈夫说，"但如果是个女孩，那这座城里或许再也没人替他们埋葬死者了。"

他们共同的生活就是如此。他们大部分的时间都用于彼此交谈，或和亡灵交谈，偶尔和陪同尸体的哀悼者交谈，他们也喜欢偶尔拜访可可和椰子种植园另一头的邻居。

他们的生活还算富裕。他们住在哈里蒙达市给他们的屋子里，家里从不缺钱，因为几乎每天都有哀悼者，每人都会在卡米诺手里塞一两张钞票。人们会在死者死后的第七天来坟边悼祭，第十四天时再来一次，接着是第一百天，然后是第一千天。伊斯兰斋月开始时，他们也会悼祭，开斋节之后，有些人会再来悼祭。墓园埋了太多人，也难怪每天都有人来悼祭，而卡米诺和法丽达喜爱所有访客带来的消遣。

唯一有点烦人的是鬼魂造成的骚动。鬼魂并不邪恶，但他们爱捣蛋。他们时常捉弄不得不经过墓园的人，发出令人毛骨悚然的声音，或是装成无头的番薯贩子。晚上人人都避开这个地方，不过卡米诺和法丽达已经习惯了，他们只会把鬼魂赶走，就像其他人把跑进厨房里的鸡赶出去一样。夫妻俩甚至偶尔反过来去捉弄鬼魂。

中午的时候，如果要做的事不多，法丽达依然时常坐在她父亲的坟边。她在那里放了把椅子，但怀孕后坐着愈来愈辛苦，于是她在鸡蛋花的树荫下铺了张席子躺下，可是海上来的微风会卷起沙子，从地上吹过。卡米诺替她用绳索编了张吊床，将两端绑到两棵鸡蛋花树上，让他的妻子可以躺在那里由风哄着入眠，闭上眼任身体微微摇荡。

但有一天，这个安排导致了悲剧。法丽达怀孕六个月时，在那张吊床上睡着了，做了个可怕的噩梦。她在震惊中被吓醒，猛然坐起，摔下吊床，跌落到地上。她大量失血，卡米诺听见她的身子重重摔到地上的声音，但他还没跑到她的身边，她就已经死了。

这个男人多么悲伤啊；他同时失去了妻子和未出世的孩子。现在他将回到他曾承受了许多年的寂寞中，只不过在尝过幸福之后，如今的寂寞远比以前更令人沮丧。

他亲自埋葬了他的妻子。他不知所措，只跟一两个邻居提起发生了什么事，没再跟其他人说。他哀恸心碎，深情地替妻子清洗身体，为了那张吊床而自责。他亲自为她的尸体祷告，他的屋里有充足的裹尸布，于是他甚至亲自裹起妻子的尸体。下午，他开始挖妻子的坟，她的坟就在姆阿利明的坟旁边，因为他知道这正是法丽达希望的。黑夜降临时，坟挖好了。他泪流满面，扛着妻子的尸体，把它放到坑底的小凹处，然后用小木板盖上。他开始把土填回洞里时，啜泣变成了揪心的抽噎。

那晚他没睡。卡米诺就像法丽达哀悼她父亲时一样，就这么动也不动地坐在他妻子的坟边。他全身仍沾着她坟里的泥土，铲子还插在他身边。突然间，他听见了细小的呜咽声。那是孩子的哭声——不对，是婴儿在哭。他东张西望，但谁也没看见。他开始觉得可能是哪个墓园的鬼魂在捣蛋；但哭声变大、变得更加清晰时，他终于发现哭声来自他妻子的坟墓。

他像着魔似的挖开妻子的墓。他拔起盖住的木板。尸体仍然裹着尸布，僵直地躺着，但他看到尸体的下体附近有东西在动。卡米诺迅速拆开裹尸布，发现尸体的两腿夹着一个生到一半的婴儿。他把婴儿拉出来，婴儿显然活力十足，正大声啼哭，接着卡米诺用牙齿咬断了脐带。

这就是他的儿子。虽然出生在坟里，而且早产，但他看起来颇为健康。小家伙是卡米诺在悲伤岁月中得到的恩赐，就像他爱人送给他的信物。他亲自抚养这个孩子，溺爱着他，替他取名为钦钦。

克里旺同志要被处死的那天早上，阿汀姐来确认他是不是真的死了，却在司令部后面的空地上发现他受到凌虐，浑身瘀伤。他按阿汀姐的愿望，穿着她送给他的干净、体面的衣服（不过现在溅上了血渍），因为那天早上四点三十分时，他平静地洗了澡，然后在镜子前打量自己，希望死亡天使会喜欢他的模样。

处决前不久，一个狱卒问他："同志，你会怕吗？"

"只有士兵才会满心恐惧。"克里旺同志说，"如果士兵不害怕，就不需要任何武器了。"

五点的钟声响起，一群士兵来领他出去，他们气坏了，因为排长取消了枪决他的任务。看到这个男人面对死亡时神态冷静，他们的怒火更加炽烈了。

"我可以自己走向我的坟墓。"克里旺同志说。

"就让我们麻烦点，带你过去吧。"他们答道，接着把他拖过地上，他的两腿被拖在后头。士兵把他拖过走廊时踢了他，完全不给他抗议的机会。然后他们把他丢在他原定被处决的小空地上，一盏探照灯照亮了草地，克里旺同志正努力爬起来，他在灯光中眨着眼。他一路被踢，浑身发疼。即使死亡将至，他仍然希望自己没有骨折。

他站起来，感觉走动时有血淌下他的背，他微微踉跄地走向准备让人枪决的墙边。但那些士兵凶残熟练地毁打他，用靴子踢他，用步枪柄打他。

"你们这样绝对杀不了我。"克里旺同志说。

他又被踢了一脚，然后失去了知觉。士兵不再折磨他。他们只用靴子尖将他翻了过来。他失去了意识，他们担心他死了，因此谁也不敢再打他一下。排长允许他们虐待和折磨他，但不能杀死他，于是他们把他失去意识的身躯拖到指挥部外的一片空地上，如果他被豺狗撕成碎片而死，那就不是他们的责任了。

克里旺恢复意识时，发觉自己躺在医院的一张病床上，僵硬的身体到处都交叉裹着绷带。阿汀姐坐在他身边等待，她发现他还活着，恢复了知觉，欣喜地露出发自内心的微笑，十分迷人。

"这位小姐把你拖到大街上，用人力三轮车把你送到这里。你昏迷了两天两夜，她一直在这里等着。"站他身旁的那位医生说。

克里旺同志喃喃说了句听不见的谢谢（就连他的嘴也裹了绷带），但阿汀姐从他的双眼看出他在道谢，她点点头，说她希望他早日康复。

这个男人领导了许许多多次罢工，领导过哈里蒙达的一千多名共产党人，而他已失去了一切——他的朋友，甚至他的家乡；他的家乡将转变成一个新世界，而这个世界里没有共产党人。

他与世隔绝地躺了一星期，阿汀姐一直待在他身边，米娜每天早上都来探视。有时他的意识断断续续，错乱地呼喊朋友的名字，但他们当然都死了，或许已经下了地狱。有时他问起他的报纸，他依然深信所有混乱的起因是报纸无法送达。他胡言乱语的状况有加重的迹象时，阿汀姐就赶紧在他高烧的额上放一块冷敷布，之后他会再度沉入梦乡。

"你们考虑我的建议，该把他送去精神病院吗？"医生问阿汀姐。

"不必，"阿汀姐答道，"他其实正常得很，疯狂的是他面对的世界。"

克里旺同志出院时，身体多少已经复原了，他回到了米娜的家。

他变得孤僻，接下了他母亲的缝纫工作，避免与其他人互动。他双眼深陷，垂眼看着车针起落，和城市的现实脱节。即使没有顾客，他还是会缝些别的东西，从手帕到枕头套，没有大块的布时，他就开始收集剩下的碎布，缝成拼布作品。

他不想跟任何人说话，而且从来不出家门，因此人们开始表现得好像他根本不在场，对他视而不见，有时有人会喃喃地说："如果他真的被处死了还好一点。"

"感觉好像你没被处决，却还是死了。"阿汀姐说。她试了好几次，想让他活过来。"或许你确实应该被送去精神病院。"他没回应，女孩放弃了希望，觉得不可能让他恢复原状了。

但一天早上，他打扮得干干净净，走出了家门。他出门朝街上走去的时候，他的母亲讶异极了。人们听说那位克里旺同志再次在城里露面了，像洪水一般立刻涌上街头。他们看着他穿过童军街、伦嘉妮斯街、山羌街、荷兰街、独立街和其他许多街道，就像之前他们看着他在士兵的围绕下被带去监狱。他也像那时一样若无其事地继续走他的路。包围他的民众愈来愈多，但他看在眼里，只觉得那是他要穿过的一场狂欢会。

"请问你要去哪儿？"有人问。

"去街尾。"

这是他出院之后说的第一句话。对于听到的人而言，这句话就像猩猩开口说话一样耸动。许多人觉得他是去老党部宣布共产党回来了，不过现在那里只剩下一堆残砖碎瓦。也有人猜测他会投海自尽。但谁都不是很确定，于是他们继续像货真价实的马戏团车队那样跟着他。

他经过哈里蒙达市广场时突然摘了朵玫瑰，安详地吸着玫瑰的芬芳，人们都看呆了，女孩们几乎跪倒在地。克里旺同志在家里关了一个月之后，看起来比他领导共产党时圆润了一点，人们看到他嗅闻那朵玫瑰时，在他眼中瞥见了一丝令昔日无数女人害相思病的光彩。女人们各自祈祷他是在往自己家走去，打算和解、谈判，或随便你怎么称呼，想重温曾经绽放或还没机会绽放的爱情故事。

"同志，请问这朵花是给谁的？"一个少女双唇颤抖着问。

"给狗的。"

说完他把玫瑰抛向正巧经过的一条豺狗。

结果他是要去见阿汀姐，这下许多女人更心碎了。阿汀姐现在二十岁，完美地继承了母亲的美貌。黛维·艾玉看到克里旺同志出现，惊讶极了，她请这个男人进门，数百个好奇的民众挤进她的前院，一同挤在窗边偷听，想知道这是怎么回事。就连已经有五年未见黛维·艾玉的排长和阿拉曼达，也一时忘了他们热情的蜜月，和其他人挤在一起。人们猜不出他是为阿汀姐还是为黛维·艾玉而来——他显然还是从前那个一向很受欢迎的男人，人人都在等待下一出他要上演的好戏。他已经扮演过城里最受爱戴的人，也扮演过最受鄙视的人。

"午安，夫人。"克里旺同志说。

"午安。我一直纳闷你为什么没被处死呢。"黛维·艾玉说。

"因为他们知道，让我死就遂了我的愿。"

他的讽刺逗得黛维·艾玉咯咯笑。

"同志，要来杯我女儿泡的咖啡吗？听说你们俩这几年变得很亲近。"

"夫人，哪个女儿？"

"我只剩一个女儿：阿汀姐。"

"好的，夫人，谢谢您。我是来向她求婚的。"

聚在那里的人听见他的求婚震惊了，发出雷鸣般的骚动，女孩们这下当然心都碎了，就连阿拉曼达听了都流泪，就像自己被求婚一样感动，又嫉妒她妹妹是多么幸运。阿汀姐在墙后偷听，她听到克里旺同志突然求婚，比谁都讶异。她用托盘端了两杯咖啡，在那道墙后停下来，庆幸杯子没掉到地上。

她开心又惊讶，手足无措地站在那里。黛维·艾玉经历过残酷的人生，因此习惯保持镇定。她温柔沉着地微笑了。

"噢，我得问问我女儿怎么想。"

黛维·艾玉走到后面。阿汀姐羞得不敢露面，何况屋外围着人群。但她非常确定地对母亲点点头。黛维·艾玉端着托盘回到克里旺同志那里，坐到他面前。

"她点头了。"她对克里旺同志说，又轻笑一声，"所以你要成为我的女婿了。唯一没跟我睡过的女婿。"

"夫人，其实我曾经想过。"他有点难为情地说。

"我猜也是。"

那年十一月底，克里旺同志终于娶了阿汀姐，他们举行了盛大的婚礼，所有费用都由黛维·艾玉包办。他们宰了两头肥牛、四只羊、几百只鸡，还用掉了天晓得多少公斤的米、马铃薯、豆子、面条和鸡蛋。克里旺同志没有太多钱，只有他捕鱼时攒的一小笔积蓄，所以起先他只想办最简单朴素的婚礼。但黛维·艾玉想要一场盛大的婚礼，因为阿汀姐是她身边的最后一个孩子了。

克里旺同志给了阿汀姐一枚戒指当新婚礼物，那是他在雅加达的时候当流动摄影师赚钱买的，说实话原来是要给阿拉曼达的。阿汀姐很清楚这个礼物背后的故事，但她并不是她姐姐阿拉曼达以前指控的那种爱吃醋的女孩。她甚至由衷得意地展示了这枚戒指。他们去海湾的一间旅馆度蜜月，是黛维·艾玉替他们安排的。

黛维·艾玉甚至替新婚夫妻在排长住的住宅区里买了栋房子，和排长只隔一户。而克里旺买了一块地，开始完全靠自己耕种。他在田尾挖了个池塘，在池塘里撒进鱼苗，每天早上喂它们米糠、木薯和木瓜叶。他和其他人一样在稻田里种稻。阿汀姐从来没碰过稻田的泥巴，要当农夫之妻还有很多事情要学，但她当然心满意足。

克里旺同志像一般农夫一样很早就出门去田里。他检查排水设施，拔杂草，喂鱼，种花生和豆子。阿汀姐包办所有的家务，快到中午时，家务都做完之后，她会带着满满一篮早餐跟着他去田里。克里旺同志在稻田边盖了一间小工寮，他们会在工寮里一起享用食物，回家时篮里会装满嫩木薯叶和番薯。

一月，阿汀姐去医院确认自己真的怀孕了。认识他们的人都和他们一样开心。阿拉曼达是第一个道贺的人。那时她自己也怀孕了，不过还没生下努鲁·艾妮。她来时夫妻俩正在他们的阳台上休息看花，阿汀姐种的花朵正美丽地盛开。看到她来，两人都有点意外，因为他们虽然是邻居，阿拉曼达却从不曾顺路来打招呼，他们也是。

克里旺同志有点尴尬，但阿汀姐立刻拥抱了姐姐，她们吻了彼此的脸颊。

"医生怎么说？"阿拉曼达问。

"他说，如果是女孩，希望她不会和她外婆一样变成妓女，如果是男孩，希望不会和他父亲一样变成共产党。"

阿拉曼达笑了。

"那医生怎么说你的肚子？"阿汀姐说。

"我的肚子已经骗过我们两次了，知道吧，所以我没办法确定。"

"阿拉曼达。"克里旺同志突然开口了，两个女人都转头看他。她们注意到他注视着阿拉曼达的肚子。阿拉曼达记起克里旺同志两度说她的肚里只有空气和风，就像空罐子一样，她脸上血色尽失。但他宣布："我发誓，这次和以前不同，不是空罐子。"

阿拉曼达注视着他，想听他再说一次，克里旺同志点点头向她保证。"是个美丽的小女孩，也许比她母亲还美，头发乌黑，有她父亲的锐利双眼。她会早我的孩子十二天诞生。你可以把她跟她姐姐一样取名为努鲁·艾妮，不过相信我，她会活下来，长成年轻女子。"

那天晚上，排长说："老天啊，既然同志这么说，我就替她取名为努鲁·艾妮。"他和阿拉曼达开始明白，他们并不是因为诅咒才失去前两个孩子，而是因为没有爱。是阿拉曼达实践了她替克里旺同志的性命求情时的承诺，将她诚恳纯正的爱给了排长，而那份爱现在开花结果了，看来将会让他们如愿以偿。

克里旺同志明白他的责任正随着妻子腹中的小家伙一同成长，于是开始思考农田和稻田之外的工作。他以前领导共产党时，曾替主日学校的孩子收集书本，当成党文献之外的读物。他的大部分书都被毁了，被排长的手下和烧掉他们党部的反共分子放火烧了。不过排长留下了武侠小说和一些没有共产主义意识形态的低俗小说，带去司令部给自己和他的士兵看。阿拉曼达来访后不久，排长归还了满满两纸箱书。于是克里旺同志开启了他的第一项小生意，他在家前面开了一间小租书店。顾客主要是学童，不过至少阿汀姐有事做了，他们都蛮开心的。

最后，努鲁·艾妮终于诞生了。马曼·根登说："排长，恭喜，希望这对表姐妹会成为好朋友。"排长听了很感动。

让两个孩子在友谊中成长，来平息她们父亲久远的私怨，实在是新奇的主意。排长同意了，他说到时候应该让美人伦嘉妮斯和努鲁·艾妮上同一所幼儿园。

努鲁·艾妮出生十二天后，阿汀姐终于像克里旺同志预言的那样产下了她的儿子，排长受到那个主意的影响，效仿了马曼·根登带着和平与希望的贺词，只是说法稍有出入："同志，恭喜，希望你我的孩子和我们不同，可以成为好朋友——也许甚至相爱而结合。"

父亲把男孩取名为克利桑。或许他确实是努鲁·艾妮命中注定的对象，不过人生总有些别的插曲——美人伦嘉妮斯介入了他们。

14

一九七六年，哈里蒙达充满了怨恨，因为复仇心切的鬼魂被困在炼狱而无法安息。城里所有人都能感觉到这一点，包括刚从火车上下来的两位荷兰游客。他们看上去是一对七十多岁的夫妇。即使在这个年纪，男人仍然背得动塞满东西的巨大背包，他的妻子则拿着一个小包和一把伞。混浊的空气中弥漫着腐臭、充斥着红光闪烁的影子，他们从车站站台上下来时，这情景令他们后退。

"感觉像进了鬼屋。"太太评论道，摇了摇头。

"不对，"她先生说，"感觉这座城市有过大屠杀。"

载他们去旅馆的人力三轮车夫跟他们说了鬼魂的事。他说鬼魂非常强大，所以要祈祷鬼魂不会在路上掀翻这辆车。先生问："那样的事常发生吗？"车夫答道："很少不发生。"他跟他们讲了汽车冲过分隔岛后飞进海里的事。乘客无人生还，全城都相信这是无法安息的鬼魂所为。他也跟他们说了两年前在市场的大火——大家都确信是鬼魂放的火。

"有多少鬼啊？"太太问。

"夫人，说实话，从来没人傻到去数有多少鬼。"

接着他们才知道，几年前这座城市有过一场恐怖的大屠杀，死了一千多名共产党人。尽管人们反对那些共产党人，但他们也说城里从来没有过那么骇人的屠杀，希望以后也不会有。是啊，死了一千多人。他们大多被埋在布迪达玛公墓的一座大冢里。有些被留在路旁任其腐烂，直到无法忍受的人埋葬了他们，但感觉更像是人们在香蕉园拉屎之后把屎埋起来一般。

那两个荷兰人订了海滩上一间蛮不错的饭店。太太低声对先生说："我们在这里做过爱，爸爸逮到了我们，那是我们最后一次见到他。"她先生点点头。他们走向柜台，迎接他们的是个年轻人，他身穿白色制服，领结完美对称，使他显得僵硬不自然；他微笑着递出房客登记簿。他们在登记簿上以优雅的老式连笔字写上他们的名字：亨利和阿涅·斯塔姆勒。

他们那一整天在旅馆房间里休息，阿涅·斯塔姆勒说自殖民时代以来这里改变了不少。"我甚至敢打赌现在的老板是本地人。"他们计划隔天出游，不过两人似乎完全不匆忙，好像打算在城里待上好一段时间，或许几个月，甚至几年。许多荷兰游客从前因为战争而被赶走，他们怀念之前住在这里的日子，所以会做这样的事。

这时来了一个侍者，带来客房服务和一则讯息。"先生、夫人，你们在这里的时候，请小心共产党的鬼魂。"

亨利·斯塔姆勒哈哈笑着说："卡尔·马克思在《共产党宣言》的第一段就警告过我们了。"接下来，他们吃了一顿晚餐，唤回了几乎已经被他们遗忘的热带风味。

但在他们开动而侍者离开之前，亨利问道：

"你知道一个名叫黛维·艾玉的女人吗？她大约五十二岁。"

"当然知道，"那个孩子说，"哈里蒙达没人不知道她。"

亨利·斯塔姆勒和他妻子跳了起来，开心得无法形容。他们几乎飞过半个地球才来到这座城市，寻找他们的女儿，从前他们把她留在她祖父的台阶上。两人愣愣地盯着那小子看，好像无法相信他们能这么轻易地找到她。

"她是白人混血儿吗？"

"是啊，这座城市里没别的黛维·艾玉。"

"所以她还活着？"阿涅·斯塔姆勒问道，眼中涌起泪水。

"不，夫人，"那个孩子说，"她不久前过世了。"

"她怎么死了？"

"因为她想死。"那小子准备告退，但他消失在门边之前补充了一句，"不过如果你们想找妓女的话，还有不少其他的妓女。"

这下子，他们知道黛维·艾玉从前以卖淫为生了。那小子说，黛维·艾玉是当地的传奇，是这座城市里最负盛名的妓女，不过亨利和阿涅·斯塔姆勒听了没那么捧场。"所有男人都想跟她睡。就连她的三个女婿里，也有两个跟她上过床。她是不可思议的妓女。"

"所以她有三个女儿啰？"阿涅·斯塔姆勒问道。

"四个。最小的在黛维·艾玉死前十二天出生。"

那小子跟他们说了地址，让他们去找他们最小的外孙女，一个哑巴女佣罗西娜跟她住在一起、照顾着她，而黛维·艾玉给她取名为美丽。

"可是她丑陋极了，好像怪物。"那小子警告道。

隔天他们造访那栋屋子的时候，亲眼见识了。两人都差点昏过去，难以相信他们有个那样的外孙女。阿涅·斯塔姆勒瘫在一张椅子上，说道："好像烧焦的蛋糕。"

罗西娜把宝宝美丽放进门边的布摇篮，拿了两杯冰柠檬水给客人。她用手语比画道："黛维·艾玉生漂亮孩子生烦了，所以祈祷生个丑孩子，结果就是这样。"

亨利和阿涅·斯塔姆勒完全不明白她的意思，而罗西娜最讨厌和不了解她手语的人沟通。但她人很好，所以她去拿了记事本，写下刚刚她告诉他们的话。

"她其他的孩子呢？"亨利问。

"自从她们发现男人的老二之后，就再也没踏进家门一步。"罗西娜写下黛维·艾玉曾经跟她说过的话。

夫妇俩在屋里参观了一下，欣赏墙上挂着的照片。一张特德和玛丽琪·斯塔姆勒的照片令他们哭了出来，罗西娜看着这对多愁善感的老家伙摇头。才哭完，他们看到客厅里挂着他们还是青少年时的照片，又哈哈笑了。罗西娜向她摇篮里的婴儿打手势说："我敢打赌，他们一定刚从精神病院里出来。"亨利和阿涅·斯塔姆勒看黛维·艾玉的照片看得入迷。有一张她小时候的照片，一张她十多岁的照片。因为战争的关系，没有她二十多岁的照片，但她长大之后的照片就多了，甚至有一张她大约五十岁时拍的照片。他们惊讶地发现，他们的女儿无论什么年纪都一样美貌迷人。难怪她当了妓女，被许多男人崇拜。

墙上还有其他年轻美女的照片。"脸很白，小眼睛像日本人的叫阿拉曼达。"罗西娜扮演导游的角色，解释道，"她嫁给了排长，一个军人，她有个孩子叫努鲁·艾妮。最像黛维·艾玉的女儿是阿汀姐，她的次女。"罗西娜在笔记本上写道，"她嫁给一个共产党老兵克里旺同志，生的儿子叫克利桑。第三个女儿，最漂亮的那个，是马雅·黛维，与其说像本地人，倒比较像印度人。她十二岁时嫁给了这座城市最让人厌恶的罪犯马曼·根登，当了五年的处女新娘，现在终于有了个女儿，美人伦嘉妮斯。"

罗西娜从来没见过这三个孩子，但黛维·艾玉跟她说了这些事。

突然一股不可思议的力量撞上了他们，好像室内的空气突然被抽光，或是凝结在他们皮肤上，他们颈后的毛发直立起来。

"天啊，"亨利说，"这是什么邪恶的力量？"

"不知道，不过这栋屋子确实闹鬼。并不是特别邪恶的鬼，但绝对怀恨在心。"

"是共产党的鬼魂吗？"阿涅·斯塔姆勒问道，畏缩在丈夫身边。

"那些鬼魂都在街上，没在这栋屋子里。"

墙上的照片开始微微晃动，好像有微风吹过。罗西娜手中的书开开合合。小美丽的摇篮来回晃动。接着厨房里传来盘子破裂的声音，一只锅哗啦啦滚过地上。

"那是黛维·艾玉的鬼魂吗？"阿涅问。

"我不确定。"罗西娜写道，"黛维·艾玉曾经说，无论她去哪里，马·格迪克的鬼魂都跟着她，她怕他，但目前为止他没做任何伤害我们的事。"

"马·格迪克是谁？"亨利问道。

"黛维·艾玉说他是她的前夫。"

超自然的骚乱一结束，那些照片再一次直挺挺地挂在钉子上。亨利·斯塔姆勒说："这座城市的鬼魂太多了。"然后他灌下他的冰柠檬水，试图平静下来。"我没看到照片里有任何可能是马·格迪克的男人。"

"我也从来没见过他。"罗西娜答道。

美丽出生之前，罗西娜和黛维·艾玉两人时常坐在厨房炉子前的一张小长凳上，讲故事给对方听。黛维·艾玉曾经跟她说过马·格迪克的故事。黛维·艾玉嫁给了他，逼他成为她的丈夫，因为她太爱他了。她对其他男人的爱从来不如她对那老家伙的爱那么深。"只不过我的爱显然完全是单恋。其实他觉得我是邪恶的女巫。"黛维·艾玉曾经笑着说。她在见到他之前就爱上他了，因为她母亲的母亲深爱着他。"马·格迪克和我祖母马·伊杨是对可怜的恋人。一个荷兰人无节制的贪婪好色毁了他们的爱情，也毁了他们的人生。更不幸的是，那个好色的荷兰人是我的亲祖父。"黛维·艾玉自从听了那个故事，就爱上了马·格迪克。或许是男仆或邻居跟她说的。她声称，如果她不能嫁给那个男人，她就自杀，所以她要下人绑架他，然后不顾他的意愿和他结婚，但他们其实从未圆房。"他跑到一座山丘上，跳崖自杀了。"从此之后，无论她去哪里，他的鬼魂都跟着她。

斯塔姆勒夫妇当然知道马·伊杨和马·格迪克的故事，但他们不知道黛维·艾玉嫁给了那个马·格迪克。

"于是黛维·艾玉就在他的鬼魂的陪伴下活着，直到她五十二岁。"罗西娜写道。

"可是她为什么会变成妓女？"阿涅问。

罗西娜把黛维·艾玉在战争期间经历的事告诉了他们，也说了她曾经告诉罗西娜的话，战争结束之后她继续当妓女，不只是为了偿还她欠卡隆妈妈的债，也是因为她不希望发生在马·伊杨和马·格迪克身上的事再次发生在其他爱侣的身上。"男人去嫖妓，就不用娶姨太太。"黛维·艾玉解释道，"每次有男人娶姨太太，很可能就会让那个姨太太的爱人心碎。所以一段恋情会被破坏，生命会被拆散。但如果男人去嫖妓，只会伤害他的妻子，但他的妻子显然已婚，而且显然做错了什么事，丈夫才会去妓院。"

"所以她才成为妓女。"罗西娜写道，"我觉得我好像在写女主人的传记。"于是她咯咯笑了。

"我们的女儿怎么会有这么肮脏的想法？"阿涅问她丈夫。

"别把孩子往坏处想，"亨利说，"我们也没好到哪儿去——别忘了，我们是兄妹，却决定结婚。"

谁也没忘记，就连罗西娜也一样，虽然她只听黛维·艾玉说过他们的故事。

接着鬼魂又来了，这次它掀翻了桌子，他们杯里的冰柠檬水也被打翻了。

然而最受鬼魂困扰的是排长。大屠杀之后的许多年间，他严重失眠，好不容易睡着，又为梦游所苦。共产党的鬼魂总是到处骚扰他，甚至在扑克牌牌桌上妨碍他，让他一输再输。鬼魂持续不断的骚扰快把他逼疯了——他时常把衣服前后穿反，或是穿着内裤走出房子，或回家时走错屋子。或是他觉得他在和妻子做爱，结果却是在干马桶的洞。他浴缸里的水会变成黏稠的血，他查看后，发现家中所有的水突然都变浓稠了，化为深红色的血；茶壶和热水瓶里的水也不例外。

城里所有人都能感应到这些鬼魂，鬼魂吓坏了他们，不过最害怕的是排长。

鬼魂有时出现在他卧室的窗边，额前的弹孔汩汩地流着血，发出呻吟，好像想说什么却完全无法说话。如果排长看到他们，他会脸色苍白地尖叫退缩，阿拉曼达会跑来努力安抚他。

"你想想，那只是某个共产党的鬼魂而已。"阿拉曼达会这么说，但这话安慰不了排长，因此她不得不把那些鬼魂赶跑。有时鬼魂不想离开，如果他们像要讨东西一样继续呜咽，阿拉曼达就会给他们一点吃喝的东西，他们会像刚刚穿过大沙漠一样喝着饮料，像三年没吃过东西一样进食，然后消失，这样才能安抚排长。

起先他其实不大害怕那些家伙。如果共产党的鬼魂带着枪伤出现，无声地唱着《国际歌》里的一些歌词，他会拔出手枪朝鬼魂开枪。起先只要开一枪，鬼魂就会消失，但过了一阵子之后，他们就像是免疫了。排长在城市的无数角落开枪打了无数的鬼魂，最后他们不再怕子弹了。他们不会消失，开枪只会在他们身上留下更多弹孔，血会从弹孔里喷出来。他们仍然只是站在那里，然后试图靠近一点，最后吓得排长跑开；这下子他真的开始害怕了。

排长受尽折磨，好像疯了一般，但他并没有幻觉。他看见的，其他人也能看见；他恐惧的，其他人也恐惧。差别在于，他比任何人都惊恐，尤其是和他妻子相比，她一段时间之后就习惯了鬼魂，觉得他们大概早晚会厌烦，不会再骚扰他们。

排长承认他杀了许多共产党人，所以如果他们计划报仇，他也不意外。他在他们周围必须小心翼翼，然而鬼魂不出现时，他仍然经常无法摆脱恐惧，他的生活变得一团糟。

　　更糟的是，他的女儿这时十岁，似乎也感到困扰。小艾（就是努鲁·艾妮）总是抱怨她喉咙里卡了一颗沙梨子。她会追着他父亲，要他帮她把种子弄出来。排长告诉她，那是鬼魂弄的，小艾相信了他。只有母亲明白，那个女孩只是在吸引父亲的注意，因为她父亲困于自己的恐惧中，变得太疏离。

　　排长的恐惧还驱使他做出各种不理智的行为。有一次，他看到一个发疯的流浪汉在打一条狗。谁都知道排长非常喜欢狗，他养狗，在他当游击队的那些年里，还繁殖过豺狗。他看到那个发疯的流浪汉打那条狗，便暴跳如雷，把流浪汉打到失去意识，丢进牢里。发疯的流浪汉只因为打了一条狗，未经审判就被丢进牢里，大家当然大惑不解。就连阿拉曼达也大吃一惊，她问丈夫：

　　"究竟是怎么回事？"

　　"那个流浪汉被共产党的鬼魂附身了。"

　　后来，一个喝醉的渔夫在半夜大声唱歌，吵醒了所有人，排长暂时克服了严重失眠，好不容易终于睡着，也被吵醒了。他立刻拿着手枪出去，朝那个醉鬼的腿上开了一枪，把他拖到监狱。

　　"你只因为有人喝醉酒，就把他关进牢里，你疯了吗？"

　　"他被共产党的鬼魂附身了。"

　　只要有人做了他看不顺眼的事，他就指控他们被鬼魂附身。这种事一再发生，昔日那个沉稳、爱冥想的排长再也不复存在了。

最后，一九七六年，阿拉曼达带他去了雅加达，因为哈里蒙达没有精神病院。一星期后，阿拉曼达把排长全权托付给护士照料，自己回来了，因为无论如何，她还有个女儿要照顾。

排长离开了哈里蒙达一阵子。排长离开之后，鬼魂并没有消失，但他们不再展示损伤的身体或是发出惨叫。之前排长只要不喜欢谁，就可以不负责任地指控那个人被共产党的鬼魂附身，然后折磨他们，或者把他们丢进牢里关一辈子。对城里人而言，他突然变得比鬼魂还要恐怖，所以他不在，大家都松了口气。

但排长很快就回来了。

"该死！"这是他说的第一句话。"那些医生觉得我疯了，于是我开枪杀了一个医生，然后回家来了。"

"你当然没疯，"阿拉曼达说，"你只是有点不大理智。"

"爸爸，我喉咙里有颗沙梨子。"小艾说。

"张开你的嘴，我要杀了那个小共产党。"

"你敢我就杀了你。"阿拉曼达威胁道。

虽然小艾尽可能张大嘴巴，但排长从没朝沙梨子开枪。

排长回到哈里蒙达，等于回到他所有恐惧的根源。他试着养更多的狗，来赶跑任何可能接近的鬼魂，这似乎多少能减少他们的攻击，但一些鬼魂比狗聪明，他们飞到屋顶上，穿过天花板出现。排长会在他的床上尖叫、大嚷，而阿拉曼达会给鬼魂吃喝，似乎这就是他们想要的。

"只有克里旺同志能控制他们。"排长抱怨道。

"噢，可惜克利桑出生不久，你就把他送去布鲁岛了。"阿拉曼达刻薄地说。

这是真的，排长悔不当初。不是因为他的妻子气他违背了承诺，而是因为在他看来，他并没有违背承诺——他只向阿拉曼达承诺会让克里旺同志活下来，而那个人确实被饶过一命；此外，是司令官认定克里旺同志是死硬的共产党员，这样的人全都要被流放到布鲁岛，而排长无力影响他。排长只后悔克里旺同志不在，无法控制共产党的鬼魂。他需要那个男人，他心想，他得设法把他弄回家，否则他就不得不自我放逐。

最后他选择自我放逐。

报告传来，东帝汶受到军事占领——游击队士兵给国军制造了一点麻烦，而排长受到征召。他将和鬼魂说莎哟娜拉，到东帝汶去，尽管这么一来他就得离开他的妻女。所有将军都知道他的名声，知道占领区需要的正是他关于游击队的知识。

排长要离开的计划很快就成了民众闲聊的话题。他离开的那天在独立广场举行了一场惜别会，有支军乐队在惜别会上表演。然后排长穿了全套的军装，坐着敞篷吉普车在城中游街，朝城里所有人挥手，对无法安息的苦难鬼魂露出讥讽的微笑。他和他的随行人员越过城界，逐渐远去。

他忘了和他的妻女道别。

"他根本还没把沙梨子拿出来。"小艾抱怨道。

"相信我，他在那里撑不了多久。"阿拉曼达安慰她说，"他在哈里蒙达是厉害的游击队员，但东帝汶不是哈里蒙达。"

她说对了。不到六个月，排长的脚胫就嵌了颗子弹，被送回家了。看来城里人永远无法真正摆脱他。

由于他太快就回家了，为了让自己好过一点，他向妻子抱怨在那个糟糕的地方作战有多困难："不知道他们在那块鸟不生蛋的战场干什么。"她叫他去医院拿掉子弹，但排长拒绝了。他说已经不痛了，只是害他有点跛而已。他想要子弹卡在那里，作为一个悲惨的纪念品——"因为打中我的人一边唱《国际歌》，一边用步枪瞄准。原来到处都是这些共产党。"

克里旺同志的租书店经营一阵子之后不得不关门了。恶毒的谣言把租书店和他从前身为传奇共产党员的作为连在一起，说他让学童读无教育意义的垃圾，毒害他们的心智。这样的胡扯激怒了克里旺同志，但阿汀姐设法安抚了他。他最后还是关了租书店，把书收起来，发誓他的孩子长大之后，他会教他的孩子读那些书，人们可以看看那个孩子的道德有没有败坏。

"不是我不想给他们读无教育意义的垃圾书籍，问题是他们已经把我所有无教育意义的垃圾书都烧了。"他说。

排长刚刚靠着与一位地下伙伴合资，开了家制冰厂。他知道克里旺同志被迫关闭租书店之后遇到困难，便提议让他帮忙经营这间工厂，几乎是当一个全面的合伙人。这桩生意当然前景大好。虽然还有一般的渔夫存在，不过要知道，自从共产党衰败（表示渔民工会解散了），就有更多大船在哈里蒙达的海上作业，而他们都需要冰块。克里旺同志对这个提议没有一点兴趣。他没说为什么——或许那些理由的意识形态太重，或许在他被确定处死的那天早上之后，他想到再接受排长和他妻子的帮助就不舒服——总之他决定去当燕窝采集工。燕窝会以非常高的价格卖给华人商人，华人商人再卖到大城市和国外。克里旺同志不在乎谁要吃燕窝，据他说，燕窝尝起来不比没调味的通心粉好吃——据说燕窝是用燕子的口水做的，但即使是燕子的屎做的，克里旺同志也一样不在乎——他脑中只想着弄到那个东西，卖给华人掮客，于是他成了和四个新朋友组成的燕窝采集队的一员。

陡峭悬崖的崖壁沿着海岬上的丛林而立，悬崖上的洞穴有大有小、有高有低，最低的只有在退潮时才看得到，这些洞穴里有漂亮的黑燕筑巢，它们在洞口进进出出，掠过滔滔白浪。

采集队通常在夜里出去，装备着笼子、一点食物、手电筒和急救用的抗蛇毒血清，因为燕子洞里也有蛇。四人默默乘着一艘没有马达的划艇靠近悬崖。他们非常有耐心地在变幻莫测的海浪间航行，海浪有时挺配合的，有时则会淹没洞口，他们必须持续守望，以防海潮转向后毫无预警地灌进来，把他们困在洞里。有时他们会在突出的礁石上下锚，拿出安全索，爬上悬崖，冒着生命危险爬到更高的洞穴。这项工作超乎想象地累人，有时无情的天气会让他们等上好几天。但采燕窝的报酬让他们四人十分富足，收入远超过克里旺同志在农田或租书店赚的钱。

他大约过了一个月采燕窝的日子，阿汀姐和新生的小克利桑在家里焦虑地等待。但有一晚，一个人失足坠落，滑下悬崖，摔到了一块珊瑚礁上。他立刻死去，什么都帮不上忙，甚至用不着送医。那晚他们已经采集了不少燕窝，但他们带回家的还有朋友的尸体，那些燕窝突然显得一文不值。他们将卖燕窝的所得全给了死者的家属，然后克里旺和其他两个朋友就不再采燕窝。燕子会继续筑巢，当然还会有其他人去采，会有其他人死去，但克里旺同志已经决定忘了那门恐怖的生意——他意识到如果他死了，身后会留下妻子和新生的孩子。他不想那样。

他绞尽脑汁，想找办法再创业。当时，哈里蒙达成了海滩名胜。其实这座城市有丛林海岬形成的两处美丽的海湾，自殖民时代起就是很受欢迎的景点，但在新政府上台的早年，这座城市开始以海滩名胜来自我推广。一些侧街上挤进了新的饭店和纪念品摊贩，简单的食物摊变成了海鲜餐厅，路上的车辙补上了新的柏油。国内外游客从各种遥远的地方来此，大多是去那片漂亮的海滩游泳。西湾是他们最爱的地点，东湾则成了海港和鱼市。克里旺同志努力思考来游泳的游客最需要什么，然后试着与他可以做的事结合起来。他找到了答案。

"我要做泳裤。"他对阿汀姐说。

这主意感觉很蠢，就连阿汀姐也这么觉得。但他不在乎。克里旺同志买了一部胜家牌缝纫机。他想尽可能压低短裤的价钱，因为游客很可能只会穿着游几天泳，然后就把它丢掉。他得找到最便宜的布料，于是跑去请教他的母亲。

"面粉袋和米袋，"米娜说，"我通常拿它们做裤子口袋的内衬。"

克里旺同志先研究了漂白技术，漂掉袋子上的商标后，他就有朴素的布料可以剪成裤子的板型。他的裤子其实和农民下田时穿的裤子没什么不同，但他先在布料上丝印图案，再缝成泳裤，让泳裤与众不同。他以二流画家的技巧亲自设计图案——他不知道名字的鲜艳鱼类，或是叶子参差垂下的椰子树，背景是橘色的落日。他在图案底下用大字写上"哈里蒙达"。游客可以把泳裤带回家当纪念，让他们追忆这座城市。

海滩边排着用竹子和防水布搭成的简陋摊子，他把短裤批发到那里，结果游客很喜欢他的短裤。或许因为他的短裤很便宜，或许因为设计有趣，不过他们要游泳就要穿短裤，这点绝对有关系。摊贩跟他要更多短裤，克里旺只好更辛勤地工作。阿汀姐会做一点缝纫，但她必须照顾小克利桑，所以通常只帮忙记账。订单似乎做不完的时候，克里旺就会把一些工作丢给他的母亲。不到一个月，米娜也负荷不了，于是他又添了三部缝纫机，雇了三个缝衣女和一个丝印工，但克里旺仍然包办所有制版和设计的工作。生意很好，他发觉他不在意自己已成了一个小小的资本家。

或许克里旺同志渐渐忘记了自己的过去，总之他很享受自己愉快的生活，他事业顺利，有一位美娇娘，还有襁褓中健康的儿子。竞争者当然开始涌现，尤其是海外的华人和芭东工人，但克里旺同志的短裤在哈里蒙达仍然是最受欢迎的，他是最新的商业成功案例。

不过快乐的日子不久就毁于市长的计划。克里旺同志又变回了那个克里旺同志，从前的克里旺同志。

哈里蒙达成为海滩胜地后，生意蒸蒸日上，贪婪的市长开始希望可以把沿岸的土地卖给开发商，去建大饭店、餐厅、酒吧、迪斯科舞厅和赌场，也许甚至可以建个比卡隆妈妈那儿更好的妓院。那片土地大多属于渔民。紧邻街道的海滩边，还有一些土地没有持有正式地契的地主，却满是简陋的纪念品摊位。地方政府起先找上渔民，礼貌地问他们愿不愿意卖土地，也客气地游说摊贩把摊子迁到不久之后要建造的新艺术市集。但大部分渔民拒绝离开祖先传下的土地——他们家族世世代代都住在那里。他们必须闻到咸咸的海风，因此绝不肯搬到内陆。政府承诺的艺术市集离热闹的海滩太远，所以摊贩也不想搬迁。

于是军人来威胁人们，还有流氓撑腰。但别以为可以轻易吓到渔民——他们每晚出海，在大海上面对死亡。摊贩看到渔民不屈不挠，也坚守下去。威胁失败后，继之而来的是武力和压迫。来海滩发表演说的市长说，大海和街道之间的土地并不是无人所有，而是属于国家，不久推土机就会来推倒所有的摊子。

这样的事发生在克里旺同志的眼前，他自然变回了从前的那个克里旺同志，不过其实没人知道这是为了团结一致，还是因为他自己的生意受到了威胁。他集合渔民、摊贩和许多其他同情他们处境的人，组织了大规模的示威，那是在共产党垮台之后规模最大的示威。他们挡住道路，阻止推土机推倒他们不堪一击的摊子；最后军队来了。克里旺同志毫不动摇，仍然在前领头。

情报人员被派来调查反对者中是否有共产党人，他们立刻认出了克里旺同志。报告经过再三查证，不久就确认这个男人是货真价实的共产党员。由于将军的督促，排长不得不逮捕了克里旺同志，痛骂他，问他为什么要做那么愚蠢的事。

"我是共产党员，任何共产党员都会做同样的事。"克里旺同志说。

他终于被送到布鲁登康普，发现他的一些老朋友还被无限期地关在那里。他们很惊讶克里旺居然没死，更惊讶过了这么久他还会来到布鲁登康普。他在那里看到那么多他认识的人，感到很欣慰，只是他们的处境令人痛心——他们挨饿，衣不蔽体，无人探视。他们成天被士兵和狱卒拷问、折磨。克里旺同志声名响亮，因此也经历了同样的过程，不过手段更残酷无情。

"相信我，他一定会活下来。"排长说道，安抚愤怒的妻子，"就算他真的死了，你我都很清楚，共产党人总是会变成鬼魂回来。"

"这话跟阿汀姐和她的孩子说去啊。"阿拉曼达说。

不久之后，所有布鲁登康普的共产党政治犯都要被转移到布鲁岛。所有人，没有例外。谁也不知道他们在那里会遭遇什么。也许那是个殖民时代建立的类似博芬－迪古尔的地方，或者是个像纳粹集中营那样的地方。所有囚犯都预料到他们会被强制进行严酷的劳动，甚至遭遇比之前更恐怖的惩罚。克里旺同志无法和他的母亲、妻子或孩子道别。他只能和排长道别；军舰将把所有囚犯送去远在印度尼西亚群岛东缘的一座小岛上，出发前排长设法探视了他片刻。

"我会照顾你的太太和孩子。"排长对他说。

"你瞧，这下他被送去布鲁岛了，"排长回家时，阿拉曼达说，"他们会叫他砍柴，把他饿死。"

"可是说实在的，这些麻烦是他自找的。一朝是共产党，永远是共产党，总是性急易激动。我不是总统，没办法赦免谁，我也不是总司令，我只是一个小军事司令部的排长。"

"而你还没把这话跟阿汀姐和她的孩子说。"

排长这才终于去见了阿汀姐，说他衷心遗憾发生了这种事，但他无力阻止克里旺同志被送去布鲁登康普，又被移送到布鲁岛。这是复杂的政治案件。

"排长，那至少告诉我，他会在那里关多久？"

"我不知道，"排长答道，"或许要关到发生另一场政变。"

于是克利桑从未真正认识自己的父亲，因为克里旺同志被送去布鲁登康普又被转到布鲁岛的时候，他还只是个婴儿。他只透过他母亲跟他说的事或阿拉曼达和排长的故事来认识克里旺同志。一九七九年，他父亲回来了，他是布鲁岛上最后一批被遣送回家的犯人。男人回来了，阿汀姐欢天喜地，克利桑却无法跟她一样开心。当时男孩已经十三岁了，他觉得父亲像突然搬进他们家的陌生人。

他仔细观察这个男人，尤其在餐桌上坐在克里旺对面的时候。他看到的这个人比母亲给他看的老照片里的样子消瘦多了。从前克里旺的脸修得干干净净，现在他却任鬓角和胡子生长，一缕缕波浪般的长发盖到脖子上。父亲回来时找的第一件东西是他破旧的帽子，帽子还收在橱柜里，颜色已褪到看不出是黑色、褐色还是灰色；克利桑讶异极了。父亲拍拍帽子，但从来没把帽子戴上，总是放回橱柜里原来的位置。

遭流放回来之后，克里旺同志不怎么说话。克利桑纳闷这个男人是否真的曾是在盛大集会中口若悬河的演说家。或许父亲在夜幕低垂、和母亲躺在床上时会跟她说更多的话，但他跟克利桑说的话不多。他只说："儿子，你好吗？"或是："你现在多大了？"他频繁地问这些问题，克利桑担心他父亲的脑袋坏掉了。或许他虽然还没到五十岁，但已经衰老了。克利桑不知道他父亲的年纪。或许四十吧。但他看起来老了，脆弱又凄凉，总是穿得破破烂烂。克利桑很难过。

或许克里旺同志也不自在，因为克利桑端详他的时候，他会良久地注视自己的儿子，好像想知道儿子在想什么。

克里旺同志好几天没出家门，也没人来看他，因为他是偷偷回来的，阿汀姐和克利桑没告诉任何人。他们想守护这个男人的安宁，让他在没准备好之前不被别人发现。就连排长和他的妻子也不知道。还有米娜。

有一次，克利桑在晚餐时问道："布鲁岛那里是什么样子？"

"那里最好的食物通常是在马桶里的东西。"他答道。

这话让气氛变得很尴尬。阿汀姐向克利桑打了个暗号，之后他们不再讨论。克里旺同志从来不想谈任何与布鲁岛有关的事，阿汀姐和克利桑也不敢再问任何问题。

克里旺同志完全不与人交谈，从不出家门，似乎变得更阴郁了。或许他离开这个地方那么多年，现在对这里感到疏离；或许他能感觉到城里众多共产党的鬼魂，因此而悲伤。有一次有人敲门，克利桑开了门，结果他面前站着一个衣着褴褛的男人，胸前有枪伤，伤口不断涌出血来。克利桑差点尖叫，但他父亲出现了，说道：

"卡明，你好吗？"

"糟透了，同志。"受伤的人说，"我死了。"

克利桑脸色苍白地往后退缩，紧贴着墙壁。克里旺同志拿着一桶水和一条毛巾走向鬼魂，体贴用心地清理他的伤口，直到血不再流。

"要来杯咖啡吗？"克里旺同志问，"不过我们没有报纸。"

他们一同喝了咖啡，克利桑在一旁看着，不敢相信他父亲可以和如此吓人的鬼魂那么亲近。他们聊着逝去的岁月，轻声发笑。咖啡喝完后，鬼魂准备告辞。

"你要去哪儿？"克里旺同志问。

"去阴间。"

鬼魂消失后，克利桑倒在地上。

每次有共产党的鬼魂来访，克里旺同志就会变得更加孤僻。或许他为他们难过，或许是别的原因。克利桑失去了可以了解父亲的十三年时光，因此很嫉妒鬼魂。他希望他父亲别跟鬼魂聊天，而是跟他说话，但晚餐桌上发生过那件事情之后，他不敢问父亲任何事。

一天，克里旺同志问阿汀姐："排长过得如何？"

"因为那些共产党的鬼魂，他基本上已经疯了。"

"我想去拜访他。"

"你应该去，"阿汀姐说，"或许对你有帮助。"

那是个温暖的午后，山丘上吹来和风。他步行出门，几个邻居瞥见他，很惊讶这个男人居然回来了。从他家就看得到排长的屋子，所以他只用一分钟就走到他们的前门了。开门的是阿拉曼达，她和邻居一样大吃一惊。

"你不是鬼魂，对吧？"阿拉曼达问。

"对，如果你害怕活生生的共产党，我可是吓人的家伙。"

"所以你回家了。"

"他们送我回家了。"

"进来吧。"

克里旺同志坐在客厅的一把椅子上，阿拉曼达去拿饮料给他。她回来时，克里旺同志问起排长。

"他要么去城里哪个偏远的角落射杀共产党的鬼魂了，"阿拉曼达说，"要么就是在市场玩牌。"

之后他们没再说什么。克里旺同志想知道努鲁·艾妮怎么样了，但阿拉曼达注视他的目光极其温柔，眼神里带着同情或别的情感，他不确定他在何时、何地见过，但他确实认得那样的眼神，那眼神让他完全忘了小女孩。或许小艾去哪儿玩了，或是在美人伦嘉妮斯家，而现在都不重要了，他只想回望他面前这个女人的双眼，那是他多年前如此熟悉的那双眼睛。

他的脑子在漫长的流放期间受了伤，现在要理解任何事都很缓慢。但这时他想起来了，然后明白了。是啊，的确，他认得那个眼神，那是小眼睛的阿拉曼达才有的深情眼神，多年前她就是那样望着他。那眼神温柔得像女人在轻抚小猫的背，充满柔情，此时还带着渴望的热焰。他认出了那个眼神，意识到自己真傻，居然会忘记。于是他回应了那个眼神，露出热情的目光，原来那个阴郁的老家伙，又变成重拾逝去已久的爱情的男人。

于是发生了接下来的事：

两人站了起来，不发一语地跃入对方怀中，相拥而泣，没哭多久又陷入热情的长吻，就像在那棵杏树下时一样；他们吻着来到沙发上，迅速脱去对方的衣服，野蛮疯狂地做爱。

完事之后，他们毫不后悔，一点也不。

但克里旺同志回家时，他的妻子在前门等待。他努力掩饰自己流露出的喜悦，摆出原来阴郁的表情，不过阿汀姐一点也没上当。

"鬼魂跟我说了，"阿汀姐说，"所以我知道你在排长家做了什么。但只要你开心，我没关系。"

这话令他气馁。他不后悔他做的事，但他突然感到羞愧，面对一个说只要你开心我没关系的妻子，他觉得自己好龌龊。这个妻子已等待他多年，他突然回来之后，又突然背叛了她。

克里旺同志没说什么，直接走进客房，把自己反锁在里面，即使阿汀妲和克利桑不断敲门要他出来吃晚餐，他也不出来，到第二天依然如此。第二天早上，早餐准备好之后，阿汀妲和克利桑轮流敲门，克里旺同志还是没发出一点声响。他们愈来愈担心和怀疑起来，敲门敲得更用力了，却仍然没得到回应。

最后克利桑去厨房拿了他用来劈木头做鸽子笼的手斧，在阿汀妲的注视下，用手斧把门砍破。门从中央被劈开，他又劈了几刀之后，终于劈出够大的洞，伸手进去解开门锁。他们发现克里旺把一条床单卷起来绑在横梁上，上吊而死。克利桑的母亲昏了过去，他扶住了她。

邻居发现克里旺同志出现之后，消息迅速传开。但大家都来得太迟了。现在他们只看到护送者围在他的棺旁，朝墓园而去。他们来得太迟了，克利桑也是，他从来没机会认识他父亲，现在再也没有机会了。他们只相处了极为短暂的时间，根本不到一星期，这么短的时间完全不足以让父子真正认识对方。克里旺同志死了，克利桑比谁都难过。他继承了那顶破旧的帽子，他在老照片里看到父亲戴过，现在他时常戴上帽子寻求慰藉，觉得自己和父亲亲近了一点。

现在这座城市里又多了一个共产党的鬼魂，幸亏他从来不对任何人现身。

15

一天早上，美人伦嘉妮斯产下一个男婴，全哈里蒙达的人都抛下手上的活计，挤到她家看热闹。本来他们该用米麸粥喂鸡，或把水槽装满水来洗碗，但他们抛下这些事情有多种理由。首先，美人伦嘉妮斯在哈里蒙达非常有名，特别是在她获选年度海滩公主之后。第二，她是马曼·根登的孩子，他也很有名，只不过城里人很讨厌他。第三，也是最重要的一点，是在这座城市漫长的历史中，还从没发生过少女被狗强暴之后生下孩子的事。

接生婆宣布，美人肚里生出来的是真正的人类婴儿，这时大家说起她被一条黑鼻子的棕毛狗强暴的旧日八卦，那样的狗在哈里蒙达随处可见，就像抬头看夜空时会见到星星一样。事情发生在学校的一间厕所里，大约是在九个月前，当时下课的钟声刚响起不久。

整件事起于美人爱打赌的坏习惯，那是她跟父亲学的。她调皮的朋友用五杯柠檬水向她发起挑战，说如果她喝得一滴不剩，就可以不用付钱。她喝完了，但当上课铃响起的时候，她付出了代价，突然觉得自己快尿裤子了。时机很不巧，因为这时候有很多学童也正要上厕所，他们想延长下课的时间，少上点课——这是代代相传的传统。排队的人很多，轮到你的时候，你可能已经尿湿了裤子或裙子，但是冒着在座位上尿尿的风险回到班上也不是明智的做法，就连美人伦嘉妮斯这样头脑简单的人也知道这一点，所以她从餐厅里咯咯窃笑的朋友身边跑开，迅速往可恶的队伍走去。

校舍后面排了十四间厕所，其中十三间已经有学童在外面等着，不过他们与其说要上大小号，更可能是打算躲着校长，分香烟抽。最后一间厕所已经多年无人使用，因为有传闻说一个女孩在那间厕所里自杀了，也有传闻说一个女孩在那里生产过，然后勒死了她的私生宝宝。传闻无法证实，唯一可靠的事实是，那间厕所看上去最像关着恶灵的笼子。

这所学校建造于殖民时代，从前是一所方济各会学校，隔壁是一座可可和椰子种植园。荷兰人离开后，学校归印度尼西亚政府所有，而关于第十四间厕所最合理的故事是，不知何时有颗椰子或有根树枝打破了屋顶，学校没钱立刻整修。时光流逝，可可叶从破洞掉进厕所，变得湿烂，然后蜥蜴在碎石下做窝，蜘蛛结了网。蚊子卵、藻类和杂草在马桶的水里滋生，或许有人曾在里面尿尿又不冲水，总之那间厕所变成了恐怖兮兮的地方，现在根本没有人敢站在门前。

许多年无人碰这间厕所，直到美人伦嘉妮斯跑了进去。她膀胱里的五杯柠檬水开始造反，她别无选择，只好走近那间可怕的厕所，往里瞧，看见一条狗忙着嗅可可叶，寻找从屋顶那个洞里溜进来的猫咪的踪迹。那是条街坊养的狗和豺狗的混种，棕毛黑鼻子，美人伦嘉妮斯没时间把它赶走，就这么进了厕所，关门上锁。和这条狗被困在狭小的空间里，她只能一动不动地站着，还没机会脱下内裤，就感觉容积超过五杯柠檬水的尿就这么涌了出来。暖意流下她的大腿和小腿，浸湿了她的鞋袜。

接着她像出生那天一样一丝不挂地出现在班上，造成了又一阵骚动——她在十六年的蠢笨岁月中已经造成过不少次骚动了。所有的孩子都停下动作，书本从他们的手中滑落，有的人被椅子绊倒，年老的数学老师正要抱怨他的黑板太脏，他突然发觉困扰他多年的阳痿奇迹似的痊愈了，他的家伙挺直勃发。谁都知道她是城里最美丽的女孩，是伦嘉妮斯公主真正的后裔、哈里蒙达的美丽女神，但看到她的肉体时，教室里的所有人都吓愣了。她的肉体和她的面容一样美，只是通常深藏不露。

"我在学校的厕所里被一条狗强暴了！"

这些都是真的，只要你相信她说她尿了裤子，和这条狗困在那间厕所时发生的事——头五分钟，她动也不动地站在那里，无助地看着她散发尿味的湿裙子和鞋袜。虽然她已经听不见厕所外其他孩子的声音，但她还是在厕所里怨叹自己倒霉。她的逻辑还像个小女孩，她想脱掉所有的湿衣物与上衣、胸罩，而她在奇异的恍惚中照做了。她把衣物都挂在生锈的钉子上，希望破屋顶照进的阳光能快快晒干剩下的尿，她像在自助洗衣店等待的旅行者一样裸身站在这条狗面前，狗立刻勃起了。就在那时，美人说，那条狗强暴了她。

"之后，它还拿走了我所有的衣服。"

总之，她神秘的美加上她的天真，确实让她显得性感。任何男人要是碰巧看到她光着身子，或是发现自己和她困在一间学校的厕所里，恐怕都会占她的便宜。她有一种魅力，让人想和她发生关系，无论是不是两情相悦。只是这座城市的所有居民都很清楚，她的父亲凶狠恶毒又吓人，所以她在被狗强暴的那个早晨之前，都还是处女之身。

尽管无论走到哪儿，这个女孩的美貌都是致命的挑逗，可谁敢碰马曼·根登的独生女，马曼·根登都会毫不犹豫地杀了他。有时她站在路旁等公交车，会由于童稚纯真而心不在焉地拉起裙子咬裙褶。如果吹起无情的热风，她可能会解开洋装的几颗扣子，露出小腿和大腿上光滑的只为仙女所有的肌肤，以及十六岁女孩独有的美好的胸部曲线。但你最好不要在这挑逗的情景中沉浸太久，否则的话，马曼·根登早晚会发现你色眯眯地看他的女儿，而他比任何巫医或黑魔法巫师都要强大，会让你在医院病房里躺上六个月。

这种时候，另一个少女努鲁·艾妮会挺身保护完美的美人。努鲁·艾妮自有另一番美，从两人还在摇篮里的时候起，她就是美人的朋友了。她会迅速把美人的裙子拉下来，扣起女孩洋装上的扣子，这样说："亲爱的，别那样。那样不端庄。"

美人伦嘉妮斯一丝不挂地站在全班前面——身高四英尺半，体重八十八磅，带有一股天生的沉静，成熟的身躯散发光泽，长发乌黑如墨水流成的河，是哈里蒙达最美的印度美女，继承了母亲的美貌，还带有一点迷人的荷兰血统，亮晶晶的蓝眼睛忧伤地望着悄然无声的全班人，纳闷为什么所有人突然像等了一星期猎物的鳄鱼一样张大了嘴——小艾有种本能，随时准备处理美人做出的怪事，她从座位上站起来，跑过教室长椅间的走道，扯下老师办公桌的桌布

（一个杯子被抖飞，在地上砸碎了，老师的黑色皮革包撞上了黑板，包里的东西散落一地，书本和一只花瓶在地上打转）。她用那张桌布裹住美人的身子，这下美人看起来像洗完澡裹着浴巾的少女。

或许小艾从她的父亲排长那里继承了果决的性格，总之这时用不着她说一个字，光是朝男生和老数学老师看一眼，他们就赶忙离开了教室。他们出去时，可以听见惋惜的话语和失望的抱怨。

"该死，居然是狗?! 好像我们没人能强暴美人伦嘉妮斯似的。"

几个女孩去体育馆找来足球队的制服，换掉美人身上裹的桌布。

大约在同时，美人的母亲，也就是马曼·根登的妻子马雅·黛维，在家中遭遇了一件令人忧心忡忡的小意外。她正在打扫屋子，这时天花板灯罩上的一只蜥蜴拉了屎，掉在她的肩头。她不担心脏或臭，但她知道掉落的蜥蜴屎一向预示着大灾难——那是一个征兆。

马雅·黛维和她丈夫不同，城里人很敬重她，他们不介意她是名妓黛维·艾玉的女儿。她稳重亲切，甚至很虔诚，人们看到这个女人，就原谅了她小女儿麻烦的幼稚性格和她丈夫吓人的凶恶本性。马雅·黛维参加星期四晚上女人们的祈祷会，也参加星期天下午的互助会，她去社交，也给女子彩票池捐钱。她让她的家庭变得文明了一点，部分是因为她和两个山地女孩助手靠做饼干的日常工作来维持生计。

她清除了蜥蜴屎，要一个女孩替她打扫客厅，但过了一会儿，她那带有一点荷兰血统的脸庞就苍白得像死了两天的尸体。她坐在阳台上，担心是否是她的丈夫或女儿发生了什么事。他们当然时常发生许多小事，她已经不以为意了，但她总是担心迟早会发生大事，只是不晓得是什么。她除了担心也没有别的办法。该死的蜥蜴屎。

这种时候，马曼·根登当然照常在公交总站。他杀了人才得到那把椅子，马雅·黛维总是担心有人也可能为了那把椅子而杀了他。无论这个男人有多坏，她都深爱着他，他们俩也深爱着他们的女儿，马雅·黛维不希望发生那种事。她希望她丈夫就像哈里蒙达传言中说的那样刀枪不入。

一辆人力三轮车停在他们的大门前，打断了她的思绪。两个少女爬下车，她认出排长的女儿，然后是她自己的女儿。她纳闷她们为何这么早回家，以及美人伦嘉妮斯为什么穿的不是她自己的制服，而是一套足球衣。两个少女走进院子，站到她面前，她像鸡妈妈一样忧心地站起来。马雅·黛维想问发生了什么事，她看着努鲁·艾妮，但努鲁·艾妮的脸苍白得像死了三天的尸体。小艾几乎快哭了出来，马雅·黛维还来不及问任何问题，美人就说话了。

"妈妈，我在学校厕所里被一条狗强暴了，"她冷静认真地说，"我可能会怀孕。"

马雅·黛维坐回自己的椅子，脸色苍白得像死了四天的尸体。她是那种从不生气的母亲，她只是无助地望着美人，问道："哪一种狗？"

不久，城里接到坏消息，来年将有日全食。占卜师预言来年会是充满不幸的一年，如果美人伦嘉妮斯确实被一条狗强暴，那么大灾难已经开始了。这个消息像疟疾一样传开，直到哈里蒙达的所有人都听说了，唯独美人的父亲，可怜的马曼·根登还不知道。这是人们第一次以同情悲哀的眼神看着那个无赖。

整整一个月，谁都没胆子告诉他，直到一天有个邋遢、矮胖、笨拙、外貌可笑的男生出现了，他叫钦钦，大约和她女儿同龄。他穿着明显小了的毛衣、褪色的褐色灯芯绒裤子和暗淡的白色运动鞋，戴着圆眼镜，看起来像漫画书里的角色。无赖喝了一杯难喝得要命的啤酒，坐在他神圣的上好桃花心木旧摇椅上打盹。钦钦居然胆敢去找那个无赖，这引起了一些骚动。有人知道他是挖墓人卡米诺的独生子，但他们来不及阻止他打扰那个流氓。

马曼·根登在打盹时被吵醒，不情愿地放下啤酒杯，有点不耐烦地瞥向这个孩子，但这个孩子只是拘谨地站在那里，把上衣衣摆卷起又松开，最后马曼·根登失去了耐性。

"快说你想怎样，然后滚出去！"他吼道。

过了整整一分钟，男孩仍然什么都没说，无赖恼了，他抓起杯子，把杯里的啤酒全浇到那个孩子的头上。

"说话啊，不然我会让你溺死在牛打滚的水坑里！"

"我愿意娶你的女儿，美人伦嘉妮斯。"钦钦终于开口了。

"她绝不会嫁给你。"马曼·根登没那么烦恼，反而觉得有趣，"她想嫁谁就嫁谁，但我确定不会是你。何况你现在谈结婚的事还太早。"

钦钦和美人伦嘉妮斯在同一个班级，他解释说他第一次见到她时就爱上了她——他每次看到她就颤抖，没看到她时又因渴望而颤抖。他发烧、失眠、喘不过气，这一切都是爱造成的。他曾经偷偷把一些情诗塞进美人的笔记本，还塞了封用香水信纸写的信，但从来没得到任何回应——他的心几乎已经死了。他向无赖保证，他对美人的爱就如罗密欧对朱丽叶的爱，或罗摩对悉多①的爱。

---

① 印度神话《罗摩衍那》的男女主人公。

"她会完成学业，成为牙医，就像街上那个有钱的女人，所以即使你们彼此相爱，也没必要现在就结婚。"

"你女儿怀孕了，总得有人娶她。"那个孩子说。

马曼·根登露出居高临下的轻蔑微笑。"有人强暴她，她才会怀孕，而只要我还有一口气，就不可能发生那种事。"

"一条狗在学校厕所里强暴了她。"

马曼·根登这下更震惊了，他叫那个为爱昏了头的讨厌小子走开，说如果钦钦真的爱他的女儿，就不会放弃。

下午来临，他回家后很快把这件事忘得一干二净。美人伦嘉妮斯什么也没说，他妻子也没说，所以他觉得一切都很好，于是照常打了个盹。晚上七点，他妻子叫他起来吃晚餐，又点蚊香赶虫子，这时他想起钦钦，跟妻子提起有个孩子说美人在学校厕所里被一条狗强暴了，不知那是真的还是他在做梦。

"几星期前，她跟我说过同样的话。"马雅·黛维说。

"你怎么都没跟我提起？"

"一条狗要敢强暴她，除非先杀了我们俩。"

接下来的几个星期，他们心里想的都是这个谣言。其实谁也不相信她的话——人们觉得她只是想得到关注，或是想象如果自己是那条幸运的狗该有多好。但是她太可怜了，所以虔诚的女人都把手放在心口，祈祷她平安。

"谁也不会动她，"流氓干脆地说，"只要我们还有一口气。"

他以这座城市的美丽女神替他的女儿命名，但如今他想起来，依据传说，伦嘉妮斯公主嫁给了一条狗。

"她没怀孕，"他肯定地说，"但如果事情真是那样，我会杀光这座城市里所有的狗。"

这家人继续他们每天的日常事务，尽可能无视种种谣言。毕竟美人引起骚动已经不稀奇了。她曾经把一只可爱的小猫丢进一锅沸腾的油里，曾经因为好奇而离开马戏表演的座位，摘掉小丑的面具，让马戏团陷入混乱。马雅·黛维继续监督两个山地女孩，马曼·根登则回到他的岗位，下午和排长玩牌。

多年来他排解无聊的方式就是和排长玩扑克牌，沙丁鱼贩与菜贩、市场苦力与三轮车夫轮流加入。只有排长去东帝汶打了六个月的仗时他们没玩牌，不过大多数日子里，排长会在下午三点左右骑着没装消音器的摩托车过去，这辆车的声音他太熟悉了，像打谷机的引擎声，即使无赖在睡午觉也会被立刻惊醒。排长比大多数军人都更瘦小，但他穿着迷彩制服，配上鳄鱼皮的硬靴子，腰间挂着手枪和木棍，威风的军服掩饰了他单薄的身形。他的皮肤很黑，胡子掺了几根灰丝。大部分人都忘了他的本名，只记得他以前是抗日革命时某个排的指挥官。

一个星期四的下午，他们和屠牛夫的学徒及一个鱼贩在牌桌上，按照惯例，排长先把一包美国白烟丢到牌桌上。还没洗牌，四人已经扑向那包香烟，烟味驱走了咸鱼和腐烂蔬菜的强烈气味。

"哦，王在这儿，"排长说，"你的王牌怎么样？"

多亏了他们两个女儿之间的友谊，两人脆弱的友好关系变得稳固了——美人伦嘉妮斯和努鲁·艾妮在还会尿裤子的年纪时，她们的父亲会在她们胖胖的小手里各塞一张王牌，让她们有参与感，扑克牌不会用到王牌，所以不会干扰牌局。现在他们用王牌指代他们的女儿。

"一个流着鼻涕的小子来找我，要跟她提亲。"马曼·根登答道。

哈里蒙达到处都是大嘴巴和流言，所以排长已经知道这件事了，也听说了班上的骚动。但他似乎迟迟不愿回话。

"我无法想象她结婚生子，而我要成为外公。"马曼·根登看着他的三个牌友（尤其是排长），判断他们有什么反应，"她才十六岁。"

"跟我的王牌一样。"

人们已经听说排长计划来年退休。他在东帝汶受的伤一直没痊愈，子弹还卡在他的脚胫里。他曾领导哈里蒙达营的革命，在独立前六个月摧毁了日军的军营，他应该是第一个成为总司令的人，但他的职位对他来说从来不够高。他在这个职位上待了太久，不肯放开哈里蒙达军事地区的控制权，但只要他以上校的军衔退休，就可以迅速平息争议。其实他在军事侵略时期赶走盟军之后就升了上校，只是那之后他从来没打算升到更高的军阶。他解决了所有的共产党人之后，拒绝了当共和国总统副官的提议。他从来没离开哈里蒙达，也从来没领导过国军。现在他有了深爱的妻女，更没理由离开这座城市，而他准备退休了。

"我听说美人伦嘉妮斯被一条狗强暴了？"

"哈里蒙达的狗实在太多了。"马曼·根登喃喃地说。

排长听了很意外——城里的狗很多，但他从来没听任何人抱怨过。

"如果学校厕所里发生的事是真的，我倒有不少毒狗的毒药，"无赖冷冷地继续说，"自从两年前那个妓女因狂犬病而死之后。不管我女儿怎么了，要把那些杂种狗送到吃狗肉的巴达族的厨房去，有的是理由。"

虽然他似乎没特别对谁说，但他牌桌上的朋友都很清楚，这话是说给排长听的。哈里蒙达大部分的狗都是豺狗的混种，自从排长开始猎猪之后，人们就开始驯养、繁殖狗了。很久以前这里是一片云雾丛林，后来才发展成哈里蒙达，大家都知道伦嘉妮斯公主早先来到这片丛林时，有条狗陪着她。但在排长之前，没有人繁殖过狗。

　　"希望只是谣言。"排长沉默很久才开口。

　　"或者又是我女儿干的蠢事。"无赖冷冷地答道。他说起他们拜访过不少巫医，想让他女儿更像正常的女孩。有些人说她被恶灵附身了，有些人说她的灵魂拒绝长大——她是有着十六岁年轻女子身体的六岁小孩。但无论怎么说，他们都能无为力。"知道吗，光是要让她入学，我就不得不揍了三个老师。"马曼·根登没兴致玩牌了，变得有点感伤，问道，"你也要笑她吗？"

　　"这个么，我们总是会笑话王牌啊。"排长说。

　　马曼·根登离开了，他走路回家时，风开始从山丘上吹下来，他听得见海浪拍打的声音。像水果那样橘黄的天空里，一群蝙蝠像醉鬼一样笨拙地逆风飞行。渔民带着桨、渔网和一桶桶冰块走出屋子，另一头，农民带着镰刀和空袋子回家。阴沉的天气令他心神不宁。

　　但看到他们屋前种的杨桃树、开花的马鞭草和阴凉的人参果树，他的心情振作了起来。他的家总是让他免于陷入忧郁的风暴，但这次他却发现妻子坐在一盆衣物前哭泣。

　　"我担心她怀孕了，"马雅·黛维这个温和的女人以愤怒的口吻说，"过了一个月了，我还没看到染血的内裤。"说完她把洗衣盆丢开，盆里的衣物散落一地。

　　无赖思索了一番。"如果是真的，那就不可能是狗干的。"他信心满满地说，"无论如何，即使有人要强暴谁，也是我女儿强暴狗。"

钦钦在公交总站求婚失败之后，就一心投入他的新嗜好——追捕墓园的流浪狗，用他的气枪打死它们。只有他相信美人伦嘉妮斯被狗强暴了，盲目地妒火中烧，不让他地盘里的任何狗活着。如果没看到狗，他就在市场前买狗的海报，挂到鸡蛋花的树枝上，然后把海报打成碎片。只有他父亲知道他怪异的行为，开始担心他了。

"孩子，你是怎么搞的？"他父亲问，"狗唯一的罪过不过是太爱吠了。"

"爸爸，狗就是狗。"他的上一发子弹打得海报晃呀晃，他还瞄着海报，头也不回地冷冷回道，"有条狗强暴了我爱的女人。"

"我从没听说过狗强暴女人。还是你爱上了一条母狗？"

"鬼扯够了，"钦钦说，"爸爸，回家吧，最后一颗子弹是用来打狗的，不是用来打你的。"

坠入爱河完全毁了他周身笼罩的神秘气息，至少他的同学这么觉得。从来没人想跟他玩，而他也从来不想跟任何人玩。他的好朋友是其他孩子不会喜欢的一群家伙——"吉隆贡"的鬼魂。他的制服有股焚香的味道，所以从来没人跟他坐同一张桌子，他有时会用死人的声音答话，所以老师从来不叫他。虽然其他孩子知道他在背书时作弊，让他的吉隆贡跟他说正确答案，但谁也不敢打小报告或是请他帮忙。他这个人就像肚脐——谁都知道他在那里，但谁都不会注意他。那是他见到美人之前的事。

他第一次看到她，是她进入新学校的第一天——过了无聊的九个学年之后，办公室里爆发了冲突，孩子们跑去看发生了什么事。

钦钦大概是最后一个看到的——一个男人把三个老师打倒在地，因为他们拒绝让他的女儿入学，他们建议他把她送去专门收低能儿、白痴和疯孩子的特殊学校。那个男人拒绝了这个主意，说他的女儿好得很。

"我女儿和其他人唯一不同的地方是，她是这整座城市里最美的女孩，甚至是全宇宙最美的。"男人说着，怒瞪地上瘫倒的三个老师和在办公桌后颤抖的校长。

女孩站在她父亲的背后，身穿崭新的白灰制服，制服还有缝纫机的机油味，裙褶笔挺。她的长发编成了两道辫子，垂到左右腰际，用红白缎带装饰，向红白双色的国旗致意。她穿着规定的黑皮鞋，白色短袜的边缘有一圈蕾丝小花，露出的小腿比她穿的任何衣物都要迷人。谁都看得出她显然不是白痴，就连在教师办公室窗玻璃外看着她的钦钦也知道。她根本就是在这个恶毒世界里迷失的天使，自从钦钦第一眼看她、惊为天人之后，就陷入无法控制的爱情狂热之中。虽然他从没跟学校的任何人说过话，但他被爱神丘比特的箭射中了，找上女孩，问了她的名字。女孩似乎很疑惑，指着她上衣右胸上绣的小徽章，说道："这里写了：伦嘉妮斯。"

所有学生的制服胸前都有名牌，但女孩用她纤细的手指指向她的名牌时，钦钦无法专心，光是盯着她的胸部。第一天上学的其余时间他都在颤抖，独自在教室的一角备受折磨。

这是他自小学以来第一次大声说话，同学们都很惊讶，他察觉到同学的目光，更加煎熬。但他们不敢取笑他，因为他们偏执地觉得这个怪孩子会用巫术或黑魔法伤害他们。只有一个女孩有胆来找他，她似乎是为了守护美人伦嘉妮斯才被转到这个班上。

"吉隆贡小子，听着，"女孩威胁道，"如果你敢骚扰我这个小朋友，我会把你的老二像胡萝卜一样切成一段一段。"

小艾迅速离开，坐回美人旁边，钦钦想象着他要克服怎样的阻碍才能得到他全心渴望的爱，差点哭了出来。对他来说，小艾是世上最烦人的家伙。他每天都希望可以护送美人放学回家，因为恋爱中的男生想不到有什么比在她身边行走更令人开心的事，可是小艾总是打击他。他气极了，有一次他对那个女孩说："该有人杀了你。"

"可惜你太娘，没种自己动手。"

他是不敢。所以他错失了每次从学校送美人回家的机会，他唯一的幸福时刻是在教室里，那时他可以转头看那张美丽的脸庞，想看多久就看多久。他上任何课都不再专心，因此成了学校里最蠢的孩子。唯一能帮他取得好成绩的是吉隆贡，他在考试时会向吉隆贡求助。他受爱情折磨，吃不够、睡不够，愈来愈消瘦了。

"你看起来比我还惨，"美人甚至说，"好像真正的白痴。"

他们带她去医院，医生信心十足地说这个女孩确实怀孕了，已经有七周。马曼·根登和马雅·黛维都不肯相信他，但另外五个医生替她检查后也说了同样的话。一位巫医也是。

确认了这个事实之后，她父亲采取的第一个措施就是把女孩关在她的房间，以免有更多的谣言散布出去。马雅·黛维的母亲是妓女，从来没结过婚，却生了好几个孩子，马雅·黛维一直想逃脱过去的阴霾，但现在发生在美人伦嘉妮斯身上的事似乎确认了她们的血脉中仍然有诅咒流传。人们会说，这个堕落的家族永远会生出一样堕落的孩子。于是夫妇俩决定必须把女孩关起来，他们希望人们迟早会忘记他们有个怀孕的青春期女儿。

美人伦嘉妮斯的房间在二楼，高到她无法跳下去，门又从外面被紧紧锁住。她只有一只泰迪熊、一堆垃圾小说和一台收音机为伴。马雅·黛维亲自照顾她的一切需求，替她送三餐、便盆和一桶桶洗澡水。女孩抱怨说她想回学校，但她母亲坚决不准。"我保证我遇到狗时会更小心。"美人惨兮兮地说。马雅·黛维哭了出来，抽抽噎噎地说："亲爱的，不行，除非你说出是谁在学校厕所强暴了你。"

他们一遍遍地问她这个问题，但都没进展，女孩表现出惊人的固执，一再答道：是条黑鼻子的棕毛狗。哈里蒙达到处都是这样的狗，他们绝对没办法一一询问。马雅·黛维没法从美人那里得到任何合理的解释，只好再把她锁起来，离开她，接着美人会尖叫大喊，要求放她出去，让她回去上学。她的哭声颇为悲痛，而且当然震耳欲聋，像婴儿尿布湿了没换时不舒服的哭声。邻居听见她刺耳的声音，跑出来仰望二楼的窗户，行人停下脚步，交头接耳。马曼·根登建议把她送走，但马雅·黛维反对这个主意，她坚持继续把美人关在房间里，说道："比起失去我的女儿，我宁可活在耻辱中。"

他们最后还是让步了，把她送回学校。她要回学校并不容易，因为怀孕的女孩从来不准上学。校方辩称，那样对其他女学生会有不良影响。马曼·根登为了确保女儿不会被退学，再次出现在学校，又一次门也没敲就进了校长室。倒霉的校长实在担忧。一方面，他得应付其他学生的家长，因为他们担心自己的女儿，美人伦嘉妮斯遭遇了那种事，证明学校并不安全。另一方面，他得应付这个谁也不敢忤逆的无赖。校长揩了揩从额头和脖子上流下的冷汗。

"好吧，亲爱的朋友，只要她还没毕业，她就可以在这里上学，"

他说，"可是拜托帮帮忙，你得查出是谁对你女儿做了这种事，好让我安抚其他的家长。还有，拜托找大一点的衣服给她穿。"

这让马曼·根登想起那个叫钦钦的小子。下午，他从扑克牌牌桌上溜走，去挖墓人卡米诺家找那个男孩。钦钦像之前一样，正忙着用枪打狗的海报。马曼·根登欣赏了一下他的枪法，只是不懂这个孩子为什么会养成那么古怪的嗜好。钦钦打了几轮之后，狗的图片掉到了地上，他转身走向流氓，看起来并不意外。

"你看得出我在做什么，对吧？"他自豪地说。流氓一点也不明白，只是点点头，最后孩子解释道："我射杀所有的狗，甚至所有狗的照片。我恨它们，也嫉妒它们，狗强暴了你的女儿，你也知道我爱她爱得不可思议。"

卡米诺在屋旁看着他们。城里最恐怖的罪犯来找他儿子，看起来不大对劲，但他走上前，尽可能诚心地请男人进来喝杯咖啡。马曼·根登和那个孩子钦钦坐在客厅，客厅里满是死者留下的各种怪东西。咖啡煮好了，老卡米诺留下两人独处，马曼·根登问那个孩子："告诉我，谁强暴了美人伦嘉妮斯？"

孩子困惑地回望马曼·根登。"我以为你已经知道了——是条狗在学校厕所里干的。"他深信不疑地说。这并不是马曼·根登预期中的答案，其实他听了有点生气，但他看得出那个孩子知道的并不比任何人多，只有美人伦嘉妮斯和老天知道那间厕所里发生了什么事。他为了让自己冷静一点，灌下了自己的那杯咖啡。

他觉得自己仿佛被困在了未解的奥秘中。比起面对强暴女儿的不知名罪犯，跟敌人殊死一战轻松多了。他坐在孩子面前不发一语，最后才发现时候不早了。虽然他希望可以得到满意的答案再回家，但他还是起身离开了，他沙哑的声音打破了两人之间的沉默。

"唉，看来我们只知道这么多了。如果强暴她的确实是条狗，那她就嫁给狗吧。"

钦钦听了晚上睡不着，失眠得比先前的晚上还要严重。他害他父亲整晚醒着，墓园的鬼魂也不得安宁。早晨，他迅速洗了澡，早早出发去上学，跑到美人伦嘉妮斯家找她父亲，她父亲一大早被吵醒，看起来暴躁得很。

"绝不能让她嫁给一条狗！"钦钦喘着气说，他的声音听起来像出自垂死之人之口，"我会娶她。"

这样远好过嫁给一条狗，无赖心里也很清楚。他看着这个男孩，记起他们第一次在公交总站见面的事。他后悔当初没在问题拖延至此前接受这个孩子的提亲。他点点头，问了为什么。

"强暴她的不是狗，是我。"

这理由足以让这个孩子被拖到后院挨一顿毒打，第一拳就已经让他满脸是血，撞上篱笆角。孩子没还手，即使他打算还手，想必也无力抵抗。马雅·黛维抢在男孩被杀之前赶来阻止丈夫的暴行。她不得不又抓又咬地制伏她的丈夫，他还不放过男孩，但钦钦已经倒在一座小鱼池边，缩成一团。他还没死，但痛苦不堪，疼得不停呻吟。

"我当然不会杀了你，"妻子设法把马曼·根登拖到一段距离之外后，他说，"因为你得活着娶我女儿。"

整个早上，小艾都在学校听钦钦喋喋不休地说，他计划等美人伦嘉妮斯生下孩子就娶她，下午小艾坐在表弟克利桑的小摩托车后面，到墓园去和钦钦见面。

"我知道你那天不在厕所。"她愤怒地说。

看到他们过来，那个孩子微笑了，他没否认，而是请他们进屋，他很感激他们，因为这是第一次有同学来看他。他的屋子并不是什么舒适的地方——老旧而且没有女人照料，不常打扫，死者留下的一堆堆物品上满是尘埃，令人毛骨悚然，好像挖掘木乃伊坟墓的成果。

他从厨房端了两杯冰凉的柠檬水给他们，然后为乱糟糟的屋子道歉，说他母亲很久以前就过世了，在生下他的那刻就已死去；或许他只是想转移话题。但女孩的表情一点也没放松，一直等着继续训斥他的下一个机会。

"你这个狡猾的娘娘腔，你不可能强暴她。"小艾说。

"当然了，我不可能那么残酷。"钦钦冷静地说，"如果爱一个人，就绝不会对她做出那种事，即使有机会。我向她正式提亲了，我爱她，所以要娶她。"

他将继承他父亲的职业和墓园里的房子。这些东西总是代代相传，原因显而易见——没有其他人会想要这种工作。城里所有人都相信墓园里满是邪恶的鬼魂和食尸鬼，只有挖墓人家族能忍受年复一年地住在这里。家族也传下他们的秘法知识，他们知道怎么用"吉隆贡"继续和死者的鬼魂交流。钦钦没有兄弟姐妹，是仅存的最后一个传人。但他的同学怕他，不只因为他是挖墓人的儿子并且会玩"吉隆贡"，也是因为他一脸冷漠，身上散发潮湿的臭味，好像他无论去哪里，肩上都负着一个恶灵。这足以让他们颈后毛发直竖，所以克利桑几乎一言不发。他其实并不想来，只是因为他的表姐逼他。

"别以为你会黑魔法，就可以为所欲为。"女孩继续说。

"黑魔法根本没用，"钦钦摆摆手反驳，"它只会给你虚假的力量，那既不真实又不自然，而且当然邪恶。我从自己的经验里学到，爱比什么都强大。"

爱显然让他变得颇为固执，女孩小艾很清楚。其实她并非真的想阻止他爱伦嘉妮斯，她只想保护美人，而她感觉这个结婚计划不对劲。她站起来去牵克利桑的手，但离开之前，她看着钦钦突然说道："你要全心全意爱着美人。"简直像母亲在女婿的新婚之日给他的忠告。

钦钦信心满满地点头。"当然。"

"但如果最后发现你的爱像独角戏，我美丽的表姐不想要你，我绝不会让任何人替你们证婚。"小艾威胁道，"我注定要保护她，让她永远幸福。"

她说话的声音十分果断，时常让人无法直视她的眼睛，钦钦也低下了头。"好，可是……"钦钦说，"她父亲已经接受我的提亲了。"

"不管。"

小艾没让那个孩子有机会再说一个字。她扯着克利桑的手，于是男孩匆匆走向他的小摩托车。女孩坐在男孩后面，两人离开那里去了美人家，发现他们家一片混乱，二楼传来美人的哭号声。在下面的客厅里，他们发现马雅·黛维坐在沙发的一角哭泣，两个山地女孩尴尬地站在厨房门口。克利桑坐到女人面前，小艾则坐在她身边，一脸困惑和担心地朝她伸出手："姨妈，怎么啦？"

马雅·黛维用袖子揩去泪水。她勉强向外甥女和外甥挤出微笑，像在说没什么严重的事，然后解释道："她一知道她要嫁给那个钦钦，就大发雷霆。"

"他在学校说个不停。"小艾说。

"可怜的孩子，居然想要一个怀着别人孩子的女孩。"马雅·黛维说，"他太爱她了。"

"我不管他爱不爱她。"小艾说，"伦嘉妮斯不会嫁给她不爱的人。"

美人的哭号突然安静下来。他们感到担心，但这时美人匆匆爬下楼梯，身上只穿了件午睡的睡衣，脸像在冰水里泡过一样又红又胀。她泪水也不擦就坐到母亲的身边。

"如果你不爱挖墓人的儿子，不想嫁给他，那就告诉我，"她可怜的母亲说，"告诉我，你在乎的、想让他当你丈夫的男人是谁？"

"我谁也不喜欢。"美人说，"如果非要结婚，我想和强暴我的家伙结婚。"

"他是谁，告诉我。"

"我要嫁给一条狗。"

她的肚子已经很明显了，和所有怀孕的女人一样，她的美变得更加耀眼。她的黑发多年没剪，直直垂到臀下，仿佛是从深邃神秘的黑暗中孕育出来的。她的肌肤像刚出炉的暖烘烘的面包皮。她一出生，人们就知道她是城里最美的女孩，她的父母都很以这样的恩典为傲，也一直担心她将要付出的代价——她头脑简单。他们一向帮她打扮得漂漂亮亮，在每天早晨上学前辛苦地编好她的头发。美人的父亲带她去参加年度海滩公主的选拔，尽管她的舞显然跳得不大好，歌喉也糟得令人心碎，她的美貌却魅惑了所有的裁判，因此被选为公主。

"你知道是哪条狗吗？"小艾问。

伦嘉妮斯满心遗憾地摇摇头。"每条狗看起来都一样。"她说，"也许等它的孩子出生以后，它就会来了。"

"它怎么知道它孩子出生了？"

"我的孩子会吠叫，然后它会听到。"

谁也不知道她怎么会有那么牵强的幻想，但她想象时看起来很幸福，双颊散发光彩，因此其他人都没说什么。她母亲不再逼她说任何事，只抱着那个女孩，轻抚她的长发，说着："知道吗，妈妈怀你的时候，跟你同样的年纪。"

夜晚降临时，马雅·黛维把那天发生的事全告诉了她的丈夫，并且指出美人造成的骚动带来的余波。马曼·根登一脸哀愁地坐在阶梯上。

"谁都知道钦钦那天不在厕所，"她说，"而且伦嘉妮斯不想嫁给他。"

"那样的话，我们只好逼女儿告诉我们是谁干的。"

"如果她保持沉默呢？"

"如果她保持沉默，那我就把她嫁给任何想娶她的人，"她丈夫说，"只要不是狗就好。"

结果她还是保持沉默。当然有不少男人想娶她，但只有一个有胆向她求婚，那就是钦钦。所以纵使美人伦嘉妮斯不肯，在她临盆的日子逐渐接近的当口，他们还是开始准备婚礼了。美人伦嘉妮斯并不是不知道这些计划，然而这时她居然平静以对，说最后会感到悔恨的是那个孩子。

小艾在混乱的状况中左右为难。"我们如果强迫她，她会做出可怕的事。"她说。她很了解美人伦嘉妮斯是什么德行。伦嘉妮斯的父母也一样，但他们显然已经不在乎了。马雅·黛维和她的姐姐们一样，是黛维·艾玉的私生女，对他们来说这样已经够了，他们不想要美人落入同样的命运。马曼·根登虽然从来不曾有过正直的生活，但他也伤透了心——有人强暴了他女儿，而他居然毫不知情，亏他还是城里最令人畏惧的人。他觉得自己正面对着这辈子最难缠的敌人。

"我替她取名为伦嘉妮斯。"他难过地说，"谁都知道，伦嘉妮斯公主嫁给了一条狗。"

随着婚礼的日子逐渐临近，他和一家出租公司联络，为婚礼派对订了一些椅子。他请来一队马来乐团在他屋子前的街上表演。他不知道还能做什么，就只好做这些。

"姨父，这样不对。"小艾说，"她不想要这场婚礼。告诉我，怀孕的女孩为什么非结婚不可？"

他不想面对她焦躁的啰唆，只是继续准备婚礼，好像那是自己的婚礼一样。医生替美人肚里逐渐成长的孩子确认了预产期，他们计划在她生产后的隔天就把她嫁掉。但接生婆接生了婴儿之后，美人伦嘉妮斯再次坚持那是狗的孩子，她父母则坚持要她坐在婚礼台上。结果婚礼的前晚，她和她的宝宝一起失踪了。

"她一定到小艾家去了。"她父亲说。人们去那里找她，但就连小艾也不知道发生了什么事。惊慌开始蔓延。他们回到家，希望会在家里找到她，但只找到一张纸条，上面写了简短的讯息："我去嫁给一条狗了。"

16

自白：是克利桑挖了小艾的坟，把她的尸体藏在他的床下。

从前，他每天早上都站在卧室的窗口，望向排长家的后阳台。那时小艾当然还活着，他站在他窗边只是为了看她出现，她昏沉地去水龙头那里洗脸，水龙头的水会流进鱼池。每天下午他也会站在同一个位置，望着小艾一边和她的母亲聊天，一边剁鸡或切菠菜做晚餐。但这个下午小艾没在那里，因为她已经死了，尸体正躺在克利桑的床下。

他想象着人们已经知道了坟墓被侵犯的事，他想象排长听说坟墓被一条狗挖开后的反应。排长现在真的开始显露出岁月的痕迹了，但他仍然保有哈里蒙达军事地区领导者的位置。他当然不会相信他第三个女儿的坟是被狗挖开的，因为那个坟挖得很深，有结实的木板保护。

"只有人类办得到，而唯一会做这种事的人，或许是马曼·根登。"也许排长会这么说。

克利桑一想到他能瞒过别人就很开心。他知道排长对马曼·根登那个流氓仍然旧怨难消,只是马曼·根登绝不可能挖开小艾的坟——他女儿美人伦嘉妮斯离家出走了,他一心只想和女儿团聚。再说一次,挖开那座坟的人是克利桑,这时尸体正被小心翼翼地藏在他的床下,他很意外谁也没怀疑是他做的。

其实他完全按照他想象中一条狗会做的那样行事,他觉得这么一来,小艾就不会生气,甚至可能会高兴。克利桑用他的双手和双脚挖开小艾的墓,耙过那堆泥土;尽管她被埋葬了一星期,泥土却仍然松软。他挖了一整夜,中间完全没休息。为了讨小艾的欢心,他甚至带了一条流浪狗,不过那只畜生被拴在一棵鸡蛋花的树干上,只是默默旁观。狗的足迹会让人觉得那是一条狗干的,而克利桑仔细地清除了自己的脚印。

用手和脚挖坟很难,但狗不都是那么做的吗?克利桑假装自己是条狗,甚至探出了他的舌头,边做事边伸伸缩缩,他深信小艾如果从天堂看到他,一定会很开心。他在这项疯狂的任务中感到干渴得受不了时,就四肢着地爬到墓园边的沟渠去舔水喝。他从晚上七点三十开始这样工作,在凌晨三点终于挖到了木板。

木板斜斜地成排摆放。克利桑只拆掉几片木板,就能从泥土的缝隙中抬起小艾裹着裹尸布的身躯。她的身体很轻,克利桑的心在一股神秘的喜悦之中跳动着。他终于可以想抱她多紧就抱多紧,所以他几乎不在乎她已经死了。裹尸布里散发出一股异香,像从花园里传来的香气。那当然不是花香,而是女孩身上的香味。

克利桑放了那条流浪狗,然后把小艾的尸体背上肩头。他踩着谨慎的步伐赶回家，因为这时候人们通常已经醒来，准备上清真寺了。有些菜贩要去市场开店，也许有些人正要去城边距离墓园不远的那些池塘里大便。

他平安到家，没被任何人看见，他的母亲和祖母都起得早，但就连她们也没发现他。（他父亲死后，他的奶奶米娜就和他们住在一起，负责缝纫的活儿。）他从厨房的门进去，蹑手蹑脚地走进自己的房间，把小艾的尸体藏到他的床下，然后回头擦掉他留下的泥巴——他像学校的管理员一样利落地着手清理，然后就轮到检查尸体了。他把小艾的尸体从床下拖出来，解开她的裹尸布。

更浓烈的香气随即扑面而来，克利桑看到了小艾的尸体，看上去很新鲜。女孩仿佛只是躺在地上，暂时睡着了。克利桑并不意外，他深信小艾的尸体永远不会腐化，即使她被埋葬多年、甚至几个世纪也一样。他望着她的双颊，她的双颊仍然微微透红，一如她活着的时候。

突然间，他觉得看着她的裸体很害羞。他迅速用裹尸布盖起她的身体，只露出她的脸，好继续欣赏她的美。然后这个多愁善感的孩子哭了，为她死去后留他独自在孤寂的世界里而悲伤。但接着他的哭声变了，变成感激的哭泣，因为他庆幸小艾即便死了也没有腐化。她保持着永恒的美丽，他相信这是她为他做的。他意识到这一点时，正在亲吻女孩尸体的脸颊。

克利桑很久以前就爱上小艾了，他确信这个女孩也在很久以前就爱上了他，或许他们还睡在同一个摇篮里的时候就爱上了彼此。她是他的表姐，美人伦嘉妮斯也是。小艾比克利桑早十二天出生，阿拉曼达、排长和他父亲等待着他的诞生，而小艾躺在她母亲的怀里，是他生下来那一刻看到的第一张脸。谁知道呢，或许一见钟情也会发生在婴儿的身上。更重要的是，排长接着说了"希望我们的孩子会相爱而结合"之类的话。克利桑很可能在他刚出世就听到了这句话，因此他相信他们注定属于彼此。从此他们就一直在一起，一同哭啼，一同尿裤子，进同一家幼儿园，上同一所学校，直到克利桑发觉他一直爱着小艾。

但小艾是他表姐，他们是非常亲密的朋友，所以要告诉她他爱她并不容易。这样的告白可能会毁了他们甜美的友谊，但如果他什么都不说，或许女孩就永远不会明白他会爱她一辈子；如果她被别人夺走，他会很遗憾。那是他最担心的事——他宁可上吊，也不愿忍受那样的心碎。

还有另一个严重的问题：除了美人伦嘉妮斯和小艾，克利桑没别的朋友可以倾诉。他绝不可能跟他祖母或母亲聊这件事，他的两个姨父和姨妈就更不用说了。他也不能把这件事写在日记上，因为无论他把日记藏在哪里，小艾绝对会发现。如果他知道小艾也爱他，那就不成问题，但他只是怀疑她可能爱他，而他又担心自己期望太高。要是小艾发现他爱着她，结果她并不爱他，那就尴尬了。这整件事令人苦恼极了。他时常诅咒自己的命运，纳闷他为什么必须是这个女孩的表弟。那个吉隆贡男孩在公交总站向马曼·根登提亲时，克利桑感到一阵恐惧。有人向世界宣告他爱美人伦嘉妮斯，不久就一定会有其他人来找排长，向努鲁·艾妮提亲。克利桑决心要抢在别人之前得到这个女孩。

他的告白计划了好几个星期，在那几星期里他都饱受折磨。

克利桑开始写情书，每次要写小艾的名字时，他都会刻意留下空白，以防万一。他写了十封长长的情书，每封都如短篇故事一般，而他从来没寄出去过，只是把情书塞在他衣橱里一堆内裤的下面。这不是因为他很变态，而是因为那里是最安全的地方。小艾一天到晚来找他，什么都要插手，爱拿什么就拿什么，尤其是克里旺同志的武侠小说。克利桑、小艾和美人伦嘉妮斯三人之间有个不成文的协议——每个人的东西都要和大家分享。除了他的内裤。小艾从不想碰他的内裤，所以把说不出口的爱情的证据藏在那里很安全。

然后男孩又觉得写信很蠢。他会干脆地坦白说他爱她，不只是表姐弟之间的爱，而是男人爱女人那样的爱。他生怕尽管他们那么亲近，他们的友谊让他温暖，尽管他们命中注定要结婚，但在他说出他真正的感觉之前，人生是将平淡无味的。

他花了好几天时间练习告白，坐在镜子前想象女孩站在他的身边——或许在他们去海边玩，看着海鸥正往海面上俯冲时——然后他会说"小艾"，接着刻意停顿一下，他想象他需要留个空当让小艾把目光转向他，或至少竖起耳朵倾听。然后他会继续用响亮的声音说话，盖过海浪拍打的噪声与吹动椰子树和班兰丛的风声，清晰地问道："你知道我爱你吗？"

就是这么短短的一句。克利桑相信他能说出口，他想象女孩这时红了脸——虽然她早就知道克利桑在暗恋她，她还是会脸红。当然小艾可能不会看着他，小艾很容易害羞，所以或许她会垂着头，担心自己显得太得意忘形。但这时，她会避着他的目光，承认她也爱他。

克利桑觉得要想象接下来发生的事就容易多了。他会牵起女孩的手，从此以后一切都将是幸福的，他们会结婚生子，看到他们的孙辈，在数十年之后一同死去。但这一切太美好，让克利桑再一次失去信心，于是他更努力地练习，一次又一次重复短短的那一句话——在浴室里，躺在床上，走到哪儿练到哪儿。

一天下午，他甚至打算把他的祖母当成实验的对象。米娜在前阳台缝东西，他坐在她身边，突然说："奶奶……"他照他练习的那样停在这里。

米娜停下手上的活儿，转头以疑问的眼神透过她的厚眼镜看着他，她猜想那个孩子又想借钱买些他并不需要的蠢东西。但是克利桑接下来的话让米娜震惊得不得了：

"奶奶，你知道我非常爱你吗？"

米娜的双眼涌上泪水，她立刻放下她的针线活儿，把椅子挪过去，抱住克利桑，眼泪愈流愈凶。她说："你真贴心。就连我的亲儿子，那个疯同志，也从来没对我说过这样的话。"

但每次克利桑和小艾在一起的时候，即使美人伦嘉妮斯难得不在，只有他们俩独处，他也会把记住的一切忘得一干二净。他发誓要再找机会告诉她，结果那句话又再度消散。小艾总是让他说不出话来。感觉她好像刺中了他的心，让他迷失于无以言喻的爱情风暴中。

直到有一天，发生了一件事：伦嘉妮斯生了个孩子，然后从她家失踪了。最难过的人是小艾，她可能比美人伦嘉妮斯的双亲马雅·黛维和马曼·根登更难过。谁都知道小艾把自己视为美人伦嘉妮斯的守护者，而那个女孩怀孕了，还不晓得是谁让她大了肚子（虽然伦嘉妮斯已经坦承过——是一条狗），然后生下一个宝宝，这下小艾错愕极了。当天她就病倒了，发起高烧，在睡梦中呼唤伦嘉妮斯的名字。这情有可原，但克利桑听了还是颇为嫉妒。克利桑知道这两个女孩十分亲密，远比她们和他更亲密，或许因为她们是女孩的关系。

她持续发烧好几天，所有的医生都想不通她生了什么病。所有的检查都显示她很健康。

"她被共产党的鬼魂附身了。"排长说。

"闭上你的嘴！"阿拉曼达尖叫。

下午，克利桑放学回家之后就成了她最忠实的陪伴者，他坐在她床边，看到她目光空洞、虚弱地躺在那里，高烧的身体打着哆嗦。告诉她他对她的爱是男人对女人的爱，显然不是时候——这时他们都十七岁了。

小艾时常会突然出现在克利桑的房间里。有时她会从门口走进来，但她也常常从敞开的窗户外跳进来，直到她生病前都是这样。一天晚上，大约七点的时候她又出现了，她脸上带着顽皮的微笑，好像有个淘气的计划。她看起来好美，好甜，好健康。她一身白色蕾丝荷叶边，干净纯洁，仿佛穿了一套新衣服，要去庆祝开斋节。她的脸庞和身上都散发着光彩，乌黑的直发披散在背后。她锐利的双眼闪闪发光，粉红的双颊十分可人，淘气的微笑凸显了她漂亮迷人的双唇。克利桑吃完晚饭刚刚躺下，她突然来访，他吓了一跳。

"是你！"他惊呼道，起身坐到床沿，"你好多了吗？"

"和奥运选手一样健康。"小艾说，轻笑着，像健美选手那样屈起手臂。

接着，一股渴望的力量似乎攫住两人，他们靠近对方、紧紧拥抱，甚至比很久以前阿汀姐被狗追而抱住克里旺同志时还要紧。然后不晓得谁起的头，他们开始亲吻了，他们的吻比阿拉曼达和克里旺同志在杏树下的吻还要热烈，然后两人倒在床上。

"小艾，"克利桑终于开口了，"你知道我爱你吗？"

小艾回以迷人的微笑，克利桑看了更为爱而陶醉，又吻了她。不久，他们就受到无法遏抑的青春欲望的驱使，急切地脱去衣服——比克里旺同志没被处决的那天早上阿拉曼达和排长的性爱更激烈，甚至比马曼·根登和马雅·黛维等待了五年之后的性爱更激烈——他们整晚都抱着青春期孩子炽烈狂热和惊人的好奇心，致力于爱的游戏。

之后，小艾穿上她全白的衣物，跳回窗外挥挥手。

"我得回家了，"她说，"……回家……回家……"

克利桑的下体猛烈一震，然后他惊醒了。醒来时小艾不在身边，她最后的那句话已经变得朦胧。卧房的窗户紧闭着。那只是个梦。那不是他第一次做春梦，但绝对是最美的，也是第一次和小艾在一起的春梦，因此他开心极了。

窗格微微透入阳光时，他打开窗户，望向排长家的后阳台。一群群人在那里徘徊，连他母亲也在其中。他心里一慌。他跳出窗户，没洗脸也没穿鞋就跑向排长家，挤过人群。他进了之前小艾躺着的房间，发现阿拉曼达坐在床上哭泣。阿拉曼达看到克利桑来了，就站起来拥抱男孩，她扯着自己的头发，哭个不停，克利桑还没问是怎么回事，阿拉曼达就说了：

"你的爱人去世了。"

现在，克利桑挖开她的坟，把她的尸体带回家之后，他想起了那个梦，于是在她尸体旁哭了。或许他难过的是，直到她过世，他都还没真正向她坦白心意。或许他是因为女孩离开前还特地去找他

（虽然只是在梦里），所以感动得哭了。女孩来听了他爱的告白，将她的童贞献给他，来和他做爱，然后才回家，再也不会来了。或许是他痛苦得半死不活，为了他所有的失落与渴望而哭，因为一具尸体无论多美，都再也不是那个活生生的女孩。

第二则自白：是克利桑杀了美人伦嘉妮斯，把她的尸体丢进海里。

克利桑挖开小艾的坟过了一星期后，有人轻轻敲了他卧室窗户的窗板。克利桑爬起来打开窗户，窗外站着美人伦嘉妮斯，她看起来狼狈不堪。她的头发乱糟糟的，衣服也湿了，但无法掩盖她惊人的美貌。就连克利桑也承认，美人伦嘉妮斯确实比小艾漂亮；小艾自己也总是这么说。

"老天啊，你在做什么？"克利桑说。

"我快冻死了。"

"白痴啊，废话。"

克利桑希望没人看到他们，他探出窗台，拉住美人伦嘉妮斯的手，帮她跳进窗户。她活像掉进了泥泞的沟渠之类的地方，而且显然也饿坏了。

"换一下衣服。"克里桑说着，确认他卧室的门已锁上。

美人伦嘉妮斯打开克利桑的衣柜，拿出一件 T 恤、一条牛仔裤和一条克利桑的内裤。然后她就在男孩面前毫不害臊地一件件脱下所有的衣物，直到一丝不挂。她的肉体在灯光下异常耀眼，克利桑看得几乎喘不过气来。这小子盘腿坐在床上勃起了，站在他面前的女孩如此美味诱人。尽管他很想侵犯她，却没有行动。美人伦嘉妮斯在门后找到一条小毛巾，若无其事地用毛巾擦干身体，他仍然待在自己的床上。

她的乳房和成熟女人的一样完美，克利桑注视良久，想象他爱抚、亲吻她的乳房，调皮地挑逗乳头。她从胸部延伸到臀部的曲线十分迷人，仿佛是用圆规画成的，左右完美对称。在她的鼠蹊部中央、浓密的阴毛下，有东西微微突出，宛如幼小的椰子果实，不过当然是软的。克利桑想跳起来把他表姐拖到床上侵犯。但他没这么做。小艾的尸体在他的床下，当然不行。

他遭受的折磨缓慢结束了。美人伦嘉妮斯穿上了克利桑的内裤，毫不在意那是男生的。然后她穿上他的牛仔裤，她的乳房迅速消失在他的 T 恤下。不过克利桑还硬着，因为他能透过那件 T 恤看到她乳头的轮廓。

"狗，我看起来如何？"美人伦嘉妮斯说。

"别叫我狗。我的名字叫克利桑。"

"好吧，克利桑。"说完，美人伦嘉妮斯坐到床沿，就在男孩的身边，"我饿了。"

克利桑到厨房拿了一盘饭，还有煮菠菜与一块煎鱼。食橱里只有这些。他拿了这些食物和一杯水给女孩，女孩吃得狼吞虎咽，吃完又跟他要。克利桑回到厨房，又拿了差不多同样分量的食物，女孩又贪婪地吃下，好像没人教过她礼仪似的。克利桑很庆幸女孩吃完第二份之后没要更多，不然如果隔天早上他说他夜里把三份饭全吃了，他母亲一定不相信。

美人伦嘉妮斯开始吹头发时，克利桑问道："好啦，你的宝宝呢？"

"被一条豺狗吃了，死了。"

"妈的！"克利桑说，"不过谢天谢地。告诉我发生了什么。"

美人伦嘉妮斯跟他说了。那晚她带着婴儿离开家，往排长在丛林中建造的游击队小屋走去。在很长一段时间内，那里是美人伦嘉妮斯、小艾和克利桑的秘密俱乐部。之前他们听说过这栋小屋，寻找一番之后找到了，他们在有趣的短途远足时会去那里。美人伦嘉妮斯知道那里是最理想的藏身之处，所以那晚带着宝宝过去，就连小艾也猜不到她去了那里。她说宝宝焦躁不安，她试图给他喂奶，但他还是哭闹。宝宝什么也没穿，只裹着一条毯子，而只有母亲的怀抱能给他温暖。

游击队小屋通常八个小时就能走到，但美人伦嘉妮斯走了一天一夜。她有点迷路了，东闯西闯，而且带着宝宝走得很慢，又粗心地忘了带任何食物。所以他们到达游击队小屋的时候，已经饿坏了。

"那里完全没东西吃。"美人伦嘉妮斯说。

无论如何，她是城市的小孩，不知道丛林里有什么能吃的，但过了一阵子，她不得不去找东西果腹。树上掉了一些胡桃，她很意外胡桃壳竟然那么硬，于是用石头打破胡桃壳，挑拣壳里的胡桃。她发现胡桃非常美味，于是收集了一大堆，第一天晚餐就吃胡桃。游击队小屋旁有一条清澈的小溪流过，所以喝水不是什么问题。

最大的问题是宝宝。宝宝不断哭闹。她全程都用毯子的一角塞住他的嘴巴，免得他们被人发现。她避开大路，从树木的阴影下跑过，穿过香蕉园和木薯园。那时她仍然得非常谨慎，因为夜里有很多农民出没，在他们的土地上巡逻，还有看守，也有人在外头捉鳗鱼和蚱蜢。毯子有效地盖住了哭声，但也差点闷死了宝宝。进入岬角的丛林之后，她觉得不会有别人半夜在那里游荡，才终于敢拿出塞在宝宝嘴里的毯子；她在杂木林中奔跑，同时宝宝不停地哭号。

在游击队小屋里，母亲终于喂了奶，但宝宝仍旧哭闹，接着，宝宝在他最后的那段时间里不肯吃奶。宝宝尿尿了，包裹他的毯子被弄湿了，美人伦嘉妮斯没别的毯子，只好把毯子稍微翻转，把尿湿的地方翻到外侧。宝宝还是哭。时间逐渐过去，他的声音愈来愈微弱。那时美人伦嘉妮斯才发觉宝宝病了，在发高烧。他身上冒出一股热气，却在发抖。她不知道该怎么办，只好看着宝宝受苦。

"第三天，他死了。"她说。

而她仍然不晓得该怎么办。她解开宝宝身上裹的毯子，把宝宝抱到游击队小屋外，放到多年前排长和他的手下曾经当餐桌的石头上。她就这么整天看着宝宝的尸体，无法思考。她想到把宝宝丢进海里的时候，已经是下午了，但就在这时，一群豺狗出现了，它们嗅到了尸体的味道，围住了她和宝宝。美人伦嘉妮斯看着那些豺狗，明白它们决心要得到宝宝的尸体，于是把婴儿朝它们丢过去。它们立刻开始抢夺他，然后有条豺狗把宝宝拖进了森林深处，其他豺狗尾随而去。

"你比撒旦还要恐怖。"克利桑不寒而栗。

"可是那样比挖坟要简单。"

他们俩都沉默了，或许都在想象那些狗是怎么撕扯可怜的小宝宝的尸体。克利桑不晓得，如果马曼·根登知道他的外孙落到那样的下场会怎样。或许他会发狂，烧了整座城，杀了所有的豺狗，很可能也会杀掉所有人。但现在要找宝宝的遗骸已经太迟了。宝宝就连小骨头都软得可以吃，那些豺狗很可能什么也没留下。克利桑想象着一条狗把宝宝的头一口吞掉，差点吐出来。

"而且你没来，"美人伦嘉妮斯注视着克利桑，脸上的表情既愤怒又失望，"我等到昨天下午，除了硬胡桃之外什么也没吃。"

"我没办法去。"

"你太过分了。"

"我没办法去。"克利桑示意美人伦嘉妮斯别那么大声，他担心母亲和祖母会逮到他们，"因为小艾生病了，然后死了。"

"什么？"

"小艾生病了，然后死了。"

"不可能。"

克利桑从床上跳起来，摸索床下的尸体，然后拖出尸体给美人伦嘉妮斯看。小艾的尸体裹着一条裹尸布，躺在地板上，她的状态仍然和克利桑第一次抱住她时一模一样——那么鲜活，那么美。

"她只是在睡觉。"美人伦嘉妮斯爬下床端详小艾的脸。她试着叫醒小艾。"起来！"她摇摇她，硬是要打开尸体的眼睛，捏住尸体的鼻子，最后自顾自地坐着啜泣，为了女孩的死而哭。小艾是她这辈子最好的朋友，每次她需要小艾时，小艾都在那里。美人伦嘉妮斯突然很后悔没让小艾参与她的逃跑计划，没邀她去游击队小屋。如果她知道这个女孩是因为她的失踪才悲伤忧虑至死，她一定会更加心痛。与此同时，克利桑一动不动地站着，主要是担心美人的啜泣声愈来愈大，会吵醒他的母亲和祖母。最后女孩问道：

"她为什么在这里？"

"我挖开了她的坟。"克利桑说。

"你为什么要挖开她的坟？"

他不知道要跟她说什么。他只是有点尴尬地默默看着女孩，直到一个美妙的念头在他最需要的这一刻出现在脑中。"为了让她见证我们结婚。"

美人伦嘉妮斯听了他的解释，似乎很开心。

"我们什么时候结婚？"

这个问题惹恼了克利桑。他坐在床边，瞥了一眼美人伦嘉妮斯，俯视下方小艾尸体的脸庞，又望向挂在门后的衣物，注视着他的一堆堆武侠小说，打量他的枕头，然后再度看向她。女孩正期待地望着他。

"今晚。"克利桑说。

"在哪儿？"

"我正在思考。"

他有了主意之后，立刻告诉了美人伦嘉妮斯。他们迅速拆开小艾身上裹的尸布，从克利桑的衣橱里拿了些衣服给她，都是美人身上穿的那种男人的衣物——男士的内裤、牛仔裤和 T 恤。等到尸体看起来像穿着随性的普通女孩那样躺在地上，克利桑就打开卧室的门，去母亲和祖母的房间检查，确认她们仍在睡觉。他静悄悄地把他的小摩托车从后门拖出去，没发出一点声音，然后回去把小艾的尸体扛上肩头，和美人伦嘉妮斯走出房间，锁上卧室门。他们蹑手蹑脚地穿过厨房去了后院。美人伦嘉妮斯坐在小艾的尸体后面，紧抱着尸体，克利桑则坐在前面。踏板一踩，机车就离开了后院，在午夜的街灯下加速往大海开去。

他们很幸运，看到他们的人不多。即使有一两人经过，看到一个十七岁的家伙在摩托车后载着两个少女，也不大会怀疑，他们会以为三人刚参加完派对，回家晚了。

克利桑停到一面水泥海墙边，海墙代表着海与海岸的分界。几乎快到黎明了，他看到有些小船已经停靠在码头。东方的天空开始出现一抹粉红。他心想，这时机真是幸运。

"在这儿等着，我去偷艘船。"克利桑说。

美人伦嘉妮斯为了不让小艾的尸体倒下，仍抱着尸体靠墙坐在机车旁，等待克利桑。

那小子划着不知谁的船出现了。或许这艘船没有主人，因为它虽然没破，但状况实在很糟。克利桑把船靠在美人伦嘉妮斯等待的海墙外。"把尸体丢给我。"他说。美人伦嘉妮斯把小艾的尸体抛进船身，小船左右摇晃了一下，这下子尸体躺在船里了。美人伦嘉妮斯跳到小船的一头，坐了下来，克利桑在另一头开始把船划离海滩，朝外海而去，也就是他承诺娶她的地方。

克利桑尽可能避免和返回海滩的渔船交会，但他不担心海外更远的大型船只。马·伊杨丘后的天空破晓了，阳光如笔直刚硬的线条穿透海面，一片波光粼粼。海平线上泛红的颜色逐渐消退，开始有海鸥和麻雀从他们头上飞过。天亮起来后，克利桑更容易看出渔船要去哪儿，如果他觉得他们会在太近的距离经过，他就能转向。

在很长一段时间里，他绕着愈来愈大的圈子划船，在海上寻找平静的区域，一个他觉得其他船不会出现的地方。然后他找到了，那是海域中一处深蓝色的地方。他确信这个位置的海非常深，这样的地方鱼不多，所以杳无人迹。美人伦嘉妮斯和克利桑当然不知道，许多年前克里旺绑架阿拉曼达时，也曾把她带到同一个位置。

完美无瑕的早晨降临了。

"所以我们什么时候结婚？"

"别急，先享受一下阳光。"克利桑答道。

克利桑躺在船的一端，仰望着天空。美人伦嘉妮斯在船的另一端，也勉强这样躺着。克利桑眉头紧蹙、一脸愁容，完全没在享受这个万里无云的日子。与此同时，美人伦嘉妮期盼着他们的婚礼，愈来愈焦躁。最后她真的失去了耐性，又坐起身问道：

"我们要怎么结婚？"

"我正在准备一个惊喜。"

克利桑跨过小艾的尸体，走向女孩。

"转过去。"他说。

美人伦嘉妮斯转过身，背对克利桑，望向海平线。直到她看见克利桑的手围成了一个紧紧的圆，还没明白过来发生了什么事，就被勒住了。一条手帕绕过她的脖子，克利桑的双手紧拉着手帕的两角。美人伦嘉妮斯挣扎着想逃脱，两腿踢来踢去，双手拼命把那条手帕扯松，但克利桑力气更大。他们缠斗了大约五分钟，最后美人伦嘉妮斯输了，瘫倒在船底，丧了命，就躺在她表妹的尸体旁。

克利桑俯看着她，眼中涌起泪水。他气喘吁吁，呼吸断断续续。他用剧烈颤抖的双手抬起美人伦嘉妮斯的尸体，丢进海里，让她沉下去。然后他在舷缘哭了，像多愁善感的少女，像新生的婴儿，流下许多心碎的泪。没人能听见他的话，但他抽抽噎噎地大声说：

"我杀了你，"他说着又抽噎了一下，"是因为我只爱小艾。"之后他又哭了整整半小时。

第三则自白：在学校强暴美人伦嘉妮斯的是克利桑，他没为他做

362

的事负责。

这是故事中最难讲述的部分，但这就是真相。

一天放学后，克利桑和小艾去找美人伦嘉妮斯，他坐在沙发上看旧杂志。两个女孩在美人伦嘉妮斯楼上的房间里。但他突然听见走下楼梯的脚步声。克利桑放下杂志，美人伦嘉妮斯出现在他面前，除了胸罩和内裤，她什么都没穿。从前他可能看过她这样，甚至见过她全裸，但那是他们还是小孩子的时候。现在他们都十五岁了，克利桑早就开始梦遗了。

克利桑和大多数男人一样，对美人伦嘉妮斯美丽诱人的胴体心怀敬畏。她的胴体只能用令人垂涎来形容。他时常想象她浑圆结实的胸部和她曲线柔和的腰，现在他几乎看到了全部。她穿的胸罩其实没盖住整个乳房，所以克利桑可以欣赏她乳房的光彩，还有盖住一小块柔软凸起的低腰内裤。他的老二苏醒过来，像钢铁般坚硬。老二歪斜地站起，卡住了，他不得不摸索裤子调整一下。而美人伦嘉妮斯似乎不介意克利桑在场，事实上她似乎对男孩正看着她感到很开心。她踩着泰然自若的步子走下楼梯，走向烫衣板，拣出几件衣物穿上。淫靡的一刻过去了，而克利桑一直忘不了。

男人会爱的女人有两种：第一种是为了宠爱、珍惜而爱，第二种是为了上她而爱。克利桑觉得现在他两种女人都有了：小艾是第一种女孩，而伦嘉妮斯是第二种。他想娶小艾，但他总是梦想有一天可以和美人伦嘉妮斯上床，只不过他一直没跟小艾告白成功，也不晓得该怎么和美人伦嘉妮斯上床而又不惹上可怕的麻烦。

小时候，他们三人有个不错的藏身处——克里旺同志之前买的那块田。排长替他们在果园边的一棵老榕树上建了一栋树屋。他们三个可以彼此照应，所以他们在田里游荡时，他们的父母从不担心。他们一同玩耍，就像有树屋之前那样，有了树屋之后的好一段时间也是如此。他们一天到晚去树屋的时候，最常玩的是结婚游戏。美人伦嘉妮斯总是想当新娘，克利桑是唯一的男生，所以他总是扮新郎。小艾每次也都扮演同一批角色：见证人、村长和受邀的来宾。他们一向喜欢这个游戏，尽管克利桑觉得他是被迫演这个角色；其实他想当小艾的新郎。

　　美人伦嘉妮斯会戴上波罗蜜叶做成的头冠，克利桑也一样。他们会并肩坐在榕树下，小艾跪在他们面前的地上，说：

　　"你们两个准备和对方结婚了吗？"

　　克利桑和美人伦嘉妮斯总是说："准备好了。"

　　"我在此宣布你们结为夫妻，"小艾说，"你们可以亲吻对方了。"

　　美人伦嘉妮斯会吻克利桑的唇几秒钟，那是克利桑最喜欢的时刻。

　　不只是这样，没玩游戏时，美人伦嘉妮斯也一直把克利桑当成她的未婚夫。

　　克利桑觉得厌烦，但他无能为力，因为他很了解小艾，也很了解美人伦嘉妮斯是什么德行——她娇惯、任性、幼稚、单纯、脆弱、反复无常，还有其他一箩筐字眼可以解释为什么生她的气没用。更恼人的是小艾的态度。克利桑其实希望他们能稍微联合起来欺负一下美人伦嘉妮斯，只是让她理智一点，然而小艾却忠实地捍卫美人做的任何骇人听闻的事。

当时，克利桑虽然知道美人伦嘉妮斯非常漂亮，而且颇为诱人，但他对她兴趣不大，因为他喜欢的是表情严肃的文静女孩，而小艾正是这样的女孩，尽管她沉着又刚烈。撇除对美人的欲望，他时常觉得美人是个电灯泡。小艾习惯保护美人，他想到就嫉妒。

然而，还有更令他嫉妒的——那就是狗。排长的孩子继承了他对狗的痴迷。以前克利桑一直希望小艾没有和美人伦嘉妮斯在一起，那么他就可以和小艾独处，但如果小艾不和她表姐在一起，她就一定在和狗玩，即使克利桑想和她共度一段时光，她也会继续跟它们玩。

"我非要变成狗，你才会注意到我吗？"克利桑焦躁至极的时候，曾经这么问。

"用不着，"小艾说，"当个真男人，我自然会喜欢你。"

这些谜一般的话很难理解，所以克利桑跟美人伦嘉妮斯抱怨说："真希望我是条狗。"

"很好啊，"美人伦嘉妮斯说，"我常常想象没尾巴的狗。"

根本不可能和美人伦嘉妮斯认真交谈。

他开始表现得像狗一样，想吸引小艾的注意。如果他们三人走在一起，可能是放学回家时，或只是下午闲晃的时候，克利桑看到远处有条狗，就会吠道："汪、汪、汪！"有时他会变成受伤的小狗："呦、呦、呦。"有时他会变成半夜号叫的豺狗："嗷、嗷、嗷呜——"

"至少你的声音听起来像狗，"美人伦嘉妮斯评论道，"那个豺狗的号叫声让我鸡皮疙瘩都起来了。"

"可是那样不会让母狗爱上你。"小艾说。

她似乎在嘲笑他幼稚的行为，但克利桑不在乎，无论女孩是否在场，他都继续扮演狗的角色，其实他也扮演得不错。他会跷起一只脚在厕所撒尿，也开始一直吐着舌头。

小艾觉得克利桑荒谬绝伦，她说："即使你用四只脚走路，你的身体也绝对不会变成狗的身体。不过可要小心你的脑袋。"

或许这是真的：他的头脑变成了狗的脑袋。小艾死时，他挖开她的坟，一如狗挖自己埋的宝贝骨头。小艾喜欢狗，他就变成狗——至少他会吠叫，吐舌头，舔盘里的水，还用他的双手挖出她坟里的泥土。

在那之前，他在学校厕所里强暴美人伦嘉妮斯时，也曾是条狗。

那次他坐在沙发上，看到美人伦嘉妮斯只穿胸罩和内裤走下楼梯时，第一次有了想要和她上床的想法。他开始垂涎美人伦嘉妮斯，忘了她幼稚的人格造成的种种问题。如果她突然从他背后抱住他，捂住他的眼睛，要他猜猜她是谁，他就会站住不动。他知道那是美人伦嘉妮斯，因为别人不会抱得那么紧。他会感觉到肯定是她的胸部贴在他背后的压力，而他会这样站着好一阵子，假装努力猜是谁捂住了他的眼睛，其实只是为了享受她双手肌肤的柔嫩触感。

他们三人走在一起时，美人伦嘉妮斯几乎总是走在中间。小艾绝对会牵着美人的手。殿后的克利桑则会牵住美人伦嘉妮斯的另一只手，享受那软绵绵的触感。

小艾和克利桑住得比较近，所以他们总是先送美人伦嘉妮斯回家。美人伦嘉妮斯道别时总会亲小艾的脸颊，小艾也会亲美人。起先克利桑会迟疑，因为他觉得那样看起来很幼稚，不过发生了沙发和楼梯的事之后，他实在很享受女孩的嘴唇贴着他脸颊时的温暖感觉，也喜欢用自己的嘴唇亲吻女孩温暖的脸颊。

夜晚降临时，他不再只是想象未来要娶小艾，也想象和美人共度春宵。

他只需要找个机会来做这件事。

有一次，小艾放松了戒备，只有克利桑和美人伦嘉妮斯坐在排长家的前院里，克利桑趁机抱了美人，美人也抱住他。看到那样的情景，没人会担心，就连小艾也是。他们三个就像手足，其实不像表姐弟，倒像三胞胎。何况美人伦嘉妮斯总是喜欢抱人，也喜欢被人抱。这时克利桑开始引诱她。

"有一天你会真的想嫁给我吗？"他以开玩笑的口吻问道。

但美人伦嘉妮斯认真地回答了他。"想。"她说，"克利桑，除了你，我的生命中没有其他的男人，所以你得娶我。"

"结婚的人就得做爱。"

"那我们也会做爱。"

"我们哪天来做吧。"

"好啊，哪天吧。"

克利桑放开美人伦嘉妮斯，她退开时手臂还钩着他的肩膀，这时小艾带着一小篮木瓜、一把小刀和装满辣酱蔬果沙拉的研钵出现。他们吃了顿野餐，舌头被辣椒酱辣得热热的，克利桑想象着某天有可以做爱的机会，感到热度一路传到了他的心里。

而机会确实来了，就是美人伦嘉妮斯打赌赢了，喝下五杯柠檬水的那一天。克利桑在厕所附近抽烟时看到了美人。最远的那间厕所已经成了食尸鬼和恶魔的巢穴，美人伦嘉妮斯走进去时，克利桑突然明白他的机会来了。他匆匆离开他的朋友，从校园安静的一角越过可可种植园两米高的围墙。他知道那间厕所的屋顶都是洞，所以迅速往那间厕所走去，借一根可可树的树枝爬上墙，然后从漏了洞的屋顶窥看，监视美人伦嘉妮斯；她正蹲着小便。

"嘿哟。"他轻声呼唤她。

美人伦嘉妮斯抬起头看到克利桑在屋顶上，惊讶极了。"你在上面做什么？"她问，"小心，你可能会跌下来摔死。"

"我在等你。"

"等我爬上去？"

"不是。我们不是要来一炮吗？"

"你有办法爬下来吗？"美人伦嘉妮斯又问。

"我当然要下来。"

克利桑抓住一根腐朽的横梁，荡进厕所。这下子他们都困在里面了，美人伦嘉妮斯的内裤还挂她的膝盖旁。厕所臭得要命，那地方显然不大舒适。但克利桑欲望债张，所以并不在乎。

"来嘛，来爽一下。"他轻声说。

"我不知道怎么做。"美人伦嘉妮斯轻声答道。

"我可以教你。"

克利桑开始缓缓从女孩膝旁拉下她的内裤，挂到墙上生锈的钉子上。然后他同样从容地解开美人伦嘉妮斯的制服扣子，一颗一颗慢慢地解开，享受着看到她的肉体逐渐展现的感动。上衣也挂到了生锈的钉子上。然后他脱下她的裙子，看到女孩下体的那片黑色时，他被迷住了。他的双手微微颤抖，加快了脱去女孩胸罩的动作。但一看到渴望已久的胸部，他又再度放松下来。接着他脱下自己的衣服。他脱了上衣，然后是裤子，接着是内裤。他的那话儿伸长了，变得又硬又翘，他握住那东西让美人伦嘉妮斯看。女孩看了那东西的形状，笑了一下。

之后平静不再。他握住那对乳房，欲火焚身地爱抚揉捏，让女孩扭动喘息。美人伦嘉妮斯紧紧抱住男孩的身体。克利桑把女孩推到厕所的墙上靠着，然后压在她身上。他开始亲吻她的嘴唇，他觊觎了好久，但自从不再玩结婚游戏之后，他就没感受过她的嘴唇了。他的双手在两人胸前动作，女孩的双手则轻抓他的背后。他的那话儿急切地开始进攻，想贯入她，但他们的站姿不对，它只撞上女孩大腿的柔嫩肌肤然后就折弯了。他只能在她两腿间的地方摩擦。克利桑低声说："你把一只脚抬到那个小水槽上。"美人伦嘉妮斯照做了，她的阴道敞露。她那里湿得要命，很温暖，于是克利桑恣意占有她，他们重复摇晃的动作发出吵闹的声响，好像他们正走过一条石头小径。他们非常享受，只不过像所有初尝滋味的人一样，他们很快就结束了。

这就是实情。

他们短暂的交欢之后，美人伦嘉妮斯问："如果我怀孕怎么办？"

克利桑有点惊讶她居然知道做爱可能让她怀孕。突然之间，这念头也让他感到害怕了，他脑中出现一个疯狂的主意。

"你就说你被一条狗强暴了。"

"我又没有被狗强暴。"

"哦，我不就是一条狗吗？"克利桑问，"你常常看我吠叫、吐舌头，不是吗？"

"对。"

"那就说你是被一条狗强暴了。黑鼻子的棕毛狗。"

"黑鼻子的棕毛狗。"

"还有，说这事时别提到我的名字，一次也别提。"

"可是你会娶我，对吧？"

"对。如果最后你真的怀孕了，我们就可以开始计划。"

克利桑迅速穿上衣服，从他进来的那个洞爬了出去，而且他灵机一动，带走了美人伦嘉妮斯的衣物，丢到永远不会有人发现的地方。这时美人伦嘉妮斯一丝不挂地走出厕所，回到她的教室，甚至连鞋袜也没穿。克利桑不在同一班，所以没看到她现身时引起的骚动。

最后她果真怀孕时，他们定好了逃走的计划。他们会躲在游击队小屋，在那里办个真正的婚礼。然而结果和计划不同。在那九个月里，克利桑担心人们（尤其是马曼·根登、马雅·黛维和他母亲）会发现上了美人的是他，害怕得手足无措。他原本计划在游击队小屋杀了女孩，掩盖真相，结果却在一艘小船里杀了她，把她的尸体丢进了海里。

17

马曼·根登在解脱升天的三天后又复活了。他当然是来道别的。对象当然是马雅·黛维。

然而，三天前马雅·黛维才埋葬了他的尸体，他的尸体被豺狗撕成碎片、被蛆啃食并且爬满了苍蝇之后，已经完全无法辨识，被抬回家时那些虫子还像流星的尾巴一样跟在后面。"那不是我。"马曼·根登向她保证。那三天马雅·黛维都在哀悼，悲恸欲绝，因为她和马曼·根登一同失去了他们的女儿美人伦嘉妮斯之后，她又失去了马曼·根登。尽管她一身丧服，但那三天里她仍然一直欺骗自己，告诉自己她的爱人还活着。

她勉强提醒自己，她的两个姐姐经历了类似的命运。阿拉曼达失去了小艾，小艾的尸体从坟墓里被偷走，而排长为了找女儿的尸体而失踪。阿汀姐失去了克里旺同志，他自杀身亡了；不过她还有克利桑。

然而马雅·黛维不觉得安慰。每天早上她还是像以往一样准备早餐，替马曼·根登、美人伦嘉妮斯和她自己做一盘盘饭、蔬菜和小菜。当然只有她一个人吃，所以在仪式的最后，她会丢掉那两份完全没动过的食物。晚餐也是如此，一连三天都这样。

马曼·根登还在世的时候，他们会一同出演这场戏，骗自己说美人伦嘉妮斯还在他们身边。他们会坐上餐桌，照常替女儿准备一份食物，饭后再把那份食物丢掉。现在马雅·黛维得一个人做这件事了。

孤零零一个人。

但马曼·根登死后的第三天，她不再是一个人。有人陪她吃。与过去的两个晚上和三个早上一样，她穿着黑衣坐到桌旁，伴着她丈夫和女儿的两份食物。她还没吞下第一口饭，他们卧室的门就打开了，那个男人出现，像往常一样坐到他的椅子上。马雅·黛维继续用右手吃饭，男人着手搅拌他的酱料。他们都像往常一样饥肠辘辘地进食，没有和对方交谈。只有一份米饭没动，因为只有一把椅子是空的，而马雅·黛维仍然想象美人伦嘉妮斯正坐在她的位置上，就像她以为自己想象出马曼·根登坐在他的椅子上吃饭。晚餐结束后，她才意识到男人真的在那里。她发现她丈夫的盘子是空的，而美人的盘里还盛满了饭。她难以置信地看着马曼·根登。他们注视了彼此很久，女人用几乎听不见的耳语问道："真的是你吗？"

"我是来道别的。"

马雅·黛维靠近她的丈夫，小心翼翼地碰触他，好像他是会轻易融化的蜡一样。她的手指谨慎地摸向男人的额头，然后移到他的鼻子、嘴唇和下巴，怯怯地摸索一番之后，她像孩子般好奇地凝望着他。她察觉到他的身体散发出热度，感觉到他还活着，这才靠近他，抱住了他。马曼·根登也抱住她，让女人在他的肩头哭泣，轻抚她的头发，爱怜地嗅嗅她的头顶。

女人仰望着马曼·根登的脸，突然问道："你是来道别的吗？"

"我是来道别的。"

"你又要离开了？"

"因为我已经死了。我已经升天了。"

"那她呢？"

"我会照看她。在那里照看她。"

马曼·根登轻抚妻子的半边脸庞，又吻了另一边，然后走回房间，带上门。马雅·黛维困惑地看着门，然后看看马曼·根登的空盘子，看看美人伦嘉妮斯应该要吃的盛满米饭的盘子，又看向合上的卧室门。她慌忙跑到门那里，打开门，门里却没有任何人。

她不停地找他。她确认卧室的窗户锁着，自从下午就锁上了。她盯着床下，却只看到盘香和她祈祷前通常会穿的拖鞋。男人不可能躲在别的地方。他不可能躲在有大镜子的衣柜里，因为衣柜有分格，而且塞满了他们的衣服，但马雅·黛维还是打开了那扇门，随即又关上。她检查了床铺和她的梳妆台，想找到线索，但她的搜索根本徒劳无功。她走出了房间，再一次看着餐桌。

然后她回去做她的工作。她清理了餐桌，把剩下的饭、蔬菜和小菜收进食橱。之后，两个帮她做饼干的山地女孩会把它们当晚餐吃。她把脏盘子拿到水槽，把美人伦嘉妮斯没吃的饭丢进垃圾桶。她没兴致像平常一样洗碗，只洗了手，然后就回到她的卧房，望着空荡荡的房间，像马曼·根登还在时一样提了一个问题。

"如果你真的解脱升天了，"她说，"那三天前我埋葬的是谁？"

这是个关于背叛的故事，始于很久以前，那时他们才新婚不久，那是在迟了五年的新婚之夜以前，在美人伦嘉妮斯出生之前。

在一个闷热的星期天下午，有个一边耳朵被咬掉的秃头矮壮男人来到公交总站，挤过人群，这些人大多是在城里度完周末、正争相挤上公交车的游客。谁挡住他的路，他就撞谁，害得香烟贩子的货散了一地。他来夺取马曼·根登的那把老旧桃花心木摇椅；那把摇椅是马曼·根登杀死白痴艾迪后夺来的。马曼·根登掌权之后，遇到过许多想要那把旧摇椅的人，那把椅子是他权力的象征。他打败了所有人，不过总有新的人出现，这下又有个陌生人来了。陌生人进入公交总站之后，马曼·根登的伙伴就一直在注意他，他们用不着问就知道他想要什么。马曼·根登也知道，可他保持沉默，跷着二郎腿，抽着烟坐在摇椅上摇呀摇。还没人知道那个人叫什么名字、来自何方，或是他怎么知道马曼·根登是这里的老大的，但他显然不是哈里蒙达人；如果他是有野心的当地人，早就为那把摇椅挑战马曼·根登了。

当时马曼·根登的钱仍然塞在陶罐里，交由一个丑女人莫扬保管，他信任这个女人几乎就像信任他老婆一样。他正在存钱，想买礼物给老婆一个惊喜，不过他还不确定究竟要买什么。莫扬每天都和他一样待在公交总站。她白天卖饮料和香烟，晚上让不想花钱去妓院又不在意她那张丑脸的男人上她（在黑暗的树丛里，脸是美是丑有什么不同？），因为莫扬从来不要他们付钱。马曼·根登从来没上过她，也不想上她，不过他倒是把钱存在了她的陶罐里，她把陶罐收在她住的小屋床下。马曼·根登的朋友都知道陶罐在哪儿，但没人敢偷，连看都不敢看。

公交总站时常有打斗，因为学童会在那里打架，但马曼·根登很少参与。秃头男走向那个罪犯要挑战他时，大家都等着瞧会发生什么事、事情会怎么发展。谁也不觉得陌生人能得到他要的。这么多年来，公交总站的人们已经相信没人能打败马曼·根登，除非全共和国的军人同时攻击他；如果他果真像人们说的一样刀枪不入，或许全共和国的军人也未必能打败他。即使这样，人们也总是期待他打架。

那天一大早，马雅·黛维在上学前把一套刚熨好的干净衣物放到床上给马曼·根登，要求他别又一身肮脏地回家。他时常那样，有时是为了帮公交司机修理他们不听话的公交车而沾上汽油或润滑油，有时是因为总站墙上附着的煤烟。马雅·黛维解释说，不是因为那些脏污让她更难把衣服洗干净，而是因为她丈夫一身脏衣服没那么帅。那天他穿着一件奶油色的上衣，要是染上脏污会很显眼，所以他保证不论发生什么事，那天都不会弄脏衣服。

在那个闷热的星期天下午，看到那个男人走进总站时，马曼·根登正坐在那把恶名昭彰的椅子上休息，他缓缓吸进香烟的烟雾，然后缓缓呼出。他和其他所有人一样，很清楚他们会碰上对方。这时秃头男就站在马曼·根登的面前，他还没开口，马曼·根登就站起来说："如果你想要这把椅子，尽管坐，要拿走也行。"谁都不敢相信——就连秃头男也不相信，他看着空椅子沉默了一下。

"没那么简单，"秃头男说，"我要那把椅子，还要那把椅子附带的一切。"

"我很清楚你的意思，所以请坐，你会得到一切。"马曼·根登点点头，把烟屁股一弹。

"一个无战不胜的流氓突然毫无异议地交出他的权力。"秃头男说，"除非他想告别这种生活，成为好丈夫，否则没别的解释。"

马曼·根登微笑着点点头，然后示意那家伙坐下。秃头男完全不浪费时间，就这么走向那把象征强大的权力、勇气与胜利的椅子，然而，他的屁股碰到座椅前的瞬间，马曼·根登一拳打向他的颈背，力道大到人们觉得可以听到骨头断裂的声音，而男人倒在了椅子旁。总之，马曼·根登没把衣服弄脏。有人把秃头的家伙拖去人行道，马曼·根登则坐回椅子上抽烟。

自那天之后，秃头男就在总站出没，成了无赖的一个左右手。他自称罗密欧。他或许读过莎士比亚，或许没读过，总之他自称罗密欧，于是所有人都叫他罗密欧，只是这样一个大块头的秃头男，有一侧耳朵被扯掉，留下的根部残破不堪，让人觉得叫这个名字很诡异。罗密欧成了这个团体的一分子，生活在他们之中，尊重马曼·根登的权力。人们还是完全不知道他的过去，也不知道他是从哪儿来的，但其他人对自己的背景也不是那么坦白。罗密欧和其他人一样偶尔会和莫扬来一炮，然后有一天，他告诉马曼·根登："我要娶她。"

"那就去问她，"恶棍说，"问她想不想当你老婆。"

莫扬想跟他结婚，于是一个月后，他们办了婚礼和一场小型派对，由马曼·根登埋单。他们都住到莫扬之前一个人住的小屋里。

"我向天发誓，"马曼·根登说，"罗密欧娶了一个喜欢到处跟人上床的女人。"

他们的蜜月令许多人嫉妒。他们整晚做爱之后，来公交总站时已经不早了；中午他们偶尔会从莫扬的摊子上溜走，在可可种植园附近的灌木丛里做爱，那里离总站不远。但过了一阵子之后，人们就发现马曼·根登说的显然没错。夜里，如果莫扬的丈夫不在，而她刚关上摊子，她就会和其他男人做爱——有时和一个人力三轮车夫，有时和一个公交车售票员，有一次他们两个同时上她。

"我们无法阻止女性做她爱做的事，"罗密欧说，"即使她是我们的妻子。"

"你应该当哲学家才对，"马曼·根登说，"也就是说，要不是你完全疯了的话。"

"哦，她也给我钱，"罗密欧坐在他一度觊觎的桃花心木摇椅旁，继续说，"让我去妓院找女人。"

从白痴艾迪掌管这座城市到马曼·根登取而代之的多年间，公交总站都是他们团体的骄傲。这里不太大，因为离开这座城市往东、往南去的路只有一条；有一条小路往西，经过其他两座小城之后就变成了死路。不是所有流氓都聚在公交总站，其实这里的流氓可能只是少数，但因为马曼·根登总是在这里，他坐在那把桃花心木摇椅上，看着人们来来去去，因此总站成了他们重要的据点。他们团体的所有人似乎都很满足；虽然莫扬嫁给了罗密欧，但他们不想花钱买春的时候，只要她心情好，他们还是可以跟她睡。

不过在某个不该出事的平静日子里，那样的满足却被扰乱了。莫扬的摊子开张了，却没卖任何东西，她只是坐着等马曼·根登来，那时马曼·根登还没出现。他最后现身时看起来帅气得很——他结婚后，朋友们逐渐习惯了他的打扮——而莫扬立刻去找他，在他面前啜泣。她哭得像弃妇一般，所以马曼·根登猜想罗密欧离开了莫扬。

不过马曼·根登不相信那个女人真的爱他，也不相信她忠于他，所以他问她：

"怎么了？"

"罗密欧离开了。"

"我以为你其实没那么爱他。"

她用上衣的衣角揩去眼泪，露出肚子上的一层层肥肉，然后说道："问题是，他离开时拿走了你罐子里装的所有的钱。"

罗密欧绝不可能从公交总站逃离，而且时候那么早，还没有火车驶离城里，所以他很可能逃进了丛林，或是有人用某种交通工具帮助他离开了。无论实情如何，马曼·根登都气坏了，打算逮到他，活要见人，死要见尸。于是他召集了所有的部下，命令他们前往各处，甚至到附近的城市去，和当地的无赖接头。在逮到罗密欧之前，谁也不准回来，否则就得挨一顿打。于是这座城市里所有的流氓都离开了，哈里蒙达从来没这么太平过。只有马曼·根登留了下来，他气急败坏。他一直梦想过平静的家庭生活，希望靠正当的收入过活。他想要和别人一样的家庭，一直在存钱，为了实现他美好的梦想。他会买一样东西，也许买艘渔船，然后当个渔夫。或是买辆卡车，然后当个运菜工。或是买几公顷的土地，当个农夫。他根本还没决定想买什么，现在却被人偷了所有的钱。他实在火大。他不耐烦地等了三天，妻子看他这么焦虑，惊讶极了，但他完全没向妻子解释，而且他在公交总站大发脾气，所有售票员和公交车司机都尽量避着他。

第四天，他的两个手下带罗密欧回来了。他们在一座遥远的小城找到了他，小城在哈里蒙达西边的一片大丛林边缘，从前最激烈的游击战就发生在那里。幸好马曼·根登的钱依然很安全——只少了买一杯椰花酒、一杯柠檬水和一包香烟的钱。他两个手下在罗密欧还没机会买任何其他东西之前就逮到了他，但马曼·根登的怒火非同小可。

马曼·根登赶到的时候，罗密欧已经被他的手下打得青一块紫一块，而马曼·根登气得又打了他一顿，人们围在周围，像在看斗鸡。罗密欧用可怜的惨叫求饶，发誓他绝不会再做那么糟糕的事，但马曼·根登的经验告诉他，不可相信背叛者。愈来愈多的人聚了过来。最靠近的人坐下来，最远的人站着，除了旁观这场暴行，他们束手无策。就连在总站前来回巡逻的警察也视若无睹，只待在他们的岗位上。

罗密欧死期将至，死亡的气息升起、扩散，被海风吹走，于是吃腐肉的秃鹰开始盘旋。但罗密欧还没死；不是因为他足够强壮，而是马曼·根登刻意拖延，让他缓慢地死去，而且饱受折磨，让大家学到宝贵的教训，知道背叛者就是这个下场。而马曼·根登真的为那些食腐的秃鹰感到遗憾，不是因为受害者要过很久才会死——马曼·根登慢条斯理地打掉他的两颗牙，折断他的两三根指头，拔掉他的指甲，把他剥光，开始一根根拔他的阴毛，把点燃的香烟印在他满是伤痕与瘀青的身上——不，他为那些秃鹰感到遗憾，因为他不打算和它们分享他的快乐。他不会把尸体让给它们，他打算把这个男人活活烧死，那是他表现自己怒火的最终方式。

但就在他准备汽油和打火机的时候，那个丑陋的女人突然冲进人群，站到他面前。莫扬替她丈夫求情，说如果马曼·根登让他活下来，她保证会照顾他，把他变成值得信赖的男人。

"朋友，拜托给我这个机会，"莫扬说，"因为无论他是什么人，他终究是我丈夫。"

马曼·根登深受感动，他的心突然软化了。他把汽油丢进垃圾桶，向在场的所有人宣布他要给这个男人第二次机会，但如果再有人背叛他，就没有第二次机会了。就这样，罗密欧并没有被火焰或秃鹰吞噬，而是活了下来，成为马曼·根登的密友和他手下之中最忠诚的追随者。而马曼·根登则把他所有的钱都给了马雅·黛维，不久之后，她就把这笔钱用作饼干生意的创业基金了。

"你埋葬的那个人是罗密欧。"马曼·根登说。

马雅·黛维当然完全不知道这件事。

她并不知道罗密欧的事，也不清楚她丈夫在总站遇到的任何麻烦——马雅·黛维所有的烦恼都始于美人伦嘉妮斯带着她刚生下的婴儿逃家，"去嫁给一条狗"。

那时是十二月初，这个月的天气通常难以预料，哈里蒙达满是在这里度过岁末假期的游客，所以人们很容易在人群中迷失方向。在一年中的这个时候，哈里蒙达变得颇为繁忙，人们不再注意彼此，因为生意太兴隆了。从克里旺同志保护纪念品摊贩不被驱逐的时候起，他们的生意一直很兴旺。总有很多失踪的孩子、老人和年轻的女子，他们在忙碌的人群中走失，于是工人到处张贴失踪人口的海报，也用扩音器公告，广播声沿着海滩回响。

不过美人伦嘉妮斯并不是这样失踪的。不见了的游客只是暂时走失，查询一阵子之后必定会和同伴团聚。美人伦嘉妮斯离家出走了，全家人都在找她。马曼·根登和马雅·黛维到处都问过了，他的手下就像之前找罗密欧时一样四处搜索，但他们没找到女孩。排长特别担心他的女儿小艾，因为美人伦嘉妮斯失踪之后，小艾就开始发高烧，他调派了几支搜索队去找美人，但他从来不晓得孩子们知道游击队小屋的事，所以他忘了小屋。

他们继续搜索，夜以继日地寻找美人，而停止了筹备一直计划的婚礼，拆除了装饰，归还了租来的家具。钦钦因为这些事有点失去理智了，一个人带着步枪去搜索每个角落，杀了所有在路上遇到的狗。他用吉隆贡仪式问亡灵，但他们都不知道她在哪里。

"某个恶灵的力量在保护她。"他自言自语。

"她活不了几天。"马雅·黛维哭着说，"在那样的路途上她不知道能吃什么，而且她也没带钱，一毛也没有。"

"她没理由会死。"马曼·根登努力安抚妻子，"如果她太饿，可以把宝宝吃了。"

搜索队的成员毫无收获，一个接着一个回来了。谁都没看到她的踪迹，一点线索也没有。"她不可能肉体和灵魂都升天了吧。"马曼·根登说，"她甚至都没试过冥想，不可能去另一个世界。"于是搜索队再度出发，在一丛丛灌木中寻找她，找遍了城里的街巷和贫民窟，但还是没找到。马雅·黛维想去拜访她女儿在学校的女生朋友，但她亲近的玩伴只有小艾和克利桑。马雅·黛维精神崩溃，后悔女儿失踪的那晚没陪在女儿身边。

新年过后，城里的游客更是络绎不绝。工人为溺水者发布了公告，马曼·根登和马雅·黛维——检视所有的尸首。大部分都是不遵守指示牌规定而去禁区游泳的游客，但最后他们找到了她。他们立刻认出了她，因为就连海水也无损她的美。虽然没人知道海浪把她带上岸时她死去多久了，但他们立刻通知了马曼·根登和马雅·黛维。她仰卧着，衣物已几乎完全分解。她的脸仍然迷人，头发漂在水面上，被海浪拨弄。他们立刻察觉到她的肚子并不像大部分溺水者那样鼓胀，脖子上还有发黑的瘀伤。所以有人杀了她，然后把她丢进了海里。马雅·黛维悲恸地哭了出来。

"不论发生了什么事，我们都必须把她埋了，"马曼·根登忍住怒气说，"然后找到那个该死的凶手。"

"狗不可能勒死她。"马雅·黛维说，靠着丈夫的肩膀，几乎失去了意识。

美人伦嘉妮斯从家里失踪近一个月后，她的尸体在哈里蒙达海滩最远的那端被发现，马曼·根登亲自把她的尸体带回家。马雅·黛维肿着眼跟在后面，不停地流泪，同情的旁观者跟随着他们。

那天下午，所有的葬礼仪式结束之后，美人伦嘉妮斯的棺木穿过城市，往布迪达玛墓园而去。钦钦发现那天要埋葬的是他爱的女孩，差点昏了过去。他陷入无法平复的悲伤，和父亲一起把她的坟挖好。他甚至帮马曼·根登和卡米诺一起把尸体放入了墓穴。马曼·根登将第一把泥土撒到她的裹尸布上，之后钦钦就和马曼·根登一起盖上了他爱人的坟，怜爱地把她的木质墓碑插进泥土里。

"我会找出是谁杀了她，"钦钦满腔愤恨地说，"我会为她的死复仇。"

"去吧，"马曼·根登说，"要是你逮到他，我允许你杀了他。"

那晚，两人在美人伦嘉妮斯的墓旁碰面。钦钦在马曼·根登的旁观下召唤了她的灵魂。吉隆贡仪式开始了，但美人伦嘉妮斯的鬼魂没出现。钦钦试着召唤其他的鬼魂，问他们是谁杀了那个女孩，但他们都不知道答案，就像之前他们都不知道她跑去哪儿了。

"没办法。"钦钦放弃了，结束了吉隆贡仪式，"有个强大的恶灵从一开始就在阻止我。"

"有必要的话，我可以靠冥想进入灵界，在冥界和恶灵搏斗。"马曼·根登说，"我还是想知道是谁杀了她。"

那时，他和妻子开始欺骗自己，想象美人伦嘉妮斯还活着。他们在早餐和晚餐时替她准备位置，替她分出一份食物，只是之后马雅·黛维得把那些食物丢掉。而警方将美人伦嘉妮斯的坟挖开进行调查，然后再次埋葬了她。马曼·根登也想相信警方会找到杀她的凶手，然而一星期过去了，然后一个月过去了，还是没有答案，连一点线索也没有。他们倒是审问了不少人——所有人都被叫去警察局问话，马曼·根登和马雅·黛维各去了五次，其他人也是，但似乎愈来愈不可能找到杀害美人伦嘉妮斯的凶手。这整件事令人精疲力竭，马曼·根登不再相信警方。最后他把来家调查的警察斥责了一番。

"你们绝不会在这间屋子里找到凶手的，"他恼火地说，"要是这么想，你们就太蠢了。"

就在那一刻，流氓像得到天启一般，清楚地知道他必须做什么了。

"如果没人知道谁杀了她，"他坚定不移地说，"就表示整座城都要为她的死负责。"

接下来的星期一，他带着三十个手下出动了。那场面十分残酷，在城里人的记忆中是段惊骇的时光。他们从警察局开始，毁了他们在那里发现的一切，挑衅所有企图阻止他们的警察。马曼·根登为了发泄他对警方的无能产生的怒气，烧了那个地方，结束了此行。

全城震惊不已。烟雾高高升入天际，就连消防队也无法扑灭火焰。人们通常会去火场围观，但一听说马曼·根登和他的无赖陷于无法遏抑的愤怒中，就没人敢去看警察局的火灾了。人们保持沉默，互相口传消息，想到那个恐怖的男人接下来会做什么，人们就吓得发抖。

尽管马曼·根登现在是个老人，已经活了半个多世纪，但谁都知道他的力量丝毫没有减退。现在他极其悲惨地失去了亲爱的女儿——有人谋杀了她，把她的尸体丢进海里，而他不知道凶手是谁。他后悔女孩说她在学校厕所被狗强暴时，没立即做点什么；他为什么不一开始就去找那条狗，为什么不把城里所有的狗都杀了，就像钦钦那孩子曾经用不专业的手法尝试的那样？

"Mijn hond is weggelopen。"他用荷兰文说。我的狗跑走了。但他这话是什么意思，实在不清楚。

烧掉警察局之后，他发现了第一条狗，那是一条在翻垃圾的流浪狗，他抓住那条狗，杀了它，扭断狗的脖子，最后那畜生瘫倒死去。

"如果我无法阻止一条狗、无法保护自己的女儿，我拥有这身力量又有什么用？"他说，"我们杀光这座城里所有的狗吧。"

他的无赖开始成群结队带着致命的武器分头出去。一些人带着气枪，一些人带了大砍刀和出鞘的剑。

"即使这样也不会让我平静，但我还是要做。"马曼·根登叹着气说。

"你就不能再生个孩子吗？"罗密欧问了蠢问题。

"即使我再生十个孩子，这个孩子还是被人杀了，我绝不会善罢甘休。"他的双眼瞪向铺着圆石的巷道，想再找到一只狗，然后又悲伤地说，"她才十七岁。"

"排长的孩子也死了。"罗密欧说。

"那并不让我觉得安慰。"

于是最骇人的屠狗行动开始了，几乎像十八年前发生的屠杀共产党的场面。那些狗是排长训练出的豺狗的混种，谁知道排长发现了会怎么样，可是排长去找他女儿的尸体了。无赖轻易地把街上游荡的狗开肠剖肚、大卸八块，像要把它们做成沙爹肉酱似的。狗头被挂在街角，血从它们的脖子后淌下，像在警告其他所有的狗离这座城市远一点。杀完流浪狗之后，无赖开始转向宠物狗，他们撞倒住宅的围墙，杀死笼里无力反抗的狗。他们也砸毁窗户，闯进屋里，攻击平静地躺在狗床上的宠物，然后把它们丢进厨房的炒锅。

人们抗议，但马曼·根登不在乎。"如果的确是一条狗强暴了我的女儿，"他说，"那么狗一定学会了人的邪恶作为。"他甚至命令手下毁了所有狗主人的资产。

"如果你继续这样进行破坏，我们会碰上军队的。"罗密欧语气中的恐惧显而易见。

"我们从前就碰上过那些士兵。"

罗密欧难以置信地看着他。

"你以为因女儿被杀而愤怒的人还能做什么？"马曼·根登问，"我知道那些人完全无罪，但我很难过。"

他确实真的生城里的所有人（他的伙伴除外）的气，但女儿也像是他的某种借口。其实他对人们积怨已久，确信他们轻视他和他的朋友们，觉得他们是无业的暴徒，无所事事，只会喝啤酒、打架。他对人们怀恨在心，也因为人们觉得美人伦嘉妮斯是白痴，而且总以好色、低级的眼神望着她。他生气也是情有可原。

"人们认为我们是社会的败类。"马曼·根登总结道，"确实是这样，但我们许多人受的教育不够，没办法有什么出息，而人们将我们拒之门外。如果我们最后变成了强盗、扒手，只为等待时机、报复那些令我们嫉妒的人，又能怎么办呢？我看到好人有幸福的家庭就嫉妒。我想要那样的东西。我终于得到了我想要的一切，现在，在我尝到幸福之后，我的快乐却又被夺走了。我的旧恨像愈合一半的伤口，都被揭开了。"

罗密欧一直害怕的事情终于成真了。暴动蔓延至全城。有些狗主人进行了反击，无赖就变得更暴力，不只是狗，碰到什么就破坏什么。车子被毁，路标被拔起、抛开，道路两旁的遮阴树也是。商店橱窗被砸得粉碎。一些警察局被纵火，一些人受了伤。一股骇人的恐惧席卷全城，直到中央指挥部对哈里蒙达市的军方下令，让军队接管城市，指名排长解决暴徒的问题；如果没办法，就宰了他们。

排长再次搜索女儿小艾的尸体，却一无所获，之后他对妻子说："我已经想过一阵子，应该把那些无赖像共产党一样解决掉。"

"你流放了克里旺同志，这下又要杀马曼·根登？"他妻子问。（她从没跟他说，在同志被发现自杀的前一天，她和同志的奸情。）"你要让我的妹妹们都变成寡妇吗？"

排长讶异地看着他的妻子。

"如果不杀了他，他会杀光城里所有人，不然你要我怎么办？"排长问，"还有，想想看：他没能保护他的女儿，所以她被搞大了肚子，他还逼她嫁给她不想嫁的小子，所以她生下孩子的那晚逃离了。我们的女儿一直是她亲爱的朋友，因为她逃离而生病死掉。她死去后，有人从她坟里偷走了她。你还不懂吗？暴徒团体的头头害死了我们的第三个孩子，我们的小艾——努鲁·艾妮。"

"你怎么不去怪夏娃诱惑亚当吃苹果，害我们活在这个该死的世界？"他妻子暴躁地说。

排长根本没留意妻子说的话。除了那些无赖造成的混乱，以及中央指挥部的命令，排长也为小艾的死而愤怒，而且从前他和黛维·艾玉上床后，马曼·根登闯进他的办公室威胁他，他至今还为此耿耿于怀。从来没人当面威胁过排长，日本人没有，荷兰人也没有，但这个混混竟敢威胁他。虽然亲眼见识过马曼·根登的力量，但排长相信还是有一两个法子可以杀死那个男人，而他会为此不择手段。他或许是马曼·根登的朋友（尤其在牌桌上），但他一直都渴望有一天能杀了他。这下时机终于来了，因此他对阿拉曼达的话充耳不闻。

"你要是杀了他，就不用回来了。"最后阿拉曼达说，"这样一来，我们三个都成了寡妇，一切就公平了。"

"可是阿汀姐还有克利桑。"

"你嫉妒的话，就杀了那个孩子啊。"

排长亲自率领行动，扫荡那些无赖。他集合了所有的士兵，还从最近的军事基地调来了临时部队。他召开紧急会议，把无赖暴动的地点做成地图，拟订扫荡他们的计划。排长的年纪实在太大，不适合上前线了，其实他正在等他的退休文件，但他看起来颇有活力，甚至还有些睿智。"我们不会像屠杀共产党时那样办。"他说，"这次，杀掉的所有人都要被装进袋子里。"

所以来了一辆载满空袋子的卡车。

行动在夜里展开，以免造成大规模的恐慌。军人四散而去，他们配备武器、身穿便衣，朝一群群无赖走去，狙击手也是。任何身上有刺青、喝了酒、被发现在闹事或杀狗的人一律被视为无赖，所有无赖都被就地正法，然后塞进袋子里，丢进灌溉沟渠，或是留在路边。发现他们的人会把他们连袋子一起埋了——这样比裹进裹尸布实际多了。

"他们太可恶了，不值得用裹尸布，"排长说，"墓地就更别说了。"

第二天一大早，城市里的罪犯已经消失了一半，他们被这些袋子吞了，并捆上了塑料绳。他们出现在路边，在河里沉浮，在海岸边被海浪拍打，在灌木丛堆成堆，或躺在灌溉沟渠里。有些被狗扒抓，有些有苍蝇光顾。在下午之前，谁也没碰过他们。天晓得终于从哪里来了援手，解决了所有惹是生非的家伙，人们欣喜若狂。他们当然还记得共产党大屠杀，也记得他们被鬼魂恐吓多年。但无论如何，这些无赖给那么多人带来麻烦，还是做鬼比较好。于是他们任尸体装在袋子里，希望蛆和秃鹰会把他们解决掉，连骨髓都不剩。等到开始有难闻的腐臭扑过来，人们再也受不了了，才着手处理最靠近居住区的尸体，把装了尸体的袋子埋了。

但那样并不像埋葬尸体——更像在香蕉园里拉了屎之后把屎埋起来。

大屠杀持续到第二夜，接着是第三、第四、第五、第六、第七夜。行动迅速展开，哈里蒙达几乎所有的无赖都被解决了。但排长一点也不满意，因为马曼·根登并不在那些尸体中。

那整个星期马曼·根登都没回家，马雅·黛维非常担心他，尤其当她听到城里的无赖一连七夜一个个被杀掉，都是头部或胸口中弹而死。虽然谁都不知道主事者是谁，但只有某些人持有武器，所以大家都猜得出是谁干的。因此马雅·黛维去找排长。

"你杀了我丈夫吗？"

"还没，"排长忧愁地说，"问那些士兵就知道了。"

她一一询问他们，几乎问遍了所有的士兵，他们的回答和排长一样：

"还没。"

但其实她不相信他们。既然排长之前把克里旺同志流放到了布鲁岛，他当然也可以杀死她的丈夫马曼·根登。她希望她的丈夫真的刀枪不入，但看到街上有那么多尸体，她还是忍不住继续寻找，或许有具尸体就是他。

于是这个披着红头巾遮挡艳阳的美丽女人，开始一个一个检查袋子，一一解开塑料绳——闻到作呕的恶臭也不为所动，毫不在意她正和苍蝇抢生意——查看袋子里的尸体，比较他们的脸和她记忆中钟爱的丈夫的脸孔。没有一具是马曼·根登的尸首，但她认出他们大多是她丈夫忠实的朋友，所以她确信她的丈夫也死了。或许他刀枪不入的传闻都是吹牛。她必须找到他，如果他确实死了，她得用体面的方式埋葬他。

为了检查那些被受不了尸臭的人埋掉的尸体，她找上一群业余挖墓人，问他们有没有埋过她的丈夫。

"从味道上判断，应该没有。"

"你以为我丈夫闻起来是什么味道？"

"噢，他是最大的无赖，所以闻起来想必比其他所有的无赖还要糟。"马雅·黛维承认他们说得没错，然后继续寻找。她追着漂在河里、被水流带走的两具尸体，但为了拦住尸体而费尽力气之后，才发现两具尸体都不是她丈夫。她也检查了遍布海滩的尸体——那景象把哈里蒙达的观光客全吓跑了——然而过了一整天，她的辛苦仍旧是徒劳，她在黑夜降临时回家，希望那晚不再有杀戮，而她的丈夫会回来。她的愿望并没有实现，早晨来临时，她再次开始寻找，打开她还没看过的每一个袋子。

她继续这么做，最后有两个人告诉她，他们看到罗密欧和她丈夫在大屠杀的第七天逃进了岬角的丛林里。士兵也听说了，于是她得和时间赛跑，希望他们还没射杀他。她独自走进丛林，脚上只穿了夹脚拖鞋，靠她前一天戴的同一条头巾保护，沿着长满灌木丛的小径跌跌撞撞地前进。那片丛林从殖民时代起就是封禁林，不只有猴子和野猪，还有野牛，甚至有花豹，但马雅·黛维什么都不怕。她只想找到她的丈夫，无论是死是活。

四名士兵从她身边经过，她叫住了他们。

"你们杀了我的丈夫吗？"

"夫人，对，这次我们杀了他，"领头的说，"请节哀。"

"你们把他的尸体放在哪儿了？"

"往前直走大概一百米，就会找到他的尸体，已经被苍蝇包围了。我们把他钉在了一棵杧果树上。"

"他被装在袋子里了吗？"

"在袋子里，"士兵答道，"像婴儿一样蜷着身子。"

"待会儿见。"

"待会儿见。"

马雅·黛维继续上路，按士兵说的直走一百米，确实看到一个已经爬满了苍蝇的袋子。食腐的秃鹰在啄袋子，两只豺狗扯着袋子的一角，马雅·黛维把它们赶跑，然后打开缠在袋子上的塑料绳，确认袋里"像婴儿一样蜷着身子"的人确实是她的丈夫；虽然他的脸几乎无法辨认，但那确实是他。她没哭，至少那时没有。她以超凡的镇定，用塑料绳把袋子捆起来。她的力气不够大，没办法把他背在背上，只好把袋子从她找到他的地方一路拖到布迪达玛公墓，要求用体面的方式埋葬她的丈夫。苍蝇一路上围攻他的袋子，像彗星的尾巴一样拖在后面。

卡米诺替他沐浴过、擦了香水之后，昆虫才散去。这下尸体僵硬地躺着，额前和胸口的枪伤清晰可见，只挨了两枪，想必立即就要了他的命。他胸口的伤直穿过心脏。马雅·黛维看到这情景时终于哭了，卡米诺为了不让她更难过，迅速地裹尸布将他包了起来。卡米诺和钦钦一起为亡者吟诵了祷词；钦钦向这个应当成为他岳父的男人致意。马曼·根登的尸体就埋在他女儿的墓旁，马雅·黛维在那两座墓前跪了几乎一个小时，感到被遗弃，疏离又孤独。她开始了哀悼的日子，第三天，马曼·根登从死后的世界回来了。

之前已经证实了，这个男人确实刀枪不入。他不怕屠杀，但他不忍看到朋友陈尸街上，于是对忠心耿耿跟着他的罗密欧说：

"我们逃进丛林去吧。"

他们不断变换藏身处，之后在大屠杀的第七天进入丛林。这是真的——那个流氓不再喜欢这座城市了。他不忍回忆过去，那时他对自己的力量和刀枪不入的能力感到自豪，他的朋友却死在他脚边。

"他们不久就会变成鬼魂，如果我们活下来，看到他们受苦，会痛不欲生。"在逃亡的路上他说，记起了克里旺同志人生的最后一段时间，那个人看着他朋友的鬼魂受尽苦难而崩溃。那样活着太痛苦，马曼·根登不想那样。

"我们不可能逃得过鬼魂。"罗密欧说。

"确实是这样。除非我们加入他们，就像克里旺同志最后选择自杀。"

"我没勇气自杀。"罗密欧说。

"我也不想，"罪犯说，"我仍在思考别的解决办法。"

他选择逃进岬角上的丛林，因为那里几乎毫无人迹。那是一片封禁林，没有农夫耕田，只有几个懒惰的林务官。他希望逃到那里之后，就能在被士兵发现之前争取一点时间。虽然士兵大概杀不了他，但还是很难缠。他正试图做出决定。

"知道我所有的朋友都死于大屠杀之后，我不可能活下去。"他以一种心碎的口吻说。

"许多人还在享受他们美好的人生，所以我绝对不要死。"罗密欧淡淡地说。

"但我还想着我的妻子。她会很伤心，何况我们已经失去女儿了。"

"我不在乎我太太。她还是可以找到不少不在意她有多丑的人跟她上床。"罗密欧说，"但我宁可活着。"

他们来到一座小山丘，那儿有个山洞，是战时日本人在一道山坡上挖来用于防御的山洞。他们在丘顶上休息，马曼·根登继续思考——尽管他渴望抛下生命，却又不愿让马雅·黛维孤独地活在世上。他看着日本人黑暗潮湿的洞穴，那墙壁像箱子似的，比起碉堡，更像是监牢。不过这样的地方很适合冥想。马曼·根登想通过冥想超脱生死，在解脱的状态中离开这个地球，但他还在想他的妻子。最后他说：

"无论如何，死亡迟早会降临。而她是我所知最坚强的女人。"

他决定在日本人的洞穴中冥想，于是进入了洞穴。他命令罗密欧在丘顶守卫，以免士兵发现他们的踪迹，追到这里。"如果士兵出现了，就来叫我。"他说。

"在他们到达之前，我就会杀了他们。"罗密欧说。

"你的声音听起来不大让人放心，"马曼·根登说，"不过我相信你。"

马曼·根登走进洞里，坐在潮湿的地上，开始冥想。不久之后，他就从生死中解脱了——消失并化为一团团光芒。他没自杀，而是脱离肉身，离开了这个世界，抛下了束缚灵魂的所有物质，现在他成为纯粹的光，像水晶一般闪闪发亮，升上了天空。但他到达天堂之前，发现四名士兵在山丘顶把武器指向罗密欧。他想帮助那个男人，模糊士兵的视线，只是他还没动手，就听见罗密欧说：

"别杀我！我告诉你们马曼·根登藏在哪里。"

"好，说吧。"一名士兵说。

"他在日本人的洞穴里冥想。"

四名士兵下去搜索日本人的洞穴。他们当然找不到马曼·根登。罗密欧想趁机逃跑，而马曼·根登可不打算让他得逞；马曼·根登困住了他，于是罗密欧发现虽然自己在跑，却无法离开原地。

"一朝是叛徒，永远都是叛徒。"马曼·根登说。罗密欧看不见他，却仍听见他隆隆的声音。

接着，在四个士兵怒气冲冲地回来的那一刻，马曼·根登把罗密欧的脸变成了他自己的脸。

"好啊，马曼·根登，我们终于找到你了。"他们说着把武器指向站在山顶的人。

"我是罗密欧，"那个人说，"不是马曼·根登！"

但一支步枪开了两枪，立即结束了他的性命。一发子弹打中他的头，另一发打在胸口。马雅·黛维找到的就是那具尸体，马曼·根登则升天了，在他解脱生死的三天后，他去看望了她。

18

那个强大的恶灵看到他的种种胜利，看到他为所有的怨恨报了仇，尽管他被迫等待了那么久，还是欣喜若狂。

"我拆散了他们和他们所爱的人，"他对黛维·艾玉说，"就像他拆散了我和我所爱的人。"

我拆散了他们和他们所爱的人，就像他拆散了我和我所爱的人。他的声音回荡着。

"但我爱你啊，"黛维·艾玉说，"我对你的爱发自内心深处。"

"是啊，所以我从你身边逃开了，斯塔姆勒的孙女！"

是啊，所以我从你身边逃开了，斯塔姆勒的孙女！

黛维·艾玉无法相信恶灵对复仇的渴望居然如此根深蒂固。一直以来，他看上去就像普通的鬼魂。她知道他在未来的某个时刻有个邪恶的计划，但从没想象过他可以造成这么多伤害，从没猜到他的憎恨在心中埋藏得有多深。

"看看你的孩子，"恶灵说，"她们现在都成了可悲的寡妇，而第四个是没结过婚的处女！"

看看你的孩子，她们现在都成了可悲的寡妇，而第四个是没结过婚的处女！

这是恶灵在排长的游击队小屋杀了排长之后的事，那里是他从前的地盘。那天早上，排长出其不意地现身并蹲在炉子前的时候，黛维·艾玉真的忘了他是她的女婿，因为她已死去很久，而且在世时也很久没和他联络了。那个男人说，自从他屠杀了流氓之后，多年来一直在仔细搜索城市和丛林，想找到他女儿被偷的尸体。他精疲力竭，一无所获地回到哈里蒙达。他不敢回家面对妻子阿拉曼达，于是来到岳母黛维·艾玉的家。

"我没有适合杀死排长的角色，"恶灵说，"所以我自己动手了。"

我没有适合杀死排长的角色，所以我自己动手了。

"我很早以前就知道，"黛维·艾玉说，"你是个外行的喜剧演员。"

其实恶灵并没有亲自动手，但杀死排长的也不是人类。自从排长害他妻子的两个妹妹成了寡妇，又失去了他钟爱的女儿之后，妻子就赶走了他，排长的晚景凄凉孤寂，他没勇气面对妻子，时常去岬角上那片丛林中的游击队小屋，让自己心情好一点。小屋和以前一模一样，尽管没那么坚固，却仍足以让他重温令人欣慰的往日时光。

他也试着再度在游击队小屋的周围养豺狗，让自己有事忙。他已经年纪很大，很衰弱了，但他仍然从豺狗窝里偷狗仔。那天，狗仔的妈妈来找它们。

母豺狗和狗群出现时，他正躺在从前和手下吃饭的那块大石头上，美人伦嘉妮斯曾把她宝宝的尸体放在那里，之后才丢向豺狗。这只母狗发现它的敌人处于极为脆弱的状态，没迟疑多久就直接扑向他，咬进他大腿的肌肉。重申一次，这时排长已经很老了，他反应迟钝，无力反抗。他还来不及反击，其他的豺狗就来了，一只扑到他的手臂上，另一只扯着他的小腿。老人身上处处出现绽开的伤口，鲜血涌出，流到岩石上。排长还可以左扯右踢，想把这些豺狗赶跑，但他伤得很重，耗尽了力气。他渐渐安静下来，仰望着天空，意识到他的死期即将降临，而让他死亡的是他爱护了一辈子的豺狗。他的身体被撕成碎片，被活活吃掉。不过要知道，豺狗其实是懒惰的动物，通常只吃腐肉。排长可能是唯一被活活吃掉的人。他的死注定如此凄惨。

过了一星期，排长还没从游击队小屋回来，黛维·艾玉开始担心了，因为他通常不会在那里待那么久。她让排长手下的两个退休士兵帮忙，披荆斩棘穿过岬角上的丛林去找他。他们发现了一具骇人又可悲的尸体。他几乎完全毁容了，他们唯一能立刻认出的是残存的制服。豺狗没把他拖走，而是在他尸体还没冷的时候当场吃了他，而秃鹰正在啄食他骨头上的少许肌肉。黛维·艾玉在这些遗骸开始腐烂之前及时赶到。

他们把他装进黑色的塑料袋，就是消防员把火灾受害者的尸体带去停尸间用的那种袋子，然后把他带回去给阿拉曼达。黛维·艾玉把黑色塑料袋放到阿拉曼达的脚边之后，对她说：

"孩子，我把你男人的尸骨带给你。他被豺狗杀害并吃掉了。"

"妈妈，自从他带那九十六条豺狗进城猎猪，我就隐约觉得会发生这种事。"阿拉曼达说，看起来一点也不悲戚。

"表现得难过一点吧，"她母亲说，"至少为了他的遗嘱没留任何东西给你而难过。"

那些遗骨上还有少许扯烂的肉，看起来像剁开了卖给人炖汤的牛骨。阿拉曼达把遗骨埋了。排长被葬在战争英雄的纪念墓园里，他们替他举行了一场军人葬礼。至少阿拉曼达为此感到庆幸，如果他被葬在公墓，她就得担心他的鬼魂会和克里旺同志的鬼魂打架了。他在战争英雄的纪念墓园里会很安宁，他有个棺材，被裹上了国旗。他们发射大炮，向他致以最后的敬意，而阿拉曼达想象着她丈夫的鬼魂被弹射出去，让他死得透透的，这念头让她开心了一点点。

这下她真的成了寡妇，和她的两个妹妹一样。

"他们屠杀共产党人，克里旺必须面对行刑队时，我才第一次发觉你打算报仇。"黛维·艾玉说道，把她的注意力放回到恶灵身上。

"他当时就该死了，饱受折磨地死去。"

他当时就该死了，饱受折磨地死去。

"但爱显露了真正的力量，"黛维·艾玉说，"阿拉曼达在他要死的前一刻插了手。"

恶灵嘲弄地笑了。"十多年之后，她和他上了床，然后他就自杀了。自杀。自杀！！！他死了！哈、哈、哈。"

十多年之后，她和他上了床，然后他就自杀了。自杀。自杀！！！他死了！哈、哈、哈。

"而我终于明白是怎么回事了。"

确实是这样。黛维·艾玉已经发觉恶灵正在策划复仇。她以前就猜到，特德·斯塔姆勒毁了他和马·伊杨的爱，她是特德·斯塔姆勒留下的后代，他也会试图毁了她家人的爱，只是她没想到复仇会这么残酷。即使恶灵还在世，还只是人的时候，黛维·艾玉在见到他之前，内心深处就感觉到他无尽的悲伤。她因此盲目地爱上他，和他结了婚。她的祖母马·伊杨被祖父特德·斯塔姆勒抢走之后，黛维·艾玉想给他他未从马·伊杨那里得到的爱。她的爱完全纯洁，发自内心深处，但那个男人拒绝接受。那时黛维·艾玉才发现他对马·伊杨的爱无可取代，她察觉他唯一的真爱被连根拔起之后，他愈来愈痛苦。于是他死时，黛维·艾玉知道他一定会回来，成为愤恨且复仇心切的可悲鬼魂，永远无法在阴间安息。确实是这样。她去哪里，那个鬼魂就跟到哪里。她在布鲁登麻普、妓院和她的两个家里都能感觉到他的存在。但在她听说阿拉曼达和阿汀姐都爱着的克里旺同志要被处刑之前，她还不知道他在策划邪恶的复仇。

"当时他根本还没结婚，我可不会让他在娶你的孩子之前就死去。哈、哈、哈。"

当时他根本还没结婚，我可不会让他在娶你的孩子之前就死去。哈、哈、哈。

排长死后不久，黛维·艾玉的信念毫不动摇，终于靠那个吉隆贡小子钦钦的帮助，召唤了恶灵。这下恶灵就站在她面前，发狂大笑，显露出带着恶意的无尽喜悦。

"这就是一再阻止我查出是谁杀死美人伦嘉妮斯的那个恶灵。"钦钦说。

"是啊,我甚至拆散了你和你爱的人。哈、哈、哈。"

是啊,我甚至拆散了你和你爱的人。哈、哈、哈。

黛维·艾玉从风的呢喃和丛林深处豺狗的号叫声中得知阿拉曼达要求不要处决克里旺同志的时候,她以为爱还是能战胜她丈夫鬼魂的复仇诅咒,尽管她并不确定。她成年后几乎一直在想这件事,思考该怎么拯救她的女儿,守护她们的幸福,让她们不被恶鬼怨恨的诅咒所伤;在她这辈子里,恶鬼都将伴着她、与她为敌,即使她死了也不罢休。所以她的孩子嫁给她们的丈夫之后,她就把他们赶走,要他们再也别回她的家。她没把马曼·根登赶走,而是决定自己搬去新家。她想让她的孩子远离恶灵,只不过她还没意识到他会执行那么邪恶的复仇。

黛维·艾玉在最后一个女儿嫁人的十年之后再度怀孕了,这时她的担忧重又浮现。现在她肚里有恶灵的新猎物在成长。黛维·艾玉必须尽一切可能拯救这个孩子。她试了各种不同的堕胎方法,让孩子永远不要出生在这个世界,如此一来就能摆脱所有的诅咒和复仇。但这个孩子太强壮,黛维·艾玉杀不死,而孩子在她的腹中不断长大。如果她是女孩,就会和她的姐姐们一样美丽,如果是儿子,他就会是世上最英俊的男人。像这样的人会被爱包围,也有很多爱可以给予,但黛维·艾玉总是感觉到恶灵伺伏,等着对那样的爱下手。

他会无所不用其极地摧毁那份爱，就像从前特德·斯塔姆勒毁了他和马·伊杨的爱情。

于是她对罗西娜说："我生漂亮孩子生腻了。"

"那样的话，就祈祷生个丑孩子吧。"

她得感谢那个哑女，她的祷告灵验了，她头一次生出了丑女儿，比你见过的任何女人都要丑，只不过说来讽刺，她被取名为美丽。长了那样的脸和身体，永远不会有人爱她，男人女人都不可能。这样一来，她就能摆脱恶灵的诅咒。她得感谢罗西娜。

"可是她怀孕了啊！"恶灵吼道，"那不就证明有人爱她吗？"

可是她怀孕了啊！那不就证明有人爱她吗？

恶灵说得没错。

"但你还没杀掉他。"

"我只是还没杀他而已。"

我只是还没杀他而已。

一天晚上，黛维·艾玉再度听到一阵古怪的骚动，好像做爱时发出的哼声与呻吟，这次她终于拿斧头奋力一劈，打破了卧室门。她发现有人正在和丑陋的美丽做爱，感到大失所望。有人爱美丽，早在女孩出生前，黛维·艾玉就不希望发生这种事。她气急败坏，想知道怎样的蠢男人会爱那样的女孩。但除了美丽之外，她在房里没看到任何人，美丽吓坏了，光溜溜地缩在房间的一角。

"你在跟谁做爱？"黛维·艾玉生气、失望又惊慌地质问。

"我绝对不会说。他是我的王子。"

然而黛维·艾玉确实看到有东西在动，差不多是一抹模糊的身影，好像正从床上下来。接着她走向床边的桌子，隐约看到地板上有脚印，脚印因为汗水而有点潮湿，在卧室的灯光下隐约可见。隐形的身影匆匆拨开窗帘，打开窗户，接着自然跳了出去。黛维·艾玉一直以为来跟美丽做爱的是那个恶灵，尽管她猜不透为什么。

"不，不是我。"恶灵说，觉得受到了冒犯。

不，不是我。

"你不让我看到那个人是谁。"

"没错。哈、哈、哈。"

没错。哈、哈、哈。

他的复仇似乎执行得很完美，几乎没有任何障碍，而他的诅咒在继续摧毁她仅剩的家人。阿拉曼达失去了排长，虽然她并没有真的爱过他，而其实几乎是恨着他，但有些时刻她确实由衷关心他。而失去前两个孩子之后，她又失去了第三个——努鲁·艾妮，也就是居然年纪轻轻就过世的小艾。马雅·黛维失去美人伦嘉妮斯的经历更是悲剧——有人杀了她，把她丢进了海里，而大家都不晓得是谁干的。然后，马雅·黛维的丈夫看到他几乎所有的朋友都被屠杀，就从生死中解脱而消失了。黛维·艾玉的二女儿阿汀妲看到她的丈夫克里旺同志在房间上吊自杀。但阿汀妲还有克利桑。最后的结果是，美丽原来有个爱人。黛维·艾玉必须拯救还没被恶灵破坏的一切。她不会让阿汀妲失去克利桑，也不会让美丽失去她的爱人，无论他是谁。黛维·艾玉会不计代价对抗她面前的恶灵。

"我必须阻止你。"这时她说。

"阻止我干什么？"恶灵问。

阻止我干什么？

"阻止你毁了我的家族。"

"哈、哈、哈。你的家族很久以前就注定要衰败。现在没有什么能阻止我复仇了。"

哈、哈、哈。你的家族很久以前就注定要衰败。现在没有什么能阻止我复仇了。

"你没有拆散亨利和阿涅·斯塔姆勒。"黛维·艾玉说。

"因为他们之中有一人是我爱人的骨肉。"

因为他们之中有一人是我爱人的骨肉。

"但我是马·伊杨的外孙女。"

"关系太远了。"

关系太远了。

黛维·艾玉从她穿的长袍口袋里轻轻拿出一把匕首。是士兵用的那种匕首，闪亮而坚固。她宣称："这是我在排长的房间找到的。"钦钦惊恐地望着（愤怒的女人拿了把匕首！），但恶灵只是轻蔑地微笑。"我要用这把匕首杀了你。"

"哈、哈、哈。人类杀不死我。"恶灵说。

哈、哈、哈。人类杀不死我。

"至少我可以试试吧？"黛维·艾玉说。

"好啊，尽管试。"

好啊，尽管试。

黛维·艾玉走向恶灵，恶灵露出更加可憎、轻蔑而自信的微笑。钦钦不忍目睹那样的谋杀，于是遮起了脸。黛维·艾玉怒瞪了恶灵几秒，恶灵也怒瞪着她，然后她用尽一个盛怒女人的全力，最后可能还用上了和恶灵一样强大的能量与力气，拼命刺向她的前夫。血涌了出来，她又刺他一刀，血又涌了出来，她再刺他一刀，总共刺了五刀，每一刀都比上一刀更加用力。

恶灵倒在地上捂着胸口呻吟。

"怎么可能，"他说，"你竟然杀得了我？"

怎么可能，你竟然杀得了我？

"我五十二岁时，靠自己的意志力死了，希望有一天我能对抗、阻止你这个邪恶灵魂的力量。"黛维·艾玉说，"如今我来了。你相信区区人类可以在死去二十一年后起死回生吗？我不再是普通的人类，所以我能杀了你。"

"即使你真的杀了我，我的诅咒也会继续运作。"

即使你真的杀了我，我的诅咒也会继续运作。

然后恶灵死了，化作一团浓密的黑烟消失了，被大气吞没。黛维·艾玉看着钦钦那小子。

"我的责任已尽，现在我要回到阴间了。"她说，"孩子，别了。谢谢你的帮忙。"

然后她也消失了，化成一只美丽的蝴蝶，从开启的窗户飞走，消失在院子里。

那个男人时常突然出现，但他来得太频繁，美丽看到他也不再意外。从她小时候开始，他就像那样出现，找她聊天。罗西娜常在她的身边，但美丽看得到他，罗西娜却从来看不见，美丽听得见那个人的声音，罗西娜却从来没听见过。她就是跟那个男人学会说话的。他很老，老到眉毛已经全白了，太阳把他的皮肤晒得焦黑，多年的辛劳工作让他锻炼出精瘦的肌肉。她所知的一切都学自于他。当初罗西娜试图让她入学，校长不想收她，她自己也不想去学校，那个男人就说：

"虽然我从来没学过怎么写字，但我会教你写字。"

虽然我从来没学过怎么写字，但我会教你写字。

他继续说：

"虽然我从没学过识字，但我也会教你识字。"

虽然我从没学过识字，但我也会教你识字。

她已拥有了她想要的一切，而且她从来不需要其他的东西，因为和他做朋友很开心。她太丑，其他人不想和她扯上关系。不过那个人是她的朋友，不在乎她面貌可怕。其他人根本不想碰到她，但他会花时间陪她。他们常常一起玩，而小女孩似乎无缘无故就会突然爆发出欢喜的尖叫，时常吓到罗西娜。

小美丽为自己能读会写感到很开心。她找出母亲留下的所有书，差不多满心欢喜地读遍了，她在学写字时抄了一些，又感受到类似的喜悦。而罗西娜大惑不解地看着她。

"好像有个天使在教你。"罗西娜写给美丽。

"是啊，的确有天使在教我。"

那个天使不一定每天来，但美丽确信只要他想，某些时候他总是会来教她一些东西。她不需要其他朋友，反正其他人嫌她丑，也不想要她。她不需要出去玩，在家里她就能玩了。她不想露出可憎的面孔去惊扰他人，所以从来没被来看她的人骚扰。她因那栋房子而幸福满足，因为有个慈祥的天使住在那里，成为她亲爱的同伴。

"虽然我从来没学过怎么下厨，但是要我教你做菜也行。"
虽然我从来没学过怎么下厨，但是要我教你做菜也行。

就这样，她学会了做菜，不久就成为调味的专家。不只如此，她还学会了编织、缝纫和刺绣，如果有机会，她甚至可以做些修理汽车、犁田的工作。所有的事情她都是跟那个慈祥的天使学的，天使以无比的耐心，勤勉地教导她。
"如果这些事你从来没学过，那你怎么知道要怎么做，怎么教我？"美丽问。
"我从会的人那里偷来的。"
我从会的人那里偷来的。
"有什么事是你自己会而不用从别人那里偷的？"
"拉车。"
拉车。

美丽就这样在那栋房子里长大，和罗西娜一起，罗西娜不久就习惯了女孩所有古怪而超自然的特质。美丽从她母亲那里继承了颇为丰厚的遗产，罗西娜只需要思考怎么靠那笔遗产过活就好。她每天到市场采买日常所需的物品，美丽则待在家。这个家里有一个鬼魂，就像黛维·艾玉从前说的那样，但他似乎不会骚扰任何人。如果他确实教会了美丽所知的一切，那这个鬼魂也可以称得上是个好鬼魂了。所以罗西娜把美丽独自留在家里时完全不用担心。

孩子们有时会好奇，胆战心惊地从篱笆后偷窥，但即使是他们也用不着担心。美丽从来不会让他们看到她，因为她是个善良的女孩，知道他们看到她会吓得半死。她只向罗西娜展露她真实的样子，而罗西娜从她出生那天起就认识她了。其实她希望拥有大部分人享有的那种生活，但她太善良，便委屈自己，压抑自己的渴望。她的人生局限于屋内——她的卧室、餐厅、浴室、厨房，有时她会在夜晚的黑暗中走到院子里。她善良地牺牲自己或惩罚自己，过着无聊至极的单调生活，但她似乎十分满足。

"现在我要给你一个王子。"善良的天使说。

现在我要给你一个王子。

她已经长成一位年轻的淑女，当然希望有个男人会爱上她，而她也会爱上那个男人。她确信不会有男人想爱她，所以一想到这里就丧气。她天生不会被人爱。这个丑陋的女孩有插座般的鼻子，皮肤像黑漆漆的煤灰。她是个吓人的女孩，让人看了就恶心想吐、吓昏、尿裤子，然后像着魔似的逃走，而不会坠入爱河。

"不是那样。你会得到专属于你的王子。"

不是那样。你会得到专属于你的王子。

不可能。从来没人看过她，所以谁也不认识她，而不认识她就不可能爱上她。

"我骗过你吗？"

我骗过你吗？

没有。

"日暮时等在阳台上，你的王子就会出现。"

日暮时等在阳台上，你的王子就会出现。

天黑后，她时常坐在阳台上呼吸新鲜空气，不用担心她恐怖的脸会惊扰到别人。她在黑暗中觉得很安全，夜晚有如她最好的朋友。有时她甚至会在一大早起床，在太阳照亮一切之前坐到外面，仰望被天使称为维纳斯的那颗粉红的星星，也就是金星。她喜欢那颗星，因为那颗星很美丽。和她的名字一样。

现在她坐在阳台上是为了等待天使答应要给她的王子。她不知道他会怎么出现。或许他会骑着金星上的一条龙，或是从地下出现，惊人地从土里冒出来。她不确定他会来，但她会等着他。第一晚过去了，没有任何王子走过她的屋前。连个乞丐也没有。

但她相信天使不会骗人，所以第二晚她继续等待。有一列送葬队伍经过，但没有王子。又有一个椰奶咖啡贩经过，但他没停下来打招呼，甚至没转头看她。王子一直没来，最后她累得在椅子上睡着了，罗西娜把她抱起来，带进屋内，放上床。

第三天还是没人来。罗西娜问她，为什么她每晚坐在外面的阳台上，而美丽回答："我在等我的王子出现。"罗西娜渐渐明白女孩已经进入青春期。她知道女孩开始来月经了，现在她想要一个爱人。

女孩坐在阳台上，希望有人会看到她，爱上她。罗西娜想到这里就难过，她走进房间，为丑陋的美丽如此不幸而哭泣；美丽甚至还不明白永远不会有人爱她，或许这辈子都没可能。没有属于她的王子。

但是第四晚时，美丽还在等待，然后是第五晚、第六晚。第七晚，有个男人从院子边的灌木丛后出现，吓到了她。他很英俊，她立刻就确定这是她的王子。他大约三十岁，目光温柔，头发往后梳得整整齐齐，穿着朴素的深色衣服。他拿了朵玫瑰走向她，然后踌躇地把玫瑰递给她，生怕被拒绝似的。

"美丽，这是给你的。"

美丽心花怒放地收下玫瑰，然后男人就消失了。隔天晚上他再度出现，又送她一朵玫瑰，然后再度消失。第三晚，他又给了她一朵玫瑰，美丽收下之后，男人才开口：

"明晚我会敲你卧室的窗户。"

她一整天都像期待第一次约会的女孩那样等待夜晚的降临，她的王子会出现在她卧房的窗外。她思忖着该穿什么连衣裙，在镜子前为她的装束焦躁不安。她忘了自己丑陋的脸，努力用母亲旧梳妆台上的各种东西打扮自己，甚至从罗西娜的梳妆台上借了些东西。罗西娜并不知道有男人来访，每次美丽拿朵玫瑰进来，她都以为是女孩自己摘的。但罗西娜发现她整天焦躁地打扮自己，于是开始感到不知所措，或者说，是感到伤心。

她揉着湿润的眼睛，心想："好像青蛙想把自己打扮成公主。"

美丽想见那个老人，就是喜欢凭空出现的那个慈祥天使，但王子来访之后，他再也不来找她了，尽管她有一大堆疑问，像是女孩要为第一次约会做什么准备，如果王子诱惑她，她该说什么、做什么，他敲她的窗户而她打开窗之后，她该怎么办，还有，如果他们要聊天，她该聊什么。她想跟那个善良的天使讨论所有的事，但那个老家伙再也没有出现。

最后她只穿着普通的日常连衣裙，夜幕终于降临之后，她就开始痴痴地等待。不是在阳台等，而是在自己的房间。她坐在床沿，显然十分紧张，她竖着耳朵，像焦虑地等待名字被叫到的求职者，担心敲窗户的声音太微弱，她会听不见。她时不时站起来从窗帘里偷看，但窗外只看得到院子，院里的植物在黑暗中一片漆黑，她再次坐到床沿，焦虑如昔。

这时她听到了敲窗声，声音太轻柔，她不得不竖起耳朵，然后她又听见了声响，一共三次。美丽心情复杂，半跑着过去打开了窗户。

她的王子就站在那里，手上照常拿着一朵玫瑰。

"我可以进来吗？"王子问。

美丽害羞地点点头。

王子把玫瑰交给美丽，然后从窗户跳进卧室。他在房间里站了一会儿，环顾四周，缓缓地从房间的一角到另一角来回走动，然后转身看着美丽，美丽刚关上窗户，但没上锁。王子坐到床沿，示意美丽坐到他身边。女孩照做了，两人沉默了片刻。

"我想见你好久了。"王子说。

美丽受宠若惊，所以没问他是怎么知道她的。

"我一直以来都想认识你，"王子继续说，"一直以来都想触碰你。"

美丽听了心跳加速。她不敢看那个男人，男人碰了她的手，然后紧紧握住，她忽然觉得全身发冷。

"我可以吻你的手背吗？"王子问。美丽还没回答，王子就吻了她的右手背；或许她根本没办法回答。

他们第一次约会主要是王子在说话，美丽大多数时候都尴尬又害羞地沉默不语，偶尔点头或摇头，然后再次尴尬和害羞起来。他们这样过了一个半小时，直到王子该回家的时刻。他离开屋子的方式和来的时候一样——跳出窗户。但他在离开之前计划了下一次约会。

"这个周末等我来，就像之前那样等着我。"

总之，美丽发誓那个周末她要说话。她不会再一言不发，也不会只尴尬害羞地点头和摇头。她必须说话，做一切该做的事，以免王子厌烦她。老人再也没来，但美丽不再在乎了。她找到了代替他的人，这个男人更好看，更温柔，会恭维她，时常诱惑她，甚至可能会爱她。她的心怦怦跳着，等待着周末的到来。

王子如他承诺的那样在周末来了，又拿着一朵玫瑰。他从窗子爬进来，和美丽坐到床沿。然后美丽采取主动，用坚定但羞怯的声音问：

"那玫瑰是从哪里来的？"

"从你的院子里摘的。"

"真的吗？"

"我的手头有点紧。"

他们咯咯笑了。

然后王子再度牵起美丽的手，这次美丽也握住了他的。王子没征求她的同意就吻了她的手背，美丽又恢复老习惯，变得尴尬害羞起来。她感觉到他开始轻抚她的手，他的碰触轻柔又令人平静，令她飘飘然，好像缓缓坠入梦乡。然后男人突然来到她的前方，脸孔就在她面前，她的心愈跳愈急。她还不明白怎么回事，那张脸就开始逼近，她感觉到王子的唇碰到了她的，然后王子紧压她的嘴唇，让她的嘴唇变得颇为湿润。她试着回应他的吻，现在不只是他们的嘴唇，连他们的舌头也开始粗暴地互相逗弄。他们吻了很久，差不多有半个小时，直到王子该道别回家了。

"我下个周末会等你来。"这次说话的是美丽。王子露出迷人的微笑，点点头。

那些吻令美丽念念不忘，而她希望周末会像飞掠的苍蝇那样——总是飞来飞去又飞回来——迅速到来。隔天她还能感觉到吻的热度，过了一天后也是。她记得他们开始亲吻前的每个步骤，每次想到这里，她的心就颤抖起来。

于是，下次他们见面时最先提起的就是那些吻。事实上他们从窗台就开始接吻，那时美丽站在她的卧房里，王子还站在窗外。最后王子终于从窗户爬进房间，美丽关上窗板，但在这个过程中他们的唇都不曾松开。他们在卧房里继续接吻，美丽被压在墙上，王子欲火焚身，紧贴在她身上。

王子淘气的手缓慢但稳当地溜到美丽的洋装下，房里的气氛变得更加火热。他们一件件脱下衣物，丢到地上，最后两人光着身子，王子搂着美丽，把她抱上床。

"我要教你做爱。"王子说。

"好，教我吧。"美丽答道。

于是他们开始了。美丽还是处女，她发出痛苦又喜悦的呻吟，引起的骚动害得罗西娜困惑地站在房门外。美丽忘了锁门，罗西娜打开门，却只看到美丽裸身在床上上下弹动。她忧愁而严肃地摇摇头，轻轻关上门，离开了美丽。这时王子还不停地捣向美丽的下体，她流着血，却也因为极致的欢愉而尖叫。

她的王子总是从窗户爬进来，而美丽总是在阳台上等他，她的渴望无法遏制，想目睹他出现的那一刻。他们每次见面都做爱，有时做两次，他们觉得自己是世上最幸福的情侣。罗西娜看不到王子，黛维·艾玉起死回生、回家后破门而入时也没看到王子，但美丽不觉得奇怪。在那间屋子里，她们一天到晚都能看到奇迹，她已经见怪不怪了。毕竟美丽能看见成为她的天使的那个年老的男人，罗西娜却从没看到过他。

然后美丽怀孕了。

美丽发现自己怀孕之后，仍然等着王子来，然后和他做爱。她担心这件事会毁了他们的幸福，所以从来没把自己怀孕的事告诉王子。

黛维·艾玉再一次消失在阴间后不久，一天晚上，美丽光溜溜地和王子一同躺在她的床上，他们做爱之后正在休息，有个男人拿了支气步枪破门而入。那个男人身材矮胖，带着忧伤的气息。他看到美丽的脸时，吓得微微打战，但他的目光立刻转向王子，眼神中充满愤怒。

"你啊！"他说，"杀死美人伦嘉妮斯的凶手，我来替她报仇了！"

步枪开火了，精确瞄准的子弹打在王子额头的中央，王子来不及自救。他往后倒在床上死了。拿着枪的男人再次压缩气枪的空气，将另一发子弹上膛，又打了王子一枪。他满腔恨意地开了五枪，而美丽不断地尖叫着。

大家只知道他去外婆家时被射杀身亡。

整个家族都出席了克利桑的葬礼，阿汀姐满心悲痛。这下子全了——阿拉曼达失去了排长和小艾，马雅·黛维失去了马曼·根登和美人伦嘉妮斯，而阿汀姐失去了克里旺同志，现在又失去了克利桑。她们都失去了她们爱的每一个人。

她们三人跟在克利桑的棺后，朝布迪达玛墓园走去，阿拉曼达和马雅·黛维在路上努力安慰阿汀姐。

"我们就像一个受到诅咒的家族。"阿汀姐抽噎着说。

"我们不是像一个受到诅咒的家族，"阿拉曼达纠正她，"我们确实被诅咒了。"

老卡米诺按照阿汀姐的要求，在克利桑父亲的墓旁替克利桑挖了一个坟。她已经替自己预订了隔壁的那块坟地。

女人通常不会去墓园。一个女人只有无法忍受与死者分离的时候才会去那里，多年前的法丽达就是这样。不过在克利桑的葬礼上，出席的是三姐妹和扶棺的六名男邻居，还有替死者祈祷的清真寺伊玛目。

除此之外，没有其他人了，她们身穿黑衣站在那里，撑着阳伞，不知要遮什么，因为下午的阳光一向不强，也没有下雨。那里只有她们三人，过了很久，远方出现两个黑点。黑点逐渐靠近，最后变成人影，靠得很近时才看得出是另外两个女人，她们都穿着丧服。

更令人意外的是，克利桑的尸体被放到墓里、开始被泥土吞没时，这两个女人也来向他道别。三姐妹震惊极了，不只是因为两人的出现，也因为其中一人的脸十分恐怖，她们起初以为那是墓园鬼魂的脸。但随即她们记起了关于黛维·艾玉四女儿的传言，她们从没见过那个女儿，但据说她和怪物一样丑。那个女人，就是丑的那个，对克利桑的死似乎感到很心痛。她在哭，沮丧地看着裹了尸布的尸体逐渐消失在泥土下，好像不愿让他离去。她似乎比阿汀姐还难过。

最后阿拉曼达鼓起勇气问："你是美丽吗？"

美丽点点头："我知道你们是阿拉曼达、阿汀姐和马雅·黛维。"

"我们都是黛维·艾玉的女儿。"阿拉曼达说。她拥抱了美丽，毫不在意美丽的骇人面容。

美丽又说话了："你们拥有的最后一个人过世了，我深感遗憾。"

葬礼结束后，她们都去了黛维·艾玉家，就是美丽和罗西娜住的地方。她们在屋里绕来绕去，看自己小时候的照片，也看黛维·艾玉的照片，记起她们艰辛的过去，不禁哭了起来。她们成了一群被遗弃的孤儿。现在她们只剩下彼此，还有想要再度属于彼此的决心。

"妈妈回来了，但她没待多久，在克利桑死前就离开了。"美丽说。

"死去的人就是那样，"马雅·黛维说，"我丈夫在死后的第三天也回来过。"

之后，她们住在各自的家里，继续各自平静的生活。她们为了自娱而互相拜访。甚至美丽在葬礼上首次现身之后，也开始大胆离开家门，去拜访她的姐姐们。她不再在乎别人的目光。她身穿长裙，戴着几乎遮住整张脸的面纱。女人们十分享受她们的新生活，努力忘却经历过的所有不幸，她们爱着彼此，也满足于那样的爱。

她们就这样直到老去，那时人们常说她们的闲话，说她们聚在一起时是"一帮寡妇"。

但她们非常快乐，而且深爱彼此。

美丽怀孕六个月时早产了，她的宝宝还没机会哭叫就已死去。她的姐姐们在哑巴罗西娜的帮助下，把宝宝埋在屋后的花园里。

"你埋葬他之前，没替他取名字吗？"阿拉曼达问。

"有了名字，只会更伤心。"

"我可以问那个宝宝到底是谁的孩子吗？"阿汀姐问。

"我和我王子的孩子。"

她们之间当然还有许多没说出口的话。所以她们没逼美丽说出她口中的王子是谁。

她们埋葬了宝宝，继续过她们的日子，彼此相爱，守护彼此的秘密。

当人们找到美人伦嘉妮斯的尸体时，克利桑非常担心他们最后会发现是他杀了那个女孩。他更担心的是，他还把小艾的尸体藏在他的床下，而排长正愤怒地到处寻找小艾。

他考虑把尸体放回墓园，又怕被逮到，因为排长发现有人挖开坟墓、带走他孩子的尸体之后，墓园就有人看守了。把小艾的尸体放回墓里完全不是明智的做法，他努力思考要怎么在别人发现之前摆脱床下的尸体，几乎都快疯了。

他一直把自己关在房里，房门总是上锁，生怕母亲或祖母会进来查看从床下飘出的淡淡香气。他甚至自己打扫房间，这样他的母亲或祖母就不会试图进来打扫。

克利桑甚至试过把他爱的女孩的尸体切成小块，方便他弃尸。或许把她变成狗食会比把她放回墓里更妥当，那样她就永远不会被发现了。但她那张美丽的脸在死后也不会腐朽，宛如在睡梦中，不知她何时会醒来揉揉眼睛，克利桑看着那张脸，无法下手。他深爱着她，光是想象要把她分尸就哭了，无力举起他准备好的切肉刀，于是又把裹在尸布里的努鲁·艾妮放回床下的老位置。

他几乎要绝望了，就快坦承他所有的罪，这时却想到一个绝妙的主意。于是他决定照那样和小艾诀别。

就像之前带美人伦嘉妮斯与小艾的尸体出海时一样，克利桑给尸体穿上他自己的衣服。黎明将至的时候，他把尸体搬到背后，骑机车去海边。他偷了之前的那艘小船，把小艾的尸体带到海中央。除了她的尸体，他还带了两块大石头，几乎是她头颅的两倍大。

新的一天来临时，他来到自己杀死美人伦嘉妮斯的地方。这里的海非常深，就连鲨鱼也不会找到她。他把女孩的尸体绑上两块石头时泪流满面，但他非这么做不可。尸体和石头绑得非常紧，旗鱼也咬不断绳索。有了这么沉重的石头，他把她丢进水里之后，尸体就迅速沉入深海，消失得无影无踪。即使找上一百年，排长也绝对找不到她。

克利桑心情沉重地回家了，但他终于平静下来。他和一个独自出海的渔夫擦身而过，渔人质问他。

"你船里没半条鱼，一个人在海上做什么？"
你船里没半条鱼，一个人在海上做什么？

"弃尸啊。"克利桑答道。那个人的声音带着回音，不知从哪里传来回响，克利桑听了不寒而栗。

"为了美丽的爱人而心碎吗？哈、哈、哈。小子，给你一点建议，去找难看的爱人吧。她们绝不会伤害你。"

为了美丽的爱人而心碎吗？哈、哈、哈。小子，给你一点建议，去找难看的爱人吧。她们绝不会伤害你。

然后渔夫就朝反方向离开了，而克利桑不断思索着他的建议。克利桑回到他停放小摩托车的地方，自言自语地说："或许真是这样。我应该找个难看的爱人。世上最难看的。"

黛维·艾玉杀了强大的恶灵后不久，钦钦在美人伦嘉妮斯墓前玩吉隆贡。总是阻挠他的坏蛋已经被打败了，他确信这次能成功。他把一个木偶形状的雕像插进坟墓的土里，当作美人伦嘉妮斯灵魂的媒介，然后开始吟诵咒语。人偶开始抖动，表示灵魂出现了，接着却剧烈摇动，表示灵魂很生气，最后人偶几乎倒下来。钦钦努力安抚，但美人伦嘉妮斯的灵魂在斥责他。

"你这白痴，你在做什么？"

"召唤你的灵魂。"

"是啊，显然，"美人伦嘉妮斯说，"可是听好了：无论如何，你绝对没办法娶我。"

"我只想知道是谁杀了你。拜托让我为你报仇，也为了我的爱报仇。"钦钦说话时伏身在那个木偶前，诚心乞求。

那个木偶，也就是美人伦嘉妮斯说："即使你活上一千年，我也绝不告诉你是谁杀了我。"

"为什么？你不想要我为你的死报仇吗？"

"不想，因为我仍然非常爱他。"

"噢，那我会杀了他，然后你们就能在阴间相见。"

"乱讲。你只是想骗我。"美人伦嘉妮斯说完就消失了。

但最后他还是查出了真相，告诉他的不是美人伦嘉妮斯的鬼魂，而是另一个他不认识的鬼魂。他随机召唤鬼魂，相信现在没人会阻碍他们说实话，而所有的鬼魂都知道人类不知道的事。他叫出一个看起来年老虚弱的鬼魂，但这个鬼魂的声音还很洪亮。

"哈、哈、哈。小子，我不像以前那么强大，但我回来了。"

哈、哈、哈。小子，我不像以前那么强大，但我回来了。

"你知道是谁杀了美人伦嘉妮斯吗？"钦钦问。

"知道。杀死美人伦嘉妮斯的是克利桑。如果你真爱那个女孩，而且有种，就杀了他。哈、哈、哈。"

知道。杀死美人伦嘉妮斯的是克利桑。如果你真爱那个女孩，而且有种，就杀了他。哈、哈、哈。

就这样，他在美丽的房间里用一支气步枪熟练地开了五枪，杀死了克利桑。

在那之后，他在牢里被关了七年，任凭那里的所有恶徒摆布。他大约一周被鸡奸一次，几乎每天都挨打，每餐都被迫把他的食物分一半给别人。他被关在牢里时，他所有的财产都失去了，都被交给了卡米诺。但即使在监狱里受苦，他还是很快乐，因为他是为了真爱的使命，为了报复一见钟情的女人之死才被捕入狱。

他因为表现良好而被减刑一年，获释出狱。现身外面的世界时，他看起来憔悴瘦削，长发蓬乱，脸上只剩皮包骨，瘦得眉头和下巴尖都突出来了。他像活生生的骷髅，然而他呼吸着自由的空气，感到完全的自主。

虽然他得到了一些衣物，还有一些吃饭、坐车用的钱，但他徒步离开市监狱时没有换衣服，仍像城里的无业游民一样一身褴褛。他们给他的衣服他只是折起来拿在手里，拿到的钱被安全地放在口袋中。他不想在任何地方逗留或浪费时间。他想回家，确认克利桑被埋了。

最后他找到了克利桑的墓，就在克里旺同志的墓旁。墓碑上清楚地写着克利桑的名字，不会有错。钦钦做了一个新墓碑。他把刻着克利桑名字的旧墓碑丢了，换上他新做的。

现在墓碑上写的是：狗（一九六六至一九九七）。

多年来，克利桑一直在考虑找个丑陋的爱人。"丑女人有什么不好？"他自问，"漂亮女人可以上，丑女人也可以上。"他记起黛维·艾玉有个丑女儿的传言，人们说她很丑，或许是世上长得最可怕的人，他们说那张丑脸被取名为美丽，虽然他知道黛维·艾玉是他的外婆，也就是说美丽是他的姨妈，但他不在乎。他上过自己的表姐，所以上他的姨妈有什么关系？

于是一天晚上，他去了外婆的家，看到那个女孩坐在阳台上，像在等人。他有点不确定该怎么认识她，所以一连几天只在暗处看她，直到他疲倦地回家。第七天晚上，他才敢推开院子边的篱笆。他摘下那里种的一朵玫瑰，走向美丽，把花给了她。

"美丽，这是给你的。"

之后一切顺利，最后他们终于上了床。做爱。做爱。不断地做爱。没什么差别，一切感觉都一样。和美人伦嘉妮斯上床，或是和丑陋的美丽上床，没那么不同。一切都一样，都会让他的生殖器射出来。他持续和那个女人做爱。"上她。"他解释道。然后他发现那个女孩怀孕了，但他也不在乎，而是"继续上她"。

直到有一天，美丽问："你为什么想要我？"

他答道："因为我爱你。"他也不确定自己是不是真心的。

"你爱一个丑陋的女人？"

"对啊。"

"为什么？"

"为什么"这种问题总是很难回答，所以他没有回答。他只能回答"怎么爱"，这答案就简单了。为了展现他的爱，他不停地爱抚她；他不在乎她有多丑，多令人作呕，多恐怖。一切都感觉很好，他发现了生命中几乎前所未有的喜悦。但美丽继续拿那个问题纠缠他，每次他们见面做爱时她就问："为什么？"克利桑保持沉默。虽然他知道答案，但他不想说。不过被杀的那晚，他终于回答了。

他的第四则自白："因为美是一种伤。"

因为美是一种伤。

图书在版编目（CIP）数据

美是一种伤 / (印尼) 埃卡·古尼阿万著；周沛郁
译. -- 上海：文汇出版社, 2023.10
ISBN 978-7-5496-4036-2

Ⅰ.①美… Ⅱ.①埃… ②周… Ⅲ.①长篇小说-印
度尼西亚-现代 Ⅳ.①I342.45

中国国家版本馆CIP数据核字(2023)第088575号

BEAUTY IS A WOUND by Eka Kurniawan
Copyright © 2002 by Eka Kurniawan
Published in agreement with Pontas Literary and Film Agency,
through The Grayhawk Agency.
本簡體中文版翻譯由臺灣木馬文化事業股份有限公司授權

版权登记图字：09-2023-0488

美是一种伤

作　　者 / ［印尼］埃卡·古尼阿万
译　　者 / 周沛郁
责任编辑 / 何　璟
特邀编辑 / 马　行　张　典
营销编辑 / 郑博文　王蓓蓓
装帧设计 / 韩　笑
内文制作 / 田小波
出　　版　 文匯出版社
　　　　　 上海市威海路 755 号
　　　　　 （邮政编码 200041）
发　　行 / 新经典发行有限公司
电　　话 / 010-68423599　邮　　箱 / editor@readinglife.com
印刷装订 / 河北鹏润印刷有限公司
版　　次 / 2023 年 10 月第 1 版
印　　次 / 2023 年 10 月第 1 次印刷
开　　本 / 850×1168　1/32
字　　数 / 293 千
印　　张 / 13.5

ISBN 978-7-5496-4036-2
定　　价 / 68.00 元

敬启读者，如发现本书有印装质量问题，请与发行方联系。